KB085323

수호지

3

수호지
3

이문열 편역 — 시내암 지음

불어나는 흐름

水滸誌

RHK
알에이치코리아

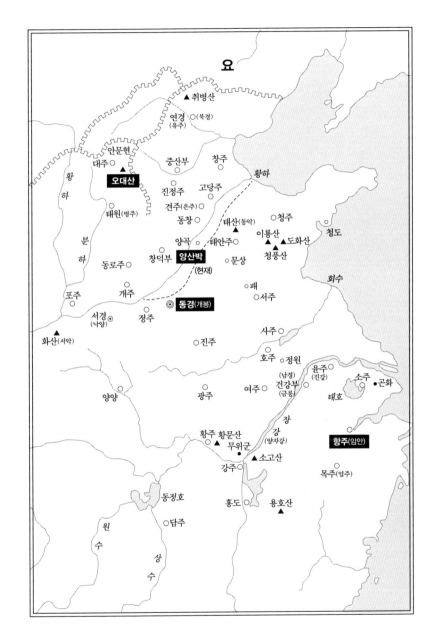

요

▲취병산

연경 (북경)
(유주)

안문현
대주 ○   중산부   창주 ○
▲오대산   황하

진정주 ○   고당주 ○
태원 (병주) ○   견주 (은주) ○   청주 ○
동창 ○   태산 (동악) ▲   이룡산 ▲ 청도
양곡 ○   태안주 ○   ▲도화산
동로주 ○   창덕부 ○ 양산박   청풍산 ▲
                    (현재)   문상 ○   회수
포주 ○   개주 ○   패 ○
                    ◎ 동경 (개봉)   서주 ○
서경 ◎   정주 ○
(낙양)   사주 ○
▲화산 (서악)   진주 ○
                        호주 ○ 정원 ○
                            윤주 ○   손주
                            (남경)   (진강) ● 곤화
양양 ○   광주 ○   여주 ○ 건강부 ○   태호
                            (금릉)
                                황주 황문산   장
                                    ▲무위군   강
                                                (양자강)   항주 (임안)
                            강주 ○ ▲소고산
                                                    목주 (엄주) ○
                    동정호
                            홍도 ○ 용호산 ▲
        원   ○담주
        수   상
                수

황
하

분
하

『수호지』의 배경이 된 송나라 지도

水滸誌

형수에게 시달리는 무송

무대의 말에 알 수 없는 설움 같은 게 배어 있어 무송이 다시 물었다.

"원망도 하고 그리워도 하다니요? 형님, 그동안 무슨 일이 있었습니까?"

"왜 원망이 없었겠느냐? 네가 청하현에서 술에 취해 사람을 다치게 하고 달아난 후 나는 현청에 끌려가 한 달이나 욕을 보았다. 또 너를 그리워할 일도 있었지. 근래 내가 아내를 얻었는데, 청하현 사람들이 나를 우습게 보고 도무지 그 남편으로 여겨 주지 않는구나. 만약 네가 집에 있었다면 누가 감히 그렇게 나를 얕보겠느냐? 그곳에서도 도무지 편안하게 살 수가 없어 이곳으로 이사를 왔다마는, 그리되고 나니 더욱 네 생각이 간절했다."

그렇게 대답하는 무대의 목소리에는 사이사이 한숨이 끼어들었다.

무대는 무송과 어머니를 같이하고 태어났으나, 무송이 여덟 자 키에 생김이 당당한 데 비해 무대는 다섯 자 키에 얼굴도 못생기기 짝이 없었다. 거기다가 힘도 무송은 천 근을 들어 올릴 만하고 호랑이까지 맨주먹으로 때려잡았으나, 무대는 닭 한 마리 제대로 잡을 힘이 못 되었다. 이에 청하현 사람들은 무대를 얕보아 '난쟁이 곰보[三寸丁谷樹皮]'라 불렀다.

그런 무대가 아내를 얻게 된 경위는 이랬다. 청하현에 한 부잣집이 있었는데, 그 집에서 부리는 종년 중에 반금련(潘金蓮)이라는 스무 살 남짓의 계집이 있었다. 그녀의 얼굴이 반반한 까닭에 주인영감이 집적거리게 되었는데, 그녀는 주인영감의 말을 들어주기는커녕 바로 주인마님에게 그 일을 일러바쳐 버렸다. 욕심은 못 채우고 할멈한테 강짜만 당한 주인영감은 화가 단단히 났다. 어디 너도 한번 당해 보라는 심경으로 반금련을 무대에게 주어 버렸다. 못생기고 가난한 무대에게 돈 한 푼 받지 않고 반금련을 시집보내 버린 것이었다.

누가 봐도 짝이 기우는 이 부부를 두고 청하현 사람들은 말이 많았다. 특히 고을의 바람기 있는 건달들은 드러내 놓고 무대의 집을 들락거리며 반금련을 후려 내려 들었다. 반금련도 매인 몸이라 어쩔 수 없이 무대에게 시집을 왔지만, 그 키 작고 못생긴 신랑을 좋아할 리 없었다. 거기다 원래 바람기가 많은 여자라 찾아오는 건달들과 좋다 하고 어울려 시시덕거렸다.

"좋은 양고기가 비루먹은 강아지 새끼에게 떨어진 꼴이구나!"

건달들은 무대네 집 앞을 서성거리며 공공연히 그렇게 떠들어 댔으나 겁 많고 힘없는 무대로서는 어찌해 볼 도리가 없었다.

무대가 청하현을 떠나게 된 것은 그런 건달들에게서 시달림을 받다 못해서였다. 무대는 양곡현 자석가(紫石街)란 곳에 셋방을 얻어 짐을 옮기고 매일같이 떡을 쪄서 팔아 생계를 이어 나갔다. 그날도 현청 앞으로 떡을 팔러 나왔다가 마침 무송을 만나게 되었다.

"얘야, 나도 며칠 전 거리에서 경양강의 호랑이를 때려잡은 장사의 성이 무가라는 소리를 들었다. 지현께서 그를 도두로 삼았단 말도. 그때 나는 이미 그게 너인 줄 대강 짐작했지. 그래서 오늘도 혹시 너를 만날 수 있을까 싶어 여기로 나왔다가 이렇게 만난 거란다. 떡은 팔지 않아도 되니 나와 함께 집으로 가자."

무대가 반가워 어쩔 줄 몰라 하며 무송의 손을 끌었다.

"집이 어딥니까? 형님."

마침 한가하던 무송이 한번 가 볼 양으로 그렇게 물었다.

무대가 손으로 멀지 않은 곳을 가리키며 말했다.

"바로 요 앞 자석가란다."

이에 무송은 형을 대신해 떡짐을 지고, 무대는 길을 안내해 자석가로 갔다. 한 군데 골목을 돌아 찻집 곁 벽에 난 문 앞에서 무대가 크게 소리쳤다.

"여보, 문을 활짝 여시오!"

그러자 문 안에 내려진 발을 걷고 한 부인네가 나오며 심드렁히 말했다.

"아니, 이 양반이 오늘은 어째 이리 빨리 돌아왔나?"

무대가 기세 좋게 그 말을 받았다.

"시동생이 왔단 말이오. 여보, 어서 나와 시동생을 보시오!"

그리고 무송이 대신 지고 온 짐을 받아 집 안으로 들인 뒤 다시 나와 무송에게 말했다.

"얘야, 어서 방 안으로 들어와 형수를 뵈어라."

형의 부름에 무송이 발을 걷고 들어가 형수라는 여자를 보았다. 무대가 무송을 제 아낙에게 소개하며 한층 기세를 올렸다.

"이봐, 경양강에서 호랑이를 때려죽였다는 사람이 누군지 알아? 바로 여기 있는 내 아우라구."

그러자 그 아낙네도 얌전하게 손을 모으며 무송에게 인사를 했다.

"도련님, 안녕하세요?"

무송이 황급히 옷가짐을 바로 하며 공손히 말했다.

"형수님, 거기 앉으십시오. 제가 예를 올리겠습니다."

그러고는 땅바닥에 넙죽 엎드려 절을 했다. 아낙네가 호들갑을 떨며 달려와 무송을 부축해 일으키며 말했다.

"도련님, 이러시지 마세요. 제게 지나치신 예는 거북합니다."

"아니지요. 형수님으로서 당연히 절을 받으셔야 합니다."

무송은 그렇게 우기며 절을 마쳤다.

"저도 이웃집 왕씨 할머니로부터 호랑이를 때려죽인 호걸이 우리 현에 있다는 소리를 들었어요. 한번 보기나 한다고 현청 앞으로 가 봤지만 너무 늦어 얼굴을 뵙지는 못했지요. 그런데 그 호걸이 바로 도련님일 줄이야. 자, 도련님 어서 올라오세요."

아낙네가 수다 섞어 무송을 불러들여 세 사람은 곧 방 안에 마주 앉게 되었다. 하지만 그녀의 온당찮은 행실은 세 사람이 마주 앉기 바쁘게 튀어나왔다.

"이봐요, 나는 도련님을 대접하고 있을 테니 당신은 가서 술하고 안주 좀 마련해 오세요. 그래야 오랜만에 오신 도련님께 옳은 대접이 될 거 아니에요."

그렇게 무대를 종 부리듯 시켰다. 무대가 뻴 없이 히죽거리며 일어났다.

"거 좋지, 얘야, 여기 잠깐만 앉아 있어라. 내 얼른 갔다 오지."

무대가 나가고 무송과 단둘이 마주 앉게 되자 무대의 아낙 반금련은 속으로 생각했다.

'무송과 남편은 같은 부모에게서 태어난 형제라는데 어찌 이리도 딴판일까? 무송은 몸집도 크고 인물도 훤한데 남편이란 작자는 뭐야? 난쟁이 곰보에 생김은 또 사람보다 귀신에 가까우니……. 저 무송 좀 보아. 호랑이를 주먹으로 때려잡았다니 힘인들 오죽 좋겠어? 하긴 아직 장가를 들지 않았다니 우리 집에 와 같이 있게 해 안 될 게 뭐람. 누가 알아. 그게 또 뜻밖으로 좋은 인연이 될지.'

그렇게 생각을 굴린 반금련이 갑자기 눈웃음을 지어 보내며 무송에게 물었다.

"도련님, 여기 오신 지 며칠이나 되나요?"

"이제 한 보름 됩니다."

"어디 묵고 계신가요?"

"현청 안의 관사에 묵고 있습니다."

무송이 별생각 없이 그렇게 대답하자 반금련이 기다렸다는 듯 말했다.

"참 불편하시겠어요."

"뭘요, 홀몸이라 음식 해 먹기도 편합니다. 또 얼마 안 있으면 병사들이 와서 시중도 들 거구요."

"병사들이 시중들어 본들 뭘 하겠어요? 그러지 말고 저희 집으로 오세요. 제가 끼니를 돌봐 드리면 그까짓 병사들하고 대겠어요? 도련님께서는 아주 편히 지내실 수 있을 테니 그렇게 하세요."

반금련이 이윽고 그렇게 권해 왔다. 처음 만났지만 그래도 형수 되는 여자가 인정으로 권하는 것이라 마다할 수 없었다.

"형수님, 고맙습니다."

무송이 그렇게 대답하자 반금련은 한층 대담해졌다. 이번에는 단수를 높여 저 궁금한 것을 묻기 시작했다.

"장가는 드셨어요?"

"아니오, 아직 아내를 얻지 못했습니다."

"연세는 어떻게 되세요?"

"스물다섯입니다."

"저보다 세 살이 위이시군요. 그런데 이번에 여기는 어떻게 오시게 되었죠?"

"창주에서 한 일 년 지내다 보니 형님 생각이 났습니다. 그래서 형님이 계시던 청하현으로 가려 했는데 뜻밖에도 형님께선 이곳 양곡현으로 옮겨 살고 계시는군요."

무송이 거기까지 대답하자, 반금련이 살포시 한숨까지 지으며 자기들이 그리로 옮겨 살게 된 까닭을 밝혔다.

"그건 한마디로 다 말씀드리기 어렵지요. 제가 형님께 시집을 가니까 거기 사람들이 어쨌는지 아세요? 형님을 만만하게 보아 그곳에서 견딜 수가 있어야지요. 정말이지 도련님만 계셨어도 그런 꼴은 당하지 않았을 거예요."

제 못된 짓은 쏙 빼고 하는 소리였다. 무송이 그런 그녀를 위로한답시고 겸양 섞어 말했다.

"그렇지만 형님이 원래가 착한 분이시라…… 저 같은 말썽꾸러기와는 다르지요."

"그런 소리 마세요. 사람이 뼈대가 굳세지 못하면 몸 편히 쉴 곳이 없다죠, 아마? 거기다가 형님은 너무 답답해요. 그야말로 세 번 불러야 고개를 돌리고 네 번 불러야 몸이 돌아서는 사람이죠."

"그래도 엉뚱한 일을 저질러 형수님을 걱정하게 만드는 일은 없을 겁니다."

가만히 두면 끝없이 쏟아질 것 같은 반금련의 불평을 무송이 그렇게 막고 있는데 무대가 술과 안주를 사 가지고 돌아왔다.

"어이, 당신이 내려와 좀 장만해 보지 그래."

부엌으로 들어간 무대가 아낙을 보고 그렇게 말하자 반금련이 쏘아붙였다.

"당신은 어떻게 그렇게도 뭘 모르세요? 도련님이 여기 계시는데 그냥 버려두고 내려가 안주나 장만하라는 거예요?"

"괜찮습니다. 저는 상관 마시고 가 보시지요."

아직은 반금련의 속셈을 몰라 그저 좋게만 생각한 무송이 그렇게 권했다. 그러나 그녀는 무송의 말에는 대꾸 않고 부엌에 있는 무대에게 다시 핀잔 섞어 말했다.

"이웃집 왕씨 할멈은 두었다 뭐해요? 그 할멈 좀 불러다 시키면 안 돼요?"

그러자 무대는 또 아무 소리 않고 이웃집으로 가 왕씨 할멈을 불러왔다.

안주가 다 장만되어 술과 함께 올라오자 무대가 술자리를 마련했다. 어이없게도 아낙을 가장 윗자리에 앉히고 무송을 그 맞은편에 그리고 자신은 곁자리에 끼어 앉는 것이었다.

무대가 술잔을 치자 반금련이 술잔을 들어 무송을 보며 권했다.

"도련님, 대접이 소홀하다 서운해하지 마시고 술이나 한잔 드세요."

"형수님, 고맙습니다."

여러 가지로 눈에 안 차는 일이 많았으나 무송이 마지못해 술잔을 잡으며 그렇게 말했다. 술잔을 비우기 시작한 뒤에도 무대는 시중을 든다고 바빴다. 술을 따른다, 데워 온다, 안주를 더 내온다……. 그러는 동안도 그 아낙네 되는 반금련은 상전처럼 버티고 앉아 술잔만 비웠다. 그 모양을 본 무송이 유쾌할 리 없었다. 자연 술맛도 떨어지고 안주를 집을 흥도 없어 그저 흉내만 내고 있는데 반금련이 함빡 웃음 머금은 얼굴로 무송을 보며 물었다.

"도련님, 어째서 생선 한 토막, 고기 한 점 집지 않으세요?"

그러면서 금방 안주라도 집어 줄 듯 아양을 떨었다. 원래가 남의 집 종년이었던 터라 사람 비위 맞추는 데는 남달랐다. 그러나 무송은 오직 형수로만 대할 뿐이었다.

술이 몇 잔 들어가자 반금련은 한층 거침없이 추파를 드러내 보였다. 그제야 무송도 그녀의 좋지 않은 뜻을 짐작했으나 시작한 술자리라 말없이 술잔만 기울이다 몸을 일으켰다.

"아우, 왜 일어나나? 몇 잔 더 하고 가지 그래?"

무대가 물색없이 아우를 붙들었다. 무송이 불편한 속을 드러내지 않고 말했다.

"됐습니다. 다음에 또 뵈러 오지요."

그러면서 집을 나서자 반금련이 아쉬운 듯 따라 나오면서 콧소리 섞인 말로 형제 모두에게 졸랐다.

"도련님, 꼭 우리 집으로 옮겨 오셔야 해요. 도련님이 우리 집으로 안 오시면 다른 사람들이 우리 내외를 비웃을 거라구요. 친형제가 남남처럼 정 없이 지낸다구 말이에요. 그리구 당신, 당신도 빨리 이 집에 방 한 칸 잘 곁들여 보세요. 도련님이 와 계시게. 형제를 길거리 아무 집에나 있게 하는 것 옳지 않은 일이에요."

"네 형수 말이 맞다. 얘야, 부디 우리 집으로 옮겨 이 형이 남의 욕을 안 듣게 해 다오."

무대까지 덩달아 그렇게 나오니 무송도 어쩌는 수가 없었다.

"형님과 형수님께서 그렇게까지 말씀하시니 오늘 밤이라도 보따리를 싸서 오도록 하지요."

마침내 무대네 집으로 옮기는 걸 승낙했다. 무대의 아낙이 한 번 더 쐐기를 박았다.

"도련님, 잊으시면 안 돼요. 전 그리 알고 기다리겠어요."

형님 댁을 나온 무송은 그길로 현청으로 돌아갔다. 마침 지현이 대청에 나와 현의 일을 보고 있었다. 무송이 지현 앞으로 나가 아뢰었다.

"저희 친형님이 자석가에 이사를 와서 살고 계십니다. 거처를 형님 댁으로 옮기고 싶어 상공의 뜻을 알아보려 합니다."

"형제간의 우애로는 마땅히 그래야 할 것인데 내가 어찌 말리겠느냐? 허나 나가 있더라도 매일같이 현청에는 나와 봐야 한다."

지현이 그렇게 허락했다. 이에 무송은 현청 안의 거처로 돌아가 쓰던 물건이며 새로 지은 옷가지, 이런저런 상으로 받은 상품 따위를 보따리에 쌌다.

무송이 보따리를 진 병사와 함께 형의 집에 이르니 형수는 밤중에 횡재라도 한 사람처럼 기뻐 어쩔 줄 모르며 달려 나왔다. 무대가 이미 목수를 불러 위층 방 한 칸을 고치게 한 뒤 침상 하나와 탁자 하나, 의자 둘을 짜게 해 놓아서 묵을 방도 아무런 불편 없게 갖춰져 있었다.

무송은 그 방에 짐을 풀고 데리고 온 병사를 돌려보냈다. 형과 형수도 첫날이니 쉬라 싶었던지 무송을 찾지 않아 그날 밤은 일 없이 지나갔다.

다음 날이었다. 형수는 아침 일찍 일어나 세숫물을 데운다, 양칫물을 떠온다, 무송을 시중들었다. 머릿수건이며 옷차림까지 꼼꼼히 매만져 준 형수가 현청에 나가는 무송을 문 앞까지 따라 나와 배웅하며 말했다.

"도련님, 식사도 꼭 집에 돌아와서 하도록 하세요. 다른 데 가서 드시면 안 돼요."

"그러지요."

무송은 그 살뜰함에 은근히 감격까지 하며 집을 나섰다.

현청으로 아침 문안을 간 무송이 돌아오니 형수는 어느새 정성 어린 아침상을 봐 놓고 있었다. 세 사람은 상머리에 둘러앉아 맛있게 아침밥을 먹었다. 식사 후 형수는 다시 무송에게 차 한 잔을 두 손으로 받쳐 올렸다.

"형수님께서 이렇도록 극진히 대해 주시니 저는 오히려 여기서 자고 먹는 게 불편할 지경입니다. 차라리 병사 한 명을 불러 시중들게 하는 게 영 편하겠습니다."

차를 받아 마신 무송이 그렇게 말했다. 첫날의 마뜩잖은 인상에다 형수로서는 지나친 친절이 알지 못하게 불안해서 하는 소리였다. 형수가 펄쩍 뛰듯 호들갑을 떨었다.

"도련님, 그 무슨 서운한 말씀이세요? 어찌 그리 저를 남 보듯 하십니까? 내 집안 혈육인데 그만 시중도 못 들어 다른 사람을 집 안에 불러들이다니요. 더군다나 병사를 불러 쓰면 솥이랑 부엌이랑 지저분해져서 안 돼요. 나는 바깥 사람이 내 집 안을 어지럽혀 놓는 건 못 봐요."

그녀가 하도 그렇게 도리질을 치고 나서니 무송도 또 어쩔 수가 없었다.

"형수님, 그러시다면 안 되겠군요. 그럼 신세를 지겠습니다."

그러면서 제 말을 거둬들였다.

무대의 아낙 반금련이 아무리 사내에 환장한 여자라 해도 제 집에 들어온 시동생을 며칠 안에 당장 어찌하려 덤빌 리는 없었다. 그 바람에 며칠은 일없이 지나갔다.

형의 집으로 옮긴 뒤 무송은 형에게 돈을 주어 떡과 과자와 차를 마련하게 하고 이웃을 불러 대접했다. 이웃은 무송 형제의 우애를 부러워하며 모두 몰려와 다시 함께 살게 된 걸 기뻐해 주었다.

그러던 어느 날이었다. 무송은 고운 비단 한 필을 사서 형수에게 옷 한 벌을 지어 주었다. 형수가 좋아 어쩔 줄 몰라 하며 감사했다.

"도련님, 정말 이러셔도 돼요? 하지만 도련님께서 해 주신 옷인데 어떻게 마다할 수 있겠어요? 잘 입을게요."

집안에 별일이 없으니 무대도 크게 달라질 건 없었다. 매일 전처럼 찐 떡을 둘러메고 거리에 나가 팔았다. 무송도 거처가 달라졌을 뿐 전처럼 현청에서 일을 보는 것은 마찬가지였다.

하기야 반금련이 그렇다고 무송에 대한 음심을 버린 건 아니었다. 아침저녁 무송이 현청에서 돌아오기만 하면 솜씨껏 끼니를 대접하고 갖은 아양을 다 떨었다. 그러나 무송이 워낙 마음이 굳은 사람이라 반금련이 아무리 공을 들여도 그녀를 형수 이상으로 보지는 않았다.

길면 길다 할 수 있고 짧으면 짧다 할 한 달이 지나갔다. 어느
새 섣달로 접어들어 연일 매서운 바람이 일더니 두터운 구름이
하늘을 덮고 눈발을 뿌리기 시작했다.

하루 종일 내린 눈이 하얗게 천지를 덮은 다음 날이었다. 무송
은 일찍 현청에 나가 한낮이 되도록 돌아오지 않았고, 무대도 아
낙에게 몰려 거리에 떡을 팔러 나가 있었다.

눈 때문에 마음이 싱숭생숭해졌는지 홀로 집을 지키던 반금련
이 오래 별러 오던 일을 기어이 벌이고 말았다. 바로 시동생인
무송을 유혹하는 일이었다.

반금련은 이웃 왕씨 할멈을 시켜 술과 고기를 사 오게 해 술상
을 차리는 한편, 무송의 방에 화로를 피워 방 안을 따뜻하게 데
워 놓았다. 그녀의 속셈은 이랬다.

'오늘은 그를 한번 건드려 보자. 제가 아무리 철석같은 심장을
가졌다 해도 넘어가지 않고는 못 배길걸······.'

거기 맞게 이런저런 채비를 마친 반금련은 창가에 붙어 서서
무송이 돌아오기만을 기다렸다. 얼마 안 있어 무송이 은가루 같
은 눈을 뒤집어쓰고 집으로 돌아오는 모습이 보였다. 그걸 본 반
금련은 속으로 가만히 웃으며 발을 걷고 나가 맞았다.

"도련님, 몹시 춥지요?"

"뭘요, 형수님께서 그렇게 걱정해 주시니 그저 고마울 뿐입니
다."

무송은 문밖까지 나와 따뜻하게 맞이하는 형수에게 그렇게 감
사하고 집 안으로 들어갔다.

무송이 눈 맞은 전립을 벗으려 하자 반금련이 다가와 두 손으로 거들려 했다.

"괜찮습니다. 제가 벗지요."

무송은 형수의 도움을 뿌리치듯 전립을 벗어 눈을 턴 후 벽에 걸었다. 이어 무송은 다시 눈 맞은 겉옷을 벗어 방 안에 널었다. 보고 있던 반금련이 다시 다정하게 말을 붙였다.

"도련님, 일찍부터 기다렸는데 왜 아침 잡수러 오지 않으셨어요?"

"현청에서 같이 일하는 사람이 같이 가자고 해서요. 마침 할 일도 있어 집까지 오기가 번거롭기에 거기 가서 먹었습니다."

무송이 그렇게 대답하자 반금련이 한층 더 나긋나긋하게 말했다.

"그러셨어요. 어쨌든 도련님 추우실 테니 이리 와서 불 쬐세요."

"좋지요."

무송이 그런 대답과 함께 젖은 신을 벗고 버선을 갈아 신었다.

무송이 불가에 의자를 갖다 놓고 앉은 걸 본 반금련은 살그머니 나가 앞문에 빗장을 지르고 뒷문도 걸어 잠갔다. 뜻밖의 사람이 나타나 제 일을 방해하는 걸 막기 위함이었다.

문을 닫아 건 반금련이 미리 마련해 둔 술상을 들고 무송의 방으로 들어가자 무송이 불쑥 물었다.

"형님은 어디 가셨기에 아직 돌아오지 않으셨습니까?"

"형님이야 매일 장사를 나가야 하지 않아요? 도련님하고 저하고 둘이서만 한잔 마셔요."

그러나 무송은 아무래도 형수와 단둘이서 마신다는 게 마음에 걸리는 듯했다.

　"형님이 돌아오시면 그때 마시지요."

　그러면서 사양했다. 반금련이 짐짓 새침한 얼굴로 말했다.

　"그 양반이 올 때까지 어떻게 기다려요? 그때까진 못 기다려요."

　그러고는 술을 데우려고 주전자에 부었다. 무송이 일어나며 그러는 그녀를 대신하려 했다.

　"형수님, 가만히 앉아 계십시오. 제가 데우지요."

　"아녜요, 도련님, 제가 하는 게 편해요."

　반금련은 그런 말로 무송을 앉혀 놓고 술을 데운다, 탁자 위에 술상을 벌인다, 한참 부산을 떨었다.

　이윽고 술상이 차려지고 술이 데워지자 반금련이 술 한 잔을 가득 따라 무송에게 내밀며 말했다.

　"도련님, 이 잔은 단번에 쭉 비우셔야 해요."

　무송은 하는 수 없이 그녀가 주는 잔을 받아 단숨에 쭉 비웠다. 반금련이 다시 한 잔을 쳐서 무송에게 주며 권했다.

　"날씨도 차고 하니 도련님, 한 잔 더 드세요."

　"그러지요, 형수님."

　이번에도 무송은 그 잔을 마다하지 못하고 비웠다. 그리고 답례로 술 한 잔을 그녀에게 따르자 그녀는 단숨에 비우고 다시 잔을 채워 돌려보냈다.

　그렇게 몇 번 술잔이 오간 뒤에 반금련은 한층 대담하게 나왔다. 일부러 취한 척 옷깃을 벌려 가슴께를 내비치고, 머리를 풀어 교태를 더했다. 뿐만이 아니었다. 얼굴 가득 요염한 웃음을 띠고 슬슬 수작까지 붙여 왔다.

"제가 어떤 사람에게 들으니 도련님께는 여자가 있다던데요. 현청 동쪽에 산다든가…… 그게 정말이세요?"

"차암, 형수님두. 그런 되잖은 사람의 말은 듣지도 마십쇼. 저는 그런 인간이 아닙니다."

무송이 펄쩍 뛰며 부인했다. 반금련이 여전히 헤실헤실 웃으며 덮어씌웠다.

"못 믿겠는데요. 아무래도 도련님 입하고 머릿속이 다른 거 아녜요?"

"형수님께서 정히 못 믿으시겠으면 형님께 물어보십시오."

"그 양반이 그런 걸 어떻게 알겠어요. 그걸 다 알면 떡이나 팔고 다니지는 않을걸요. 그건 그렇고 자, 도련님 술이나 한 잔 더 드세요."

그 바람에 무송은 다시 술 서너 잔을 거푸 마시게 되었다. 그럭저럭 반금련도 석 잔이나 마시게 되자 그러잖아도 남다르던 화냥기가 그대로 넘쳐흘렀다. 시동생인 무송을 상대로 한다는 소리가 모두 남녀간의 일에 관한 것뿐이었다.

그제야 무송도 형수의 속셈을 어렴풋이 알아차렸다. 그러나 웃는 얼굴에 침 뱉을 수가 없어 말없이 머리를 수그리고 듣고만 있었다.

그사이 술이 다 되자 반금련은 다시 술을 데우러 일어섰다. 무송은 화롯불이 사그라드는 것 같아 부젓가락으로 불을 쑤셔 일으켰다. 얼마 안 있어 반금련이 데운 술 주전자를 들고 방으로 되돌아왔다. 그녀는 한 손으로는 주전자를 든 채 다른 한 손으로 무송의 어깨를 어루만지며 말했다.

"이런, 도련님 좀 봐. 아직도 옷을 그냥 입고 있네. 차갑지 않으세요?"

말은 젖은 옷을 걱정하는 듯했으나 실은 노골적으로 남자를 꾀는 수작이었다.

형수 되는 여자가 그렇게까지 염치없이 나오자 무송은 차츰 불쾌해지기 시작했다. 한층 굳어진 얼굴로 대꾸조차 않았다.

무송의 반응이 없자 반금련은 한층 더 유혹의 강도를 높였다. 이래도냐, 하듯 무송에게로 다가가 그가 잡고 있는 부젓가락을 뺏으며 콧소리를 냈다.

"아이 도련님두, 불은 살려 뭐하게요. 저와 도련님이 불을 일으키면 이까짓 화로하구 견주겠어요?"

그렇게 마구잡이로 감겨드는 말에 무송은 드디어 화가 났다. 하지만 아직은 형수라 억지로 속을 누르고 아무 소리 않았다.

그때 이미 반금련의 음심은 불같이 달아 있었다. 무송이 화를 내거나 말거나 제 욕심만 앞세워 수작을 이어 갔다. 무송에게서 뺏은 부젓가락을 화로에 던져 두고 술 한 잔을 따르더니, 제가 한 모금 먼저 마시고 나머지를 내밀었다.

"당신 이 나머지 잔 마저 마셔 보지 않겠우?"

이제는 말투도 형수가 시동생에게 하는 것이 아니었다. 거기다가 술잔을 나눠 마신다는 것은 그렇고 그런 사이의 남녀나 하는 짓이니, 무송이 어찌 그냥 있을 수 있겠는가.

"형수! 부끄러움을 좀 아시오!"

더 참지 못한 무송이 그녀가 내민 술잔을 빼앗아 방바닥에 내던지며 소리쳤다. 그러고는 매달리는 반금련을 뿌리치며 성난 목소리로 보탰다.

"이 무송은 부끄러움 없이 하늘을 이고 땅을 밟는 대장부요. 형수가 생각하는 그따위 파렴치한 개돼지가 아니란 말이오! 형수, 제발 부끄러움을 아시오. 만약 앞으로 조금이라도 이 비슷한 소문이 난다면, 내 눈은 형수를 알아볼지 몰라도 이 주먹은 형수를 알아보지 못할 거외다! 부디 행실을 조심하시오. 그럼 나중에 다시 봅시다."

무송이 그같이 을러대는 소리에 반금련은 얼굴이 빨개졌다. 그러나 화냥기 있는 여자가 또한 밝은 게 잔꾀라, 얼른 수작을 바꾸었다.

"나는 장난으로 해 본 소린데 왜 화는 내고 그러세요? 정말로 한 소리가 아니니 걱정 마세요. 원, 사람의 정을 몰라주어도 분수가 있지……."

그러면서 오히려 새침해져 술상을 치웠다.

반금련이 더는 눌어붙지 않고 술상을 거둬 내려가자 무송도 그쯤으로 입을 다물었다. 그러나 마음속은 불쾌하기가 그지없었다.

오래잖아 날이 저물고 장사 나갔던 무대가 돌아왔다. 집 안에 떡짐을 내려놓은 무대가 부엌으로 가니 반금련이 독 오른 암쾡이처럼 앉아 있는데, 몹시 울었는지 두 눈이 불그레했다. 무대가 놀라 물었다.

"아니, 왜 이러나? 누구와 싸웠어?"

"도대체 당신이 칠칠치 못하니 온갖 사람들이 나를 업신여기 잖아요!"

반금련이 그렇게 쏘아붙였다. 무대가 더욱 알 수 없어 다시 물었다.

"어느 놈이 감히 당신을 업신여긴단 말이야?"

"꼭 알고 싶어요? 바로 당신 동생 무송이지 누구겠어요? 나는 그 사람이 눈을 맞고 돌아왔기에 술상까지 차려 줬는데 이건 뭐 눈앞에 사람이 없다니까. 나를 마구 희롱하려 들잖아요? 사람을 어떻게 보구……."

반금련은 모든 걸 거꾸로 무송에게 덮어씌웠다. 그러나 아우의 사람됨을 잘 알고 있는 무대는 그런 아내의 말을 믿으려 하지 않았다.

"뭘 잘못 알았겠지. 내 아우는 그런 사람이 아니야. 목소리 높이지 말라구. 이웃 사람이 들으면 웃겠어."

그렇게 아내를 달래 놓고 무송의 방으로 들어갔다.

"얘, 아직 저녁 안 먹었거든 나와 같이 먹자꾸나."

무대가 그렇게 불렀으나 무송은 어찌 된 셈인지 대답이 없었다. 그러다가 한참 뒤에야 무송은 무슨 생각에선지 넣어 둔 옷과 신발을 꿰고 밖으로 나가려 했다. 무대가 그런 무송에게 물었다.

"어딜 가려고?"

그러나 무송은 여전히 대답을 않고 휑하니 밖으로 나가 버렸다. 무대가 부엌에 있는 아내를 향해 알 수 없다는 듯 물었다.

"내가 부르는데 이번에는 대답 없이 나가 버리네. 현청으로 가는 건 알겠지만, 이건 무슨 일이야? 영 모르겠는걸……."

"이 멍텅구리 같은 양반, 그렇게두 눈치가 없우? 무슨 일은 무슨 일. 저도 낯짝이 있으니까 감히 당신을 마주 볼 수 없어 그렇게 달아난 거지. 난 이제 다시는 당신이 그 사람을 내 집에 들여놓지 못하게 할 거예요. 알겠어요?"

반금련이 더욱 마음 놓고 제 편한 대로 무송을 헐뜯었다. 이번에는 무대도 좀 이상한 느낌이 들었으나 아직은 무송을 편들었다.

"만약 아우가 보따리를 싸서 나가면 이웃 사람들이 모두 우리를 비웃을걸."

"귀신 씻나락 까먹는 소리 하지도 마세요. 그 사람이 나를 희롱하려 드는 것은 이웃이 비웃지 않구요? 딴소리 말고 당신이 그 사람에게 말하세요. 나는 그런 사람 다신 못 받아들인다구. 아니면 내게 이혼장을 써 주고 그 사람을 받아들이든가."

계집이 그렇게까지 독을 뿜으며 나오자 무대도 더는 우기지 못했다. 무송을 의심해서라기보다는 계집에게 들볶일 일이 두려워서였다.

두 사람의 말다툼이 그렇게 해서 수그러들 무렵 무송이 다시 돌아왔다. 병사 하나를 데려온 그는 아무 말 없이 제 방으로 가더니 보따리를 쌌다.

무송이 병사에게 짐을 지워 나가는 걸 보고 무대가 뒤따라가며 물었다.

"얘야, 무엇 때문에 이렇게 떠나느냐?"

그제야 무송이 한숨 섞어 대답했다.

"형님, 묻지 마십시오. 말해 봐야 형님께 창피만 될 테니까요. 이대로 그냥 떠나게 해 주십시오."

그 표정이 얼마나 굳은지 무대가 더 어떻게 말을 붙여 볼 엄두가 안 날 정도였다. 하릴없이 팔짱을 끼고 무송이 짐을 옮겨 가는 걸 보고만 있는데, 계집이 안에서 악다구니를 했다.

"잘한다. 하나뿐인 친형제라더니 형수를 잘 돌봐 주지는 못할망정 오히려 헐뜯어? 빛 좋은 개살구라더니 꼭 그렇구나. 갈 테면 가지. 오히려 천지신명께 고마워할 판이라구."

무대는 아내가 그렇게 욕을 퍼붓자 정말로 뭐가 뭔지 알 수가 없었다. 마음이 즐겁지 않은 대로 멀거니 아우를 떠나 보냈다.

형의 집을 나간 무송은 전처럼 현청 안의 거처에서 묵었다. 무대도 전처럼 거리를 다니며 찐 떡을 팔았다. 원래 무대는 현청으로 무송을 찾아가 형제간에 못다 한 이야기라도 나누고 싶었다. 그러나 계집이 워낙 표독을 부리며 무송을 만나 보지 못하게 닦달하는 바람에 감히 그를 찾아보지 못했다.

다시 세월은 물같이 흘러 그 눈 오던 날로부터 열댓새가 지났다. 양곡현 지현은 이곳에 부임한 지 이 년 반이 넘도록 동경에 있는 친족들에게 아무것도 보내지 못한 게 마음에 걸렸다. 그동안 모은 적지 않은 금은을 보낼 생각이 있었지만 걱정은 산골마다 들어앉은 도둑 떼였다. 자칫하다간 가는 길에 도둑들 좋은 일만 시킬 판이었다. 그래서 어찌할까 궁리를 하던 지현은 문득 무송을 떠올렸다.

'그래, 그를 보내면 되겠다. 그만한 호걸이면 탈 없이 해낼 것이다!'

그런 생각이 들자 그날로 무송을 불러 말했다.

"내 친척 한 분이 동경성 안에 사시는데, 그분에게 예물을 보내고 싶네. 글도 한 통 올려 문안도 드리고 싶고……. 그런데 걱정은 도중에 좋지 못한 일을 당하는 것이네. 자네 같은 호걸이 무슨 수를 내줘야겠네. 부디 싫다 말고 나를 위해 한번 가 주게. 다녀오면 후하게 상을 주겠네."

그러잖아도 마음이 어수선하던 무송은 기꺼이 지현의 말을 따랐다.

"제가 상공의 은혜를 입어 도두로 일하게 되었는데 어찌 그만 일을 마다하겠습니까? 이왕에 보내시려면 하루라도 빨리 보내 주십시오. 마침 동경은 아직 가 본 적이 없는 곳이라 이번 길에 그곳 구경이나 좀 하고 오겠습니다. 떠나는 것은 내일이라도 어렵지 않습니다."

지현은 무송의 그 같은 말에 기뻐해 마지않았다. 상으로 술 석 잔을 내리고 모든 것을 무송의 뜻대로 하게 맡겼다.

지현 앞을 물러나온 무송은 자기 거처로 돌아오기 바쁘게 병사 하나를 불러 은자 몇 냥을 내주며 술 한 병과 고기 따위 안줏거리를 사 오게 했다. 병사가 저자로 가 무송이 시킨 것을 사 왔다.

무송은 그 술과 안줏거리를 싸들고 자석가로 달려갔다. 형 무대의 집을 찾아보려 함이었다.

무송이 형의 집에 이르러 보니 마침 무대도 떡 장사를 마치고 돌아와 있었다. 무송은 문간에서 병사를 부엌으로 들여보내 안주를 장만케 하고 집 안으로 들어갔다.

형수 반금련은 무송이 훤칠한 모습으로 들어서자 다시 미련이 생겼다. 거기다가 무송이 술과 안주까지 마련해 온 걸 보고는 모든 걸 저 좋도록만 생각했다.

'저 사람이 나를 생각해 다시 온 게 아닐까? 그때 일을 다 잊은 모양이지. 이따가 한번 물어봐야겠다……'

생각이 그렇게 돌아가자 그녀는 그냥 있을 수가 없었다. 얼른 위층으로 올라가 분을 바르고 머리를 빗은 뒤 옷까지 곱게 갈아입고서야 아래층으로 내려와 무송을 맞아들였다.

"도련님, 무얼 잘못 아신 게 아니세요? 요즈음은 통 찾아오시지 않는 게 저를 영 잘못 아신 것 같군요. 저는 매일 형님께 현청으로 가서 도련님을 찾아보라 했건만 형님은 찾을 수가 없다고만 하시더군요. 그런데 오늘 이렇게 찾아 주시니 얼마나 기쁜지 모르겠어요."

반금련이 절까지 나부시 하며 그렇게 말을 붙여 오자 무송도 심통만 부릴 수가 없었다. 덤덤한 얼굴로 형수의 말을 받았다.

"드릴 말씀이 있어 왔습니다. 형님과 형수님께서 아셔야 될 일이라……."

"그렇다면 우선 올라오세요. 자리에 앉아서 이야기하도록 하세요."

반금련이 그런 무송을 위층으로 이끌었다.

방 안으로 들어간 세 사람은 무대와 반금련이 윗자리에 앉고 무송이 아랫자리에 있는 형국으로 자리를 잡았다. 무송이 데려간 병사가 술과 안주를 장만해 탁자 위에 벌여 놓았다.

무송은 형과 형수에게 술을 따르고 자신의 잔도 채웠다. 반금련이 줄곧 묘한 눈길을 보내왔으나 무송은 못 본 척 잔만 비웠다.

대여섯 잔을 비운 뒤 무송은 병사를 시켜 술을 채운 자신의 잔을 무대에게 올리게 하며 말했다.

"형님, 드릴 말씀이 있습니다. 저는 지현 상공의 심부름으로 동경엘 가게 되었습니다. 내일 아침에 떠납니다. 많이 걸리면 두 달이고 빠르면 사오십 일 해서 돌아올 것입니다. 그런데 형님께서는 힘없고 겁 많으신 데다 저까지 없으니 사람들이 업신여길까 여간 걱정이 아닙니다. 형님, 내일부터는 떡을 열 상자에서 다섯 상자로 줄여 파시고 집은 늦게 나갔다가 일찍 돌아오십시오. 다른 사람들과 어울려 술을 마시지 말고 집에 돌아오면 곧 문을 걸어 잠그셔야 합니다. 일찍 문을 닫아건다고 남이 흉본다 해도 개의치 마십시오. 또 누가 시비를 걸거든 그와 싸우지 말고 제가 돌아올 때까지 기다리셔야 합니다. 따질 건 제가 따지지요. 그럼 형님, 제가 시킨 대로 하시겠다는 뜻으로 이 술 한 잔을 비우십시오."

그러자 무대가 정성 가득한 동생의 말에 감동한 얼굴로 술잔을 받으며 다짐했다.

"네 말이 모두 옳으니 꼭 그대로 하마."

무송은 무대가 돌려준 잔에 다시 술을 채워 형수에게 권하며 간곡하게 일렀다.

"형수님은 세밀하신 분이니 제가 길게 이야기하지 않겠습니다. 형님이 사람됨이 소박하고 이치를 따질 줄 모르니 모든 것은 형수님께서 알아서 처리하십시오. 옛말에 이르기를 겉으로 꿋꿋한 것보다는 안으로 꿋꿋한 게 낫다 했습니다. 형수께서 집안을 잘 다스려 가신다면 우리 형님께서 걱정할 게 무엇 있겠습니까? 울타리가 든든하면 개는 들어오지 않는단 말도 있지 않습니까?"

무송이 그렇게 말을 맺자 반금련은 부끄럽기도 하고 화도 났다. 낯이 새빨개져서 죄 없는 무대에게 대뜸 퍼부었다.

"당신이 그렇게 흐리멍텅하니 다른 사람들이 별소리를 다 해 나를 이렇게 업신여기지 않아요? 내가 비록 갓 쓴 대장부는 아니지만, 그래도 떳떳하게 시집와 사는 한 집안의 안주인이라구요. 아직 한 번도 외간 남자가 얼씬거리게 한 적이 없는데 이게 다 무슨 소리예요? 무대 당신에게로 시집온 뒤 개미 한 마리, 어리친 개 새끼 하나 울안으로 기어드는 거 봤어요? 그런데 듣자 듣자 하니 말 한 마디 한 마디가 사람을 어떻게 보고……."

반금련이 그렇게 형을 들볶아 대는 걸 보고 무송은 아차 싶었다. 얼른 낯빛을 풀고 허허거리며 말했다.

"형수님께서 그리하셨다면 정말 잘하신 거지요. 입과 머릿속이 다르지 않기를 바랄 뿐입니다. 자, 그럼 형수님의 말을 믿는다는 뜻에서 한 잔 올리니 받으십시오."

그러나 반금련은 성을 풀지 않았다. 차갑게 술잔을 밀치더니 발딱 일어나 아래층으로 내려가 버렸다가 층계에서 위를 올려다보며 무송에게 퍼부었다.

"그렇게 똑똑하고 잘났으면서 맏형수는 어머님과 같단 소리는 왜 못 들었을까? 무대에게 시집올 때만 해도 무슨 도련님 같은 게 있단 소리는 못 들었는데 어디서 불쑥 뛰어 들어와서는……. 내가 한번 성이 나면 모든 게 끝장이란 걸 알아야 해!"

그래 놓고 무엇이 분한지 왜울음을 터뜨리며 아래층으로 내려가 버렸다. 그녀가 갖은 표독을 부리고 갔지만 형제는 별일 없이 남은 술을 다 마시고 헤어졌다.

"애야, 갔다가 빨리 돌아오너라."

무송이 작별을 하자 무대가 그렇게 당부했다. 저도 몰래 눈물을 주르르 흘리는 게 무언가 좋지 않은 예감에 쫓기는 듯했다. 형이 눈물을 흘리는 걸 보고 무송이 다시 권했다.

"형님, 차라리 떡을 팔러 다니지 말고 집에만 계십시오. 가용에 쓸 돈은 제가 어떻게 보내 드리지요."

바람둥이와 논다니

무대는 자신을 그렇게까지 생각해 주는 동생이 고마워선지 더욱 심하게 눈물을 쏟았다. 문 앞에 이르자 무송이 떠나기 앞서 한 번 더 다짐했다.

"형님, 제 말을 잊어서는 안 됩니다. 꼭 시킨 대로 하십시오."

그리고 데리고 온 병사와 함께 현청으로 돌아간 무송은 다음 날 일찍 길을 떠날 모든 채비를 갖추고 지현을 보러 갔다.

지현은 지현대로 준비가 대단했다. 수레를 한 대 마련해 단단하게 짠 덮개를 씌우고 거기에 재물을 실었다. 수레를 따라 보낼 사람으로는 무송 외에도 가리고 가려 뽑은 날랜 병사 둘과 현청 안에서도 가장 믿을 만한 아전바치 둘이 더 있었다.

무송은 그들 넷과 함께 지현에게 하직 인사를 드린 뒤 수레를 끌고 현청을 나섰다. 양곡현에서 동경까지 멀고 험한 길을 가는 동안 그들 다섯이 지켜야 할 수레였다.

한편 무송이 떠나간 뒤 반금련은 무대를 무던히도 들볶았다. 무대는 계집이 악을 쓸 때마다 참고 한숨만 쉬었으나, 아우가 당부한 말은 그대로 지켰다. 떡은 평소보다 반만 팔고 늦기 전에 집으로 돌아왔으며, 집에 돌아와서는 또 등짐을 내려놓기 바쁘게 발을 걷고 문을 잠갔다.

못된 계집이 그런 무대를 그냥 보아 넘길 리 없었다. 무대가 돌아와 문을 잠글 때마다 표독스레 몰아댔다.

"이 못생긴 얼간망둥아, 아직 해가 중천에 있는데 문은 왜 닫아걸고 육갑이냐? 내 여태껏 살아 봐도 이런 꼴은 처음 본다. 남들이 보면 이 집구석에 귀신이라도 덤벼드는지 알겠다. 그것도 아우라고 그놈의 말은 잘도 듣네. 다른 사람들이 비웃을까 겁난다 겁나."

"남들이 비웃으려면 비웃으라지. 아우는 내게 좋으라고 해 준 말인데 남의 시비 같은 게 무슨 상관인가?"

무대가 그렇게 대꾸하자 계집은 한층 더 악을 썼다.

"어쭈, 어쭈, 못생긴 게 생각까지 꽉 막혀 가지구선…… 남자가 돼서 그렇게 주견이 없으니 남의 업신여김을 당하지. 아무리 아우라도 그렇지, 그 돼먹잖은 소리를 다 들어?"

"그러지 마라, 내 아우는 옳은 말만 하는 사람이야."

무대는 그렇게 힘없이 받으면서도 아우가 시킨 것은 반드시 지켰다. 무송이 간 지 보름이 되어도 느지막이 나가 일찍 돌아오고, 돌아오면 문 잠그는 일을 잊지 않았다.

계집은 그 일로 여러 번 무대를 타박 주었지만 무대가 들은 척도 않자 마침내는 입을 다물었다. 뿐만 아니라 무대가 돌아올 때쯤 해서는 제 스스로 발을 걷고 문을 잠그게끔 되었다. 말은 안해도 무대는 계집의 그런 변화가 속으로는 매우 기뻤다.

'잘됐다. 뭐가 제대로 되는구나……'

그러던 어느 날이었다. 그사이 겨울도 다해 날씨가 제법 따뜻해져 있었다. 그날도 무대가 올 때가 되어 반금련이 스스로 발을 내리던 중에 조그만 일이 벌어졌다. 마침 창문 아래를 지나가던 허우대 좋은 사내를 훔쳐보다가 손에 들고 있던 빗장을 잘못해 떨어뜨린 것이다.

빗장은 공교롭게도 그 사내의 두건 위에 떨어졌다. 두건이 찌그러진 사내가 걸음을 멈추고 성난 얼굴로 올려다보았다. 그러나 빗장을 떨어뜨린 사람이 아주 예쁜 아낙네라 성이 나기는커녕 눈앞이 다 아찔할 지경이었다. 이때 사내가 싱긋 웃음을 보내는데 여자 쪽에서 먼저 말을 건네 왔다.

"제가 잠깐 실수를 했습니다. 나리, 다치지 않으셨습니까?"

그러자 사내가 한편으로는 두건을 바로 하고 다른 한편으로는 깊숙이 허리를 접어 예를 표하면서 받았다.

"괜찮습니다."

그때 그 둘을 훔쳐보고 있는 사람이 있었다. 바로 무대네 옆집에서 찻집을 하는 왕씨 할멈이었다. 할멈은 무슨 생각이 났던지 발을 걷고 나와 두 사람에게 우스갯소리를 했다.

"저런, 누가 나리보구 그 집 처마 밑을 지나라구 했우? 그리고 맞히기도 참 잘 맞혔다."

"제 잘못이지요. 공연히 부인을 놀라게 했습니다. 잘 보아주십시오."

사내가 그 말을 받아 허허거리며 수작을 걸자 여자도 해죽거리며 대꾸했다.

"나리야말로 저를 너그럽게 봐주세요."

"별말씀을, 제가 어찌 감히……."

뭐가 우스운지 사내가 껄껄거리며 그렇게 말해 놓고 반금련의 몸매를 살폈다. 그리고 공연히 고개를 흔들흔들하더니 거드름 섞인 걸음으로 그곳을 떠났다. 반금련도 발을 걷고 문께로 나와 돌아오는 무대를 기다렸다.

어찌 보면 대수롭지 않은 일 같지만, 실타래는 이미 거기서 엉키고 있었다. 그 사내는 양곡현에서 이름난 난봉꾼으로 현청 앞에서 생약포(生藥鋪)를 열어 돈푼깨나 모은 자였다. 사람됨이 간사한 데다 주먹질, 봉술깨나 할 줄 알았고, 또 현청 안의 이런저런 일에 끼어들어 관원들을 돈으로 구워삶으니 그쪽으로도 힘깨나 썼다. 그의 성은 서문(西門)이고 이름은 경(慶)인데, 달리는 서문대랑(西門大郎, 큰 도련님, 나리 정도)이라 불리기도 하고 근래에는 서문 대관인(大官人, 어르신 정도의 높임말)이란 소리도 들었다. 재력으로든 성미로든 그를 건드리는 것은 이롭지 못해 비위를 맞추려고 높여 부르는 호칭이었다.

서문경은 반금련을 보자 한눈에 반했다. 어딘가 여염의 아낙으로서는 흔치 않은 반금련의 교태가 타고난 그의 바람기를 충동질한 결과였다.

반금련과의 그 일이 있고 얼마 되지 않아 서문경은 길을 돌아 왕씨 할멈의 찻집으로 기어들었다. 서문경이 찻집 구석에 자리 잡고 앉자 왕씨 할멈이 빙글거리며 말을 건넸다.

"나리, 아까는 웬일루 그렇게 점잖았우?"

서문경도 할멈이 이미 제 마음속을 훤히 꿰뚫고 있다 싶었던지 너털웃음을 치며 숨김없이 말했다.

"할멈, 잠깐만 이리 와 보슈. 내 물을 게 있는데 아까 그 여자 누구의 아낙이오?"

"염라대왕의 누이요, 오도장군(五道將軍, 못된 귀신의 이름. 또는 도둑들의 신)의 딸이라우. 그런데 그건 왜 물으시우?"

할멈이 능청을 떨며 그렇게 서문경의 속을 태웠다. 서문경이 웃음을 거두었다.

"나는 진정으로 묻고 있단 말이오. 우스갯소리로 알지 마시오."

그러나 왕씨 할멈은 여전히 웃음기를 거두지 않았다.

"나리, 정말로 그 남편을 모르시오? 맨날 현청 앞에서 익은 음식을 파는 사람인데."

"그럼 약밥 파는 서삼(徐三)의 아낙인가?"

"아니라우. 서삼만 돼도 그냥 봐줄 만은 하지. 다시 한번 맞혀 보슈."

"그렇다면 이이가(李二哥)로군."

"그만해도 짝은 될 만하지요."

"그럼 누구야? 육소을(陸小乙) 그놈의 아낙인가?"

"틀렸우. 그쯤만 돼도 또 보아줄 수 있지요. 다시 한번 생각해 보구라."

왕씨 할멈은 무엇이 그리 신나는지 소리 내어 낄낄거리며 손을 내젓는다. 서문경이 드디어 추측하기를 단념하고 물었다.

"할멈, 그럼 도대체 누구란 말이오? 나는 아무래도 모르겠소."

"나리가 알면 우선 소리 내 웃기부터 할 거유. 그 여자의 남편은 바로 찐 떡 파는 무대라오."

할멈이 그렇게 밝히자 서문경이 아무래도 믿기지 않는다는 듯 다시 물었다.

"아니, 그럼 그 난쟁이 곰보 무대란 말이오?"

"바로 그렇다니까요."

"좋은 양고기 덩이가 개 아가리에 떨어졌군!"

서문경이 저도 몰래 벌떡 몸을 일으키며 씁쓸하게 중얼거렸다. 왕씨 할멈이 맞장구를 쳤다.

"정말 그렇다우. 예로부터 이르기를, 좋은 말은 못난이를 태우고, 고운 아낙은 어리석은 남편과 짝한다더니 그 내외가 바로 그거지. 월하노인(月下老人, 인간의 운명을 정한다는 중국 전설 속의 신령)이 심술을 부린 거유."

하지만 서문경은 한숨만 쉬고 있지는 않았다. 갑자기 무슨 생각을 했는지 이야기를 딴 곳으로 돌렸다.

"이봐, 할멈, 내 찻값 떨어진 게 얼마요?"

"얼마 안 되우. 다음에 갖다 주셔도 돼요."

할멈이 그렇게 대답하자 서문경이 다시 딴 걸 물었다.

"참, 아들이 누구를 따라갔다구 했지?"

"말 안 했던가요? 장사꾼을 따라 회상(淮上)으로 갔다구. 여태 껏 돌아오지 않고 있는데 원, 죽었는지 살았는지……."

"나를 따라다녀 볼 생각은 없다던가?"

"나리께서 써 주시기만 한다면야 좋구말구요."

"그럼 돌아오거든 한번 생각해 보세."

서문경이 선선히 그렇게 말하자 왕씨 할멈은 입이 함지박처럼 벌어졌다. 서문경은 그 뒤로도 왕씨 할멈이 들으면 좋아할 말만 한참이나 늘어놓다가 찻집을 나갔다.

하지만 나간 지 한 시간도 안 되어 서문경은 다시 왕씨 할멈의 찻집으로 돌아왔다. 그가 발 곁의 의자에 앉아 줄곧 무대네 문 앞만 바라보고 있는 걸 보고 왕씨 할멈이 다가와 짓궂게 물었다.

"나리, 매탕(梅湯)이라도 달여 올까요?"

매(梅)는 매(媒)와 뜻이 통하는 말이다. 서문경의 속을 짐작한 할멈이 딴 뜻이 있어 물어본 것이었으나 서문경은 짐짓 못 알아 들은 체했다.

"그거 좋지, 새큼하게 한 잔 내오슈."

할멈은 두말 않고 들어가 매탕을 끓였다. 할멈이 두 손으로 받 쳐들고 온 매탕을 천천히 마신 서문경이 잔을 탁자 위에 내려놓 으며 말했다.

"왕씨 할멈, 할멈네 매탕이 역시 좋구려. 집 안에 더 있소?"

"이 늙은 게 평생 중매쟁이 노릇을 해 왔지만, 집 안에 있는 걸 중매한 적은 없우."

할멈이 다시 빙글거리며 엉뚱한 대답을 했다. 서문경은 그래도 시치미를 뗐다.

"거참, 이상하네. 나는 할멈네 매탕 이야기를 했는데 할멈은 난데없이 중매 타령이구려."

"늙은것의 귀에는 어찌 매탕의 매 자가 중매의 매 자처럼 들려서요."

"좋소, 이왕에 할멈이 뭘 좀 알아본 듯하니 내 말하리다. 중매란 소리를 입 밖에 냈으니 나를 위해 좋은 일 좀 하구려. 사례는 두둑이 하리다."

"아이구, 나리, 그 무슨 말씀이시우? 댁에 계신 마나님께서 들으시면 이 할망구 얼굴에서 귀가 잘려 나갈 판인데……."

왕씨 할멈은 그렇게 엄살을 떨었지만 아주 싫다는 표정은 아니었다. 서문경이 진작부터 마음속에 접어 두고 있던 생각을 슬슬 털어놓기 시작했다.

"아니지, 집사람은 아주 너그러워 남을 잘 용서한다오. 지금도 여러 계집을 집 안에 두고 있다니까. 그러나 하나도 어디 마음에 드는 게 있어야지. 할멈이 나서서 좋은 여자 하나 구해 주시오. 내 마음에 들면 딴 데서 살다 온 사람이라도 괜찮소."

"하기야 얼마 전에 맞춤한 색시가 하나 있었지요. 그런데 나리께는 맞지 않는 것 같아서……."

"좋은 여자라면 일이 되게 해 주시오. 사례는 넉넉히 하리다."

"생기기는 예쁜데 나이가 좀 들었우."

"한두 살 차이야 어떨라구. 그래 몇 살이었소?"

"보자, 그 색시 무인생이니까 호랑이띠로 올해 아흔세 살쯤 되나?"

그제야 서문경도 왕씨 할멈이 농담을 하고 있음을 알았다. 하지만 성을 내기는커녕 너털웃음을 치고 일어났다.

"이런 미친 할망구 같으니, 헛소리로 사람 고만 놀리쇼."

그리고 그쯤 해서 찻집을 나갔다.

그사이 해가 기울고 날이 차차 저물어 왔다. 왕씨 할멈이 불을 켜고 찻집 문을 닫으려는데 서문경이 다시 나타났다. 불이 붙어도 단단히 붙은 모양이었다.

발을 걷고 찻집 안으로 들어온 서문경은 낮에 앉았던 자리로 가 앉더니 낮처럼 또 무대네 집 문께만 바라보았다. 할멈의 눈에는 모든 게 훤히 보였지만, 짐짓 모르는 체 서문경에게 다가갔다.

"나리, 화합탕(和合湯)을 한 그릇 하시는 게 어떠우?"

서문경이 사람 좋은 양 웃음을 띠고 고개를 끄덕였다.

"거 좋지, 좀 달게 달여 주슈."

그러자 왕씨 할멈은 잽싸게 안으로 들어가 화합탕을 한 그릇 달여 온다. 하릴없이 차 한 잔을 더 마신 서문경은 한참을 더 앉았다가 몸을 일으켰다. 그리고 떠나기 싫은 걸 억지로 떠난다는 듯 느릿느릿 찻집을 나서며 말했다.

"할멈, 모두 장부에 달아 두슈. 내일 한꺼번에 갚아 드리지."

"마음 쓸 거 없우. 언제 지나는 길 있거든 갚아 줘요."

왕씨 할멈이 그렇게 대꾸하자 서문경은 다시 바보 같은 웃음을 흘리며 찻집을 나갔다.

다음 날이었다. 왕씨 할멈이 아침 일찍 가게를 열려고 문가로 다가서는데, 창문으로 벌써 서문경의 모습이 눈에 들어왔다. 언제 왔는지 찻집 앞을 오락가락하며 할멈이 문을 열기만을 기다리는 것이었다.

창문으로 서문경을 본 왕씨 할멈이 찬웃음을 흘리며 중얼거렸다.

'저 바람둥이가 후끈 달아 새벽부터 오락가락이로군. 코끝에 사탕이라도 발라 달라는 거냐. 잘됐다. 너도 사람들깨나 짜냈으니 이번에는 이 할멈에게 한번 쥐어짜여 봐라.'

그러면서도 짐짓 서문경을 못 본 체 집 문을 연 뒤 주방에 불을 지피고 찻주전자를 씻으면서 능청을 떨었다. 아니나 다를까, 아직 찻집 안이 채 정리되기도 전에 서문경이 뛰어들어 왔다. 그리고 전날처럼 문가 발 아래 자리에 앉더니 무대네 집을 넋 빠진 듯 바라보는 것이었다.

길을 잘못 잡은 것이긴 하지만 어쨌든 대단한 열정의 사나이였다.

왕씨 할멈은 그래도 서문경을 못 본 체했다. 찻집 주방 안에서 풍로에 부채질만 하며 차 주문조차 받지 않았다. 참다못한 서문경이 안쪽을 들여다보며 소리를 쳤다.

"할멈, 여기 차 두 잔만 내오시우."

그제야 할멈이 나와 알은체를 했다.

"아이구, 나리 오셨우? 어제오늘 자주 뵙는구려. 앉으세요."

그래 놓고는 짙게 달인 차 두 잔을 내왔다. 할멈이 탁자 위에 차를 놓는 걸 보고 서문경이 은근하게 말했다.

　"할멈, 이리 와서 함께 차 듭시다."

　"제가 무슨 나리 정인이라두 되우?"

　할멈이 그렇게 낄낄거리는 걸 보고 서문경도 한차례 실없이 따라 웃다가 문득 물었다.

　"할멈, 그런데 이 옆집에는 무얼 파오?"

　"삶은 국수하고 뜨끈한 국물하고 톡 쏘는 술하고…… 뭐 그런 것들이우."

　서문경이 뻔히 알며 묻는 것이라 할멈의 대답이 절로 엇나갔다.

　"저런, 허풍쟁이 할망구 같으니라구!"

　"허풍이 아니라우. 서방님이 눈에 불을 켜고 있어서 그렇지."

　"할멈, 그러지 말고 바로 일러 주슈. 어제 저 집은 찐 떡을 판다고 하지 않았소? 내가 찐 떡을 한 쉰 개 사 가고 싶은데 집에 떡이 있는지 할멈이 가서 알아봐 주시오."

　서문경이 할 수 없이 실토를 하고 그런 궁색한 구실을 만들어 냈다. 왕씨 할멈은 서문경이 둘러대는 게 밉살맞았던지 한 번 더 골탕을 먹였다.

　"찐 떡을 사시려면 조금 더 기다리시구려. 가만히 있어도 거리를 돌며 팔 텐데 뭣 땜에 새벽같이 문을 두드려 가며 사려고 하슈?"

　그렇게 서문경이 애써 만들어 놓은 구실을 간단히 깔아뭉개 버렸다. 서문경도 그렇게 되자 별수가 없었다.

"듣고 보니 할멈의 말이 옳군."

할멈이 원망스러운 대로 그렇게 받으며 맛도 없는 차를 홀짝이기 시작했다. 차를 다 마신 서문경은 일없이 앉아 있기도 뭣해 자리에서 일어났다.

"할멈, 오늘두 장부 달아 놓으슈."

"걱정 마시우. 큼직하게 써 놓지요."

그런데 서문경이 나가고 뜨거운 차 한잔 마실 시간도 안 되었을 때였다. 찻집 안을 손보던 왕씨 할멈의 눈에 다시 부근을 얼씬거리는 서문경이 들어왔다. 서문경은 무엇이 거리끼는지 여기 저기를 힐끗힐끗 하면서 동쪽으로 갔다가, 다시 이 눈치 저 눈치 살피며 서쪽으로 되돌아서기를 일고여덟 번이나 하더니 마침내 참지 못하겠다는 듯 찻집 안으로 뛰어들었다.

"나리, 너무 드문드문 오시는군요. 이러다간 얼굴 보기 힘들겠우."

왕씨 할멈이 다가가 그렇게 빈정댔다. 서문경이 실없는 웃음을 흘리다가 소매에서 은자 두 냥을 꺼내 할멈에게 주며 말했다.

"할멈, 이거 우선 찻값으로 받아 두슈."

왕씨 할멈은 드디어 서문경의 호주머니에서 돈이 풀려 나오자 심술을 죽였다.

"웬 돈을 이리 많이 주시우?"

"어쨌든 받아 두슈."

딴 일에는 노랑이가 찻값조차 따지지 않자 할멈은 속으로 기쁨을 이기지 못했다.

'옳거니, 이제 됐다. 단단히 걸려들었어.'

그런 속말과 함께 돈을 거둔 뒤 얼른 서문경에게 물었다.

"이 늙은 게 보니 나리께서는 목이 몹시 타신 듯하구려. 관전 엽아차(寬煎葉兒茶)나 한 잔 내올까요?"

"할멈, 그걸 어떻게 그리 잘 아슈?"

드디어 더 못 참게 된 서문경이 제 속을 털어놓을 작정으로 그렇게 되물었다.

"그야 짐작하기 어렵잖지요. 옛말에 이르기를 '집 안에 들어서거든 말로 형편을 묻지 말고 그 얼굴을 살펴라[入門休問榮枯事, 觀著容顏便得知]' 하지 않았습니까? 평소와 다른 나리의 모습과 발걸음을 보고 이 늙은 게 짐작한 거유."

왕씨 할멈이 그런 말로 서문경의 말문을 터 주었다. 서문경이 드디어 망설이던 걸 털어놓았다.

"실은 가슴에 한 가지 말 못할 어려움이 있소. 만약 할멈이 그걸 알아맞히면 내 은자 닷 냥을 내드리지."

"이 늙은 게 비록 대단한 재주가 있는 건 아니지만 한 가지 짐작이라면 아주 잘 맞힌다우. 나리, 귀 좀 빌려주시우."

할멈이 야릇한 웃음을 흘리며 그렇게 말한 뒤 서문경의 귀에 대고 나지막이 말했다.

"어제부터 이렇게 자주 제 찻집에 들르신 것 모두가 제 이웃에 있는 어떤 사람 때문 아니우? 어때요, 내 짐작이 틀렸어요?"

그러자 더 숨길 것이 없다 싶어진 서문경이 거침없이 털어놓았다.

"정말 할멈의 꾀는 수하(隨何, 한나라 초기의 재주 있는 선비)보다 낫고 눈치는 육가(陸賈, 역시 한나라 초기의 재주 있는 선비. 보통은 수하와 육가를 묶어 수륙(隨陸)이라 함)보다 빠르군. 할멈에게 숨김없이 털어놓자면 바로 맞혔소. 나는 그날 발 빗장이 떨어져 그녀와 얼굴을 맞댄 순간 온 넋[三魂七魄]이 다 빠져나가는 것 같았다오. 두 발로 버티고 서 있기가 어려울 지경이었지. 그래, 할멈, 무슨 좋은 수가 없겠소? 할멈의 수단 한번 빌립시다."

할멈이 그 말을 듣고 낄낄거리더니 또 엉뚱한 대답을 했다.

"저도 나리를 속이지 않고 말씀드리겠소. 제 집에서 차를 판다고는 하지만 장사란 게 귀신도 내뺄 지경으로 안 된다우. 삼 년 전 유월 눈 뿌리던 날 차 한 잔 끓여 팔고 아직까지 한 잔도 더 팔지 못했다니까요. 그래도 잡일이 있어 겨우 입에 풀칠은 하는 게 용치……."

"잡일? 그게 뭐요?"

"중매쟁이 노릇이지 뭐겠우. 시앗 붙여 주는 일이나 뚜쟁이질 하는 것도 조금은 벌이가 되지만 역시 큰 벌이는 임자 있는 계집과 사내 붙여 주는 일이지."

그 말 속에는 이제 서문경이 하려는 짓이 아주 비싸게 먹히는 일이라는 암시가 들어 있었다. 장터 바닥을 돌아먹은 서문경이 그만 뜻을 모를 리 없었다.

"할멈, 돌려 말할 것 없이 바로 밝히지. 만약 할멈이 이 일을 성사시켜 주면 은자 열 냥을 관값으로 드리겠소."

그렇게 시원스레 나왔다. 왕씨 할멈은 그 말에는 가타부타 소리 없이 그 방면의 관록을 내보이기 바빴다.

"나리, 제 말 한번 들어 보슈. 계집질 제대로 즐기려면 다섯 가지가 갖춰져야 하는 법이라오. 첫째는 반안(潘安, 옛적의 미남)과 같은 생김이요, 둘째는 당나귀의 것만 한 그 물건이며, 셋째는 등통(鄧通, 옛적의 부자)과 같은 재물이요, 넷째는 바늘방석에 앉는 것도 견딜 만한 참을성이요, 다섯째는 그 일에 진득할 수 있는 여가요. 그 다섯을 제대로 갖춰야 그래도 계집 같은 계집을 후릴 수 있는 거라우."

"그 다섯 가지라면 조금도 거짓 없이 내게 다 있소. 첫째 내 모양이 비록 반안만은 못해도 이만하면 괜찮고, 둘째 나는 어릴 적부터 그 물건을 굵게 키워 큰 거북이 머리만 하며, 셋째 내 재물 또한 등통만은 못해도 그 일에 쓰기는 넉넉하고, 넷째 참을성 역시 그녀가 사오백 대는 때려도 성 안 내고 견딜 만하며, 다섯째 여가도 그게 없다면 내가 어떻게 하루에도 몇 번씩 여기 와서 노닥거릴 수 있겠소? 할멈, 그러니 제발 나를 위해 좀 나서 주시오. 일만 잘되면 정말로 한 살림 두둑이 안겨 드리겠소!"

후끈 단 서문경이 그렇게 받았다. 그래도 할멈은 승낙을 않고 서문경의 속을 태웠다.

"나리가 그 다섯 가지를 다 갖췄다 해도 그게 없으면 안 되는 게 한 가지 더 있우."

"그 한 가지가 뭐요?"

"나리, 이 늙은것의 입바른 소리를 너무 노여워하지 말고 들으시우. 계집을 후리는 일은 열에 아홉까지가 돈으로 되는데 실은 그 때문에 가장 어려운 거유. 제가 알기로 나리는 너무 인색하시어 그렇게 마구잡이로 돈을 뿌리지 않을 것 같구랴. 그게 걱정이 돼서 깨우쳐 드리는 거라오."

"그거야 고치기 쉽지. 알았어, 할멈. 이제 할멈이 내놓으란 대로 내놓을 테니 그 점은 걱정 마시오."

서문경의 줄항복이 나왔다. 그제야 왕씨 할멈은 본론으로 들어갔다.

"만약 나리가 돈을 아끼지 않겠다면 제게도 계책이 있습지요. 당장 그 여편네를 데려다 나리와 마주 앉게 할 수 있는데, 그 계책대로 따라 주시겠우?"

"무어든지 할멈이 시키는 대로 하지. 그런데 그 묘한 계책이 어떤 거요?"

거기 와서 왕씨 할멈은 또 한 번 서문경을 속 타게 했다. 빙긋이 웃으면서도 답을 미루는 것이었다.

"오늘은 늦었으니 이만 돌아가시우. 여섯 달이나 석 달쯤 지난 뒤에 다시 의논해 봅시다."

한껏 단 서문경은 그 말에 왕씨 할멈 앞에 털썩 무릎을 꿇었다. 욕정 앞에 무릎을 꿇은 것이라고도 할 수 있을는지.

"할멈, 제발 이러지 마시오. 부디 나를 위해 애 좀 써 주시오."

그러자 할멈도 그만하면 됐다 싶던지 웃음기 띤 얼굴로 말했다.

"나리, 그리 걱정하실 일은 아닙니다. 이 늙은것의 계책이 비록 무성왕(武成王, 강상 또는 강태공이 추증된 묘호)에 이르지는 못해도 손무자(孫武子)가 궁녀들을 교련시켜 대오를 지을 만큼은 될 거

50

요. 이제 나리께 제 계책을 말씀드리지요. 그 아낙은 원래 청하현의 어떤 부잣집이 주워다 기른 딸로 바느질 솜씨가 놀랍답니다. 그러니 나리께서는 먼저 이 늙은것에게 흰 비단 한 필, 고운 남색 명주 한 필, 흰 능라 한 필에 좋은 솜 열 냥어치를 보내 주십시오. 그러면 제가 그 집에 가서 함께 차를 마시며 그 아낙에게 물어보겠습니다. '어떤 돈 많은 나리가 내게 수의(壽衣)감을 끊어 보냈우. 날을 받아 지어 볼까 하는데 와서 도와주지 않으려우?' 만약 저의 그 같은 말에 그녀가 눈도 깜짝 않으면 이 일은 거기서 끝난 것이오. 그러나 만약 그녀가 '제가 지어 드리지요.' 하고 나선다면 일은 한 줄기 빛이 보이는 셈이지요."

"그런 다음에는?"

"제가 그녀를 집으로 데려와 일거리를 내주는 거요. 그때 만약 그녀가 '집에 가서 하겠어요.' 하면 일은 또 거기서 끝장이지만 그녀가 만약 '제가 여기 와서 해 드리지요.' 하고 나오면 이번에는 빛 한 줄기가 더 느는 거지요. 그다음 그녀가 우리 집으로 들어오면 저는 점심에 술과 안주를 곁들여 내고 그녀에게 권합니다. 첫날은 나리가 와서는 안 됩니다. 그리고 그녀가 술과 안주를 마다하고 제집으로 돌아가면 일은 또 거기서 글러 버리는 거지요. 하지만 그대로 받아 마실 뿐만 아니라 다음 날도 그녀가 우리 집으로 오면 이번에는 이 일에 또 한 줄기 빛이 보태지는 겁니다."

"그날 내가 가면 되는 거요?"

"아니지요. 그날도 나리가 오셔서는 아니 됩니다. 나리는 셋째

날 점심때쯤 하여 멋지게 차려입으시고 제 집으로 오십시오. 그러나 바로 들어오시지는 말고 문전에서 점잖은 기침과 함께 물으십시오. '왕씨 할멈이 어찌 매일 아니 보이지?' 그러면 제가 달려나가 나리를 집 안으로 끌어들이지요. 그때 그녀가 나리를 보고 발딱 일어나 가 버린다면 제가 무슨 수로 붙잡겠습니까? 일은 다시 거기서 끝장인 거지요. 하지만 나리가 들어오는 걸 보고도 그녀가 가만히 있다면 이제는 네 번째로 서광이 비친 셈입니다. 자리를 잡고 앉은 뒤에는 제가 나리를 수의감을 주신 부잣집 어른이라고 그녀에게 소개해 드리지요. 그리고 나리의 좋은 점을 부풀려 떠벌리겠습니다. 나리께서도 그녀의 바느질 솜씨로 농을 걸어 보십시오. 만약 그녀가 대꾸 않고 외고개만 틀고 있으면 일은 거기서 또 글러 버리지만, 입을 열어 대꾸를 하면 다섯 번째로 서광이 비치는 셈입니다. 그때는 제가 다시 수작을 벌여 보겠습니다. '이거 참 만나기 어려운 두 분이 만났구려. 한 분은 돈을 내어 이 늙은것의 수의감을 끊어 주고, 한 분은 솜씨를 빌려주어 저승길을 걱정 않게 해 주셨으니 두 분께 어떻게 감사를 드려야 할지. 옳지, 이 늙은것이 색시에게 한턱 쓰고 싶으니 나리가 주인처럼 저분을 대접하고 계시우.' 그때 나리는 저를 잡지 말고 주머니에서 은자나 꺼내 주시우. 안줏거리나 좀 장만하라고 말이우."

"만약 그 여편네가 나하고 단둘이 방에 있는 게 싫어 가 버리면 어쩌나?"

"도리 없지요. 일은 거기서 글러 버리는 겁니다. 그러나 그녀가 가만히 앉아 있으면 다시 한 줄기 서광이 더해지는 거지요. 여섯 번째 서광이랍니다. 하지만 아직도 다 된 건 아니지요. 방을 나서면서 저는 다시 한번 그녀를 떠보겠어요. '색시, 수고스럽지만 나리를 모시구 좀 앉아 있어요.' 제가 그럴 때 그녀가 일어나 가 버리면 끝장이지만 가만히 앉았다면 그것은 일곱 번째 좋은 징조가 됩니다. 제가 이것저것 장을 봐 온 뒤에도 그녀를 떠볼 일은 더 남았지요. '색시, 이것저것 잠시 잊고 술 한잔해요. 저분 나리께도 한잔 권하고.'라고 말해 보는 겁니다. 그때 만약 그녀가 나리와 한 탁자에서 술 마시기를 마다하고 일어나 버린다면 아쉽지만 일은 거기서 또 끝이지요. 그러나 입으로는 간다면서도 몸이 움직이지 않으면 일은 거의 다 된 거나 다름없습니다. 하지만 고비는 아직도 둘이나 더 있습니다."

"그건 어떤 거, 어떤 거요?"

"술이 어지간히 돌고 이야기가 어우러질 때쯤 해서 제가 술을 엎질러 버리지요. 그러면 나리는 다시 제게 술을 사 오라 하십시오. 그리고 제가 나가거든 슬며시 문을 잠그고 그녀를 살피는 겁니다. 그녀가 문을 걸었다고 화를 내며 집으로 돌아가 버리면 거기서 끝장이고, 가만히 있으면 나리는 또 한 고비를 넘긴 게 됩니다. 그러면 이제 남은 고비는 하나뿐인데 실은 그게 가장 어렵지요. 나리께서는 그녀와 단둘이 방 안에 남게 되거든 달콤한 말로 그녀를 꾀어 보십시오. 급하거나 거칠게 굴지 않으면서도 손과 발은 재빨리 움직이셔야 돼요. 먼저 나리가 소매로 탁자 위의 젓가락을 건드려 떨어뜨리고 젓가락을 줍는 척하며 손으로 그녀의 다리를 쓰다듬어 보세요. 만약 그녀가 성을 내 일어서면 제가 돌아와 돕는대도 소용이 없겠지요. 이 일은 끝장나고 다시 맺기도 힘들 겁니다. 그러나 만약 그녀가 아무 소리도 안 내면 일은 다 된 거요. 그때야말로 성사가 된 거란 말이우. 어떻소, 내 이런 꾀가?"

왕씨 할멈이 청산유수같이 이야기를 끝내자 서문경은 그 꾀에 감탄해 마지않았다.

"비록 능연각(凌煙閣, 당 태종 때 지은 정자로 개국 공신들의 초상화를 걸어 둔 곳)에 들 만큼은 못 돼도 정말 좋은 계책이오!"

그러면서 입에 침이 마르도록 할멈을 치켜세웠다. 할멈은 칭찬보다 셈이 더 중했다.

"일이 된 뒤의 은자 열 냥은 잊지 마시우."

"귤 껍질 한 조각을 먹었어도 동정호(洞庭湖)를 잊어서는 안 된단 말이 있지 않소? 그런데 그 계책은 언제쯤 쓸 거요?"

"오늘 밤이라도 소식 드리지요. 무대가 돌아오기 전에 그 아낙을 찾아가 좋은 말로 꾀어 볼 테니, 나리는 먼저 그 비단들과 솜이나 마련해 보내 주시우."

이에 저잣거리로 달려 나간 서문경은 금세 비단 세 필과 솜 한 뭉치를 사고 거기에 은자 닷 냥까지 얹어 왕씨 할멈에게로 보냈다.

할멈은 그 물건들을 받아 챙기기 바쁘게 쪽문을 열고 무대네 집으로 달려갔다. 심심하던 반금련이 반갑게 할멈을 맞아들였다.

"색시, 우리 집에 가서 차 한잔 마시는 거 어떠우?"

할멈이 그렇게 말하자 반금련은 시큰둥하게 대답했다.

"요 며칠 몸이 안 좋아 왠지 나가기 싫네요."

그러자 할멈은 반금련을 제집으로 데려갈 생각을 버리고 거기서 바로 일을 시작했다.

"그럼 색시네 집에 달력 있지? 그것 좀 보여 주우. 내 날을 받아야 할 일이 있어서……."

"할머니, 무슨 옷 지으실 일이라두 있어요?"

변죽을 울리는 할멈의 말을 단번에 알아들은 반금련이 그렇게 물었다. 할멈이 기다렸다는 듯 미리부터 마음속에 품고 온 말을 그럴싸하게 늘어놓았다.

"이 늙은이가 온몸에 병이 들어 아프지 않은 곳이 없고, 오늘 어떨지 내일 어떨지 모르는 판이라, 죽을 때 입고 갈 옷을 마련해 두려는 것이라우. 다행히 근처에 부자 양반이 그 소리를 듣고 수의감을 떠 주었는데 그게 내 집 안에 처박혀 있은 지 일 년이 넘었지. 내가 바느질을 통 할 줄 몰라서……. 그런데 금년 들어 영 몸이 좋지 않은 데다 또 윤달이 들어 수의 짓기에 좋으니 더 미룰 수 없다는 생각이 든 거요. 벌써 이틀째나 바느질하는 집에 맡기려 했지만 바쁘다는 핑계로 어디 해 주려고 해야. 정말 이 기막힌 이야기를 어떻게 다 할지……."

할멈이 한숨까지 쉬며 그렇게 말을 마치자 반금련이 해죽거리며 받았다.

"할머니 말씀을 잘 알아들었는지 모르지만…… 싫지 않으시다면 제가 도와 드릴까요?"

원래 그런 종류의 여자들이 마음이 헤픈 데다 집에 틀어박혀 있기가 답답하던 그녀였다. 할멈이 그 말에 기뻐 어쩔 줄 몰라 하는 시늉을 지었다.

"만약 색시가 참한 솜씨로 내 수의를 지어 준다면 나는 죽어서 도 좋은 곳에 가게 될 것 같우. 실은 전부터 색시의 바느질 솜씨 가 남다르다는 소리는 들었지만 차마 입이 안 떨어져 말을 못한 거라오."

"그게 뭐 어렵겠어요? 할머니가 좋으시다면 해 드릴게요. 달력 을 가져오거든 좋은 날을 고르고 얼른 일을 시작하도록 하세요."

할멈은 속으로 됐다 싶으면서도 아무런 내색 없이 고맙단 인 사만 되풀이했다.

"색시가 나를 위해 애써 주겠다니 고맙소. 그야말로 색시는 나 에게 복성(福星)이니 따로 날을 고르고 자시고 할 게 무어 있겠 우? 게다가 어제 알아보니 내일이 바로 좋은 날이라더구먼. 실은 이 늙은이가 찾아온 게 좋은 날 고르자고 한 건 아니니 거기 너 무 마음 쓰지 마시우."

"수의를 지을 때 날을 가장 가리는데 무슨 말씀이세요? 하지만 내일이 좋은 날이라니 따로이 받을 필요는 없겠군요."

반금련은 계속해 사근사근 할멈의 뜻을 따라 주었다. 할멈이 드디어 첫 번째로 떠보기에 들어갔다. 지나가는 말투로 슬쩍 한 마디 했다.

"이왕 색시가 이 늙은이를 위해 솜씨를 빌려주겠다 했으니 내 일 아침 우리 집으로 와 주면 고맙겠우."

"그럴 것까지 있겠어요? 할머니가 다시 오면 되잖아요?"

반금련이 그렇게 받았다. 왕씨 할멈은 가슴이 철렁했으나 천연스레 핑계를 늘어놓았다.

"색시가 와 주면 좋겠다는 것은 가게 때문이우. 집에 따로 사람이 없어 내가 오면 누가 찻집을 지키겠우?"

그러자 반금련도 안 될 것 없다는 듯 고개를 까닥했다.

"그러시다면 제가 내일 그리루 가지요."

뚱쟁이 할멈으로 보아서는 뜻밖으로 쉽게 첫 번째 고개를 넘긴 셈이었다. 할멈은 몇 번이고 반금련에게 고맙단 소리를 되풀이하고 집으로 돌아갔다.

할멈은 곧 서문경을 불러 반금련을 만나 본 이야기를 했다. 그리고 서문경이 찾아올 시간을 정해 준 뒤 제집으로 돌려보냈다.

다음 날이 되었다. 왕씨 할멈은 아침부터 실을 산다, 찻물을 끓인다, 수선을 피우며 준비를 했다. 아무런 의심을 받지 않고 반금련을 집 안으로 끌어들이기 위해서였다.

한편 무대는 그날도 아침 먹기 바쁘게 떡 짐을 지고 거리로 나갔다. 반금련은 무대가 떡을 팔러 나가자 문에 발을 내린 뒤 뒷문을 통해 왕씨 할멈네 집으로 갔다.

할멈이 뒹굴듯 달려 나와 반금련을 맞았다. 세상에 이렇게 자신을 반겨하는 사람이 있었나 싶을 정도였다. 할멈은 반금련을 방 안으로 끌어들여 앉힌 뒤 잘 달인 차와 호두, 잣 따위를 내놓았다.

반금련이 차를 다 마시자 할멈은 이내 서문경이 보내 준 비단과 실, 가위 따위를 탁자 위에 늘어놓았다. 그녀를 부른 것은 정말로 수의를 짓기 위함인 것처럼 보였다.

반금련은 할멈의 키며 허리둘레를 잰 뒤 수의감을 말고 바느질을 시작했다. 할멈이 그런 반금련을 입에 침이 마르도록 추켜주었다.

"색시, 정말 대단하우. 나도 육십 년을 넘게 살았지만 색시 같은 바느질 솜씨는 이때껏 한 번도 본 적이 없우."

세상에 자기를 추켜 주는데 기분 나빠할 사람은 없을 것이다. 반금련은 그날 아침나절 내내 기분 좋게 왕씨 할멈의 집에서 바느질을 했다.

점심때가 되자 할멈은 솜씨를 다해 술과 먹을 것을 장만하고 반금련을 대접했다. 그 끝에 나온 국수로 점심을 마친 반금련은 다시 바느질을 시작했다. 모든 게 갑갑한 집 안에 박혀 있을 때와는 비할 바가 아니었다.

그럭저럭 날이 저물어 오자 반금련은 하던 일을 다음 날로 미루고 집으로 돌아갔다.

그녀가 돌아가 방 안에 앉자마자 때맞춰 무대가 떡 짐을 지고 돌아왔다. 반금련은 발을 걷고 문을 열어 무대를 맞아들였다.

집 안으로 들어온 무대는 아낙의 얼굴이 불그레한 것을 보고 얼른 물었다.

"당신 술을 마셨소?"

"옆집 왕씨 할멈이 내게 수의를 부탁하기에 그 집엘 갔다가, 점심때 한잔 내놓기에 마셨어요."

반금련이 별로 무안해하는 기색도 없이 그렇게 대꾸했다. 사람 좋은 무대는 그저 남의 신세 진 것만 마음에 걸려 했다.

"저런, 그 할머니한테 얻어먹어서는 안 되는데. 그 집에 가서 바느질을 해 주더라도 점심은 집에 돌아와서 먹도록 하구려. 홀로 사는 할머니에게 폐를 끼쳐서 쓰나. 내일 또 그 집에 가서 일하게 되거든 돈이라도 좀 가져갔다가 음식을 내면 답례를 하도록 하지. 멀리 있는 친척보다 가까운 이웃이 낫다는 말도 있으니, 공짜로 얻어먹기만 해 인정 없단 소리는 듣지 말라구. 그리고 만약 그 할머니가 답례로 내는 돈을 받지 않으려 하면 차라리 일감을 우리 집으로 가져와 하는 게 낫겠어."

반편같이 여기는 남편이지만 그 말만은 나무랄 데가 없어 반금련도 가만히 듣기만 했다. 따라서 그 밤은 별일 없이 지나갔다.

한편 왕씨 할멈은 모든 계책을 다 짜 놓고 다음 날 반금련이 제 집으로 오기만을 기다렸다. 그러나 아침이 되자 혹시라도 반금련의 마음이 변할까 불안해 그냥 기다릴 수가 없었다. 무대가 떡 짐을 지고 집을 나서기를 기다려 제가 먼저 반금련을 찾아갔다.

반금련은 군소리 없이 할멈을 따라나섰다. 그녀가 할멈의 집에서 바느질을 시작하자 할멈은 또 전날같이 차를 대접하고 바느질 솜씨를 치켜세웠다.

어느덧 점심때가 되었다. 반금련은 무대가 시킨 대로 가져간 돈을 할멈에게 내주며 말했다.

"할머니, 오늘 술은 제가 살게요. 함께 마셔요."

"원, 별소릴…… 이 늙은것이 바빠 못하는 일을 색시가 해 주겠다는 것만도 고마운데 어떻게 돈까지 쓰게 할 수 있겠우? 안 돼요. 그 돈 도로 넣어요."

할멈이 펄쩍 뛰며 말했다.

"저희 남편이 제게 말하기를, 만약 이 돈을 받지 않으면 일감을 집으로 가져와 하라더군요."

반금련이 할 수 없이 무대에게서 들은 말까지 했다. 그제야 노파도 안 되겠다 싶었던지 돈을 거둬들였다.

"무대 그 사람이 그런 말까지 했다면 할 수 없구먼. 이 돈 잠시 받아 두겠우."

만약 반금련이 제 집으로 오지 않는 날이면 일이 모두 틀어져 버리는 까닭이었다. 그러나 돈은 받아도 그것만을 쓸 수는 없었던지 할멈은 거기다 제 돈을 얹어 전날보다 더 좋은 술과 귀한 안주를 사 왔다. 대접 또한 전날보다 훨씬 융숭해졌음은 말할 나위도 없었다.

점심을 먹은 뒤 반금련은 다시 바느질에 매달렸다. 그러다가 날이 저물어 와서 그날도 별일 없이 집으로 돌아갔다.

셋째 날이 되었다. 왕씨 할멈은 또 무대가 나가기를 기다려 반금련을 찾아갔다. 반금련은 할멈이 그렇게 극성인 것을 좋게만 생각하고 다시 집을 나섰다. 차를 마시고, 바느질을 하면서 그날도 전날과 다름없이 아침나절이 지나갔다.

하지만 뚜쟁이 왕씨 할멈에게는 마음 졸이며 보내야 할 하루였다. 드디어 서문경이 나타나 본격적으로 일을 시작하게 약속한 날이 왔기 때문이었다. 할멈 혼자서 넘긴 것은 열 개의 어려운 고비 가운데 겨우 세 개뿐이었다.

간부(姦夫)와 음녀

서문경이 새 두건에 멋진 옷으로 한껏 차려입고 왕씨 할멈의 집을 찾은 것은 점심나절이 가까운 때였다. 할멈의 찻집으로 들어선 서문경은 걸걸한 목청으로 안에다 대고 소리쳤다.

"왕씨 할멈 안에 있소? 어째 요즘은 통 볼 수가 없지?"

방 안에서 반금련의 비위를 맞추고 있던 할멈은 그게 누군지 뻔히 알면서도 능청을 떨었다.

"거참, 누가 나를 찾누? 게 누구요?"

"나요."

서문경이 밖에서 그렇게 대답했다. 그제야 할멈은 반색을 하고 뛰어나가 서문경을 맞았다.

"전 또 누구라구? 나리셨구만요. 마침 잘 오셨습니다. 우선 방 안으로 들어오시지요.”

말투도 둘이 있을 때 주고받던 것과는 아주 달랐다. 서문경 역시 하룻밤새 사람이 달라지기라도 한 것처럼 점잔을 빼며 공연히 머뭇거렸다. 할멈은 그런 서문경의 소매를 잡아끌듯 방 안으로 끌어 들이더니 거기 앉은 반금련에게 누가 물은 것처럼이나 말했다.

“이분이 바로 그 마음씨 좋은 나리라우. 이 늙은것에게 수의감을 떠 주었다는 그 부자분 말이오.”

그런 할멈을 따라 서문경도 무어라고 우물우물 인사말을 건넸다.

갑작스러운 일이어서인지 반금련도 약간은 당황스러워했다. 하던 바느질을 멈추고, 낮은 소리로 그 인사말을 받았다. 왕씨 할멈이 이번에는 그런 반금련을 가리키며 서문경에게 말했다.

“나리로부터 어렵게 수의감을 받았으면서도 그걸 일 년이나 그대로 처박아 두었답니다. 제 솜씨가 없으니 어찌해 볼 수가 있어야지요. 그러다가 이 며칠 들어 저 색시가 손을 빌려주는 바람에 수의를 다 짓게 되었습니다. 정말 얼마나 바느질 솜씨가 좋은지…… 만들어진 수의가 보기 좋을 뿐만 아니라 마무리까지 꼼꼼하니 그렇게 하기는 참으로 어렵지요. 나리, 한번 보시지요.”

서문경이 할멈의 손길을 따라 반금련을 힐끗 본 뒤 느닷없이 그녀를 추켜 주었다.

“부인께서는 어디서 이 같은 솜씨를 물려받는지요. 참으로 선녀의 솜씨 같습니다그려!”

바람둥이가 반드시 지녀야 할 몇 가지 중의 하나가 거짓말과 아첨(여자에 대한)이라더니, 서문경도 그런 점에서는 제대로 갖춰진 바람둥이였다. 또 세상에 음란한 여자가 따로 태어나는 게 아니라 바로 그런 바람둥이의 달콤한 거짓말과 아첨에 잘 넘어가는 여자가 곧 음란한 여자라더니 반금련도 거기서 예외가 아니었다. 처음 만난 것이나 진배없는 외간 남자인데도 그 뻔한 청찬에 넘어가 살포시 웃음까지 지으며 말을 받았다.

"나리가 사람을 놀리시는군요."

그러자 서문경은 다시 왕씨 할멈에게 천연덕스레 물었다.

"할멈, 이런 걸 물어도 될는지 모르겠소만…… 저분은 어느 댁 누구의 부인이오?"

"왜, 부러우십니까? 나리."

왕씨 할멈이 묻는 것은 대답 않고 그렇게 빙글거렸다. 서문경이 당황한 체 손을 내저었다.

"아니오, 나 같은 게 감히 부러워하고 말고가 있겠소."

"바로 이웃집 무 대랑(大郞) 댁입니다. 언젠가 빗장이 떨어져 망건이 찌그러진 적이 있으면서 벌써 잊으셨습니까?"

왕씨 할멈이 한참 뜸을 들인 뒤에야 그렇게 밝혔다. 진작에 알고 있었는지, 그제야 기억해 냈는지 반금련이 새삼스레 사죄했다.

"그날은 제가 실수해 그리됐습니다. 잊어 주십시오."

"아닙니다, 별말씀을."

서문경이 그렇게 너그러운 체하는데 왕씨 할멈이 다시 반금련의 귀에 대고 속살거리듯 말했다.

"저분은 원체 사람이 좋으셔서 말이우, 일평생 무얼 꽁하게 기억하는 법이 없으시우. 정말 더할 나위 없이 좋은 분이시지."

뚜쟁이로서의 재주를 십분 내보인 셈이었다. 말하자면 양쪽의 좋은 점만 서로에게 치켜세워 뒤이을 분별없는 감정 놀음의 밑자리를 까는 것이었다. 서문경이 그걸 받아 다음번 수작으로 넘어갔다. 반금련에게 무대를 터무니없이 치켜세워 오히려 무대의 못남을 더 드러나게 만드는 교묘한 말재주였다.

"전날에는 제가 몰라뵜었는데 이제 보니 무 대랑의 부인이셨군요. 바깥양반이라면 저도 좀 알지요. 길거리에서 장사를 하고 있지만 크건 작건 그 양반을 싫어하는 사람은 아직 보지 못했습니다. 벌이도 잘하고 성격도 좋으니 여느 사람과는 다르지요."

왕씨 할멈이 곁에서 맞장구를 쳤다.

"그렇고말고, 실은 이 색시도 무 대랑에게로 시집을 온 뒤로 무슨 일이건 남편의 뜻을 따르지 않은 적이 없다오."

할멈의 수작은 반금련과 무대의 금실을 떠보기 위함이었다. 반금련은 두 사람이 내심 바란 대로 새침해 대꾸했다.

"그 사람은 아무짝에도 쓸모없는 사람이에요. 나리, 너무 놀리지 마셔요."

무대의 못난 점을 속속들이 알고 있다는 것뿐만 아니라 내외간의 금실도 좋지 않다는 걸 그 한마디로 드러낸 것이다.

외간 남자 앞에서 제 남편을 얕보고 싫어함을 나타낸다는 것은 이미 겉치마를 벗은 것이나 다름없다는 말도 있다. 서문경은 속으로 쾌재를 부르면서도 한 번 더 반금련을 충동질해 보았다.

"그건 부인께서 틀리셨습니다. 옛사람이 이르기를 부드러움은 몸을 일으키는 근본이요, 굳셈은 화를 부르는 씨앗이라 했습니다. 부인의 남편처럼 착하다면 만 길 물이 새거나 줄어듦이 없듯 복이 다함 없을 것입니다."

"옳은 말이야. 암, 옳구말구."

할멈이 곁에서 또 맞장구를 쳤다. 두 사람이 입을 모아 무대를 치켜세우자 반금련은 잠시 어리둥절했다. 그들의 속셈을 몰라 얼른 답을 못하고 있는데 서문경이 슬그머니 맞은편 자리에 앉았다.

왕씨 할멈은 무대 이야기는 그쯤이면 됐다 싶던지 거기서 말머리를 바꾸었다. 문득 턱짓으로 서문경을 가리키며 반금련에게 물었다.

"그런데 색시, 색시는 이 나리가 누구신지 아우?"

"전 잘 모르겠는데요."

반금련이 그렇게 대답하자 왕씨 할멈은 때를 만났다는 듯 이번에는 서문경을 치켜세웠다.

"이분은 우리 고을의 큰 부자 어른이신데 지현 상공과도 가깝게 지낸답니다. 사람들은 보통 서문 대관인이라 부른다우. 엄청난 재산을 가진 분으로, 지금은 현청 앞에서 생약포를 내고 있지만 집 안을 들여다보면 색시도 놀랄 거야. 돈은 산더미처럼 쌓였고, 곡식은 창고에서 썩을 지경이우. 누르면 금이고, 희면 은이며, 둥글면 구슬이요, 빛나면 보석이지. 어디 그뿐인가. 비싼 무소뿔이며 코끼리의 엄니까지 없는 게 없을 지경이라우……."

할멈은 우선 서문경의 재산을 그렇게 부풀려 놓고 서문경을 돌아보며 싱긋 웃었다. 그러나 떡 장수 무대의 아낙으로 가난에 찌든 반금련은 그저 놀라울 뿐이었다. 그걸 감추려고 짐짓 머리를 수그리고 바느질에 정신이 빠진 척하고 있었다.

서문경의 눈에는 그런 반금련이 더욱 예뻐 보였다. 당장 어떻게 해 보지 못하는 게 한일 따름이었다.

그때 왕씨 할멈이 일어나더니 차 두 잔을 따라 와 서문경과 반금련 앞에 한 잔씩 놓았다. 서문경은 마음이 급했다. 반금련의 눈치로 보아 일이 반은 된 것 같아 더욱 마음이 급해진지도 모를 일이었다.

"일부러 모시러라도 갈 판에 나리께서 와 주셨으니 이것도 인연인가 봅니다. 옛말에 한 손님이 두 주인을 번거롭게 해서는 안 된다는 말이 있더니, 이 늙은이가 바로 그 고약한 손님이 된 듯하군요. 나리께서는 돈을 내어 옷감을 끊어 주시고, 색시는 솜씨를 빌려주어 수의를 짓게 됐으니 이 늙은것의 저승길이 편하게 되었습니다그려. 마침 저 색시가 여기 와 있으니 나리께서 이 늙은이를 대신해서 좀 대접해 주시구려."

서문경의 마음속을 들여다본 듯이나 왕씨 할멈이 슬슬 본판으로 들어갔다. 서문경이 기다렸다는 듯 선뜻 전대를 끌러 주며 말했다.

"내가 미처 생각 못했소. 여기 돈이 있으니 할멈이 어떻게 해 보구려."

"아녜요, 그럴 거 없어요."

반금련은 그렇게 왼고개를 틀었으나 몸을 일으키지는 않았다.

왕씨 할멈이 서문경의 전대에서 은자를 꺼내 들고 방을 나서도 마찬가지였다. 아무도 없는 방 안에 서문경과 단둘이 남게 될 게 뻔한데도 반금련은 몸을 일으킬 생각을 하지 않았다.

"색시, 색시가 조금만 나리를 모시구 있으시우."

방을 나가던 노파가 한 번 더 떠보듯 반금련에게 말했다.

"할머니, 이러시면 안 돼요."

이번에도 반금련은 입으로는 그렇게 말했으나 몸은 꼼짝도 않았다.

서문경은 왕씨 할멈이 나가자 한층 대담해져 두 눈으로 지그시 반금련을 바라보았다. 반금련 역시 얼굴을 들어 빤히 서문경을 마주 보았다. 노파가 치켜세운 재산뿐만 아니라 생김까지도 마음에 들었으나, 아무래도 여자라 먼저 수작을 부리지는 못하고 다시 머리를 숙여 바느질에 열중하는 체했다.

오래잖아 왕씨 할멈이 살찐 오리와 삶은 짐승 고기에 이런저런 과자까지 한 상 차려 들고 왔다.

"할머니가 이리 와서 나리와 같이 드세요. 제가 어떻게 나리와 마주 앉을 수 있겠어요?"

할멈이 탁자 위에 음식을 다 차리자 반금련이 먼저 그렇게 입을 열었다. 그러나 몸은 여전히 탁자에서 움직이지 않았다. 할멈은 펄쩍 뛰듯 받았다.

"이것은 색시를 대접하려고 차린 상인데 그 무슨 소리유? 같이 들어요."

그러고는 의자를 끌어 탁자에 붙여 앉았다.

서문경이 잔을 가득히 채워 반금련에게 권했다.

"부인, 이 잔은 남기지 말고 비워 주시오."

"나리의 후의에 감사드립니다."

반금련이 사양은커녕 생긋 웃음까지 지어 보이며 잔을 받았다. 왕씨 할멈이 곁에서 또 거들었다.

"나도 색시가 한 잔씩 한다는 건 알고 있었지. 속을 확 열고 이 잔 한 잔 더 받으시우."

반금련이 그 잔도 서슴없이 받아 마시자 서문경이 젓가락을 들어 왕씨 할멈에게 건네주며 말했다.

"할멈, 나를 대신해 이 부인에게 안주도 권해 주시구려."

할멈은 그 말대로 맛난 안주를 반금련에게 권했다. 반금련은 그것도 납죽 받아먹었다.

그럭저럭 서너 순배 술이 돌자 할멈이 술을 더 데워 오려 방을 나갔다. 방 안에 단둘이 남게 되자 서문경이 수작을 붙였다.

"부인, 올해 연세가 어떻게 되시오?"

"쓸데없는 나이가 벌써 스물셋이랍니다."

반금련이 발그레 술이 오른 얼굴로 그렇게 대답했다. 서문경도 제 나이를 밝혔다.

"그럼 내가 다섯 살 위로군요."

"나리의 연세야 저 같은 것과 비할 수 있겠습니까?"

반금련이 그렇게 받고 있는데 할멈이 들어오며 턱도 없이 반금련을 치켜세웠다.

"색시, 대단하우. 바느질만 잘하는 줄 알았더니 성현의 말씀까지 훤하구랴."

"정말이오. 무 대랑은 정말로 복도 많은 사람이군."

서문경이 그렇게 맞장구를 쳤다. 그러자 할멈이 슬쩍 말머리를 돌렸다.

"이 늙은 게 시비를 하자는 건 아니지만 생각하면 나리도 안됐우. 집안에 어디 이 색시보다 나은 사람이 하나라두 있습니까?"

"그 이야기라면 할 말이 없구려. 내가 복이 없어 여자 같은 여자는 하나도 없소."

"그래도 첫째 마님은 좋은 분이었던 것 같던데."

"말도 마시오. 전처가 죽은 뒤로는 집안에 안주인이 없어 뒤죽박죽이오! 명색 계집이라고 네댓 밥은 먹이고 있지만 하나도 뭘 제대로 해 나가는 위인이 있어야지."

얼핏 보기에는 둘이 주고받는 것 같지만 실은 반금련이 들으라고 하는 소리였다. 본처는 죽고 첩들은 보잘것없다는 서문경의 한탄에 반금련은 과연 귀가 솔깃해했다. 이야기를 듣다 말고 살몃 끼어들었다.

"나리, 본부인께서 돌아가신 지는 몇 해나 되는지요?"

"선처 말이오? 비록 보잘것없는 집안에서 왔지만 정말 밝고 똑똑한 여자였소. 모든 걸 나 대신 척척 해낼 수 있었으니까. 하지만 불행히도 죽은 지 벌써 삼 년이 되었소. 그 뒤로는 집안이 엉망진창이 돼 버렸으니 내가 어찌 바깥으로 나돌지 않겠소? 집에 들어앉아 있으려면 구역질이 날 지경이라오."

자신의 불행을 과장하는 것도 여자의 환심을 사는 방법의 하나인지 서문경이 그렇게 받았다.

왕씨 할멈이 곁에서 다시 서문경의 수작을 거들었다.

"나리, 늙은것이 바로 말하자면 돌아가신 마님의 바느질 솜씨
도 저 색시만은 못했우."

"예쁘기도 여기 이 부인만은 못했지."

서문경이 얼른 그렇게 받았다. 그러자 할멈이 문득 심술궂은
웃음과 함께 딴 걸 물었다.

"나리, 동쪽 거리에 첩을 하나 두셨지요? 그런데 왜 이 늙은이
를 불러 차도 한 잔 내지 않우?"

"아, 노래하는 장석석(張惜惜)이 말이오? 그거야 길거리로 나선
여잔데 내가 무에 그리 귀하겠소?"

서문경이 별로 숨기려는 기색 없이 그렇게 대꾸했다. 할멈이
또 딴 여자를 끌어냈다.

"이교교(李嬌嬌)하고는 오래되었지요?"

"그 여자는 집에다 들였지. 만약 그 여자가 여기 이 부인만 해
도 벌써 본처로 삼았을 거요."

이번에도 서문경은 숨김이 없었다. 음란한 여자에게는 바람둥
이 남자가 오히려 매력 있어 보인다더니, 어쩌면 왕씨 할멈이 노
리는 게 바로 그것인지도 몰랐다. 그쯤에서 반금련의 흥미를 일
으켜 놓고 다시 다른 화제로 넘어갔다.

"만약 마음에 드시는 색시가 있다면 나리 댁에 찾아가 중매를
서도 괜찮겠우?"

왕씨 할멈이 그렇게 묻자 서문경이 자신 있게 대답했다.

"본처가 죽었는데 나 말고 누가 나서 아니 된다 할 수 있겠소?"

이어 서문경과 왕씨 할멈은 한참이나 그렇고 그런 이야기로 죽이 잘 맞아 돌아갔다. 그러다가 문득 왕씨 할멈이 술병을 흔들어 보고 말했다.

"한창 술맛이 나려는데 술이 없군요. 술 한 병 더 사 오면 어떻겠우?"

서문경이 좀 전에 끌러 놓았던 전대를 다시 노파에게 밀며 호기롭게 말했다.

"여기 은자 다섯 냥이 들었소. 모두 드릴 테니 술 한 병 더 사 오고 남는 건 모두 할멈이 가지시오."

그 말에 할멈은 고맙다는 인사와 함께 자리에서 일어났다. 방을 나서면서 힐끗 반금련을 보니 그녀는 벌써 춘심(春心)이 일었는지 가만히 머리를 숙이고는 있어도 자리를 뜨려는 기색은 전혀 없었다. 할멈이 얼굴 가득 웃음을 띠고 반금련에게 말했다.

"술 한 병을 더 사 와 색시와 마시고 싶으니, 색시는 수고스럽지만 나리를 잠시만 대접하고 앉아 있으시우. 주전자에 술이 좀 남았을 테니 나리와 함께 마셔요. 좋은 술을 사자면 현청 앞까지 가야 하니 시간이 좀 걸릴 거요."

"그럴 것 없어요. 더 필요 없는데……."

반금련은 그렇게 말하면서도 여전히 자리를 뜰 생각은 않았다.

그런 둘을 두고 방을 나온 왕씨 할멈은 방문을 밖에서 잠그고 집 밖으로 나갔다.

할멈이 방을 나가자 서문경은 드디어 마지막 시도에 돌입했다.

몇 잔 술을 권하기도 전에 소매로 젓가락을 쓸어 탁자 아래로 떨어뜨렸다. 두 사람의 인연이 묘해서인지 젓가락은 공교롭게도 반금련의 다리 곁에 떨어졌다. 젓가락을 줍는 척 몸을 수그린 서문경은 곁에 떨어진 젓가락 대신 반금련의 다리를 더듬어 올라갔다. 그녀의 수놓은 신발을 거쳐 매끈한 종아리로 주물러 올라가자 반금련이 깔깔거리며 몸을 일으켰다.

"나리, 장난치지 마셔요. 정말로 나를 얻고 싶으세요?"

나무라는 기색은커녕 오히려 기다리고 있었다는 투였다. 서문경이 털썩 그 앞에 무릎을 꿇으며 빌었다.

"부인, 제발 나를 살려 주시오!"

반금련에게는 꼭 마음에 드는 구애 방식이었다. 그러잖아도 서문경 못지않게 달아 있던 그녀는 그런 서문경을 가만히 안아 일으켰다.

그러자 두 사람에게는 말이 더 필요 없었다. 뛰듯이 왕씨 할멈의 침상으로 가 누가 먼저랄 것도 없이 옷을 벗어부쳤다. 고을에서 이름난 바람둥이와 소문 안 난 화냥년이 알몸으로 침대에서 만났으니 그다음은 말 안 해도 뻔했다. 각기 그동안 익힌 그 방면의 재주를 다해 온몸으로 엉겼다.

구름이 서로 엉기고 비가 흩뿌리듯 한바탕 질탕한 정사(情事)가 있은 뒤였다. 두 사람이 겨우 정신을 차려 옷을 꿰려 하는데 왕씨 할멈이 문을 열고 들어섰다.

"잘들 놀아나는구나?"

할멈이 느닷없이 그렇게 성난 소리를 내지르는 바람에 서문경과 반금련은 깜짝 놀랐다. 할멈이 틈을 주지 않고 먼저 반금련부터 몰아붙였다.

"잘한다 잘해. 내가 너보고 옷 좀 지어 달라구 했지, 언제 사내하고 붙어먹으랬냐? 무대가 이 일을 알면 틀림없이 내게 따지고 들 게다. 차라리 내가 먼저 찾아가 사실대로 일러바치는 수밖에 없다!"

그러고는 휙 돌아서서 방을 나가려 했다. 급한 대로 대강 옷을 꿴 반금련이 뛰어가 할멈의 소매를 잡으며 빌었다.

"할머니, 부디 이번만은 너그럽게 봐주세요!"

"할멈, 목소리라도 좀 낮추시오!"

할멈의 돌연한 변화에 어리둥절해 있던 서문경도 계집을 거들어 사정했다. 그러자 할멈이 차게 웃으며 말했다.

"내 입을 막고 싶으면 두 사람 모두 한 가지 내가 시키는 대로 해야 한다, 그럴 수 있느냐?"

"한 가지가 아니라 열 가지라도 하겠어요."

급한 반금련이 그렇게 앞발 뒷발 다 들고 나왔다. 할멈이 엄한 얼굴로 죄인 다루듯 을러댔다.

"너는 오늘부터 따로이 약속이 없더라도 매일 내 집으로 와서 저 나리를 모셔야 한다. 만약 하루라도 오지 않으면 나는 당장 무대에게 이 일을 일러바칠 테다."

"그러구말구요. 할머니가 시키는 대로 할게요."

반금련이 그거야 어려울 것도 없다는 듯 머리까지 수그리며 대답했다. 계집의 항복을 받아 낸 할멈은 다시 서문경을 향했다.

"나리도 똑똑히 들어 두시우. 긴말할 것도 없이 약속은 반드시 지켜져야 하우. 만약 딴마음을 먹으면 단박에 무대에게 뛰어가 죄다 불고 말 테니까!"

"할멈, 그 일은 마음 놓으시오. 결코 내 입으로 한 말을 어기지는 않겠소."

서문경도 그렇게 줄항복을 했다.

양쪽 모두에게서 거듭 다짐을 받은 뒤에야 왕씨 할멈은 낯을 풀었다. 이어 술을 데워 온다, 안주를 더 내온다 해서 다시 술자리를 살렸다.

셋이 앉아 몇 잔 나누기도 전에 어느덧 해가 기웃해졌다. 반금련이 가만히 몸을 일으키며 말했다.

"남편인지 나발인지, 곧 돌아올 때가 되어서…… 전 이만 가 봐야겠어요."

그러고는 얼른 뒷문을 통해 제집으로 돌아갔다.

계집이 막 발을 내리고 앉았는데 때맞춰 무대가 돌아왔다. 술 냄새는 풍겨도 계집이 워낙 앙큼을 떠니 어수룩한 무대는 아무 것도 눈치채지 못했다.

한편 반금련이 나간 뒤 왕씨 할멈이 씽긋 웃으며 서문경에게 말하였다.

"어떠우? 내 수단이."

"정말 할멈을 다시 봐야겠는걸. 내 집으로 돌아가는 즉시 큼직한 은 한 덩이를 보내리다. 주겠단 재물도 떼먹지 않을 테니 결코 의심하지 마시오."

서문경이 헤벌어진 입으로 그렇게 받았다. 왕씨 할멈도 마음 놓고 히히덕거렸다.

"눈은 열녀각(烈女閣)을 보고 있어도 기다린 건 임 소식이란 말 두 있잖우? 계집이란 게 다 그런 게지. 그건 그렇구, 이왕 관값을 물려거든 장례비까지 인심을 쓰시구랴."

서문경도 마음에 드는 계집을 품어 본 뒤에 후해져 그런 할멈의 욕심을 나무라지 않았다. 마냥 허허거리며 맞장구를 치다가 저문 뒤에야 일어나 제집으로 돌아갔다.

다음 날부터 반금련은 왕씨 할멈이 시킨 대로 매일 아침 무대가 집을 나가기 무섭게 그 집으로 달려갔다. 그리고 매일같이 서문경과 어울리는데 그 정분이 풀칠한 것 같고 아교로 붙인 듯했다.

옛말에 이르기를 '좋은 소문은 문밖을 넘지 못하지만 나쁜 소문은 천 리에 퍼진다.'더니, 서문경과 반금련의 일도 예외는 아니었다. 둘이 어울린 지 보름도 안 되어 그 소문은 고을 전체에 퍼졌다. 그걸 모르는 것은 불쌍한 무대뿐이었다.

그때 양곡현에는 교(喬)씨 성을 가진 열댓 살의 소년이 하나 있었다. 운주(鄆州)에서 자라 운가(鄆哥)라 불렸는데 식구라고는 늙은 할아버지뿐이었다. 그러나 머리가 잘 돌고 바지런해 술집을 돌며 햇과일을 팔아도 두 식구 살이는 어렵지가 않았다.

하루는 그 운가가 잘 익은 배 광주리를 들고 서문경을 찾았다. 평소 서문경이 귀엽게 봐주어 몇 푼씩 던져 준 터라 그날도 좋은 배가 나오자 그부터 먼저 찾은 것이었다.

그러나 좁은 고을을 다 뒤져도 서문경을 찾지 못해 여기저기 묻고 다니는데, 어떤 말 많은 사람이 대답했다.

"꼭 그를 찾겠다면 일러 줄 곳이 있지."

"아저씨, 그게 어딘지 좀 알려 주세요. 그분에게 몇십 전어치는 팔아야 할아버지를 모실 수 있어요."

운가가 그렇게 매달렸다. 수다스러운 사람이 이죽대며 일러 주었다.

"서문경, 그 사람은 요즘 찐 떡 장수 무대의 아낙하고 한창 열을 올리고 있지. 매일 자석가에 있는 할멈의 찻집에 들어앉아 아침부터 저녁까지 노닥거리고 있으니 그리로 가 보렴. 너 같은 어린애가 찾아가는 거야 안 될 게 뭐 있겠냐?"

그 말을 들은 운가는 곧 광주리를 둘러메고 자석가로 달려갔다.

운가가 찻집 안으로 뛰어드니 왕씨 할멈은 작은 의자에 앉아 실을 잣고 있었다. 운가는 과일 광주리를 내려놓고 할멈에게 말을 걸었다.

"할머니, 안녕하세요?"

"운가구나. 무슨 일로 여길 왔느냐?"

할멈이 반갑잖은 눈길로 물었다. 운가가 찾아온 까닭을 밝혔다.

"나리를 뵈러 왔어요. 과일이나 몇십 전어치 팔아 달라구요."

"나리라니? 어떤 나리 말이냐?"

할멈이 대뜸 눈길이 실쭉해져 물었다.

"할머닌 누군지 잘 아시면서요. 그분 있잖아요? 그분."

"그분이라니? 그게 누구든 성하고 이름이 있을 거 아니냐?"

"아, 왜 두 글자 성 가진 분 말이에요."

"그 두 글자 성이 뭔데?"

"할머니두 참, 공연히 그러시네. 나는 지금 서문 나리 이야기를 하고 있는 거예요."

운가 소년은 그렇게 말해 놓고 집 안으로 들어가려 했다. 할멈이 그의 옷깃을 잡으며 소리쳤다.

"요 작은 원숭이 같은 녀석이 어딜 가려고? 사람의 집 안으로 들어갈 때는 반드시 남녀를 가리는 법이다."

"방 안에 들어가 나리를 찾아보겠다는데 왜 그러세요?"

운가가 알 수 없다는 듯 그렇게 물었다. 할멈이 퍼렇게 성난 얼굴로 운가를 몰아댔다.

"요런 못된 녀석, 네놈이 어째서 내 방에서 서문 나리를 찾느냐?"

"할머니 혼자서만 잡숫지 말고 내게도 국물 한 방울은 떨궈 주셔야죠. 나도 알 만큼은 안단 말이에요!"

운가도 지지 않고 맞받았다. 더욱 성이 난 할멈이 대뜸 욕을 퍼부었다.

"요 원숭이 새끼 같은 놈아, 네놈이 알기는 뭘 안다고?"

"그러지 마세요. 말이 지나가면 발굽 자국이 남고, 아무리 싸도 사향은 냄새가 새게 마련이라구요. 내가 밖에 나가 입만 뻥끗해 봐요, 찐 떡 장수 형님이 펄펄 뛰며 덤빌걸요."

운가가 어린애 같지 않게 대들었다. 그 소리가 틀린 게 아니라 할멈은 한층 울화가 치밀었다. 이제는 욕설을 넘어 악을 써 댔다.

"요런 못된 원숭이 새끼가. 이제는 이 늙은것의 가게를 찾아와 개방귀 같은 수작을 다 늘어놓고 지랄이구나!"

"내가 원숭이 새끼라면 할머니는 뚜쟁이라구요, 뚜쟁이."

만나려는 사람은 만나게 해 주지 않고 할멈이 욕만 퍼부어 대자 운가도 약이 올라 그렇게 고함을 질렀다. 더 참지 못한 할멈이 그런 운가 소년에게 매운 따귀를 올려붙였다. 뺨까지 맞은 운가도 가만있지 않았다.

"흥, 이제는 사람까지 쳐? 어디 내가 가만있나 봐라!"

그렇게 악을 쓰자 할멈이 잡아먹을 듯한 눈길로 맞받았다.

"오냐, 요 원숭이 새끼야. 마음 놓고 떠들어 봐라. 네놈의 두 귀를 떼어 쫓아 버릴 테다!"

"이 빈대 같은 할망구야, 때리긴 왜 때려!"

운가가 지지 않고 마구 악을 쓰자 할멈은 그의 머리를 쥐어박으며 집 밖으로 끌어내고 배 광주리까지 내동댕이쳤다. 배가 사방으로 구르는 가운데 길바닥으로 끌려난 운가가 큰 소리로 할멈을 욕해 댔다.

"늙은 벌레 같은 할망구, 반드시 맛을 보여 줄 테다. 당장 무대에게 달려가 일러 주지 않는가 봐라!"

그런 다음 바구니에 배를 쓸어 담고 무대를 찾아 달려갔다. 골목 두 개를 돌기도 전에 무대가 떡 짐을 지고 가는 게 보였다. 운가는 무대에게 다가가 얄보듯 흘기며 말했다.

"오래 못 봤더니 그동안 살만 찌셨어."

어린것이 다짜고짜 그렇게 빈정거리자 무대는 어리둥절했다.

지고 있던 떡 짐을 내려놓으며 운가에게 물었다.

"나야 만날 그 모양일 텐데, 살이 쪘다니 그게 무슨 소리냐?"

"일전에 보릿겨를 사려고 보니 한 군데도 파는 데가 없더군요. 그런데 사람들은 모두 다 당신네 집에 보릿겨가 있을 거라 그럽디다."

운가는 또 그렇게 알 수 없는 소리를 했다. 무대가 더욱 어리둥절해 물었다.

"우리 집에는 오리를 기르지 않는데 무슨 보릿겨란 말이냐?"

"보릿겨가 없다면 햇볕을 안 쬐어서 그런가. 뚱뚱해져 거꾸로 세워 놔도 되겠네. 냄비에 넣고 삶아도 괜찮겠우."

무대를 바로 오리로 보고 하는 소리였다. 오리는 원래 암컷이 짝을 가리지 않아 오쟁이 진 남자를 흔히 오리라고 빗대 불렀다. 무대도 그만한 것은 알아 불끈 성을 냈다.

"요런 못된 자식, 어른을 욕뵈려 들어? 우리 마누라가 샛서방을 본 것도 아닌데 왜 내가 오리인 것처럼 빈정거려?"

무대가 그렇게 소리쳐도 운가는 눈도 깜박 않았다.

"당신 여편네가 샛서방은 보지 않았을지 모르지만 군서방은 보았을걸!"

그 말에 성이 난 무대가 운가의 멱살을 거머잡았다.

"요 녀석, 나를 뭘로 보고 하는 소리냐? 바로 말해!"

"이러지 마세요. 나를 작은 주인처럼 모셔도 모자랄 텐데. 그러지 말고 내게 술이나 한잔 사 줘요. 그러면 다 말해 드릴게."

운가가 조용히 그렇게 대답했다. 그 말에 뼈가 있어 멈칫해진 무대가 목소리를 낮췄다.

"네가 술을 먹을 줄 알아? 좋아, 내가 한잔 사 주지. 따라와."

무대는 다시 짐을 지고 운가를 가까운 술집으로 데려갔다. 술집 안에 떡 짐을 내린 무대는 찐 떡 몇 개를 꺼내고 약간의 고기와 술을 산 뒤 운가에게 권했다. 운가가 또 되바라진 소리를 했다.

"술이야 더 필요 없겠지만 고기는 몇 접시 더 있어야겠우."

그래도 무대는 고깝게 여기는 법 없이 운가를 구슬렸다.

"여보게 아우, 그거야 더 못 사겠나. 대신 빨리 이야기나 해 주게."

"그건 급하지 않아요. 한 잔 마신 뒤에 천천히 이야기해 드리지요. 만약 성이 나신다면 제가 도와 드릴 수도 있어요."

운가는 그렇게 무대의 궁금증만 키웠다. 무대는 하는 수 없이 그 어린놈이 술과 고기를 다 먹기를 기다렸다. 이윽고 녀석이 술 한 잔에 고기 접시까지 비운 걸 보고서야 무대가 다시 졸랐다.

"얘야, 이제는 내게 자세한 이야기를 해 줄 수 없겠니?"

그러자 운가가 머리를 앞으로 쑥 내밀며 말했다.

"그 말 듣기 전에 우선 제 머리에 혹이나 만져 보세요."

"혹이라니, 혹이 왜 났지?"

무대가 어리둥절해 물었다. 그제야 운가가 모든 걸 털어놓았다.

"이제 죄다 말씀드리죠. 오늘 좋은 배가 한 광주리 들어왔기에 저는 그걸 팔려고 서문 나리를 찾았지요. 그런데 아무리 찾아도 없기에 지나가는 사람에게 물었더니 그가 일러 주기를 '그 사람은 왕씨 할멈네 찻집 안방에서 무대의 아낙과 어울려 있을걸. 요

즘 매일 거기서 산다니까.'라더군요. 저는 그래도 몇십 전이나마 벌자고 그리로 달려갔지요. 그런데 그 개돼지 같은 할망구가 저를 막고 이렇게 때려 내쫓은 거예요. 제가 아저씨를 찾아 나선 것은 바로 그 때문입니다. 아저씨에게 그 모든 걸 알려 드리려구요. 어때요, 분하지 않으세요?"

"그게 모두 정말이냐?"

아낙의 일을 까맣게 모르고 있던 무대는 운가의 말을 듣고도 믿을 수가 없는지 그렇게 물었다. 운가가 더욱 무대의 속을 뒤집었다.

"그뿐인 줄 아세요? 아저씨가 그리 멍청하니까 그 두 사람이 마음 놓고 붙어먹죠. 아저씨가 집만 나가면 왕씨 할멈의 집에서 만나 그 짓이라니까요. 못 미더우면 제 말이 참말인지 거짓말인지 아줌마에게 한번 물어보세요."

"실은 말이야, 털어놓고 말하자면 나도 수상쩍게 느껴지는 것은 있었지. 여편네가 매일 왕씨 할멈의 집에 바느질을 하러 간다고 가는데 돌아올 때는 뺨이 붉은 게 술기운이 있었거든. 이제 네 말을 듣고 보니 바로 그것이었구나. 안 되겠어, 여기 떡 짐을 놓아두고 당장 할멈네 집으로 달려가 연놈을 잡아 족쳐야지!"

아무리 속없는 무대라도 더 참을 수가 없던지 그렇게 벼르고 나섰다. 운가가 그런 무대를 말렸다.

"아저씨는 혼자인 데다 그 머리 가지고 뭘 어쩌시겠다는 거예요? 그 개 같은 할멈이 얼마나 영악한데 그렇게 함부로 덤비려 하세요? 그들 세 사람 사이에는 틀림없이 저희들끼리 짜 둔 신호가 있을 거예요. 아저씨가 가 봤자 할멈은 두 사람을 감추고 내주지 않을 거라 이 말입니다. 또 운 좋게 서문경을 잡았다 해도 별수 없을걸요. 아저씨 같은 사람은 스무 명이 가도 그는 한주먹에 때려눕히고 말 테니까요. 거기다가 그놈은 돈 많고 세력까지 있으니 아저씨가 무슨 수로 당해 내겠어요? 거꾸로 아저씨를 관청에 고소라도 하게 되면 사실이야 어떻건 죽어나는 건 아저씨 쪽일걸요."

"이보게 아우, 듣고 보니 그 말이 모두 옳긴 한데, 그렇다고 이대로 참고 있을 수는 없지 않나?"

"그 할멈에게 된통 맞은 게 분해서라도 아저씨께 수를 가르쳐 드리죠. 이렇게 한번 해 보세요."

운가 녀석이 그렇게 말해 놓고 침을 꼴깍 삼킨 뒤에 이어 갔다.

"오늘 저녁에는 집에 돌아가시더라도 가만히 계세요. 아줌마가 눈치채게 해서는 안 된다 이 말이에요. 그리고 여느 때같이 밤을 지낸 뒤 내일 아침에는 떡을 조금만 지고 나오세요. 저는 그 골목에 숨어 있다가 서문경이 할멈네 집으로 들어가는 걸 보고 아저씨에게 일러 드리죠. 그러면 아저씨는 떡 짐을 벗어 놓고 저를 따라와 근처에 숨어 있으세요. 그때 제가 먼저 그 할망구를 찾아가 약을 올리면 할망구는 저를 때려 주려고 뛰어나올 거예요. 저는 그 할망구를 되도록 멀리 끌어내 잡아 둘 테니까 아저씨는 그 틈에 집 안으로 뛰어들도록 하세요. 갑자기 방문을 열어젖히고 큰 소리로 외친다면 그 두 사람도 꼼짝 못할 겁니다. 어떠세요? 제 꾀가."

무대가 밝지 못한 머리로 생각해 봐도 괜찮은 꾀 같았다. 분한 마음을 억누르고 운가의 말을 따르기로 했다.

"그것참 그럴듯하군. 아우를 다시 봐야겠는걸. 그건 그렇고 내게 돈이 얼마 있는데 가져가 쌀되라도 받도록 하지. 그리고 내일 아침 일찍 골목 앞에서 네 말대로 기다려 다오."

그렇게 사례까지 했다. 운가도 별로 사양하는 기색 없이 그 돈과 무대가 따로 싸 준 떡 몇 개를 받아 넣고 제 갈 길로 갔다. 무대는 술값을 치른 뒤 다시 떡 짐을 지고 거리를 한 바퀴 돌아 집으로 돌아갔다.

원래 무대의 계집은 무대만 보면 욕을 퍼붓거나 무엇이든 탈을 잡아 못살게 굴었다. 그러나 그 며칠은 스스로 지은 죄가 있어서 그런지 전같이 성질을 부리지 않았다. 그날도 그랬다. 무대가 여느 때처럼 집으로 돌아가자 계집이 물었다.

"당신, 술 마셨우?"

일어나지도 않기는 마찬가지였지만 목소리는 전에 없이 부드러웠다. 무대가 치미는 속을 누르며 대답했다.

"그렇소, 저자 사람들과 몇 잔 마셨지."

무대가 평소에 마시지 않는 술을 마시고 돌아온 게 저와 서문경의 일을 알게 되어서가 아닌가 불안해했던 계집은 그 같은 대답과 표정에 금세 마음을 놓았다. 그렇다면 더 말을 붙여 볼 까닭이 없다는 듯 부엌으로 가 저녁 준비를 했다. 무대도 말없이 앉았다가 계집이 차려 온 저녁밥을 몇 술 뜨고는 곧 자리에 누웠다.

음녀는 독부(毒婦)로

다음 날이었다. 아침밥을 먹은 무대는 운가의 말대로 떡 짐에 찐 떡을 조금만 담았다. 그러나 계집은 오직 서문경만 생각하느라 무대가 떡을 조금 담는지 많이 담는지 전혀 아랑곳하지 않았다.

무대는 여느 때와 같이 떡 짐을 지고 집을 나섰다. 계집은 무대가 골목에서 채 사라지기도 전에 왕씨 할멈의 집으로 뛰어갔다. 거기 가서 서문경과 어울리기 위함이었다.

한편 무대는 자석가를 채 벗어나기도 전에 골목 모퉁이에서 기다리고 있는 운가 소년과 만났다. 녀석도 여느 때처럼 과일 광주리를 메고 있었다.

"얘야, 어찌 됐니?"

무대가 사정을 묻자 운가가 찡긋 눈짓을 보내며 대답했다.

"아직은 좀 이른 것 같아요. 아저씨는 거리를 한 바퀴 돌고 오세요. 그때쯤이라야 될 것 같은데요."

이에 무대는 마음에도 없는 떡 장수로 고을을 돌기 시작했다. 무대가 고을을 한 바퀴 돌아오자 정말로 운가의 말대로 되어 있었다.

"됐어요, 제가 먼저 그 할망구네 찻집으로 들어갈 테니 아저씨는 여기서 기다리세요. 그러시다가 제가 광주리를 내던지고 달아나거든 그때 집 안으로 뛰어드시는 겁니다."

무대는 그 말에 따라 등에 진 떡 짐을 내려놓았다. 그사이 왕씨 할멈의 찻집 앞으로 달려간 운가가 광주리를 멘 채 안으로 들어가며 냅다 고함을 질렀다.

"이 돼지 같은 할망구야, 어제 나를 때렸지!"

그러자 안에서 할멈의 악쓰는 소리가 맞받아 쏟아졌다.

"요 원숭이 새끼 같은 놈아, 나와 너는 아무것도 걸린 게 없는데 무엇 때문에 또 와서 욕질이냐?"

"이 순 뚱쟁이 할망구가 오리발이네. 늙은 개방귀 같은 소리 마라."

운가가 그렇게 맞받자 할멈은 더 참지를 못했다. 우르르 달려나와 운가를 후려쳤다.

"오냐, 마음대로 때려라!"

운가가 그렇게 악다구니를 쓰며 과일 광주리를 길거리로 내동댕이쳤다. 할멈이 그런 운가를 잡고 한층 맵게 후려쳤다. 운가도 가만히 맞고만 있지 않았다. 할멈의 허리띠를 잡고 나동그라지며 머리로 할멈의 아랫배를 들이받았다.

할멈이 비틀하고 자빠졌다가 벽에 의지해 일어나며 운가의 머리칼을 움켜잡았다. 그런 할멈의 눈에 갑자기 무대가 뛰어드는 게 보였다. 소매를 걷어붙이고 덤벼드는 게 예사롭지가 않았다.

할멈은 그 총중에도 어떻게 무대를 막아 보려 했다. 그러나 운가와 엉켜 있어 얼른 몸을 뺄 수가 없었다. 막아 볼 틈도 없이 집 안으로 뛰어드는 무대의 뒷모습을 보며 안방 쪽에 대고 꽥 소리를 쳤다.

"무대다!"

그 소리에 방 안에서 한창 열을 올리고 있던 반금련과 서문경은 깜짝 놀랐다. 계집은 벗은 몸으로 문고리부터 닫아걸고 사내는 침상 밑으로 기어 들어가 숨었다. 그때 방문 앞까지 달려온 무대가 손으로 문을 밀어젖혔다. 계집이 걸어 놓은 문이라 쉽게 열릴 리가 없었다.

"무슨 짓들이냐?"

무대가 금방이라도 문을 부수고 들어올 듯 고함을 질렀다. 계집은 급했다. 무슨 수가 없나 싶어 방 안을 둘러보다가 침상 밑에 숨은 서문경이 눈에 들어오자 한심하다는 듯 종알거렸다.

"이봐요, 당신 평소에는 주먹깨나 쓴다고 자랑자랑이더니 그게 무슨 꼴이에요? 당장 급할 때 아무 소용 없다면 그거야말로 종이 호랑이 보여 준 꼴이지."

바로 말은 안 해도 서문경에게 무대를 때려눕히고 달아나라고 꼬드기는 것이나 다름없는 소리였다. 서문경도 그 소리를 듣자 번쩍 정신이 들었다. 급한 김에 침상 밑에 숨기는 했지만 따져 보니 달아날 길은 계집이 시키는 대로 따르는 수밖에 없었다.

침상에서 빠져나온 서문경은 문 앞으로 달려가 활짝 문을 열어젖히며 소리쳤다.

"문은 고만 두드려!"

멈칫하던 무대가 그런 서문경을 붙잡으려 했다. 그러나 더 빠른 것은 서문경의 발길질이었다. 제법 자랑깨나 해 온 서문경의 오른발이 무대의 가슴께를 걷어차니 무대의 작은 몸집은 볼품없이 발랑 나가떨어졌다.

서문경은 무대가 나자빠지자 그대로 길을 앗아 달아났다. 찻집에서 할멈과 엉켜 있던 운가가 그를 보았으나 미처 소리 한번 지르지 못했다. 그저 할멈의 갈퀴 같은 손아귀에서 빠져나가기가 급해 안간힘을 다할 뿐이었다.

서문경이 거리로 뛰어나가자 이웃 사람들도 대강의 사정을 알아차렸다. 그러나 누구도 감히 서문경의 앞길을 막지 못했다.

왕씨 할멈은 서문경이 무사히 빠져나간 걸 본 뒤에야 운가를 놓아주고 안으로 들어갔다. 차게 굳어 서 있는 반금련 앞에 나자빠진 무대가 눈에 들어왔다.

할멈은 얼른 무대를 부축해 일으켰다. 어디를 어떻게 채였는지 무대의 입에서는 피가 흐르고 얼굴은 밀랍처럼 하얘졌다. 할멈이 얼른 반금련을 시켜 찬물 한 사발을 떠 오게 했다.

무대는 그 물을 한 모금 들이켜고서야 겨우 정신을 차렸다. 그러나 몸을 움직이지 못하기는 정신을 잃기 전이나 다름없었다.

할멈과 반금련은 그런 무대의 어깨를 양쪽에서 끼고 간신히 제 집으로 옮겨 눕혔다.

그날 밤은 그대로 지나가고 다음 날이 되었다. 서문경은 일이 별 탈 없이 가라앉은 걸 알자 여느 때처럼 왕씨 할멈의 찻집으로 찾아왔다. 그리고 역시 여느 때처럼 그곳으로 기어든 반금련과 어울려 즐기면서 무대가 절로 죽어 주기만을 기다렸다.

한편 앓아누운 무대는 닷새가 지나도록 자리를 털고 일어나지 못했다. 거기다가 더 기막힌 것은 계집의 행실이었다. 배가 고프다 해도 미음 한 그릇 쑤어 주는 법이 없고, 목이 마르다 해도 물 한 모금 갖다 주지 않았다. 불러도 대꾸조차 않고, 매일 짙은 화장으로 왕씨 할멈의 집에 가 살다가 돌아올 땐 벌겋게 술이 오른 얼굴이었다. 그 바람에 더욱 성난 무대가 몇 번이나 까무러쳤다 깨어났지만 누구 하나 와 보는 사람도 없었다.

그러던 어느 날이었다. 견디다 못한 무대가 악을 써 계집을 불러 놓고 으름장을 놓았다.

"내가 이리 된 것은 너 때문이야. 네년이 화냥질하는 걸 내 손수 잡으려 했는데, 네년은 오히려 샛서방을 꼬드겨 나를 치게 했겠다. 이제 그놈에게 가슴을 모질게 채여 나는 죽으려도 죽을 수가 없고 살려 해도 살 수가 없이 되었다. 그런데도 너희 연놈은 오히려 잘됐다는 듯 시시덕거려? 내가 죽는 것은 괜찮다만 너희 일이 정말 낭패로구나. 내 아우 무송의 성격은 너두 알지? 이르든 늦든 돌아오기만 하면 가만히 있을 성싶으냐? 조금이라도 내가 불쌍하거든 일찌감치 나에게나 잘해라. 그러면 아우가 돌아와도 이 일은 일절 말하지 않으마. 그러나 네가 계속 이렇게 나를 대하다가는 내 아우가 돌아온 날 어찌 될지 말할 필요도 없을 게다!"

화냥질에 눈이 멀었다지만 귀까지 막히지는 않았던지 반금련도 그 말은 알아들었다. 아무 소리 않고 듣고 있다가 살그머니 왕씨 할멈의 집으로 건너가 서문경에게 그대로 전했다.

서문경도 무송에 대해서는 잘 알고 있었다. 계집으로부터 무대가 한 말을 전해 듣자 얼음 구덩이에 처박힌 것처럼 번쩍 정신이 들었다.

"큰일 났구나. 나도 경양강 고갯길에서 호랑이를 때려죽인 무도두는 알고 있지. 그는 이 고을에서 제일 무서운 호걸이야. 그런데 그 여자에게 반해 이것저것 따져 보지도 않고 일을 벌였으니 어쩌면 좋으냐? 이거 정말 큰일이로구나!"

할멈과 둘만 남자 그렇게 반금련을 원망하듯 걱정을 했다. 왕씨 할멈이 차게 웃으며 핀잔을 주었다.

"일을 이렇게 되도록 한 건 나리지만 나도 꽤나 거들었지 않우? 나는 이렇게 가만있는데 나리가 오히려 그렇게 벌벌 떠니 알수 없구랴. 어디 애초에 아무것도 모르고 저질렀소?"

"나도 남아로서 위신이 있지만 워낙 상대가 상대라……. 할멈, 혹시 무슨 좋은 수가 없소? 이번에는 우리 두 사람을 위해 한 번더 꾀를 빌려주시오."

서문경이 매달릴 건 거기뿐이라는 듯 왕씨 할멈에게 간곡히 말했다. 할멈이 대답 대신 물었다.

"당신들은 부부로서 오래오래 함께 살고 싶소? 잠시 부부처럼 즐기기만 하면 되오?"

"할멈, 어떻게 하면 부부로 오래 살게 되고 어떻게 하면 잠시 부부처럼 즐기기만 하는 게 되오?"

서문경이 얼른 그렇게 받았다.

할멈이 쥐 같은 눈을 반짝이며 일러 주었다.

"당신들이 잠시 부부간처럼 즐기기만 바란다면 이만큼으로도 넉넉할 거유. 오늘부터 두 사람은 이만 헤어지고 색시는 남편 병구완이나 잘하는 거지. 무대를 구슬려 무송이 돌아오더라도 이번 일을 이야기 않도록 말이야. 그러다가 무송이 다시 어디로 가거든 그때 만나기로 하는 거야. 그렇지 않고 오래 부부로 살고 싶으면 이대로는 안 되우. 매일 한곳에서 만난다 해도 놀랍고 겁나 무슨 재미가 있겠우? 그러려면 달리 계책이 있기는 한데 두 사람에게 일러 주기가 차마 어렵구랴."

"할멈, 그걸 일러 주쇼. 두 사람이 부부로 오래 살 수만 있다면 정말로 고맙겠소!"

서문경이 더욱 간절하게 할멈에게 매달렸다. 그러나 할멈은 바로 대답하지 않고 말을 돌려 서문경의 애를 태웠다.

"그 계책을 쓰자면 한 가지 물건이 있어야 하는데 그게 딴 사람 집에는 없고 오직 나리 댁에만 있는 거라서……."

"눈알이라도 빼 달라면 빼 주겠소. 도대체 그 물건이 뭐요?"

"마침 무대 그 멍청이가 중병으로 누워 있지 않우. 낭패를 당하지 않으려거든 손을 쓰는 게 좋을 거요. 나리는 댁에 있는 비상(砒霜)을 조금 가져오시고, 색시는 딴 곳에 가서 가슴앓이 약한 첩을 짓게 해 그걸 함께 먹이는 거유. 그러면 그 난쟁이는 그대로 뻗을 테니, 화장만 해 버리면 일은 깨끗이 끝난단 말씀이야. 무송 제까짓 게 돌아온다 해도 무얼 어쩌겠우? 거기다가 예로부터 형수와 시동생 사이는 내외가 있는 법이고, 또 '첫 번째 시집은 부모를 따르지만 개가는 제 좋은 대로'란 말도 있지 않우? 한반년 몰래 만나다가 색시가 상복을 벗은 뒤에 나리 댁으로 들어간다면 누가 시비를 한단 말이우? 이게 바로 부부로 오래오래 즐거움을 함께하는 길이지. 이 계책이 어떠우?"

말인즉 생사람을 독살하자는 것인데도 할멈은 낯색 한번 변하지 않고 말했다. 계집에 미쳐 제정신이 아니기는 서문경도 마찬가지였다. 그것도 호기라고 아는지 시원시원하게 할멈의 말을 받았다.

"할멈, 됐어. 까짓 죄가 겁나 할 일 못하겠나? 좋아, 그러지."

"풀을 베려면 뿌리까지 뽑아 싹이 못 돋게 하란 말이 있우. 만약 풀을 베고도 뿌리를 뽑지 않으면 봄에는 다시 싹이 돋을 테니. 그럼 나리는 어서 가서 비상을 가져오슈. 나는 색시를 시켜 약을 짓고 손을 쓰도록 할 테니. 그런데 말이우, 일이 잘 끝나면 내게 정말로 두둑이 내놓는 거 잊지 마슈."

"당연하지, 그건 조금도 걱정 말게."

세상에 악한 씨종이 따로 있는지 뭐가 씌었는지 둘은 그렇게 결정을 보고 헤어졌다.

그길로 제집에 돌아간 서문경은 오래잖아 정말로 비상 한 봉

지를 가지고 와 할멈을 주었다. 할멈은 곧 반금련을 불러 가만히
말했다.

"색시, 이건 비상인데 그걸 쓰는 방법을 일러 주지. 요즈음 무
대가 색시에게 말도 잘 않는다니 갑자기 약을 지어 가면 의심할
거야. 먼저 마음을 돌린 척 돌봐 주며 그를 위해 약을 지어 올까
를 슬몃 물어보라구. 만약 그가 약을 먹겠다면 가슴앓이 약 한
첩을 지은 뒤 이 비상을 섞는 거야. 무대가 약을 마시게 되면, 비
상의 독이 몸에 돌아 위가 찢어지고 크게 고함을 지를 테니 무엇
으로든 그를 덮어 그 소리를 이웃이 듣지 못하게 해야 돼. 그다
음 미리 한 솥 데워 둔 물을 헝겊에 적셔 그 시체를 닦아 내야 할
거야. 독이 퍼지면 몸의 일곱 구멍으로 피가 쏟아질 뿐만 아니라
입술을 깨물어 거기도 핏자국이 있을 테니. 그렇게 핏자국을 깨
끗이 닦아 낸 뒤는 얼른 시체를 관에 넣으라구. 그리고 빨리 화
장해 버린다면 어느 놈이 알 거야!"

반금련이 원래 독한 여자였는지, 색정에 눈이 뒤집혀서인지는
알 수 없으나 죄를 무서워하지 않기는 할멈이나 서문경과 다름
이 없었다. 그래도 함께 몸을 섞고 산 남편을 독살할 일보다는
독살한 뒤의 처리부터 먼저 걱정했다.

"그게 좋기는 하지만 제가 워낙 힘이 약해서…… 일이 나고 시
체를 잘 다뤄 낼 수 있을지 걱정이군요."

"그거야 어려울 거 없지. 필요하면 우리 집 벽을 두드리라구.
그러면 내가 달려가 색시를 거들어 주지."

할멈이 그렇게 반금련을 안심시켰다. 곁에 있던 서문경이 두

사람을 거들었다.

"둘이서 마음 써서 잘해 보라구. 내일 새벽까지는 소식 보내주게."

그러고는 자리를 털고 일어났다.

왕씨 할멈은 비상을 부수어 고운 가루로 반금련에게 건네주었다. 그걸 받아 든 반금련은 그길로 할멈네 집을 나섰다.

반금련이 자기 집 위층으로 올라와 보니 무대는 가는 눈물을 흘리며 죽음을 기다리고 있었다. 그녀는 그걸 보자 거짓 울음을 터뜨리며 침상가로 다가갔다. 울음소리에 정신이 든 무대가 알 수 없다는 듯 물었다.

"네가 뭣 때문에 울어?"

그러나 반금련은 안 나오는 눈물을 억지로 짜내며 말했다.

"여보, 내가 잠시 잘못했어요. 그놈에게 속은 거예요. 그놈이 글쎄 당신을 걷어차 이 지경까지 만들 줄 어떻게 알았겠어요. 그런데…… 당신 좀 어떠세요? 한 군데 용한 의원이 있단 소리를 듣긴 들었는데, 약을 지어 와 봤자 당신이 의심하고 먹지 않을 것 같아 못 가고 있어요."

마음 착한 무대는 그게 저승사자의 꼬임이란 것도 모르고 계집의 거짓 눈물에 깜박 넘어가고 말았다. 진정으로 자기를 위한 것이건 아우 무송이 두려워서건 계집의 마음이 돌아선 것만도 고맙게 여겨 부드럽게 대꾸했다.

"당신이 나를 낫게만 해 준다면 모두 잊어 주지. 무송이가 돌아와도 한마디 안 내비칠 거요. 그러니 어서 가서 약을 지어 나를 고쳐 주시오."

계집은 그 말에 속으로는 악귀 같은 웃음을 지으면서도 겉은 슬프고 걱정스러운 얼굴로 집을 나섰다. 그러나 직접 약을 지으러 가지 않고 왕씨 할멈의 집으로 찾아가 돈을 내밀었다. 할멈은 두말 않고 나가 가슴앓이 약 한 첩을 지어 주었다.

약을 받아 들고 집으로 돌아온 반금련은 무대에게 전에 없이 사근사근하게 일러 주었다.

"이 약은 가슴앓이에 쓰는 것인데, 의원은 밤에 마시라구 했어요. 약을 마신 뒤 머리까지 이불을 푹 뒤집어쓰고 땀을 내면 내일 아침에는 거뜬하게 일어날 수 있을 거예요."

"거참 잘됐군. 오늘 밤 내가 잠들었건 말건, 밤이 어지간하거든 나를 깨워 약을 마시게 해 주구려."

무대가 먹고 죽을 약인지도 모르고 오히려 계집에게 고마워하며 당부했다. 계집은 더욱 사근사근하게 나왔다.

"걱정 말고 주무세요. 내가 다 알아서 보살필게요."

그리고 얼마 되지 않아 날이 어두워지기 시작했다. 계집은 먼저 큰 가마솥에 물을 데우고 거기에 헝겊 한 뭉치를 담가 놓았다.

계집이 일찌감치 물까지 끓여 놓고 밤이 깊기만을 기다리는데 이윽고 삼경을 알리는 북소리가 들려왔다. 계집은 먼저 비상을 잔 속에 집어넣은 뒤 끓인 물은 따로 받쳐 들고 위층으로 올라갔다.

"여보, 약 어디 있죠?"

계집이 무대를 깨우고 그렇게 묻자 무대가 가는 목소리로 대답했다.

"자리 밑 베개 근처에 있을 거야. 약을 마실 수 있게 당신이 손 봐 주구려."

그 말에 약봉지를 찾아낸 계집은 이미 비상 가루가 바닥에 깔려 있는 잔 위에 약봉지를 털어 넣었다. 그리고 거기에 끓인 물을 부은 뒤 은비녀를 꺼내 저었다. 은비녀가 당장 새까맣게 변한 건 정한 이치였지만 제 몸도 못 가누고 누운 무대가 그걸 알아볼 리 없었다.

약을 다 저은 계집이 왼손으로는 무대를 부축해 일으키고 오른손으로는 약을 들어 마시기 좋게 거들었다. 한 모금 마신 무대가 이맛살을 찌푸리며 말했다.

"여보, 이 약이 왜 이렇지? 정말 마시기 어렵네."

"그걸 먹고 몸만 낫는다면 마시기 어려운들 어때요? 자아, 그러지 말고 어서 마셔요."

계집이 그러면서 다시 잔을 입가에 대었다. 무대가 두 번째로 입을 벌리자 계집은 물을 것도 없이 그대로 약을 쏟아 넣었다. 그 바람에 약은 한 방울 남김없이 모두 무대의 목구멍 속으로 흘러 들어갔다. 계집은 무대를 다시 침상에 뉘고 얼른 몸을 일으켜 침상에서 떨어졌다.

"여보, 그 약이 왜 이렇지? 약을 먹고 나니 뱃속이 찢어지는 듯 아프네. 아이구, 아이구, 정말 못 견디겠구나!"

무대가 금세 배를 움켜잡으며 신음 소리를 냈다. 왕씨 할멈의 말이 퍼뜩 생각난 계집은 얼른 이불을 끌어 무대의 얼굴에 덮어 씌웠다. 무대가 이불 아래서 다시 숨넘어가는 소리를 냈다.

"아이구, 답답해!"

"의원이 당신에게 땀을 내렸어요. 곧 좋아질 테니 조금만 참아요."

계집이 그렇게 달랬다. 그래도 무대가 참지 못해 무어라 말하려 했으나 독한 계집이 그냥 두지 않았다. 숨넘어가기 전의 발악이 있을까 두려워 얼른 침상 위에 뛰어오르더니 무대를 올라타고 이불의 네 귀를 꾸욱 눌렀다.

무대는 이불 속에서 무어라 가는 비명을 지르며 한차례 기침을 했다.

하지만 그것도 한순간이었다. 이어 무대는 찢어지는 듯한 뱃속을 움켜잡은 채 몸을 뒤틀다가 이내 쓸쓸하고 고단한 삶을 마쳤다.

계집은 깔고 앉은 무대의 몸에서 전혀 움직임이 느껴지지 않자 비로소 침상에서 내려와 이불을 젖혔다. 무대는 이를 악문 채 숨져 있었는데 눈, 코, 귀, 입 등 몸의 일곱 구멍에서 피가 줄줄이 흘러내렸다.

계집은 곧 아래층으로 내려가 왕씨 할멈 집과 맞닿은 벽을 두드렸다. 이제나저제나 하고 기다리던 할멈이 득달같이 달려왔다. 계집이 얼른 뒷문을 따 주자 할멈이 물었다.

"아직 안 끝났어?"

"끝이야 벌써 났지요. 그러나 손발에서 힘이 빠져 어찌해 볼 수가 없어요."

독한 계집은 약간 지친 얼굴로 그렇게 대답했다. 할멈이 그런 계집의 기운을 돋우어 주었다.

"어려운 일이 있다면 내가 도와주지. 자, 시작하자구!"

그러고는 소매를 걷더니 데워 둔 물 한 통과 적신 헝겊을 이층으로 날랐다.

무대를 덮어씌워 둔 이불을 젖힌 할멈은 먼저 무대의 앙다문 입술부터 닦았다. 이어 피가 흐르는 일곱 구멍도 깨끗이 닦은 할멈은 몸부림친 흔적까지 없앤 뒤 새 옷을 가져다 무대의 시신에 입혔다.

무대가 독살당한 흔적을 모두 없앤 두 사람은 무대의 시신을 아래층으로 옮겼다. 그리고 머리를 빗긴다, 두건을 묶는다, 신발을 신긴다 한창 법석을 떤 뒤에 흰 비단을 시체 위에 덮었다.

반금련이 소리 내어 울기 시작한 것은 위층까지 말끔히 치운 왕씨 할멈이 다시 샛문을 통해 제집으로 돌아간 뒤였다. 이웃 사람들을 깨워 무대의 죽음을 알리기 위함이었다. 원래 울음에는 세 가지가 있다.

눈물을 흘리면서 소리 내어 우는 것이 곡(哭)이요, 눈물을 흘리되 소리가 없는 것이 읍(泣)이며, 소리는 있되 눈물이 없는 게 호(號)다. 그런데 그날 밤 반금련이 동네 사람을 깬 것은 바로 그 호였다.

아직 날이 밝기도 전에 서문경이 왕씨 할멈네 집을 찾아와 경과를 물었다. 할멈은 자신이 아는 대로 상세하게 무대의 죽음과 그때까지의 처리를 알려 주었다. 서문경이 은자를 꺼내 할멈에게 주며 관을 사 보내 주게 하고 아울러 반금련을 불러오게 했다.

달려온 계집이 대뜸 서문경에게 매달리며 턱없는 소리를 했다.

"이제 무대는 죽었어요. 당신에게로 가서 의지할 수밖에 없게 됐어요."

금방이라도 서문경의 옷자락을 붙잡고 따라나설 것 같은 말투였다. 서문경이 그런 계집을 달랬다.

"그런 소리를 꼭 해야 되나? 나두 잘 알고 있어."

그때 왕씨 할멈이 끼어들었다.

"아직 남은 일이 하나 있는데 어쩌면 그게 중요할 거유. 다름 아니라 무대의 시신을 살필 단두(團頭, 지방 공의 같은 일을 하는 사람) 하구숙(何九叔) 얘긴데 그 사람이 여간 꼼꼼한 사람이 아니란 말씀이야. 만약 그 사람이 낌새를 알아차리고 염하는 걸 허락지 않는다면 정말 큰일 아니겠우?"

할멈의 그 같은 걱정을 서문경이 다시 자신 있는 목소리로 덜어 주었다.

"그건 걱정 마시오. 내가 하구숙에게 이야기해 놓지. 그 사람은 내 말을 함부로 어기지 못할 거요."

"그럼 나리는 얼른 가서 그에게 일러 놓으시우. 늦어서는 안 되우!"

할멈이 갑자기 급해졌는지 그렇게 서문경을 재촉해 내보냈다.

날이 훤히 밝자 왕씨 할멈은 서문경이 준 돈으로 무대를 넣을 관을 사고, 향이며 초, 지전 따위 장례에 쓸 것들도 사 왔다. 제상을 차리고 조등(弔燈)을 걸자 이웃에서 모두 조문을 왔다. 반금련은 분칠한 얼굴을 소매로 가리고 소리 내어 헛울음을 울었다.

"남편께서 무슨 병으로 이리 급작스레 돌아가셨습니까?"

이웃 사람들이 그렇게 묻자 독한 계집은 짐짓 슬픈 표정을 지어 대답했다.

"가슴앓이로 드러눕더니 날이 갈수록 병이 심해지지 뭐예요. 영 나을 것 같지 않더니 간밤에 갑자기 숨을 거두었답니다."

그러고는 다시 꺼이꺼이 소리 내어 울었다. 이웃 사람들은 하나같이 무대의 갑작스러운 죽음이 수상쩍었지만 아무도 함부로 묻지 못했다. 그저 듣기 좋은 소리로 반금련을 위로할 뿐이었다.

"죽은 사람은 죽은 사람이고, 산 사람은 살아야 하지 않겠소. 너무 괴로워하지 마시오."

그러자 계집도 천연스레 상주 노릇을 해냈다. 그런 이웃의 인정에 감사하고 이내 애고애고 거짓 울음을 뽑아냈다.

그사이 관을 들여놓은 왕씨 할멈은 단두 하구숙을 불렀다. 시신을 염하는 데 쓸 물건들을 모두 갖추고 스님들까지 불러 죽은 사람의 명복을 빌게 한 뒤였다.

오래잖아 하구숙의 졸개들이 먼저 왔다. 그러나 뒤늦게 온 하구숙은 무대네 집에 들어서기도 전에 이미 그 죽음에 대해 의심부터 품게 되었다. 도중의 일 때문이었다.

그날 아침 일찍 왕씨 할멈으로부터 청을 받은 하구숙은 졸개들을 먼저 보낸 뒤 천천히 자석가로 갔다. 그런데 그가 막 골목 어귀로 접어들 무렵 난데없이 서문경이 나타나 길을 막으며 말을 걸었다.

"여보게 구숙, 어딜 가나?"

"찐 떡 장수 무대가 죽었다기에 시신을 염하러 가는 길입니다."

하구숙이 별생각 없이 그렇게 대답했다. 그러자 서문경이 그의 옷깃을 끌듯 목소리를 낮춰 말했다.

"잠깐 할 이야기가 있네. 따라오게."

서문경이 하구숙을 데려간 곳은 거기서 멀지 않은 작은 술집이었다. 술집 안으로 들어간 서문경은 전에 없이 은근하게 나왔다.

"여보게 구숙, 여기 윗자리에 앉게."

"저 같은 게 어떻게 감히 나리와 마주 앉겠습니까?"

하구숙이 그렇게 사양을 하자 서문경은 한층 더 은근하게 말했다.

"별소리를. 그러지 말고 여기 앉게."

그리고 술집 주인에게 좋은 안주와 술을 청하는 것이었다. 심부름하는 아이가 술과 안주를 날라 오는 걸 보며 하구숙은 속으로 생각했다.

'이 사람이 여지껏 한 번도 내게 술을 산 적이 없는데 웬일일까? 오늘 이렇게 술을 사는 걸 보니 뭔가 내게 부탁이 있는 모양이로구나……'

서문경은 그런 하구숙에게 한동안 긴찮은 이야기로 술을 권했다. 그러다가 갑자기 소매에서 은자 열 냥을 꺼내 탁자 위에 놓으며 말했다.

"구숙, 적다고 너무 언짢아 말게. 내일 따로이 더 사례함세."

"제가 나리를 위해 아무것도 해 준 일이 없는데 어떻게 나리의 돈을 받을 수 있겠습니까? 시키실 일이 있으면 그냥 시키십시오.

이 돈은 결코 받을 수 없습니다."

하구숙이 까닭 모르게 꺼림칙해 두 손을 내저었다. 그러자 서문경은 억지로 쥐어 주듯 은자를 내밀었다.

"이상하게 여기지 말고 받아 두라구. 당부할 게 있다니까."

"그럼 어서 말씀해 주십시오. 귀담아듣겠습니다."

하구숙이 여전히 은자를 거두려 하지 않으며 대꾸했다. 서문경이 힐끗 사방을 돌아본 뒤 나직이 말했다.

"다른 게 아니라 이제 자네가 갈 집에서 받아야 할 수고비 몇 푼을 미리 받는 거라 여기게. 무대의 시신을 염할 때 모든 걸 잘 보살펴 주고 장막은 비단으로 둘러 주게. 다른 부탁은 더 않겠네."

"아, 그 일이었습니까? 그야 당연히 제가 할 일인데 어떻게 나리의 돈을 받겠습니까?"

하구숙은 여전히 사양했다. 그러자 서문경이 불량스러운 눈을 뚝 부릅떴다.

"자네가 정히 안 받겠다면 내 말을 들어주지 않겠단 뜻이군. 그리 생각해도 좋은가?"

서문경이 그렇게까지 나오자 하구숙은 찔끔했다. 그의 비위를 거슬렀다가 무슨 일을 당할지 몰라 하는 수 없이 은자를 거두었다.

서문경은 하구숙이 돈을 받아 넣는 걸 보고서야 낯을 폈다. 술을 몇 잔 더 권한 뒤 술값은 제 앞으로 달게 했다. 두 사람이 술집을 나설 무렵 서문경이 다시 굳은 얼굴로 다짐을 받았다.

"구숙, 이 일을 결코 입 밖에 내서는 안 되네. 그러면 훗날 다시 내 한턱 크게 쓰지."

그 말에 하구숙은 더욱 의심이 커졌다.

'이 일이 아주 괴상하구나. 나는 무대의 시신을 염하러 갈 뿐인데 이 사람이 왜 내게 이토록 많은 은자를 주나. 여기는 틀림없이 무슨 곡절이 있을 게다.'

그렇게 속으로 생각하며 무대네 집으로 갔다. 대문 앞에 이르니 먼저 가 있던 졸개들이 나와 맞았다.

"무대가 무슨 병으로 죽었다더냐?"

하구숙이 그렇게 묻자 졸개들이 들은 대로 대답했다.

"가슴앓이로 죽었답니다."

하구숙은 그 병 이름을 머릿속에 새긴 뒤 발을 걷고 안으로 들어갔다. 왕씨 할멈이 나와 하구숙을 반갑게 맞았다.

"어서 오슈, 단두 양반. 오래 기다렸우."

"급한 일이 좀 있어 끝내고 오려니 한발 늦었소."

하구숙이 대답하는데 무대의 아낙이 소복 차림에 거짓 울음을 울며 나왔다. 하구숙이 건성으로 그녀를 위로했다.

"너무 상심 마십시오. 남편께서는 죽어서도 좋은 곳으로 가셨을 겁니다."

"정말 어떻게 말해야 할지……. 생각잖은 가슴앓이로 며칠 만에 이렇게 숨을 거두고 말다니! 이제 저는 어쩌면 좋아요?"

계집이 눈물도 없는 눈을 가리며 슬픈 가락으로 앙큼을 떨었다. 그러나 하구숙은 한눈에 그게 진심이 아님을 알아차렸다. 찬찬히 계집을 살피다가 속으로 가만히 중얼거렸다.

'내가 무대의 아낙에 대해 말만 들었지 알지는 못했는데 이제 보니 바로 이 여자로구나. 생긴 꼴이나 하는 짓거리로 보아 서문경이 준 은자 열 냥에는 반드시 까닭이 있겠다…….'

하구숙은 그러면서 무대의 시신을 보러 갔다. 덮개를 걷은 뒤 흰 비단 천을 들추자 무대의 시신이 드러났다.

그런데 거기서 뜻 아니한 일이 벌어졌다.

검시를 하는 법도에 따라 먼저 무대의 두 눈을 까뒤집어 보던 하구숙이 갑자기 한마디 비명과 함께 뒤로 나자빠진 것이었다. 입으로 피를 토하는데, 손톱은 푸르고 입술은 자줏빛이며 얼굴은 누렇고 눈은 생기가 없는 게 예삿일이 아니었다.

놀란 아랫것들이 그런 하구숙을 부축했다. 왕씨 할멈은 아는 척을 하고 나섰다.

"저런, 시체에서 뿜어 나오는 나쁜 기운을 쐬었군. 빨리 찬물을 가져와!"

그리고 찬물이 오자 그걸 들이켜 하구숙에게 뿜어 댔다. 할멈이 두어 번이나 물을 뿜은 뒤에야 하구숙은 겨우 정신을 차렸다. 할멈이 다시 하구숙의 아랫것들에게 시켰다.

"이 양반을 업고 댁으로 모셔 가 조리를 시키게."

그 말에 하구숙은 당장 자기 집으로 업혀 갔다. 집안 식구들이 모두 놀라며 하구숙을 맞아 방에다 뉘었다. 하구숙의 아낙이 그런 남편 곁에 앉아 소리 내어 넋두리를 했다.

"아이구, 여보, 웃으며 집을 나가시더니 어찌 이 꼴로 돌아오셨단 말이에요? 평소에는 그렇게 자주 시신을 보아도 아무렇지 않더니……."

하구숙은 그 소리도 들리지 않는 듯 멀뚱히 누워만 있었다. 그러다가 졸개들이 모두 집에서 나간 뒤에야 아낙을 보고 조용히 말했다.

"이봐, 너무 걱정 말라구. 내가 일부러 그런 거야."

"뭐라구요?"

하구숙의 아낙이 반갑고도 놀라워 눈물도 씻지 않고 그렇게 물었다. 하구숙이 멀쩡하게 일어나 앉으며 까닭을 설명했다.

"아까 내가 무대의 시신을 살피러 갈 때 말이야…… 아, 현청 앞 골목에서 생약 장사 하는 서문경이 기다리고 있지 않겠어? 그 사람은 전에 없이 나를 술집으로 끌고 가더니 한턱 잘 쓸 뿐 아니라 은자까지 열 냥 쥐여 주더군. 무대의 시신을 염할 때 수상쩍은 게 있더라도 덮어 달라는 거야. 그런데 무대의 집에 가 보니 어땠는지 알아? 그 계집이 좋지 않은 계집이라 벌써 열에 여덟아홉 의심이 가더니, 시신을 벗겨 보니 역시 그랬어. 무대의 얼굴은 시커멓고 일곱 구멍마다 피를 쏟은 흔적이 있으며 입술에는 이를 악물다 난 이빨 자국이 있더란 말이야. 독약을 먹고 죽은 시신이 바로 그런 형상이지. 나는 원래 소리 내어 그 사실을 밝히려 했지만 갑자기 겁나는 게 있데. 서문경이 말이야. 그에게 미움을 받는다는 것은 벌집을 쑤시거나 전갈을 건드리는 것과 다름없는 일이거든. 하지만 어물쩍 입관해 버리려 해도 또 켕기는 게 있더라구. 무대의 동생 말이야. 전에 경양강 고개에서 호랑이를 맨손으로 때려잡은 무 도두가 바로 무대의 동생 아닌가?

사람을 죽여도 눈 한번 깜짝 않을 그 사람인데 제 형이 그렇게 죽은 걸 알면 가만있겠어? 그래서 생각해 낸 게 내가 까무러친 척하는 거야."

그러자 아낙도 알 만하다는 듯 고개를 끄덕이며 말했다.

"제가 일전에 들으니, 뒷동네에 사는 교 노인 손자 운가가 자석가의 찻집에서 무대를 도와 그 계집의 샛서방을 잡는다고 한바탕 난리를 쳤다더니 바로 그 일인 모양이군요. 함부로 이번 일을 다뤘다가는 정말 큰일 나겠어요. 당신 잘 빠져나왔어요. 이제 그 시신을 염하는 일은 아랫사람들에게 떠넘겨 버리고 출상이 언제인가만 알아 두세요. 만약 관을 집에 두고 무대의 아우 무송이 돌아올 때까지 기다린다면, 그때는 시신에 있는 흔적으로 무송이 다 알아서 하겠지요. 또 그 전에 출상한대도 시신을 땅에 묻는다면 걱정할 건 없어요. 아직 시신이 남아 있으니까 무송이 의심나면 파 보고 알 거 아녜요. 하지만 화장을 하겠다면 그냥 계셔서는 안 될 거예요. 그렇게 서둘러 화장을 하는 데는 까닭이 있을 테니, 당신은 화장터에 가서 남몰래 뼛조각 몇 개를 주워 두세요. 그리고 서문경에게서 받은 은자 열 냥과 함께 싸 두었다가 필요할 때 증거로 쓸 수 있도록 하는 거예요. 만약 무송이 돌아와 별 눈치를 못 채고 이번 일이 그냥 넘어간다면 우리도 입다물고 말지요. 그때는 서문경을 봐준 게 될 뿐 아니라 더 얻어먹을 것까지 있으니 그 아니 좋아요? 그러나 무송이 눈치채고 덤비면 그 증거를 내주어 당신은 빠지고……."

어찌 보면 남편인 하구숙보다 더 생각이 깊고 치밀한 여자였다. 하구숙이 흐뭇해 아내를 치켜세웠다.

"집안에 어진 아내가 있으면 모든 게 잘된다더니 정말 그렇군. 임자 말대로 하지."

그러고는 부리는 졸개들을 불러 말했다.

"나는 나쁜 기운을 쐬 가지 못하겠으니 너희들이나 가서 무대의 시신을 염하도록 해라. 다만 언제 출상하는지는 알아 와야 한다. 그 밖에 거기서 나오는 돈이 있거든 너희들끼리 나눠 쓰고 내게 돌아오는 베필도 여기 가져올 건 없다."

그 말을 들은 졸개들은 좋다구나 무대네 집으로 가 시신을 염하고 입관했다.

"그 집 여편네가 말하기를, 출상은 사흘 뒤고 장례는 성 밖에서 화장으로 치른답니다."

얼마 뒤 돌아온 졸개들이 하구숙에게 그렇게 알려 주었다. 그들이 돌아가기를 기다려 하구숙이 그 아낙에게 말했다.

"임자 말이 옳았네. 장례 날에는 화장터에 가서 무대의 뼈를 몇 조각 주워 놓아야지."

한편 왕씨 할멈은 반금련을 도와 그날 밤으로 무대의 시신을 입관했다. 별일 없이 관 뚜껑을 덮고 나니 그걸로 벌써 모든 게 다 끝난 기분들이었다.

둘째 날은 스님 셋을 모셔다 하루 종일 불경을 외게 했다. 이웃이 보기에는 제법 정성을 다해 죽은 이를 위하는 것 같았다.

드디어 셋째 날이 되었다. 아침 일찍 상여꾼들이 몰려와 상여를 메자 이웃들이 거리로 나와 가엾은 무대의 저승길을 눈물로 배웅해 주었다.

무대의 계집은 상복에 거짓 눈물로 상여를 따라나섰다. 상여가 성 밖 화장터에 이르자 계집은 일꾼들을 재촉해 무대의 시신을 사르게 했다.

그때 하구숙이 지전 몇 장을 들고 화장터로 왔다. 무대의 명복을 빌어 준다는 핑계였다. 그의 속셈을 알 리 없는 왕씨 할멈과 반금련이 의심 없이 맞았다.

"몸이 나았다니 정말 다행이우."

왕씨 할멈이 그런 소리까지 했지만 그래도 하구숙은 마음이 놓이지 않아 핑계를 한층 더 그럴듯하게 꾸몄다.

"전에 무 대랑에게서 찐 떡 한 접시를 사고 돈을 주지 않은 게 있어서……. 이렇게 지전이라도 살라 가신 분의 명복을 빌어 주러 왔습니다."

그 말에 넘어간 왕씨 할멈은 반금련을 대신해 감사까지 했다.

"이 양반이 정말 지성이구랴. 상주는 아니지만 고맙소."

하구숙은 할멈과 반금련이 자신을 의심하는 눈치가 없자 가만히 그들 곁에서 화장을 지켜보았다. 그러다가 화장의 불길이 사그라들자 지전을 가지고 잿더미 근처로 다가갔다.

하구숙이 지전을 사르는 걸 보고 할멈과 계집은 다시 고마운 뜻을 나타냈다.

"단두 양반 같은 이도 드물 거유. 집에 돌아가서 대접이라도 해야지. 고마워서 원……."

"아닙니다. 제가 여기 온 것은 끝마무리라도 어떻게 도와 드리려구요. 할머니와 아주머니는 이제 그만 돌아가십쇼. 이웃에서 문상 온 사람도 많을 텐데 빈소에 계시면서 접대를 하셔야지요. 여기 일은 제가 알아서 다 마무리 짓고 가겠습니다."

하구숙이 태연히 두 사람에게 그렇게 권했다. 그러잖아도 더 있고 싶지 않던 두 사람은 그 말을 듣고 바쁘게 집으로 돌아갔다.

하구숙은 두 사람이 멀리 간 걸 확인한 뒤 잿더미를 헤쳐 무대의 뼛조각 몇 개를 주웠다. 뼈는 비상의 독기가 서려 거무스름했다. 하구숙은 얼른 그 뼈를 품에 감추고 화장의 나머지 과정을 정중히 치렀다. 무대의 뼛가루까지 땅에 묻히자 따라왔던 이웃들도 하나 둘 흩어져 돌아갔다.

집으로 돌아온 하구숙은 그 뼛조각을 종이에 싸고, 화장한 날짜와 임자의 이름을 적었다. 그리고 그것과 서문경에게서 받은 은자 열 냥을 함께 꾸린 뒤 방 안 깊숙이 치워 두었다. 말할 것도 없이, 무송이 돌아와 일이 터지면 무송에게 내어 주고 자신은 거기서 빠져나오기 위함이었다.

한편 집으로 돌아온 반금련은 아래층에다 빈소를 차리고 거기에 무대의 위패를 얹어 놓았다. '망부무대랑지위(亡夫武大郎之位)'라고 번듯하게 쓴 위패를 세워 놓으니 제법 그럴듯했다. 게다가 그 앞에는 유리 등잔을 걸고 뒤에는 불경 베낀 것이며 명복을 비는 부적, 지전 따위를 늘어놓자 초상집으로는 완연히 모습을 갖추었다.

하지만 그 속내를 들여다보면 그건 또 딴판이었다. 이제는 아무것도 거리낄 게 없는 반금련은 서문경을 만나러 왕씨 할멈네 찻집으로 가는 구차한 짓은 그만두었다. 서문경을 바로 집으로 불러들여 자기 손으로 죽인 무대의 위패가 있는 바로 위층에서 질펀하게 어울렸다. 전에 왕씨 할멈네 방을 빌려 뒹굴 때처럼 아슬아슬한 재미는 적었지만, 제집에서 마음 놓고 엉켜 헐떡이는 것도 그런 대로 또 괜찮은 맛이 있었다. 밤낮 가릴 것 없고, 오가는 시각 따질 것 없이 붙고 싶으면 붙고 자고 싶으면 자니 세상이 온통 저희 둘만을 위해 있는가도 싶었다.

말할 것도 없이 이웃치고 그들 남녀의 일을 모르는 사람은 없었다. 그러나 또한 누구도 그 일을 가지고 맞대 놓고 그들 남녀를 욕하는 사람은 없었다. 서문경이 워낙 못된 개망나니인 데다 재산과 세력까지 있어 그를 건드렸다가는 그 어떤 욕을 당할지 몰라서였다. 그 바람에 서문경과 반금련은 그것이 그들의 영혼뿐만 아니라 종당에는 몸까지 살라 버릴 업화(業火)가 될 줄도 모르고, 꺼질 줄 모르는 음욕(淫慾)의 불길에 거듭거듭 스스로를 살라 갔다. 어쩌면 인간만이 가질 수 있는 가련한 치정이었는지도 모를 일이었다.

드러나는 무대의 사인(死因)

옛말에 기쁨 끝에는 슬픔이 오고 괴로움 끝에는 즐거움이 온 다더니, 서문경과 반금련에게도 마침내는 끝장이 다가오고 있었 다. 그사이 사십여 일이 지나 무송이 되돌아온 일이 그랬다.

지현의 심부름으로 예물 실은 수레와 문안 편지를 지키며 동 경으로 간 무송은 탈 없이 일을 끝내고 생각보다 빨리 양곡현으 로 돌아왔다. 가고 오고 걸린 날이 그럭저럭 두 달을 넘어서 계 절은 그사이 겨울에서 이른 봄으로 바뀌어 있었다.

그런데 참으로 알 수 없는 것은 돌아오는 무송의 느낌이었다. 억울하게 죽은 형의 넋이 하소연이라도 하는 것인지 양곡현에 가까워질수록 무송은 마음이 불안하고 몸놀림도 까닭 없이 헷갈 렸다. 형이 갑자기 가엾기 그지없고 보고 싶어지기까지 하는 것이었다.

무송은 양곡현으로 들어와서도 마음 같아서는 형에게 먼저 달려가고 싶었다. 그러나 어쨌든 그는 현청에서 일보는 도두라 현청의 일이 먼저일 수밖에 없었다. 돌아오는 길로 지현을 찾아보고 동경에서 받아 온 답서를 올렸다.

지현은 무송이 준 답서를 반갑게 읽었다. 자기가 보낸 예물은 모두 가야 할 곳에 갔는지 편지들이 하나같이 기쁨과 고마움을 나타내고 있었다. 이에 지현은 무송에게 큼직한 은덩이 하나를 상으로 내리고 술과 밥으로 잘 대접해 보냈다.

현청을 나온 무송은 땀에 전 옷과 해진 신발을 갈기 바쁘게 형의 집이 있는 자석가로 달려갔다. 무송이 돌아오는 걸 보자 무대의 이웃 사람들은 깜짝 놀랐다. 서문경과 반금련의 일에다 무대의 죽음에 대해서까지 어렴풋이 알고 있는 사람들은 저희끼리 수군거렸다.

"이번에는 무슨 큰일이 나겠군. 저 사람이 돌아왔으니 곱게 넘어가지는 않을걸. 반드시 일이 나도 크게 터질 거야."

그러나 영문을 알 리 없는 무송은 내처 달려 형의 집으로 갔다.

무송이 문을 열고 발을 젖히자 먼저 방 안에 높다랗게 차려진 위패가 눈에 들어왔다. 무송이 읽어 보니, '망부무대랑지위'란 일곱 자가 쓰여 있었다. 그러나 무송은 아무래도 알 수가 없어 두 눈을 크게 부릅뜨고 중얼거렸다.

"내 눈에 헛게 보이는가……."

그러다가 갑자기 큰 소리로 안에다 대고 말했다.

"형수님, 제가 돌아왔습니다."

그때 반금련은 서문경과 함께 위층에서 한참 신나게 엉켜 있는 중이었다. 서문경은 아래층에서 나는 무송의 목소리를 듣자 놀란 나머지 오줌까지 질금거리며 뒷문으로 내뺐다. 왕씨 할멈의 집으로 이어진 쪽문이었다.

반금련도 놀라기는 마찬가지였다. 우선 무송이 위층으로 뛰어 올라 오는 것이라도 막고 보자 싶어 목소리부터 먼저 내려보냈다.

"도련님, 조금만 거기 앉아 계세요. 제가 곧 내려갈게요."

원래 남편을 독살한 게 바로 그 계집이니 무슨 슬픔이 있어 상복을 입겠는가. 매일 기름 바른 머리와 분칠한 얼굴에 고운 색옷을 차려입고 서문경과 어울려 즐기기에 정신이 없었다. 그런데 갑자기 무송이 들이닥쳤으니, 그대로 내려갔다간 단번에 자신이 한 짓을 눈치 채일 판이었다.

반금련은 황급히 얼굴의 분칠을 지우고 머리에 꽂았던 비녀를 뽑아 던졌다. 머리에 바른 기름을 닦아 쑥대머리가 되게 한 뒤 붉은 저고리와 수놓은 치마를 벗어 던지고 상복을 걸쳤다. 그리고 대강 지아비 잃은 청상 같은 모습이 이뤄지자 소리소리 흐느끼며 아래층으로 내려갔다.

"형수님, 잠시만 울음을 거두십시오. 도대체 형님께서 언제 돌아가셨습니까? 무슨 병이었고, 누구의 약을 먹었습니까?"

무송이 아직도 믿기지 않는 듯 반금련을 잡고 급하게 물었다. 반금련은 한편으로는 슬피 곡을 하며 다른 한편으로는 사설 늘어놓듯 대답했다.

"형님은 도련님이 떠나시고 한 열흘 지나서부터 앓아누웠어요. 가슴이 몹시 아프다며 눕더니…… 팔구 일 앓다가 그만 돌아가시더군요. 점을 쳐서 귀신에게 물어봐도 소용이 없었고, 의원을 불러와도 효험이 없었어요……. 홀로 남은 나는 어쩌라고……."

그때쯤 해서 이웃집 왕씨 할멈도 무송이 돌아온 걸 알았다. 반금련이 서툰 소리를 해 꼬리라도 밟힐까 겁났던지 한달음에 건너왔다. 왕씨 할멈이 집 안으로 들어서는데 무송이 여전히 못 믿겠다는 듯 물어 왔다.

"형님은 일찍이 그런 병이 없었는데, 어떻게 가슴앓이로 이렇게 쉽게 죽었단 말이오?"

"이보시우, 무 도두, 하늘의 풍운은 예측할 수 없고, 사람의 화복도 눈 깜짝할 사이라 하지 않우? 누가 죽고 사는 일을 마음대로 할 수 있겠우?"

할멈이 반금련을 대신해 그렇게 눙치며 받았다. 반금련이 냉큼 그 말을 받았다.

"정말 저 할머니가 아니었더라면 어떻게 됐을지. 나 혼자서 어쩔 줄 몰라 있는데 할머니가 나서서 도와주셔서 얼마나 고마웠는지요……."

"형님은 어디에 묻히셨습니까?"

"나 혼자서 어디다 묻어야 할지 몰라 하다가 사흘 만에 화장해 버렸어요."

반금련이 다시 눈도 한번 깜박 않고 무송의 물음에 대답했다. 무송이 별 표정 없이 또 물었다.

"돌아가신 지는 며칠이나 됐습니까?"

"이틀 뒤면 사십구일이 됩니다."

그러자 무송은 더 묻지 않고 한동안 말없이 생각에 잠겨 있다가 갑자기 방을 나갔다.

뛰듯이 현청으로 돌아온 무송은 흰옷을 찾아 갈아입더니 한 줄기 삼베 띠를 허리에 둘러 상복을 갖췄다. 이어 날카로운 칼 한 자루와 은자 약간을 몸에 갈무리하고 부리는 병졸을 불렀다.

"너는 요 앞에 가서 쌀국수와 양념, 향, 초, 지전 등 장례에 쓸 물건을 사 오너라."

그리고 병졸이 시킨 대로 해 오자 무송은 곧 그것들을 가지고 형의 집으로 갔다. 무송이 문을 두드리자 반금련이 나와 문을 열어 주었다. 무송은 데려간 졸개들에게 가져간 제수들을 조리하게 했다.

준비가 갖춰지자 무송은 제상 위에 촛불을 밝히고 마련된 제물을 차렸다. 밤 이경이 되자 무송은 형의 위패 앞에 엎드려 절하며 말했다.

"형님의 넋은 아직 멀리 가지 못했을 것이니 아우의 말을 들으십시오. 살아 계실 적에도 연약하시더니 돌아가신 뒤까지 분명하지 못하시군요. 만약 형님께서 남에게 원통한 죽임을 당하셨다면 꿈속에서라도 나타나 제게 일러 주십시오. 그러면 이 아우가 반드시 형님의 원수를 갚아 드리겠습니다!"

그런 다음 술을 따르고 지전을 태우더니 목을 놓고 울었다. 그의 기원이나 맹세를 곁에서 들은 이웃은 저도 몰래 온몸이 오싹

해졌다. 반금련도 겁나기는 마찬가지라 거짓 울음으로 스스로를
감추었다.

무송은 젯밥과 제주를 병졸들과 나눠 마신 뒤 돗자리 두 장을
문간에 펴게 하고 거기 누워 잠을 청했다. 반금련도 무송이 아래
층에 눕는 걸 보고 불안한 대로 위층 자기 방으로 돌아갔다.

형의 위패 앞이라 그런지 무송은 삼경이 되어도 잠을 이룰 수
가 없었다. 몸을 뒤척이며 옆의 병졸들을 보니 벌써 코를 골며
자는 게 꼭 죽은 사람 같았다. 무송은 천천히 몸을 일으켜 형의
위패 앞으로 기어갔다. 위패 앞에 켜져 있는 유리 등잔의 불이
바람도 없는데 깜박이고 있었다.

멀리서 삼경을 알리는 북소리가 들리자 무송은 자신도 모르게
탄식했다.

"우리 형님은 살아 계실 때도 약해 빠졌더니 돌아가신 뒤에도
흐리멍텅하구나."

무언가 형의 넋이 나타나 일러 주기를 기대했으나 삼경이 지
났으니 이제 틀렸다 싶어 한 소리였다. 그때였다. 미처 그 말이
끝나기도 전에 위패 쪽에서 한 줄기 찬바람이 일더니 갑자기 정
신이 아뜩했다. 등불이 모두 빛을 잃고 지전이 날리는 게 어지간
한 무송까지도 등줄기가 서늘하게 만들었다.

무송은 온몸의 털이 올올이 곤두서는 듯한 느낌으로 찬바람이
이는 곳을 바라보았다. 제상 앞으로 어떤 사람이 불쑥 나타나 나
지막이 울부짖었다.

"아우야, 나는 정말로 억울하게 죽었다……."

그러나 뒷말을 잘 알아듣지 못한 무송이 그에게 다가가 물어 보려는데 홀연 찬기운이 걷히며 그 사람은 보이지 않았다. 그 사람이 형인지 아닌지조차 잘 알 수가 없었다.

잠이 확 달아난 무송은 그 꿈 같기도 하고 생시 같기도 한 광경을 되살리려는 듯 사방을 둘러보았다. 그러나 방 안은 좀 전과 다름없고, 병사들은 코를 골며 자고 있을 뿐이었다.

무송은 처음 헛것을 보았나 싶었으나 곧 생각을 바꾸었다.

'형님의 죽음에는 틀림없이 석연찮은 데가 있었다. 형님은 내게 알려 주려 왔으나 내 거센 신기(神氣)가 형님의 넋을 흩어 버린 것이다.'

그렇게 속으로 중얼거리면서 날이 밝기만을 기다렸다. 날이 밝는 대로 석연찮은 곳을 한번 더듬어 볼 작정이었다.

날이 훤히 밝자 병졸들이 일어나 아침밥을 준비했다. 무송도 별 내색 없이 자리에서 일어나 세수를 했다.

얼마 안 되어 반금련도 위층에서 내려왔다.

"도련님, 간밤 어려움은 없으셨는지요?"

그녀가 살피는 눈길로 묻자 무송이 애써 덤덤한 표정을 지으며 받았다.

"괜찮습니다. 그런데 형수님, 형님은 무슨 병으로 돌아가셨습니까?"

"도련님, 벌써 잊으셨어요? 어제 저녁 가슴앓이로 돌아가셨다고 말씀드리지 않았어요?"

반금련이 불안함을 감추며 그렇게 대꾸했다. 무송이 별로 개의치 않고 다시 물었다.

"약은 누구의 것을 드셨습니까?"

"약봉지가 저기 있으니 살펴보세요."

"관은 누가 사다 주었습니까?"

"옆집 왕씨 할머니가 사다 주셨어요."

"시신은 누가 수습했습니까?"

"우리 현의 단두 하구숙이란 분이에요. 그분이 모든 걸 맡아
처리했어요."

계속되는 무송의 물음이 꽤나 날카로웠으나 워낙 독한 계집이
라 반금련은 별로 허둥대지 않았다. 무송도 자신이 형의 죽음을
수상쩍게 여기는 게 계집에게 알려져 좋을 것은 없다 싶었다. 그
쯤에서 대강 말을 그쳤다.

"그랬군요. 그럼 현청에 잠깐 다녀오겠습니다."

그리고 병졸들과 함께 집을 나왔다. 자석가를 벗어나기 바쁘게
무송이 병졸들에게 물었다.

"너희 중 단두 하구숙을 아는 사람 있느냐?"

"도두님, 벌써 잊으셨습니까? 도두님께서도 전에 그와 함께 일
하신 적이 있지 않습니까? 그 사람 집은 사자가(獅子街) 골목 안
에 있습니다."

병졸 중에 하나가 그렇게 일러 주었다.

"그럼 그 집까지 좀 데려다 다오."

무송이 얼른 그 병졸에게 말했다. 병졸은 어려울 것 없다는 듯
무송을 하구숙의 집 앞까지 데려다 주었다. 무송은 그 병졸을 집

앞에서 돌려보내고 홀로 하구숙의 대문을 두드렸다.

"하구숙, 집에 있나?"

하구숙은 이제 막 잠자리에서 일어나 있던 참이었다. 자기를 찾는 목소리가 무송임을 알자 겁에 질려 손발부터 떨려 왔다. 두건도 제대로 쓰지 못한 채 벽장 속에 감춰 두었던 보따리를 급히 꺼냈다. 무대의 뼛조각과 서문경이 준 은자가 들어 있는 보따리였다.

하구숙은 그 보따리를 찾아 쥐고서야 문 앞으로 가서 무송을 맞아들였다.

"도두께선 언제 돌아오셨습니까?"

하구숙의 그 같은 물음에 무송이 굳은 얼굴로 대답했다.

"어제 돌아왔소. 그런데 물을 말이 있어 찾아왔으니 아는 대로 일러 주시면 고맙겠소. 같이 갑시다."

"그야 어렵잖지요. 하지만 이왕 저희 집에 오셨으니 차라도 한잔 하고 가십시오."

하구숙이 그렇게 권해 보았으나 무송은 굳은 얼굴을 풀지 않았다.

"그럴 것 없소. 마신 걸루 여길 테니 함께 가기나 합시다."

이에 하구숙은 아무 소리 못하고 무송을 따라나섰다.

무송이 하구숙을 데려간 곳은 골목 밖의 작은 술집이었다. 무송이 술 두 각을 시키는 걸 보고 하구숙이 몸을 일으키며 물었다.

"저는 여태껏 한 번도 도두님과 술자리를 같이한 적이 없는데, 어찌 이렇게 한자리에 앉을 수 있겠습니까?"

"잠깐만 앉아 있으시오."

무송이 까닭을 안 밝히고 표정으로 겁만 주어 하구숙을 제자리에 도로 앉혔다.

그사이 술집 주인이 술을 가져다 두 사람의 잔에 따랐다. 무송은 입 한번 열지 않고 술잔만 비웠다. 그러잖아도 겁을 먹고 있던 하구숙은 무송이 말없이 잔만 비우자 더욱 겁이 났다. 몸이 절로 떨리고 식은땀이 비죽비죽 솟을 지경이었다.

그렇게 몇 잔을 거듭 비운 뒤였다. 무송이 문득 품 안에서 날카로운 칼 한 자루를 꺼내 탁자에 꽂았다. 술을 따르던 술집 주인이 놀라 두 사람을 쳐다보았다. 하구숙은 얼굴이 누렇게 뜬 채 숨도 제대로 못 내쉬고 있었다. 어느새 양 소매를 걷어붙인 무송이 칼을 뽑아 칼끝으로 그런 하구숙을 겨누며 차갑게 말했다.

"내가 비록 하찮은 건달이지만, 원한에는 그 원한을 일게 한 자가 있으며 빚에는 빚을 준 놈이 있다는 것쯤은 알고 있다. 너는 쓸데없이 놀라거나 겁내지 말고 바른대로만 말하라. 네가 우리 형님의 죽음에 대해 아는 대로 자세히만 일러 준다면 너는 건드리지 않겠다. 그런데도 너를 다치게 하면 나는 호걸이 아니다. 하지만 만약 네가 한마디라도 거짓을 말한다면 네 가슴과 등에는 수백 개의 맞창이 날 줄 알아라. 이건 결코 그냥 해 보는 소리가 아니야. 자, 어서 말해 봐. 형님의 마지막 모습이 어떠했지?"

하구숙을 불러낼 때와는 말투까지 달라져 있었다. 말을 마친 무송은 팔짱을 낀 채 호랑이 같은 눈으로 하구숙을 쏘아보았다.

미리 준비해 간 꾸러미를 소매에서 꺼내 탁자 위에 놓으며 하구숙이 말했다.

"도두께서는 노기를 거두시고 이걸 보십시오. 여기 증거가 될 만한 게 들어 있습니다."

그 말에 무송이 꾸러미를 펼쳐 보았다. 뼛조각 몇 개와 은자 열 냥이 그 안에서 나왔다. 무송이 영문을 모르겠다는 듯 하구숙을 보며 물었다.

"이것이 무슨 증거란 말이냐?"

"저는 어떻게 해서 일이 그렇게 되었는지는 잘 모릅니다. 다만 제가 알게 된 것만 말씀드리지요. 지난 정월 스무이튿날 일입니다. 집에 있으려니 찻집을 하는 왕씨 할멈이 사람을 보내 저를 찾더군요. 무 대랑의 시신을 검사하고 염을 해 달라는 거였습니다. 그래서 별다른 생각 없이 자석가로 가는데 현청 앞에서 생약 포를 하는 서문경이 골목 어귀에서 저를 기다리다가 근처 술집 으로 데려가지 않겠습니까? 거기서 서문경은 제게 술 한잔을 산 뒤 이 은자 열 냥을 쥐여 주며 검시를 하다가 이상한 게 있더라 도 모든 걸 덮어 달라고 했습니다. 그 인간이 워낙 모질고 독하 다고 알려진 터라 저는 감히 거절하지 못하고 그 은자를 거두었 습니다. 그런데 형님댁에 가서 형님의 시신을 살펴보니 정말로 이상한 것이 한두 군데가 아니더군요. 우선 눈, 코, 입, 귀 등 일 곱 구멍에 피를 쏟은 자국이 있고 입술에도 이를 악문 흔적이 남 아 있었습니다. 모두 독약을 먹고 죽은 시신에게서 보이는 것들 입지요. 저는 그 자리에서 그 사실을 떠들고 싶었지만 도두님의 형수께서 가슴앓이로 죽었다고 우기고 나서는 바람에 차마 그러지 못했습니다. 그 뒤에는 보아주는 사람도 있고 해서……. 생각 끝에 저는 혀끝을 물어 피를 흘리며 시체의 나쁜 기운에 씌어 까무러친 척했지요. 그리고 집으로 부축돼 돌아온 뒤 아랫것들만 보내 무 대랑의 시신을 염하게 했습니다. 물론 그 일로 돈 한 푼 받은 것도 없구요. 그런데 사흘째 되던 날이었습니다……."

하구숙은 이어 화장터에서의 일을 자세히 말해 준 뒤 자신이 주워 온 뼛조각을 가리키며 말했다.

"이 뼈를 보십시오. 뼈가 이렇게 검푸른 것은 독약 기운이 뼈에 스며 그런 것입니다. 형님께서 독살당하셨다는 증거가 되지요. 거기다가 그 종이에는 날짜와 죽은 사람의 이름을 적어 두었으니 어디 내놔도 증거로서 모자람이 없을 겁니다. 이뿐입니다. 제가 아는 것은 그 점밖에 없으니 나머지는 도두님께서 헤아려 보십시오."

"그럼 우리 형수와 붙어먹은 샛서방은 누구요?"

이야기를 들은 무송이 눈에 불을 켜며 물었다. 하구숙은 훤히 짐작이 가면서도 험한 일에 말려드는 게 싫어 바로 대답하지 않고 둘러 말했다.

"저는 모릅니다. 다만 듣기로는 시장에서 배를 파는 운가라는 아이가 무 대랑과 함께 그 샛서방을 잡으려고 어떤 찻집을 덮친 일이 있다더군요. 그 거리 사람으로는 모르는 이가 없는 일이랍니다. 도두께서 자세히 알고 싶으시면 운가에게 물어보시지요."

"좋소, 그런 아이가 있다면 함께 가서 만나 봅시다."

무송은 하구숙을 더 조르지 않고 선선히 그렇게 나왔다.

칼을 거둔 무송은 은자와 뼛조각이 든 꾸러미를 챙긴 뒤 술값을 치르고 하구숙과 함께 술집을 나왔다. 두 사람이 운가의 집 앞에 이르니 때마침 운가는 바구니에 곡식을 담아 집으로 돌아오는 중이었다.

"얘, 운가야, 너 이 도두 어른을 알아보겠니?"

"호랑이를 때려잡아 왔을 때 저두 보았다구요. 그런데 두 분께서 무슨 일로 오셨지요?"

운가 또한 무송이 왜 왔는지 얼른 짐작이 가면서도 우선은 모르는 척했다. 하지만 끝내 시치미를 뗄 수는 없다 보았는지 잔뜩 겁먹은 얼굴로 말을 이었다.

"그 일인 모양인데…… 하지만 전 예순이 넘은 어른을 모시고 있어요. 두 분과 함께 관청에 가서 험한 일에 말려들 겨를이 없다구요."

"얘야, 그건 걱정 마라."

무송은 그 말과 함께 품 안에서 은자 닷 냥을 꺼내 운가에게 주며 달랬다.

"너 이걸로 할아버지를 보살펴 드리기로 하고 잠깐 나와 이야기 좀 하지 않겠니?"

그러자 운가는 속으로 생각해 보았다.

'이 닷 냥이면 할아버지를 서너 달은 보살펴 드릴 수 있겠다. 함께 관청에 가 안 될 것도 없지…….'

그리고 은자를 거둔 뒤 곧바로 두 사람을 따라나섰다.

무송은 하구숙과 운가를 데리고 가까운 반점(飯店)으로 갔다.

주인에게 세 사람분의 식사를 시킨 무송이 다시 운가를 보고 말했다.

"얘야, 비록 네 나이는 어리지만 나이 든 어른을 모시는 그 효심이 갸륵하구나. 네게 몇 푼 주기는 했다만 그걸로 넉넉하지는 않겠지. 이번 일이 끝나면 다시 은자 열닷 냥을 더 줄 테니 너는 아는 대로 이야기만 해 주면 된다. 그래 형님과 함께 샛서방을 잡으러 찻집으로 간 이야기는 어찌 된 거지?"

"제가 다 말씀드릴 테니 너무 성내지 마세요. 이번 정월 열사흗날 일이었지요. 그날 좋은 배가 한 광주리 들어왔기에 저는 서문경 나리를 찾아 나섰습니다……."

운가는 그렇게 시작해 서문경을 찾아갔다가 왕씨 할멈에게 얻어맞은 일과 무대에게 반금련의 샛서방질을 일러바친 것이며 그 뒤 함께 왕씨 할멈네 찻집으로 쳐들어갔다가 당한 일 따위를 남김없이 털어놓았다. 다 듣고 난 무송이 조용히 물었다.

"네가 한 말 모두 정말이냐? 혹 거짓말은 아니겠지?"

"관청에 가도 이 말을 그대로 되풀이할 수 있어요."

운가가 펄쩍 뛰며 소리쳤다.

"알았다."

무송은 그 소리를 끝으로 그 일에 대해서는 더 묻지 않았다. 그새 날라 온 음식을 말없이 먹은 뒤에 돈을 치르고 반점을 나왔다.

"전 이만 가 봐야겠습니다."

거리로 나오면서 하구숙이 먼저 몸을 빼려 했다. 무송이 무뚝뚝하게 말했다.

"조금만 더 나를 따라와 주시오. 두 사람 모두 나와 함께 현청으로 가 증인을 서 줘야겠소."

그러고는 두 사람을 이끌듯 똑바로 현청으로 달려갔다.

무송을 본 지현이 물었다.

"도두는 무슨 일을 고발하러 왔나?"

"제 형수와 서문경이란 자가 간통해 친형 무대를 독살했습니다. 저 두 사람이 증인이오니 상공께서 처결해 주시면 고맙겠습니다."

지현도 처음에는 무송의 그 같은 고발에 놀라워했다. 하구숙과 운가에게 차례로 이야기를 듣고 현의 관리를 불러 의논도 했다. 하지만 현의 관리들이란 게 모두 서문경과 한통속이라 일은 이내 무송이 기대한 것과 달리 뒤틀리기 시작했다.

"이 사건은 심문하기가 매우 어렵겠습니다."

겉으로만 그 고발을 살펴보던 척하던 관리가 이윽고 지현에게 그런 의견을 내놓았다. 지현도 그 말을 받아들여 무송을 보고 말했다.

"이보게 무송, 자네는 현청의 도두이면서 법도도 모르는가? 예로부터 이르기를 간통을 잡으려면 남녀 양쪽을 다 끌고 와야 하고, 도둑을 잡으려면 장물을 찾아내야 하며, 살인자를 잡으려면 상처를 보여야 된다 했네. 그런데 자네 형님의 시신은 이미 없어졌고, 자네는 또 그 두 사람이 간통하는 현장을 잡은 것도 아니지 않은가. 기껏해야 저 두 사람의 말만 믿고 다른 사람을 살인자로 몰고 있으니 아무래도 잘못된 것 같네. 무턱대고 이러지 말고 좀 깊이 생각해서 하게."

그러자 무송은 품 안에서 은자 열 냥과 뼛조각, 그리고 뼛조각의 임자 이름이 적힌 종이쪽지가 든 꾸러미를 꺼내 놓았다.

"상공께 다시 한번 아룁니다. 여기 있는 것들은 소인이 만들어 낸 것이 아니라 원래 있던 증거물들입니다."

무송이 그러면서 그 증거물을 지현에게 바치고 하나하나 까닭을 밝혔다. 그제야 지현도 그냥 넘길 일은 아니란 생각이 든 듯했다.

"알았네. 자네는 잠시 나가 기다리게. 내 다시 한번 상의해 보지. 그래서 처결할 수 있는 일이라면 자네를 다시 불러 묻겠네."

그런 말로 무송을 보냈다.

무송은 하구숙과 운가를 데리고 자기 거처로 가 함께 있으면서 지현의 결단이 내려지기만을 기다렸다. 하지만 일은 끝내 무송의 뜻대로는 되지 않았다.

현청의 관리 중 한 사람이 귀띔해 주어 서문경은 그날로 무송이 자신과 반금련을 고발한 걸 알았다. 일이 잘못되면 목숨조차 남아나지 않을 판이라 재물을 아끼지 않고 현청에 뇌물을 퍼부었다. 지현은 물론, 현청의 관리치고 서문경에게 뇌물을 받지 않은 자가 없을 정도였다.

다음 날이 되었다. 무송은 아침 일찍부터 현청에 나가 지현에게 그 사건의 처결을 조르고 관리들에게도 빨리 범인을 잡아들이라 재촉했다. 그런데 누가 생각이나 했겠는가. 먼저 관리 하나가 무송이 전날 증거로 바친 뼛조각과 은자를 들고 나와 뜻밖의 말을 했다.

"이보게 무송, 자네와 서문경을 맞붙이려는 딴 사람들의 이간 질에 넘어가지 말게. 아무래도 이 사건은 증거가 뚜렷하지 않아 판결에 부치기는 어렵겠네. 떠도는 말을 어찌 다 믿을 수 있겠 나? 한때의 기분으로 일을 그르쳐서는 안 되네."

옥리가 곁에서 거들었다.

"도두님, 살인에 관한 증거는 시체와 상처와 병과 물증과 흔적, 이 다섯 가지를 모두 갖춰야만 됩니다. 그래야 사람을 잡아 심문 할 수 있지요."

지현도 뇌물에 넘어갔는지 그들의 말에 고개만 끄덕이고 있었 다. 무송은 그걸 보고 이미 일이 글러 버렸음을 알아차렸다. 터질 듯한 속을 억지로 누르고 지현에게 조용히 말했다.

"상공께서 이 고발을 받아 주시지 않는다면 하는 수 없지요. 달리 한번 생각해 보겠습니다."

그리고 은자와 뼛조각을 싼 꾸러미를 거두어 하구숙에게 돌려 준 뒤 현청을 물러났다.

하지만 무송의 머릿속에는 그때 이미 다른 계획이 들어 있었 다. 자기 방으로 돌아간 무송은 하구숙 및 운가와 함께 식사를 마치고 말했다.

"두 사람은 잠시만 방 안에서 기다리시오. 내 얼른 다녀오겠소."

그러고는 병졸 셋을 데리고 밖으로 나갔다.

저자로 나간 무송은 먼저 벼루와 먹과 붓과 종이를 샀다. 그리 고 다시 돼지머리 하나, 오리 두 마리, 닭 두 마리, 술 한 독과 과

126

일 등을 사서 병졸들에게 지우고 형 무대네 집으로 갔다.

그때 반금련은 이미 무송의 고발이 받아들여지지 않은 걸 알고 있었다. 마음이 놓여서 그런지 전날까지도 두렵기 짝이 없던 무송이 조금도 두렵지 않았다. 위층에서 내려오지도 않고 흘기듯 무송을 내려다보았다.

형의 원수는 갚았으나

그런 계집의 태도에 속으로는 불덩이같이 치미는 게 있었으나 무송은 꾹 눌러 참고 천연스레 말을 걸었다.

"형수님, 잠깐만 내려오십쇼. 할 말이 있습니다."

"할 말이라니 뭐예요?"

계집이 마지못해 아래층으로 내려와 차갑게 물었다. 이제 너와는 별 볼일 없는데 왜 자꾸 와서 귀찮게 구느냔 투였다. 무송이 여전히 속셈을 알 수 없는 표정으로 제 할 말만 했다.

"내일이 돌아가신 형님의 사십구재가 됩니다. 그동안 형수님께서 이웃분들의 신세를 많이 지셨다니 그냥 있을 수 있겠습니까. 오늘 제가 형수님을 대신해 이웃분들에게 술이라도 한잔 올리고 감사를 드렸으면 합니다."

"그분들에게 감사를 드리겠다구요?"

"답례를 안 해서야 되겠습니까? 흉내로라도 지킬 예는 지켜야지요."

계집의 가시 돋친 목소리가 다시 한번 속을 건드렸으나 무송은 그렇게 꾹꾹 눌러 참았다. 계집도 무송이 별다른 눈치가 없자 이웃에 답례하겠다는 것까지는 막을 수 없어 그대로 물러섰다.

무송은 병졸들을 불러 형의 위패 앞에 촛불을 환히 밝히고 향로에는 향을 피웠다. 그리고 제상에는 지전 다발과 준비해 간 갖가지 제물을 차리니 누가 봐도 의심스러운 구석은 없었다.

제상 아래로는 따로이 잔칫상이 퍼졌다. 무송은 거기다 술과 과일을 차려 놓고 병졸 하나는 술을 데우게 했다.

또 병졸 둘은 문 앞에서 사람들이 앉을 자리를 마련하고, 나머지 둘은 앞뒷문에서 오는 사람을 맞아들이게 했다.

대강 손님 맞을 채비가 갖춰지자 무송은 다시 천연덕스레 계집을 불렀다.

"형수님, 여기서 오는 손님을 좀 맞아 주십시오. 제가 가서 불러오겠습니다."

그리고 계집의 대답을 기다릴 것도 없이 이웃집 왕씨 할멈에게로 달려갔다.

할멈을 보자 역시 한주먹에 때려죽이고 싶었지만 무송은 꾹참고 좋은 말로 청했다. 무송이 워낙 내색을 안 해서인지 할멈은 넉살까지 떨며 무송의 청을 받아들였다.

"오래 살다 보니 도두의 대접을 받을 때도 있네그랴."

"할머니께 너무 많이 신세를 진 것 같아서요. 세상에는 도리란 게 있지 않습니까. 나물 안주에 술 한 사발이지만 싫다 하지 마십쇼."

무송이 그렇게 받아넘기자 할멈은 곧 찻집 문을 걸고 뒷문으로 건너왔다. 할멈과 함께 방 안으로 들어온 무송은 자상하게 자리까지 정해 주었다.

"형수님은 주인석에 앉으시고, 할머니는 맞은편에 앉으십시오."

할멈도 이미 서문경을 통해 현청에서 일어난 일을 다 들은 터라 별로 걱정을 하지 않았다. 마음 놓고 앉아 있는 반금련과 함께 무송이 하는 양을 보며 속으로 중얼거렸다.

'어디 노는 꼴이나 보자……'

그러나 무송은 무슨 신이 났는지 두 사람이 자리 잡고 앉기 바쁘게 이번에는 이웃에서 은방(銀房)을 열고 있는 요문경(姚文卿)을 찾아갔다.

"나는 지금 바빠 놔서 도두의 부르심을 따르지 못하겠는걸……"

요문경이 그렇게 사양했지만 무송은 거듭 간곡히 청했다.

"쓴 술이나마 제 정성이니 한잔 드십시오. 오래 걸리지도 않을 겁니다."

이에 요문경도 어쩔 수 없이 하던 일을 멈추고 무대네 집으로 갔다. 무송은 그가 왕씨 할멈 곁에 앉는 걸 보고 다시 지물포를 하는 조중명(趙仲銘)을 찾아갔다. 조중명도 처음에는 사양을 했다.

"나는 장사에 바빠서 안 되겠는데……"

"그러지 말고 잠깐 다녀가시죠. 이웃분들이 모두 와 계시니까."

무송이 그렇게 억지를 써서 조중명도 결국은 일어나지 않을 수 없었다.

"나이 드신 어른은 부모 맞잡이라 하지 않았습니까? 여기 앉으십시오."

무송은 조 노인을 형수 옆에 앉히고 다시 술 파는 호정경(胡正卿)을 찾아갔다. 호정경은 아전 노릇을 해 본 적이 있어 눈치가 빨랐다. 왠지 심상찮아 가지 않으려 했으나 이번에도 무송은 억지를 쓰듯 데려갔다. 그를 조 노인 곁에 앉힌 뒤에도 무송은 아직 사람이 모자란다 싶은지 다시 왕씨 할멈에게 물었다.

"할머니, 할머니 옆집에 누가 살죠?"

"국수를 빼 파는 집이우."

왕씨 할멈이 별생각 없이 일러 주었다. 무송은 그 말을 듣기 바쁘게 국숫집으로 달려갔다. 가게 주인 장공(張公)은 무송이 들어서자 깜짝 놀라며 물었다.

"도두님, 무슨 일이십니까?"

"이번에 저희 집안일로 이웃 여러분에게 폐를 많이 끼쳤습니다. 모두 청해 술이나 한잔 대접하려구요."

"아이구, 전 아무것도 해 드린 게 없는데, 제가 무슨 낯으로 술을……."

장공 또한 처음에는 사양했으나 결국은 무송에게 끌려가듯 가요문경 곁에 앉게 되었다. 그사이 먼저 와 있던 이웃 중에는 적당히 자리를 빠져나가려 한 사람도 있었으나 뜻 같지가 못했다. 앞뒷문을 지키는 병졸들이 아무도 내보내 주지 않은 까닭이었다.

이웃 네 사람에 왕씨 할멈과 반금련을 합쳐 여섯 명이 자리 잡기를 기다려 무송도 의자를 모퉁이에 끌어 놓고 앉았다. 먼저 와서 기다리던 사람들은 이제 술자리가 제대로 시작되려나 하면서 무송을 보았다. 그런데 그게 아니었다.

"문을 걸어라!"

의자에 앉으면서 사람이 달라진 듯 표정이 바뀐 무송이 데려온 병졸들에게 소리쳤다. 그리고 한 병졸을 시켜 모두에게 술을 따르게 한 뒤 갑작스레 목소리를 높였다.

"여러 이웃 어른들께서는 제 무례함을 너무 나무라지 마십시오. 차린 것도 없이 이렇게 모셔 죄스럽습니다."

아직은 어디까지나 주인으로서의 인사말이었다. 사람들이 입을 모아 받았다.

"저희야말로 도두께 아무런 도움을 드린 것 없이 대접만 받게 돼 오히려 송구스럽습니다."

아직 무송의 속셈은 알 수 없지만 왠지 불길한 마음이 들어 해보는 소리였다. 그래도 무송은 얼른 속셈을 드러내지 않았다.

"천만의 말씀입니다. 부디 대접이 허술하다 비웃지나 말아 주십시오."

그러면서 병졸들을 시켜 술을 따르고 안주를 권했다. 사람들은 울상을 지으면서도 주는 대로 마시고 먹었다. 꼭 무슨 끔찍한 일이 벌어질 것만 같아 술인지 물인지 모를 지경이었다.

석 잔 술이 돈 뒤 호정경이 일어나며 말했다.

"저는 바빠서, 이만 가 봤으면 합니다만……."

"아니 됩니다. 이왕 오셨으니 조금만 더 앉았다 가십시오."

무송이 으름장 섞인 소리로 호정경을 붙들었다. 호정경은 찬물을 여남은 통이나 뒤집어쓴 기분이었다.

'부를 때는 좋은 뜻인 것 같더니 사람을 어떻게 이리 대접하나. 도통 꼼짝을 못하게 하는군.'

속으로 그렇게 불평을 하면서도 제자리에 도로 주저앉는 수밖에 없었다.

"이분들께 술을 더 따라라."

무송은 그런 호정경을 아랑곳 않고 병졸들에게 다시 술을 따르게 했다. 병졸들이 술 넉 잔을 더 따라 모두 일곱 잔씩이나 마신 셈이 되었다. 그러나 기분은 모두 여태후(呂太后, 한나라 고조 유방의 황후)의 잔칫상에라도 앉은 듯했다. 내리는 술잔을 마다하면 그 자리에서 목이 달아났다는…….

"술상을 치워라. 잠시 후에 다시 마시겠다."

이윽고 무송이 병졸들에게 그렇게 말하며 술상을 밀었다. 이제 술자리가 끝나려나 보다 싶어 이웃 사람들은 반갑게 몸을 일으켰다. 하지만 아니었다. 무송이 두 팔을 뻗어 그들을 가로막으며 말했다.

"잠깐만 여러분께 드릴 말씀이 있소. 여러분 중에서 어느 분이 가장 글을 잘하시오?"

"글씨라면 호정경 저분이 아주 잘 쓰지요."

요문경이 까닭도 모르면서 그렇게 알려 주었다. 무송이 호정경을 보며 앞뒤 없이 말했다.

"그럼 어르신께서 좀 수고해 주십시오."

그 말에 호정경뿐만 아니라 딴 사람들까지도 어리둥절해 있는데, 무송이 갑자기 소매를 걷더니 품속에서 날카로운 비수 한 자루를 꺼냈다.

칼을 본 사람들은 겁에 질렸다. 모두 입이 얼어붙어 보고 있는 사이에 무송은 오른손 네 손가락으로 칼자루를 잡고 엄지로는 가슴께를 가린 채 두 눈을 부릅뜨고 소리쳤다.

"여기 계신 이웃 어르신들, 제가 듣기로 원한이 있으면 그걸 끼친 자가 있고 빚이 있으면 빚을 준 놈이 있다고 합니다. 오늘 제가 한 가지 풀어야 할 일이 있으니 여러분은 그 증인이 되어 주십시오!"

그리고 왼손으로 반금련을 잡고, 칼 든 오른손으로 왕씨 할멈을 가리켰다. 사람들은 놀란 나머지 눈만 둥그렇게 뜨고 무송을 쳐다보았다. 마침내 무송의 속셈을 짐작했지만 아무도 입을 여는 사람이 없었다. 무송이 다시 소리 높여 말했다.

"이웃 어르신들, 이상히 여기지도 말고 놀라지도 마십시오. 이 무송이 비록 보잘것없는 놈이지만 원한이 있으면 원한을 풀고 원수가 있으면 원수를 갚아야 한다는 건 알고 있습니다. 하지만 죄 없는 여러분을 해치지는 않을 것이니, 조용히 보아 두셨다가 뒷날 증인이나 되어 주십시오. 단 한 분이라도 달아날 생각은 마십시오. 그때는 제가 배를 갈라 놓더라도 원망할 데가 없을 것입니다. 또 칼로 나를 막아 보려는 이가 있어도 목숨이 성치 못할 것이니 부디 가만히 계셔 주십시오!"

그렇게 되자 방 안의 사람들은 더욱 겁에 질렸다. 숨도 제대로 쉬지 못하고 제자리에 굳어 있었다.

사람들이 꼼짝 않고 서 있자 무송은 비로소 왕씨 할멈을 노려보며 진작부터 별러 온 말을 쏟아 냈다.

"이 개돼지 같은 할망구야, 들어 봐라. 우리 형님이 돌아가신 것은 모두 너 때문이란 걸 나는 알고 있다. 천천히 따져 볼 테니 대답이나 궁리해 두어라."

그리고 반금련에게로 몸을 돌리더니 무섭게 꾸짖었다.

"너 음탕한 계집은 들어라. 너는 우리 형님의 목숨을 해쳤다. 말해라, 형님을 어떻게 죽였느냐? 네가 바른대로 말한다면 너를 용서해 줄 수도 있다!"

"도련님, 이 무슨 짓이에요? 형님은 가슴앓이로 돌아가셨는데 나보고 왜 이러세요?"

겁먹은 계집이 그렇게 시치미를 떼 보았지만 소용이 없었다. 미처 그 말이 끝나기 전에 들고 있던 칼을 탁자에 꽂은 무송은 왼손으로는 계집의 머리채를 감아쥐고 오른손으로는 가슴께를 거머쥐었다. 그리고 탁자를 발로 차 쓰러뜨린 뒤 무슨 지푸라기 옮기듯 계집을 들어 제상 앞에다 내동댕이쳤다.

계집은 벌써 얼이 반나마 빠져 끽소리 못하고 쓰러졌다. 그사이 탁자에 꽂아 두었던 칼을 다시 뽑아 든 무송은 그런 계집의 몸뚱어리를 밟은 채 이번에는 왕씨 할멈을 을러댔다.

"늙은 개돼지야, 네년이라도 바른대로 말해!"

할멈은 어떻게 몸을 빼쳐 보려 했으나 될 일이 아니었다. 그곳에서 달아날 가망이 조금도 없어 보이자 다급하게 말했다.

"도, 도두님 고정하시우. 이 늙은것이 다 말씀드리지요."

그러자 무송은 병졸에게 붓과 종이, 벼루 따위를 가져오게 해 탁자 위에 펼쳐 놓고 호정경을 불렀다.

"수고스럽지만 이 할멈이 하는 말을 한마디도 빼지 말고 모조리 적어 주시오."

"예, 그, 그러지요."

호정경이 벌벌 떨며 그렇게 대답하고 벼루에 물을 부어 먹을 갈기 시작했다. 먹을 다 간 호정경이 종이를 펼치는 걸 보고 무송이 왕씨 할멈에게 소리쳤다.

"할멈, 어서 말해!"

하지만 세상일에 닳고 닳은 할멈은 무송이 결코 용서해 주기 위해 자백을 받아 내려는 것이 아님을 곧 알아차렸다. 아까와는 달리 다시 발뺌을 시작했다.

"나는 모르는 일인데 무슨 말을 한단 말이우?"

"이 개돼지보다 못한 할망구가. 흉물 떨지 마. 나는 다 알고 있어. 만약 네년이 말하지 않는다면 나는 먼저 저 음탕한 계집의 살을 한 점 한 점 저민 뒤에 늙은 개 같은 네년의 멱을 따 놓을 거야!"

무송은 그 말과 함께 다시 음탕한 계집에게로 향했다. 칼을 들어 금방이라도 계집의 눈을 도려낼 듯 들이대니 계집이 놀라고 겁에 질려 빌었다.

"도련님, 용서해 주세요. 우선 나를 일어나게만 해 준다면 모든 걸 다 말하겠어요."

그 말에 계집을 일으켜 세운 무송은 그녀를 형의 위패 앞에 꿇어앉혔다.

"빨리 말해, 이 음탕한 계집아!"

무송이 그렇게 소리치자 이미 얼이 모두 빠져 버린 계집은 모든 걸 처음부터 털어놓기 시작했다. 처음 서문경을 만난 날부터 무대를 독살할 때까지를 하나 남김없이 주워섬기는 것이었다. 음탕한 만큼이나 독한 계집이 제 죽을 줄 모르고 모조리 털어놓은 것은 어쩌면 원통한 무대의 넋이 씐 까닭인지도 모를 일이었다.

무송은 계집의 한마디 한마디를 호정경을 시켜 모두 적게 했다. 늙은이의 간교함 하나로 버티고 있던 왕씨 할멈은 계집이 더 숨길 것도 없이 털어놓자 악다구니를 썼다.

"저 버러지 같은 년이 잘도 술술 분다. 야, 이년아, 네가 그렇게 다 불어 버리면 나는 어쩌란 말이냐. 아이구, 이젠 나도 꼼짝없이 죽었구나!"

그리고 하는 수 없이 저도 모든 걸 시인했다. 할멈의 말 또한 호정경이 남김없이 적었음은 말할 나위도 없었다.

호정경의 글이 획 하나 빠짐없이 마무리되자 무송은 거기에 할멈과 계집의 지장을 받았다. 그리고 이어 모인 사람들의 이름을 모두 스스로 적게 해 한층 더 그 글을 믿을 만하게 만들었다.

그 모든 일이 끝나자 무송은 병졸들을 불러 계집과 할멈을 묶게 하고 글은 품속에 간직했다.

그렇지만 일은 거기서 끝난 게 아니었다. 정말로 끔찍한 일은 갖추어야 할 증거를 다 갖춘 뒤에 일어났다. 글을 품속에 간직한 무송은 묶인 계집과 할멈을 관청으로 끌고 가는 대신 형의 위패 앞에 끌어가 무릎을 꿇렸다.

"형님의 넋은 아직 멀리 가지 못하셨을 터이니 다 보고 계시겠지요. 오늘 아우가 형님의 원수를 갚고 한을 씻어 드리겠습니다."

병졸들을 시켜 위패 앞 제상에 술 한 잔을 따른 무송은 두 줄기 눈물을 흘리면서 그렇게 영전에 고했다. 이어 무송은 다시 병졸들을 시켜 지전을 사르게 했다.

그제야 계집은 일이 심상찮게 돌아감을 알아차렸다. 관청에 넘겨지면 돈 많고 세력 좋은 서문경이 어찌해 줄지도 모른다는 것에 한 가닥 기대를 걸고 있었는데 무송이 하는 양을 보니 그게 아니었다. 산 채로 무대의 제물이 될 것 같아 마지막 발악을 해 보았지만 헛일이었다.

무송이 호랑이도 때려잡는 주먹으로 계집의 머리를 내리쳐 쓰러뜨리고 두 다리로 어깻죽지를 눌렀다. 계집은 무송의 한주먹에 혼이 떴는지 별 요동이 없었다. 무송은 그런 계집의 가슴께를 가린 옷을 찢어 내더니 칼로 재빨리 배를 그었다. 그리고 칼을 입에 문 뒤 계집의 염통과 간을 들어냈다. 차마 눈 뜨고 못 볼 참혹한 광경이었다.

계집의 염통과 간을 제상 위에 얹어 놓고 다시 한차례 곡을 한 무송은 이어 칼로 계집의 목까지 잘랐다. 방바닥은 피로 홍건하고 집 안에는 피비린내가 진동했다. 보고 있던 사람들은 모두 소매로 눈을 가렸다. 무송의 기세가 워낙 흉흉해 그때껏 누구도 감히 말리려 드는 사람이 없었다.

무송은 병졸 하나를 위층으로 보내 보자기를 찾아 오게 하고 거기에 계집의 머리를 쌌다. 그런 다음 칼을 다시 품에 감추고 손을 씻은 뒤 벌벌 떨며 서 있는 이웃 사람들에게 말했다.

"여러 어르신네 수고하셨습니다. 너무 놀라지 마시고 잠시만 위층에 가서 기다리십시오. 저도 곧 올라가겠습니다."

누구의 말이라고 어기겠는가. 사람들은 서로 얼굴만 멀뚱멀뚱 바라보다 말없이 위층으로 올라갔다. 무송은 다시 병졸 하나를 불러 왕씨 할멈을 위층으로 끌고 가게 한 뒤 나머지 병졸들에게는 대문을 닫아 걸고 아래층을 지키게 했다.

그렇게 집 안의 일이 바깥으로 새어 나가지 못하게 단속을 하고서야 무송은 보자기에 싼 계집의 머리를 들고 집을 나섰다. 서문경을 찾기 위함이었다.

무송은 한달음에 서문경의 생약포로 달려갔다. 그러나 서문경은 안 보이고 나이 든 점원만 눈으로 무송을 맞았다.

"나리는 어디 갔나?"

무송이 묻자 점원이 떨떠름한 얼굴로 대답했다.

"조금 전에 나가셨습니다."

"그럼 자네가 잠깐 나오게. 한마디 할 게 있네."

무송이 별 내색 없이 그 점원을 불러냈다.

점원은 무송을 잘 알고 있었다. 그의 말을 듣지 않았다간 무슨 일을 당할지 몰라 겁먹은 얼굴로 따라나섰다. 무송은 그를 으슥한 골목으로 끌고 간 뒤 갑자기 무서운 표정으로 노려보며 차게 물었다.

"너, 죽고 싶으냐? 살고 싶으냐?"

"도두님, 왜 이러십니까? 제가 무슨 죄를 지었다고……."

점원이 시퍼렇게 질린 얼굴로 그렇게 더듬거렸다. 무송이 그런 그를 다그쳤다.

"죽고 싶으면 서문경이 어딜 갔는지 말 안 해도 된다. 그렇지만 네가 살고 싶다면 서문경이 어딜 갔는지 바로 대라."

금세 잡아먹을 듯 쏘아보는 무송의 눈길에 질린 점원은 이것저것 따져 볼 틈도 없이 털어놓았다.

"조금 전에…… 어떤 아는 분과…… 사자교(獅子橋) 아래의 큰 술집으로 가셨습니다."

그 말을 들은 무송이 얼른 몸을 돌려 사자교 쪽으로 달려갔다. 그러나 겁에 질려 몸이 굳은 그 점원은 한참 뒤에야 겨우 몸이 풀려 점포로 돌아갈 수 있었다.

금세 사자교 근처의 술집에 이른 무송은 달려 나오는 주인을 잡고 물었다.

"서문경 나리는 누구와 술을 마시고 계시오?"

"어떤 돈 많아 뵈는 영감과 위층에서 술을 마시고 계십니다."

주인이 얼결에 그렇게 일러 주었다. 무송은 단숨에 위층으로 뛰어 올라갔다. 열린 문으로 훔쳐보니 서문경은 어떤 낯선 사람과 함께 색시를 끼고 한창 흥을 내는 중이었다.

무송은 보자기를 풀어 피가 뚝뚝 흐르는 계집의 머리를 꺼냈다. 왼손으로는 계집의 머리를 들고 오른손에는 칼을 빼 든 무송이 발을 들치고 방 안으로 뛰어들며 서문경에게 계집의 머리를 던졌다. 늘 두려워해 온 사람이라 그런지 서문경은 한눈에 무송을 알아보았다.

"어억."

나직이 놀란 비명을 지르더니 재빨리 의자에 뛰어올라 창문을 걷어찼다. 그리로 달아나기 위함이었다. 그러나 술집의 누각이 워낙 높아 거리로 뛰어내릴 수 없음을 알자 서문경은 당황했다.

무송이 그런 서문경을 잡으려고 탁자 위로 뛰어올랐다. 말로는 길어도 실은 두 사람의 동작이 모두 눈 깜짝할 사이의 일이었다.

무송이 탁자 위로 뛰어오르자 접시가 날아가고 쟁반이 깨지며 요란한 소리를 냈다. 술을 따르던 색시 둘은 겁에 질려 달아나지도 못하고, 함께 술 마시던 영감은 놀라서 부들부들 떨다 뒤로 자빠졌다.

서문경이 주먹깨나 쓴다는 건 헛소문이 아니었다. 달아날 데가 없다는 걸 알자 서문경은 대담하게 무송에게 덤볐다. 먼저 손을 들어 한 차례 헛손질로 무송의 눈길을 끈 뒤에 재빨리 오른발을 내질렀다. 평소 뽐내던 발길질이었다.

원한으로 앞뒤 없이 뛰어든 데다 헛손질에 속기까지 한 뒤라 서문경의 발길질은 더욱 위력이 있었다. 무송은 서문경이 다리를 드는 걸 보고 재빨리 피한다고 피했으나 오른손이 걸어차이고 말았다. 거기 들려 있던 칼이 발길질에 날아가 멀리 길바닥에 떨어졌다.

서문경은 무송의 칼이 날아가자 겁이 없어졌다. 다시 오른손으로 헛주먹을 내질러 무송의 눈을 속인 뒤 왼손으로 명치께를 질러 왔다. 하지만 그런 얕은 수단에 두 번 속을 무송은 아니었다. 슬쩍 몸을 굽혀 서문경의 주먹을 피한 무송은 그 기세로 다가가 왼손으로는 서문경의 목덜미를, 오른손으로는 왼쪽 다리를 잡고 창밖으로 내던졌다.

서문경은 죽은 무대의 원혼이 씐 데다 하늘의 노여움을 입어 평소의 재간이 잘 나오지 않았다. 거기다가 호랑이를 맨손으로 때려잡은 무송이 그 엄청난 힘으로 내던지니 무슨 수로 벗어나겠는가. 머리는 아래로 다리는 위로 해 누각 아래 길바닥에 개구리처럼 패대기쳐졌다.

서문경이 길바닥에 내리꽂히자 무송은 내던진 계집의 머리를 찾아 들고 창밖으로 몸을 날렸다.

사뿐히 길바닥에 내려서 보니 서문경은 이미 초주검이 되어 눈만 멀뚱거리고 있었다. 무송은 그런 서문경의 목을 한칼에 잘라 계집의 목과 함께 쌌다.

사내와 계집의 머리를 한 보자기에 싸 든 무송은 다시 칼을 감추고 자석가로 돌아갔다. 무송이 문을 두드리자 지키고 있던 병졸이 얼른 문을 열어 무송을 맞아들였다.

집 안으로 들어간 무송은 형의 제상 위에 두 모가지를 얹어 놓고 술을 따르며 또 한차례 섧게 곡을 했다.

"형님, 이제는 마음 놓고 하늘로 돌아가 편히 쉬십시오. 아우는 이제 남김없이 형님의 원수를 갚았습니다. 간부(姦夫)와 음녀(淫女)를 죽여 그 머리를 바치오니 부디 한을 푸십시오."

무송은 그렇게 형의 영전에 고한 뒤 위층에 있던 이웃 사람들을 아래층으로 불러 내렸다. 왕씨 할멈도 함께 끌고 내려왔다.

무송은 칼을 든 채 두 개의 머리통을 들어 보이며 네 명의 이웃사람에게 말했다.

"아직도 여러분께 드릴 말씀이 남았소. 돌아가시지 말고 제 말을 들어 주시오."

"말씀하십시오. 모두 도두님의 말씀을 따르겠습니다."

겁에 질린 사람들이 두 손을 모으며 목소리를 합쳐 대답했다. 무송이 문득 처연한 목소리로 그들에게 당부했다.

"저는 형님의 원수를 갚고 한을 씻어 드리기 위해 사람을 둘씩이나 죽였습니다. 하지만 그 벌로 죽는다 해도 한스러울 것은 없습니다. 다만 어르신네들을 놀라게 해 드린 게 송구스러울 뿐입니다. 저는 이제 가면 죽을지 살지 모르는 몸이니 형님의 혼백과 위패는 사르고 가겠습니다. 집안의 재산은 수고스럽겠지만 어르신네들이 내다 파시어 혹시 관청이나 여타 써야 할 곳이 있으면 쓰도록 하십시오. 저는 이 길로 현청으로 가서 스스로 죄를 알리고 법에 따라 벌을 받을 작정이거니와 한 가지 더 당부드릴 일은 제 죄가 큰지 작은지에는 개의치 마시고 여러분께서 보고 들으신 것만 바로 증언해 달라는 것입니다."

말을 마친 무송은 먼저 무대의 위패와 그 앞에 쌓여 있던 지전, 축문 따위를 한데 모아 불을 질렀다. 돌봐 줄 사람도 없는 빈소를 남기고 가지 않기 위함이었다.

모든 것이 다 타 재가 되자 무송은 위층으로 가서 장롱이며 궤

짝들을 끌어 내렸다. 그리고 그 안에 있는 물건들을 꺼내 이웃들에게 나눠 준 뒤 왕씨 할멈을 끌고 현청으로 갔다. 그런 무송의 손에는 서문경과 반금련의 목을 싼 보자기가 들려 있었다. 그때는 이미 그 일이 양곡현 전체에 짜하게 퍼져 길거리로 구경 나온 사람들이 헬 수 없을 정도였다.

무송이 끔찍한 일을 저지른 뒤 제 발로 현청에 찾아오고 있다는 전갈을 받은 지현은 몹시 놀랐다. 얼른 사람을 모아 현청 마루에서 무송을 기다렸다.

무송은 왕씨 할멈을 지현 앞에 무릎 꿇리고, 사람을 죽이는 데 쓴 칼과 서문경, 반금련의 목을 계단 아래 놓았다. 무송이 할멈의 왼쪽으로 가 무릎을 꿇자 그를 따라온 이웃 사람들도 할멈의 오른편 마당에 함께 무릎을 꿇었다.

무송은 품속에서 호정경이 적은 글을 꺼내 처음부터 끝까지 읽고 아울러 자신의 죄를 고했다. 지현은 먼저 할멈에게 글에 적힌 게 사실인가를 물었다. 발뺌을 해 보려야 해 볼 길이 없게 된 왕씨 할멈이 고개를 끄덕이고, 이어 이웃들도 그게 사실임을 증언해 주었다.

지현은 다시 하구숙과 운가를 불러 확인해 보았다. 두 사람 역시 모든 게 호정경이 적은 글의 내용과 같음을 증언했다.

사건이 명백해지자 지현은 그날의 오작행인을 시켜 죽은 두 사람의 시체를 살펴보게 하였다. 일을 맡은 관원은 먼저 자석가로 가서 계집의 시체를 조사하고 이어 사자교 아래의 술집으로 가서 서문경의 시체도 조사했다.

모든 조사가 끝나고 문서가 작성되자 지현은 무송에게 칼을 씌워 감옥에 가두게 하고, 함께 온 다른 사람들은 따로이 한곳에 모아 두었다. 자신이 처결할 수 있는 사건이 못 되어 모든 게 끝날 때까지 증인으로 쓰기 위함이었다.

한때는 서문경의 뇌물에 마음이 흐려져 무송의 고발을 흐지부지 끝내려 한 적도 있는 지현이었으나, 일이 그 지경이 되자 제정신이 돌아왔다. 무송이 의기 있는 장부일 뿐만 아니라 자신을 위해 동경까지 먼 길을 다녀온 적도 있음을 떠올리고 어떻게든 보살펴 주고 싶었다. 무송이 감옥으로 끌려가기 바쁘게 조사를 맡은 관원을 불러 의논했다.

"이보게, 무송은 의기로운 사내니 조서를 고쳐서라도 도와주는 게 어떤가. 이렇게 한번 고쳐 보지그래. 무송이 죽은 형을 제사 지내려 하는데 그 형수 되는 여자가 못하게 하므로 그 때문에 말다툼이 일어났다고. 그 끝에 형수가 위패 없힌 제상을 둘러엎으려 하자 무송이 그걸 막으려고 형수를 한 대 때렸는데 그게 그만 그녀를 죽게 했다고. 서문경을 죽인 일도 이렇게 바꾸면 어떻겠나? 서문경은 원래가 그 형수와 불륜을 저질러 오던 자였는데, 그날 우연히 거기왔다가 계집을 편들어 무송과 싸우게 되었다고. 그리고 서로 치고받는 중에 사자교까지 가게 되어 거기서 싸움 중에 무송에게 맞아 죽게 되었다고……."

요컨대 두 사람 모두 무송이 처음부터 살의를 품고 죽인 게 아니라 과실이나 정당방위로 죽이게 되었다고 꾸미자는 이야기였다. 그 관원도 무송을 좋게 보아 온 사람인 데다 지현이 먼저 그런 말을 하자 굳이 마다하지 않았다. 곧 무송에 관한 조서를 그렇게 만들었다.

지현은 무송에게 새로 꾸민 조서를 한 차례 읽어 들려주었다. 내용을 알고 거기 맞게 응답하란 뜻이었다. 그리고 무송을 그 조사와 함께 양곡현이 속한 동평부(東平府)로 보내며 관계되는 증인들도 모두 그리 딸려 보냈다.

양곡현이 비록 작지만 의를 아는 사람은 적지 않았다. 밥술깨나 뜨는 사람은 모두 은자를 내어 무송을 도왔다. 무송 아래 있던 병졸들도 술과 고기를 대접하며 무송을 배웅했다. 무송을 맡은 관원은 현청에 올리는 문서 외에 하구숙이 증거로 내놓은 은자와 뼛조각, 호정경이 두 계집으로부터 받아 적은 글, 무송의 칼 따위 증거물과 관계된 사람들을 모두 끌고 동평부로 향했다.

그때 동평부의 부윤은 진문소(陳文昭)란 사람이었다. 양곡현에서 온 관원으로부터 보고를 받자 곧 사람을 모아 재판할 채비를 갖췄다.

이윽고 무송과 함께 양곡현에서 온 문서가 올려지자 부윤은 먼저 문서부터 살펴보았다. 본시 사람됨이 밝은 부윤은 거기서 벌써 그 사건의 처음과 끝을 대강 알아보았다. 그러나 모든 증인을 불러 일일이 사실을 맞춰 보고, 증거물도 하나 빠짐없이 살핀 뒤에야 첫날의 판결을 내렸다. 곧 무송은 큰칼을 벗기고 가벼운 칼을 씌워 보통 감옥에 내린 반면, 왕씨 할멈은 큰칼을 씌워 죽을죄를 지은 자들이 갇힌 감옥에 옮긴 것이었다. 그리고 양곡현에서 온 관원들에게는 사건을 잘 접수했노라는 공문을 내림과 함께 하구숙과 운가 및 무대네 이웃 넷을 데리고 돌아가게 했다.

"너희들 여섯은 양곡현으로 돌아가 다시 부를 때까지 기다려라."

그게 무송이 세운 증인들에게 내린 영이었다. 그러나 그곳까지 따라온 서문경의 가족은 동평부에서 그대로 머물러 조정의 판결을 기다리게 했다.

진 부윤의 후의는 그걸로 그치지 않았다. 무송같이 의기 있는 남아가 그 같은 처지에 떨어진 걸 가엾게 여겨 특히 사람을 뽑아 돌봐 주게 하니 절급(節級)이며 노자(牢子) 같은 옥리들도 딴 죄수들과는 대접을 달리했다. 돈 한 푼 뜯는 법 없고 오히려 술이며 밥을 들여 주는 것이었다.

부윤은 또 무송의 조서를 한층 가볍게 꾸며 조정의 상급 관청에 올리는 한편 믿을 만한 부하를 뽑아 밀서를 주고 몰래 동경으로 보냈다. 형부(刑部)의 힘깨나 쓰는 벼슬아치에게 무송을 잘 봐 달라고 부탁하기 위함이었다.

그 벼슬아치는 진 부윤과 아주 가깝게 지내던 사람이었다. 형부의 상관들에게 무송을 좋게만 말해 다음과 같은 판결을 얻어 냈다.

왕씨 할멈은 두 남녀를 부추겨 간통하게 만들었을 뿐만 아니라, 계집을 시켜 본남편을 독살케 하고, 무송이 제사 드리는 것조차 막게 하였다. 이는 뒤에서 시켜 사람의 목숨을 해치게 한 것이요, 인륜을 저버리도록 계집과 사내를 꼬드긴 것이니 능지처참이 합당하다. 무송은 비록 형의 원수를 갚기 위함이었다 하나, 서문경까지 죽였으니 자수를 했다 해도 그대로 놓아줄 수는 없다. 척장(脊杖) 사십 대에 얼굴에 먹자를 넣어 이천 리 밖으로 귀양 보낸다. 서방질한 계집은 무거운 죄를 지었으나 이미 죽었으므로 따지지 않는다. 그 밖에 관계된 여러 사람은 모두 풀어 주어 집으로 돌아가게 한다. 이 문서가 이르는 대로 시행하라.

십자파의 장청 부부

동평 부윤 진문소는 그 같은 문서를 받자 그날로 집행했다. 먼저 하구숙과 운가를 비롯한 무송 측의 증인을 부르고 이어 서문경의 가족들을 끌어내 모두 부청(府廳)에 모은 뒤 판결을 읽어 주었다.

그다음은 무송이었다. 부윤은 옥중의 무송을 끌어내 역시 조정에서 내려온 판결을 읽어 준 뒤 그대로 집행했다. 목에 쓴 칼을 벗기고 척장 사십 대를 때리는데 옥리들이 무송을 봐주어 매에 힘을 주지 않으니 피부도 크게 상하지 않을 정도였다. 그러나 먹자만은 어쩔 수 없어 무송은 뺨에 두 줄의 먹자를 뜨고, 맹주(孟州)의 감옥으로 보내지게 되었다.

무송에 이어 불려 와 있던 이편저편의 증인과 고소인들도 모두 양곡현으로 돌려보냈다. 그리고 마지막으로 왕씨 할멈을 끌어내 판결을 집행했다. 먼저 할멈을 목려(木驢, 죄인을 묶어 거리를 돌리는 데 쓰이던 수레)에 태워 저잣거리에 조리돌림을 한 뒤 사람 많은 장터에서 목을 자르고 시체를 흩었다.

무송도 귀양을 떠나기 앞서 왕씨 할멈의 처참한 죽음을 구경했다. 새삼 솟는 감회에 굵은 눈물을 흘리고 있는데 이웃에 살던 요이랑(姚二郎)이 와서 무대의 가재도구를 판 돈을 쥐어 주었다. 귀양길에 쓰라는 이웃의 인정이었다.

모든 집행이 끝난 뒤에 무송은 문서를 가진 두 사람의 공인과 함께 맹주로 떠났다. 그들이 길 떠난 지 얼마 안 되어 이번에는 무송 밑에서 일 보던 병졸들이 뒤쫓아와 정성을 합쳐 장만한 봇짐을 무송에게 건네주고 돌아갔다.

공인 두 사람도 무송의 호걸스러움에 반해 있었다. 죄수를 호송한다기보다는 상전을 모시고 가듯 공손하게 무송을 시중들며 길을 갔다. 무송은 그게 고마워 지니고 있던 은자를 넉넉히 나눠주고, 주막이 나올 때마다 술과 고기를 사서 그들을 대접했다.

이야기를 하니 잠깐 동안의 일인 듯하지만 기실 무송이 사람을 죽인 날로부터 판결이 끝날 때까지는 두 달이 넘게 걸렸다. 따라서 무송과 공인이 맹주로 가는 길로 접어들었을 때는 벌써 더위가 한창인 유월이었다. 한낮은 해가 뜨거워 걷지를 못하고 새벽같이 일어나 시원한 아침나절만 걸을 뿐이었다.

그럭저럭 동평부를 떠나 한 스무 날쯤 걸었을 무렵이었다. 하루는 큰길을 따라 걷다가 어떤 고갯마루에 이르게 되었는데 때는 벌써 해가 뜨거워지는 한낮에 가까웠다. 그늘을 찾아 땀을 식히려는 두 공인을 보고 무송이 말했다.

"여기서 쉬지 말고 내처 고개를 내려가는 게 어떻겠소? 거기서 어디 주막이라도 있으면 술과 고기를 사 먹으며 쉽시다."

"그것도 옳은 말씀이오."

두 공인도 그렇게 선뜻 따라 주어 세 사람은 그대로 고개를 넘었다. 그런데 고개를 넘은 지 얼마 안 되어 고개 아래 멀지 않은 곳에 초가 한 채가 보였다. 개울가에 버드나무를 두르고 선 집으로, 버드나무 가지에 걸린 깃대로 보아 주막 같았다.

"보시오, 저기 주막이 있지 않소."

무송이 반가워 그 집을 손가락질하며 소리쳤다. 두 공인도 그걸 보고 걸음을 빨리했다.

세 사람이 바삐 고갯길을 내려가는데 어떤 언덕 곁에서 한 나무꾼이 나무를 해 지고 가는 게 보였다. 무송이 그 나무꾼에게 소리쳐 물었다.

"여보시오, 말 좀 물읍시다. 이리로 가면 어디요?"

"이 재가 바로 맹주로 드는 재라오. 저 아래 큰 나무가 숲을 이루고 있는 곳이 십자파(十字坡)란 곳이외다."

나무꾼이 아는 대로 일러 주었다. 십자파란 곳은 아까 주막이 보이던 곳 같았다. 무송과 두 공인이 곧장 십자파로 달려가 보니 한 그루 엄청나게 큰 나무가 먼저 눈에 들어왔다. 네댓 사람이 팔을 벌려 이어도 다 싸안지 못할 만큼 굵은 둥치에 윗부분만 마른 칡덩굴이 뒤덮인 나무였다.

주막은 그 나무를 돌아서 얼마 안 가 나왔다. 그 주막집 앞 창틀 가에 한 아낙네가 앉아 있는데 차림이 몹시 눈에 거슬렸다. 초록빛 속옷이 비죽이 내보이는 흐트러진 옷차림에, 머리에는 누렇고 번쩍이는 비녀와 장식을 두르고 귀밑에는 풀꽃까지 꽂은 탓이었다.

아낙도 무송과 두 공인이 오고 있는 걸 본 모양이었다. 얼른 몸을 일으켜 달려 나와 세 사람을 맞아들였다.

가까이서 본 아낙의 모습은 더욱 꼴불견이었다. 아래는 새빨간 비단 치마를 두르고 얼굴에는 허연 분을 덕지덕지 발랐는데, 풀어헤쳐진 가슴에다 복숭앗빛 속옷이 내비치는 허리 위로는 금빛 띠를 질끈 동이고 있었다.

"손님들, 잠시 쉬었다 가세요. 저희 집에는 좋은 술과 고기가 있답니다. 마침 점심때라 크고 맛 좋은 고기만두도 있구요."

아낙이 무송과 두 공인을 보며 제 딴에는 교태를 지어 말했다. 세 사람은 그런 아낙이 달갑잖은 대로 주막 안에 들어가 자리를 잡았다.

두 공인이 방망이를 탁자에 기대 놓고 들고 있던 짐을 바닥에 내려놓았다. 무송도 지고 있던 보따리를 벗은 뒤 허리띠를 풀어 겉옷을 벗어젖혔다. 공인들은 그런 무송에게 말했다.

"여기는 보는 사람도 없으니까 그 칼을 잠시 벗겨 드리지요. 그래야 술이라도 한잔 시원하게 마실 수 있지 않겠습니까?"

그러고는 칼에 붙은 봉인을 곱게 뜯어낸 뒤 칼을 벗겨 주었다. 칼은 벗어 탁자 위에 놓고 옷도 반은 벗어 창틀에 얹어 두고 나니 무송은 좀 살 것도 같았다.

그때 아낙이 웃는 얼굴로 다가와 허리를 굽히며 물었다.

"손님, 술을 좀 드시겠어요?"

"많건 적건 있는 대로 좀 가져다 주쇼. 고기도 서너 근 끊어 내오고. 셈은 이따가 한꺼번에 치르겠소."

무송이 그렇게 받자 아낙이 다시 물었다.

"맛 좋은 만두도 있는데요, 좀 가져다 드릴까요?"

"괜찮지, 그것도 한 서른 개 내오슈. 점심으로 먹게."

이번에도 무송이 시원스레 받았다. 그러자 아낙은 무엇이 좋은지 해죽해죽 웃으며 안으로 들어갔다. 먼저 큰 술통 하나와 사발 셋이 나오고, 다시 젓가락 세 벌과 썬 고기 한 쟁반이 나왔다.

셋은 권커니 잣거니 술잔을 돌리기 시작했다. 술이 대여섯 잔 돌았을 무렵 아낙이 다시 만두 한 광주리를 내왔다. 배가 고프던 참이라 두 공인은 만두를 덥석덥석 베어 물었다. 그러나 무송은 웬일인지 만두를 베어 무는 대신 쪼개 속을 들여다보더니 아낙을 보고 소리쳐 물었다.

"안주인, 이 만두소가 사람 고기요, 개고기요?"

"손님, 우스갯소리 마세요. 이 밝은 세상에 사람 고기로 만두를 만들다니요. 개고기도 만두소로는 맛이 없지요. 우리 집 만두는 윗대부터 쇠고기만 써 왔답니다."

부인이 턱없이 깔깔거리며 받아넘겼다. 무송이 능청스러운 얼굴로 부인을 보며 넌지시 묻는다.

"내가 강호를 떠돌 때 들은 노래가 있소. '큰 나무 서 있는 십자파/나그네 뉘라서 함부로 지날까/살찐 이는 저며 만두소가 되고/야윈 이는 죽여 개울창에 던져진다네.' 이런 노랜데 혹시 여기가 그곳 아니오?"

"손님, 그 소리 어디서 들었어요? 그건 손님이 지어낸 거죠?"

"여기 이 만두소에 보니 사람의 터럭 같은 게 섞여 있는데? 꼭 음모(陰毛) 같은 게 말이야."

무송은 농담인지 진담인지 그렇게 말해 놓고 다시 불쑥 물었다.

"그런데 이 집 바깥양반은 어째 보이질 않소?"

"남편은 볼일 보러 나가 아직 아니 돌아왔어요."

아낙이 성내야 할지 웃어야 할지 몰라 하다 그렇게 대답했다. 그러자 무송은 또 엉뚱한 수작을 했다.

"그렇다면 부인 홀로 외롭겠구려."

앞서 말한 것까지 모두 아낙을 놀리려고 한 것처럼 만드는 수작이었다.

아낙도 그렇게 알아듣고 속으로 별렀다.

'이 귀양 가는 죄수 놈이 죽으려고 환장을 했구나. 도리어 이 마님을 놀리려 들어? 그야말로 하루살이가 제 타 죽을 줄도 모르고 등불로 날아드는 꼴이로구나. 내가 네놈을 찾으러 갈 것도 없이 네 발로 걸어 들어왔으니 어디 한번 맛 좀 봐라.'

그러고는 속과는 달리 웃는 낯으로 무송의 말을 받았다.

"벌써 취하셨나 봐. 우스갯소리는 그만하시고 몇 잔 더 드신 뒤 나무 그늘로 가셔서 더위나 식히세요. 묵으시려면 저희 집에 묵고 가셔도 돼요."

무송은 무송대로 아낙의 그 같은 말에 속으로 중얼거렸다.

'이 계집이 틀림없이 좋은 뜻으로 하는 소리가 아니야. 내가 먼저 손을 쓸 테니 어디 맛 좀 봐라.'

그러고는 다시 능청스러운 얼굴로 수작을 붙였다.

"퀀마님, 이 집 술은 맛은 좋아도 너무 싱거운뎁쇼. 따로 좋은 술이 있을 듯한데 어디 그거 한번 우리에게도 맛보여 줍쇼."

무송이 일부러 해 보는 소린지도 모르고 계집이 기다렸다는 듯 대답했다.

"향기 좋고 맛난 술이 있기야 하지만 술 빛이 좀 흐린데요."

"아주 좋소. 술은 흐릴수록 좋단 말도 있으니."

무송이 그렇게 받자 아낙은 속으로 싸늘하게 웃으며 안으로 들어갔다. 잠시 후 아낙이 술 한 주전자를 내오는데 정말로 바닥이 보이지 않을 정도로 뿌옇다. 무송이 그 술을 들여다보더니 한마디했다.

"그 술 정말 잘 빚은 술 같군. 데워서 마시면 더 맛있겠는걸."

"저 손님이 뭘 좀 아시는군요. 그럼 제가 데워 올 테니 한번 맛보세요."

아낙이 얼른 그렇게 대답했다. 그러나 이번에도 속으로는 차게 웃고 있었다.

'이 미친놈이 정말 죽을 짓만 골라 가며 하는구나. 도리어 데워 마시겠다니. 그러면 술에 탄 약의 효과가 훨씬 빨리 난다는 것도 모르고……. 이제 네놈은 끝장이다. 네놈들이 가진 것은 모두 내 것이 되고.'

원래 술이 흐린 것은 약을 풀었기 때문인데, 그것도 모르고 데워 달라니 그렇게 생각할 만도 했다.

얼마 후 아낙은 그 술을 따끈하게 데워 세 사발을 부었다.

"손님들 이제 한번 드셔 보세요."

아낙이 살풋 웃으며 술을 권하자 눈치 없는 두 공인은 각기 한 잔씩 들고 벌컥벌컥 마셨다. 그때 무송이 불쑥 말했다.

"이보슈, 마신 술이 적지 않아 그러니 안주 좀 실한 걸루 내오쇼. 고기나 좀 썰어 내오란 말이오."

이미 술에 약이 든 걸 알고 하는 소리였지만 아낙은 무송이 아무것도 모르는 줄 알고 의심 없이 돌아서서 안으로 들어갔다. 그 사이 자기 사발의 술을 눈에 안 띄는 곳에 몰래 쏟아 버린 무송이 짐짓 혀가 뒤틀린 소리로 말했다.

"좋은 술이야. 그 술이 금방 오르네!"

그러자 고기를 가지러 가는 척 나간 아낙이 빈손으로 달려와 손뼉을 치며 소리쳤다.

"쓰러져라! 쓰러져라!"

그 소리에 두 공인이 소리 한마디 못 내지르고 뒤로 벌렁벌렁 자빠졌다. 무송도 두 눈을 감고 탁자를 안듯 쓰러졌다. 물론 일부러 해 보는 짓이었다. 그걸 알 리 없는 아낙이 낄낄거리며 중얼거렸다.

"어떠냐? 이 귀신 같은 것들아. 이 마님의 발 씻은 물이 괜찮더냐?"

그러고는 안쪽에다 대고 소리쳤다.

"소이(小二)야, 소삼(小三)아, 어서 나오너라!"

그 말에 집 안에서 사내 셋이 우르르 달려 나왔다.

무송이 들어 보니 사내들은 먼저 공인들부터 안으로 옮겨 가는 듯했다. 그사이 아낙은 탁자 위에 놓여 있던 공인들의 짐보따리를 풀어 젖혔다. 전대에서 적잖은 금은이 나오자 아낙이 좋아서 어쩔 줄 모르며 낄낄거렸다.

"오늘은 이 세 놈의 보따리에다 이틀은 잘 쓸 만두소까지 생겼구나!"

그러고는 보따리를 모두 챙겨 안으로 들어갔다.

얼마 후 공인들을 안으로 끌어 간 사내 둘이 다시 나와 무송을 마저 옮기려 했다. 그러나 어찌 된 셈인지 아무리 무송의 팔다리를 잡고 끌어도 무송은 꼼짝을 않았다. 몸무게가 천 근은 나가는 사람 같았다. 그걸 본 아낙이 안에서 소리를 질러 댔다.

"저 멍청한 것들이 밥만 처먹을 줄 알았지 아무짝에도 쓸모가 없구나. 꼭 내가 손을 써야 되겠니?"

그러고는 녹색 저고리와 빨간 치마를 훌훌 벗어 던지고 뛰어나왔다.

"이놈은 감히 이 마님을 놀려 먹으려 든 놈이란 말이야! 하지만 살이 피둥피둥한 게 황소 한 마리 고기는 나오겠는걸. 저 안의 비쩍 마른 두 놈도 물소 한 마리분의 고기는 될 것이고. 우선 이놈부터 안으로 끌어다 살을 벗겨야지!"

아낙은 벌겋게 벗어부친 몸으로 다가오더니 가볍게 무송을 들어올렸다. 무송이 갑자기 두 손을 뻗어 그런 아낙을 껴안고 몸을 젖혔다. 순식간에 무송의 몸이 아낙 위에 얹혔다. 무송이 두 다리로 아낙의 몸을 누르고 걸터앉자 아낙이 버둥거리며 돼지 멱따는 소리를 내질렀다.

그 소리에 두 사내가 놀라 덤비다가 무송의 한 소리 고함에 얼이 빠져 주춤했다. 그사이로도 무송이 주먹을 내리치면 아낙의 얼굴은 그대로 묵사발이 될 판이었다.

아낙은 일이 그 지경이 되고서야 무송이 예사 인물이 아님을 알아차렸다. 그대로 깔린 채 처량한 소리로 용서를 빈다.

"호걸을 못 알아봤습니다. 용서해 주세요!"

그때 다시 어떤 사람이 나뭇짐을 지고 주막 문 안으로 들어섰다. 무송이 아낙을 깔고 앉은 걸 보고 성큼성큼 다가온 그가 말했다.

"호걸께서는 노기를 거두시고 잠시만 참아 주십시오. 제가 드릴 말씀이 있습니다."

공손해도 비굴하지는 않은 말투였다. 얼른 몸을 일으킨 무송이 왼발로 아낙을 밟은 채 두 주먹을 움켜쥐며 그 사람을 보았다.

머리에는 푸른 머릿수건을 매고 몸에는 흰 비단 겉옷에 삼으로 짠 신을 신고 있는 게 주막의 일꾼 같지는 않았다. 우락부락한 얼굴 양편에 구레나룻이 듬성듬성한데 나이는 서른대여섯쯤 되어 보였다.

"호걸의 크신 이름을 여쭤 봐도 되겠습니까?"

그가 두 팔을 모아 싸울 뜻이 없음을 보이며 무송에게 물었다. 무송이 가슴을 펴며 당당하게 대답했다.

"나는 떠돈다고 이름을 바꾸지 않고 자리 잡고 앉았다고 성을 고치지 않는 사람이다. 도두 무송이 바로 나다!"

"그럼 경양강 고개에서 호랑이를 때려잡은 도두 무송 바로 그분이십니까?"

"그렇다!"

그러자 그 사람은 그대로 넙죽 업드려 절을 하며 말했다.

"크신 이름은 오래전부터 들었으나 오늘에야 뵙게 되는군요. 제 절을 받으십시오."

"그럼 당신이 이 여자의 남편이오!"

무송도 마구다지로 해라만 할 수는 없어 말을 올려 물었다. 그 사람이 고개를 끄덕였다.

"그 사람이 못난 제 아낙입니다. 태산을 몰라봐도 분수가 있지, 도두님께 무슨 잘못을 저질렀는지요? 제 낯을 보아서라도 이번만은 부디 용서해 주십시오."

말은 간곡해도 어딘가 막볼 수 없는 기품 같은 데가 있었다. 무송이 얼른 밟고 있던 아낙을 놓아주며 물었다.

"내가 보기에 당신들 부부도 여느 사람들 같지는 않소. 이름이나 알아 둡시다."

그러자 그 사내는 아낙을 꾸짖어 옷을 꿰게 한 뒤 무송에게 절부터 올리게 했다. 무송이 멋쩍은 얼굴로 아낙에게 말했다.

"서로 몰라서 한 일이니 너무 서운하게 여기지 마시오."

"제가 두 눈을 가지고도 태산을 알아보지 못했어요. 한때의 잘못이니 부디 너그럽게 보아주세요."

아낙이 아까와는 사람이 달라진 듯 그렇게 용서를 빌며 무송을 집 안으로 청하였다. 집 안으로 들기 전에 무송이 다시 물었다.

"두 분의 성함은 어찌 됩니까? 어떻게 제 이름을 알게 되었습니까?"

그 사내가 대답했다.

"제 성은 장(張)이요 이름은 청(靑)인데, 전에는 여기 광명사(光明寺)에서 채마밭지기를 했었지요. 그러다가 대단찮은 일로 다투던 끝에 성이 나서 광명사의 중을 죽이고 절을 태워 버리게 되었습니다. 처음에는 지은 죄가 두려워 멀리 달아날까도 생각해 보았지요. 그런데 나중에 보니 누가 따지고 들지도 않고 관청 또한 잡으러 나서는 낌새가 없어 이곳 대수파(大樹坡)에서 나그네를 털며 살게 되었습니다."

장청은 거기까지 이야기해 놓고 잠깐 숨을 돌린 뒤에 말을 이었다.

"그러던 어느 날이었습니다. 하루는 어떤 늙은이가 나뭇짐을 지고 지나가더군요. 저는 그 늙은이를 털 생각으로 덮쳤지요. 하지만 어찌 알았겠습니까? 스무 합도 겨루기 전에 저는 그 늙은이의 한주먹에 맞고 나가떨어지고 말았습니다. 알고 보니 그 늙은이야말로 젊을 때부터 나그네만 털며 솜씨를 닦은 대단한 고수였지요. 그런데 그것도 무슨 인연이었던지 그분은 제 솜씨가 시원찮은 걸 보고 집으로 데려가 여러 가지 재주를 가르쳐 주시더군요. 나중에는 딸까지 주어 저를 사위로 삼으셨습니다. 그렇지만 그런 재주로는 성안에 살 수 없는 게 저희들 아니겠습니까?

어쩔 수 없이 이곳으로 들어와 초가를 얽고, 술을 팔아 살게 되었지요. 허나 술을 판다는 건 눈가림이고 실상은 지나가는 장사치나 나그네에게 몽한약을 먹여 봇짐을 터는 게 저희 일이었습지요. 봇짐뿐 아니라 약을 먹고 쓰러진 사람의 고기도 써, 크게 썰 수 있는 살덩이는 쇠고기로 팔고 잘게 벗겨지는 살코기는 만두소로 쓰면서 오늘에 이른 것입니다. 그래도 저는 강호의 호걸들과 사귀기를 좋아해 사람들은 저를 채원자(菜園子, 채마밭 일꾼) 장청이라 부르지요. 제 안사람은 성이 손(孫)인데 장인의 온갖 재주를 다 물려받아 사람들에게는 모야차(母夜叉, 암 야차) 손이랑(孫二娘)이라 불립니다. 오늘 제가 돌아오는 길에 안사람이 죽는 소리를 하는 걸 듣자 이상하긴 했지만 그게 도두님일 줄이야 어찌 알았겠습니까? 저는 전에도 안사람에게 세 부류의 사람은 건드리지 말라고 타이르곤 했지요. 그 첫째는 구름처럼 떠다니는 도사나 중입니다. 그 사람들은 명운이 기구하여 집까지 나온 사람들 아닙니까? 그런데 얼마 전에도 안사람은 깜짝 놀랄 만한 사람을 하나 건드려 저를 난처하게 했습니다. 연안부의 노충 경략 상공 아래서 제할로 있던 노달이란 분으로, 주먹질 세 번으로 진관서(鎭關西)를 때려죽이고 오대산으로 들어가 중이 되었는데 사람들은 그분의 등허리에 꽃수가 놓여 있다 하여 화화상(花和尙) 노지심이라 부르지요. 한 자루 쇠로 만든 선장을 잘 쓰는바, 그 선장의 무게는 육십 근이나 된답니다. 바로 그분이 무슨 일로 이 길을 지나게 되자 안사람은 그분이 뚱뚱한 것만 보고 술에다 몽한약을 타 먹인 겁니다. 제가 돌아온 것은 안사람이 막 그분의

고기를 벗겨 내려 할 때였지요. 저는 쇠로 만든 그 선장만 보고
도 그분이 예사 인물이 아님을 알아보았습니다. 안사람을 꾸짖어
해약(解藥)을 먹이고 깨워 보니 다름 아닌 그분이라 저는 그분과
의형제를 맺었습니다. 요사이 듣자니 그분은 이룡산(二龍山) 보
주사(寶珠寺)를 빼앗아 청면수 양지(楊志)란 이와 함께 근거로 삼
고 있다 합니다. 그사이 제게 몇 번이나 함께 지내자는 글을 보
내왔습니다만 아직은 선뜻 옮겨 가지를 못하고 있습니다……."

장청이 다시 잠시 숨을 돌리는 사이 무송이 끼어들었다.

"그 두 사람은 나도 여러 번 이름을 들었소."

"하지만 지금까지도 아깝게 여겨지는 중이 한 사람 있지요. 키
가 일고여덟 자나 되는 사람이었는데 제가 돌아왔을 때는 이미
네 각이 뜨여진 뒤라 구해 내지 못한 겁니다. 아직도 쇠로 된 머
리띠 하나와 한 벌 검은 승복, 그리고 도첩(度牒) 한 장이 저희 집
에 남아 있습니다. 지니고 있던 보따리에는 이렇다 할 게 없고
다만 두 가지 물건은 흔찮은 것이더군요. 하나는 사람의 머리뼈
로 만든 백팔염주이고 다른 하나는 새하얀 쇠로 만든 계도였습
니다. 아마도 그 중 또한 사람을 많이 죽였는지 계도는 지금도
깊은 밤이 되면 휘파람 같은 소리를 냅니다. 정말 그를 못 구한
게 얼마나 한스러운지……. 제가 두 번째로 건드리지 못하게 하
는 부류는 이곳저곳을 떠돌아다니며 재주를 파는 기녀(妓女, 여기
서는 광대에 가까운 듯)들입니다. 그 여자들은 주와 부의 눈치를 보
며 놀이판을 만들어 재주를 보여 주고, 거기서 얻는 몇 푼 돈으로
겨우겨우 살아가지 않습니까? 그 불쌍한 사람들을 죽였다가는

강호의 호걸들이 모두 저희 내외를 비웃을 것입니다…….”

그러고도 장청의 이야기는 더 이어졌다.

“제가 세 번째로 안사람에게 건드리지 못하게 한 부류는 죄짓고 귀양 가는 죄수들입니다. 그중에는 호걸들이 자주 끼여 있어 절대로 손대지 못하게 한 거지요. 그런데도 안사람은 제 말을 안 듣다가 오늘 또 도두님을 건드려 노엽게 한 겁니다. 만약 제가 때맞춰 들어오지 않았던들 어찌 될 뻔했습니까?”

모야차 손이랑이 무안한 듯 발명을 했다.

“저도 원래는 손을 안 쓰려 했지만, 첫째는 저분의 보따리가 묵직해 보였고, 둘째는 저분의 말투가 나를 희롱하는 것 같아서…….. 그래서 불쑥 마음을 먹게 된 거예요.”

“사람의 목을 자르고 피를 뒤집어쓴 뒤인데 내가 무슨 흥이 있어 여염의 아낙을 희롱하겠소? 나는 아주머니가 내 보따리에 탐내는 눈길을 보내기에 먼저 의심이 들었소. 그래서 아주머니를 농지거리로 격하게 해 솜씨가 무디어지도록 한 겁니다. 약이 든 술은 몰래 쏟아 버리고 짐짓 중독된 척 누워 있었더니 아주머니가 과연 나를 끌고 가려 하더군요. 그래서 되레 잡으려 든 게 그리됐으니 너무 괴이쩍게 생각하지 마시오.”

무송이 그녀를 희롱한 까닭을 그렇게 밝히자 장청이 껄껄 웃으며 일어나 무송을 집 뒤 조용한 방으로 청했다. 무송이 일어나며 장청에게 물었다.

“노형, 이제 그 두 공인도 풀어 주었으면 좋겠소.”

그러자 장청은 무송을 고기 장만하는 곳간으로 데려갔다. 벽에는 몇 장의 사람 가죽이 걸려 있고 대들보에는 대여섯 개 사람의 뒷다리가 매달려 있었다. 두 공인은 아직도 정신을 잃은 채 도마로 쓰는 탁자 위에 널브러져 있었다.

"어서 이 두 사람을 깨워 주시오."

무송이 다시 장청을 재촉했다. 장청이 그런 무송에게 물었다.

"도두께서는 무슨 죄를 지었습니까? 그리고 지금은 어디로 가시는 길입니까?"

무송은 서문경과 반금련을 죽이게 된 경위를 자세히 일러 주었다. 듣고 난 장청 부부가 후련하기 그지없어 했다. 그리고 지현과 부윤의 호의를 제 일처럼 다행으로 여기다가 장청이 불쑥 물었다.

"제가 드릴 말씀이 있는데 한번 들어 보시겠습니까?"

"무슨 말씀인지 해 보시오."

무송이 장청의 속마음을 몰라 그렇게 받자 장청이 조용히 말했다.

"제가 모질어 하는 소리가 아니니 도두께서도 헤아려 들어 주십시오. 이번에 도두께서 노영으로 가면 겪으셔야 할 고초가 이만저만이 아닐 겝니다. 차라리 저 두 공인을 이대로 없애 버리고 저희 집에 머무시는 게 어떻습니까? 만약 도둑 떼 사이에 몸을 숨기고 싶으시다면 이룡산 보주사까지 제가 모셔 가 노지심과 함께 계실 수 있도록 해 드리겠습니다."

그 말을 들은 무송이 고개를 무겁게 저으며 대답했다.

"형께서 나를 생각해 하시는 말씀이라 고맙기 그지없으나 그리는 안 되겠소. 이 무송은 평생을 의리 굳은 사내로 살고 싶소. 저 두 공인은 이곳까지 오는 동안 지성으로 나를 모셨는데, 내가 그들을 해친다면 하늘이 나를 용서하지 않을 거요. 만약 진심으로 나를 아끼고 위해 주시려 한다면 어서 저들을 깨워 주시오. 결코 저 두 사람을 해쳐서는 안 되오."

"도두께서 의리를 내세워 그렇게 말씀하시니 어쩔 수 없군요. 얼른 깨워 드리지요."

장청도 어쩔 수 없다는 듯 그렇게 말하며 일꾼들을 불러 두 공인을 밖으로 끌어내게 했다. 그사이 손이랑이 안으로 들어가 해약을 한 사발 만들어 왔다. 장청이 그 약을 두 공인의 입 안으로 들이붓자 반 시간도 안 되어 둘은 잠에서 깨어난 듯 엉금엉금 기며 일어났다.

"우리가 어찌 그리 취했지? 정말로 이 집 술이 대단하구나. 별로 많이 마신 것 같지도 않은데 이 모양이 되다니! 이 집을 기억해 두었다가 돌아올 때 또 한잔 사 마셔야지."

무송을 알아본 그들이 저희끼리 마주 보며 그렇게 주고받았다. 지옥 문턱에 갔다 온 줄도 모르고 그런 한가한 소리를 하는 그들을 보며 무송이 크게 소리 내어 웃었다. 장청과 손이랑도 참지 못하고 따라 웃었다.

그때 두 일꾼 녀석이 닭과 오리를 잡아 지지고 볶고 하여 새로이 술상을 마련해 왔다. 장청은 집 뒤뜰 포도 덩굴 아래 탁자와 의자를 옮겨 놓게 하고 거기에 무송과 두 공인을 앉게 했다.

무송은 윗자리를 두 공인에게 내어 주고 자신은 아랫자리에 장청과 마주 보고 앉았다.

손이랑도 모서리에 자리를 얻어 함께 술판에 끼었다.

두 일꾼 녀석은 번갈아 술과 안주를 내오고 장청은 잔이 비기 바쁘게 술을 채워 무송에게 권했다.

주인과 손님이 한가지로 흥겹게 마시다 보니 어느덧 날이 저물어 왔다. 장청이 안으로 들어가더니 낮에 말한 그 계도를 꺼내와 무송에게 보여 주었다. 과연 좋은 쇠를 버리고 벼려 뽑아낸 듯한 게 하루 만에 만들어 낸 흔한 칼 같지는 않았다.

두 사람은 그 칼을 들여다보며 다시 강호의 호걸들에 관해 이야기했다. 그들의 의리와 인정, 분노와 사랑을 이야기하다 보니 절로 방화와 살인 이야기로 이어졌다. 이야기 끝에 무송이 말했다.

"산동의 급시우 송공명은 의를 보면 재물을 아끼지 않는 호걸이지요. 그런데 이번에 보니 무슨 일에 말려들었는지 시 대관인(大官人) 댁에 피해 있더군요."

조개네 패거리가 황니강(黃泥岡)에서 벌인 일이나 뒤쫓던 관군이 몰살당한 것, 그리고 송강의 쫓김 따위는 두 공인도 들어 알고 있었다. 끔찍한 일을 저지른 것은 딴 사람들이지만, 그 모든 걸 뒤에서 꾸민 게 송강인 것으로 알고 있던 그들은 무송이 그 송강과도 왕래가 있었단 소리를 듣자 깜짝 놀랐다. 장청과 주고받은 말만 듣고도 이미 제 맛이 아니던 두 공인은 술잔을 놓고 무송에게 엎드려 절을 했다.

"나를 맹주로 데려다 주려 애쓰는 두 분을 무슨 까닭으로 해치겠소? 우리가 하는 이야기는 강호의 호걸들에 관한 것이니 두 분은 놀라지 마시오. 우리는 착한 사람을 해치지는 않소. 자, 술이나 한 잔 더 하시오. 내일 맹주에 이르거든 내 따로이 감사드리리다."

무송이 그렇게 두 사람을 안심시켜 주었다.

그날 밤 무송과 두 공인은 늦도록 술을 마시다가 장청의 집에서 잤다.

다음 날 무송이 떠나려 하자 장청이 간절히 붙들어 떠날 수가 없었다. 그날뿐만이 아니었다. 다음 날도 그다음 날도 장청이 붙들어 무송은 내리 사흘을 그 집에 머물며 극진한 대접을 받았다.

그렇게 되자 무송은 그 같은 장청 부부의 인정에 감동하지 않을 수가 없었다. 이에 무송은 장청과 의형제를 맺게 되었는데 나이를 따져 보니 장청이 아홉 살 위라 장청은 형이 되고 무송은 아우가 되었다.

드디어 무송이 떠나는 날, 장청은 그가 지니고 있던 보따리와 전대를 모두 되돌려 주고 그 위에 은자 열 냥까지 얹었다. 두 공인에게도 두세 냥씩 주어 무송을 잘 보살피라 당부했다.

무송은 자신에게 준 열 냥까지도 두 공인에게 주고 풀어 놓았던 칼을 썼다. 공인들이 떼어 냈던 봉인을 다시 칼에 붙이니 모든 게 원래처럼 되었다.

장청과 손이랑은 집 밖까지 따라 나와 배웅했다. 무송은 그들 내외의 깊이 모를 정에 감격해 눈물을 지으며 작별했다.

맹주는 그곳에서 멀지 않아 다시 길을 떠난 무송은 한낮이 되기도 전에 맹주성으로 들게 되었다. 곧바로 관아로 찾아든 무송과 두 공인은 동평부에서 받은 문서를 올리고 처분을 기다렸다.

문서를 읽은 부윤은 무송을 받아들인 뒤 문서를 써서 두 공인에게 주고 동평부로 돌려보냈다. 그리고 무송은 그곳 노영으로 보내 받은 형을 살게 했다.

무송은 그날로 노영으로 옮겨졌다. 노영이 있는 작은 성문 앞에 이르니 문 위에 석 자 현판이 달려 있는데 거기에는 '안평채(安平寨)'라 쓰여 있었다. 무송을 데려간 관원은 무송을 우선 그곳 감옥에 집어넣고, 무사히 인계받았다는 문서를 얻어 돌아갔다.

무송이 감옥 안으로 들어가니 안에는 여남은 명의 죄수들이 들어차 있었다. 그 죄수들이 무송을 생각해 준답시고 일러 주었다.

눈 노란 표범 시은

"이봐, 자네 새로 여기 왔으니 일러 주네만, 보따리에 자넬 잘 봐달라는 편지 같은 거라도 있으면 그것과 함께 은자 몇 냥 꺼내 들고 있게. 조금 있으면 차발(差撥)이 올 건데 그때 얼른 그것들을 내다 바치란 말이야. 그러면 살위봉(殺威棒)을 맞을 때 가볍게 맞을 거거든. 차발에게 정을 쓰지 않았다가는 큰 낭패를 당할걸. 나나 자네나 다같이 죄짓고 붙들려 온 처지라 특히 일러 주는 걸세. 토끼가 죽으면 여우가 슬퍼하고, 만물은 그 동류(同類)를 아낀다지 않는가. 자네가 처음 와서 모를 것 같아 일러 주는 것이니 알아서 하게."

그 말에 무송이 꿋꿋하게 대답했다.

"여러분께서 자상한 가르침을 주시니 고맙기 그지없소. 내 보따리에는 약간의 쓸 만한 물건들이 있기는 하오. 그러나 그들이 좋은 말로 달라고 한다면 얼른 주겠지만 공연히 딱딱거리며 빼앗으려 든다면 나는 한 푼도 내놓지 않을 거요!"

"그런 소리 말게. 옛말에도 '처마 얕은 집 안에서는 머리를 아니 수그릴 수 없다.'지 않았나? 모든 걸 조심해서 어쨌든 좋도록 해야 하네."

죄수들이 무송을 아껴 한 번 더 그렇게 일러 준다. 그런데 미처 그 말이 끝나기도 전에 누군가 나직이 소리쳤다.

"차발 나리 오신다!"

그러자 무송 주위에 모였던 죄수들이 제각기 흩어졌다. 무송은 보따리를 내려놓고 혼자 앉아 차발을 기다렸다. 얼마 뒤 어떤 옥리 차림의 사내 하나가 감방 앞에 와 거만스레 물었다.

"어느 놈이 새로 온 죄수 놈이냐?"

"저올시다."

무송이 그렇게 대답했다. 차발이 대뜸 욕지거리로 나왔다.

"네놈이 눈깔이 있으면서 이 어르신네가 먼저 입을 열기를 기다려? 네놈이 경양강에서 호랑이를 때려잡은 양곡현의 도두란 것쯤은 나두 안다. 소문이야 떠들썩하다마는 네놈 일 치는 게 어째 그 모양이냐? 나한테 이따위로 나오는 걸 보니 꿩이 새끼 한 마리 못 때려잡을 놈 같구나."

무송이 그런 차발에게 두 눈을 딱 부릅뜨며 타이르듯 말했다.

"당신이 와서 말하는 품을 보니 그래서 내게 뭘 얻어먹어 보겠다는 수작 같지만 어림없소. 반 푼도 안 돼. 있다면 이 주먹 한 쌍

일까? 내게 부스럭 은이 좀 있다 해도 그걸로는 술이나 사 먹어야겠구. 그래 당신이 나를 어쩌는지 두고 봐야겠어. 그렇다고 날 양곡현으로 되돌려 보내진 못하겠지."

그러자 차발은 성이 나서 어쩔 줄 몰라 하며 돌아갔다. 멀찌감치서 보고 있던 죄수들이 다시 무송 주위에 모여 걱정을 했다.

"이봐 호걸 양반, 당신이 차발을 되레 몰아댔으니 이제 고생깨나 하게 될걸. 그자는 이제 관영 나리께 가서 온갖 말로 일러바칠 거야. 당신 목숨까지 성하지 못할 거라구."

"겁날 거 하나도 없소. 제가 어찌하는가 두고 볼 거요. 말로 나오면 말로 맞설 거구, 주먹으로 나오면 주먹으로 막을 거요."

무송은 조금도 움츠러드는 기색이 아니었다. 그런데 미처 무송의 말이 끝나기도 전에 옥리 서너 명이 와 큰 소리로 새로운 죄수 무송을 찾았다.

"나 여기 있소. 어디로 달아나는 것도 아닌데 왜 그렇게 떠들고 야단이오?"

무송이 뻣뻣하게 그들을 향해 소리쳤다. 그들이 우르르 달려들어 무송을 끌어내더니 점시청(點視廳)으로 데려갔다.

관영은 마루 높이 앉아 무송을 기다리고 있었다. 대여섯 옥리들이 무송을 끌어다 그 앞에 꿇어앉히자 관영은 먼저 무송이 목에 쓴 칼을 벗기게 했다.

"너는 태조 무덕 황제께서 정하신 이래 지금까지 이어 오는 법도를 아느냐? 무릇 처음 귀양 온 죄수는 살위봉 일백 대를 맞게 되어 있다. 저놈을 끌어다 눕혀라!"

관영이 그렇게 말하자 옥리들이 다시 무송에게로 몰렸다. 무송이 그들을 흘기며 관영에게 말했다.

"이렇게 여럿이 모여 소란 떨 건 없소. 때리려면 때리지 뭐 끌어내 눕히고 자시고 할 것 있소? 내가 매를 겁낸다면 호랑이를 때려잡은 호걸이 아닐 거요. 한 번 때려 안 되면 다시 때리시오. 신음 소리 한 번이라도 내면 양곡현에서 그 같은 일을 저지를 사내가 아니라 비웃어도 좋소!"

무송의 그 같은 소리에 양쪽에서 구경하던 사람들이 하나같이 비웃었다.

"저 얼빠진 녀석이 죽으려고 악을 쓰는구나. 제놈이 어찌 견뎌내나 보자."

"때리려면 어서 마음껏 때려라! 몽둥이에 인정 쓸 것 없다. 속 시원하게 때려라!"

무송은 여전히 뻣뻣하기만 했다. 구경하던 사람들이 비웃는 가운데 옥리들이 몽둥이를 들고 나왔다. 그때 관영 옆에 서 있던 스물대여섯의 사내가 관영의 귀에 대고 몇 마디 했다. 무송이 보니 여섯 자가 넘는 키에 얼굴이 말쑥하고 잘 빗은 머리에는 흰 머릿수건을 쓰고 있었다. 청사 겉옷이나 흰 비단 바지저고리가 모두 낮지 않은 신분을 말해 주고 있었다.

그 사내가 무슨 소리를 했는지 관영이 약간 부드러워진 목소리로 무송을 불렀다.

"새로 온 죄수 무송은 들어라. 너 혹시 오는 도중에 병을 앓은 적은 없느냐?"

172

"그런 적 없소. 술도 밥도 고기도 실컷 먹고 펄펄하게 걸어왔소!"

그런데 알 수 없는 것은 관영이었다. 그는 무송이 그렇게 배포 있는 소리를 하는데도 오히려 측은하다는 표정을 지었다.

"저놈이 오는 도중에 병에 걸려 저리되었구나. 병이 아니고서야 어찌 저럴 수가 있겠느냐. 그러고 보니 얼굴도 말이 아니로구나. 안 되겠다. 당분간 살위봉은 미뤄야겠다."

그렇게 무송을 병으로 몰아붙였다. 어떻게든 무송을 보아주려는 관영의 눈치를 알아챈 옥리들이 낮은 소리로 무송에게 권했다.

"어서 병이라구 말해. 상공께서 보아주실 때 알아서 기란 말이야."

그러나 무송은 들은 척도 않았다.

"앓은 적은 없소. 어서 실컷 때리시오. 미뤄 봤자 맞을 맨데, 그걸 미루면 창자에 낚싯바늘이 든 것 같을 거요."

도리어 대들듯 그렇게 소리쳤다. 사람들이 어이없다는 듯 웃자 관영도 따라 웃었다. 그리고 그게 바로 증거라는 듯 잘라 말했다.

"이자가 열병에 머리가 돌아도 단단히 돈 모양이다. 땀을 내지 못해 저같이 미친 소리를 하는 거다. 이자의 말을 더 들을 것도 없이 단신방(單身房, 독방)에 가둬 두어라."

그러자 옥리들이 우르르 달려들어 무송을 단신방으로 끌어 갔다. 옆방의 죄수들이 무송의 단신방 가에 붙어서서 물었다.

"당신, 누가 관영에게 당신을 잘 봐주라고 쓴 편지라도 가져온 것 아니오?"

"그런 건 없소."

"그렇다면 살위봉을 미룬 건 결코 좋은 뜻에서가 아닐 거요. 머잖아 반드시 당신을 죽이려 들 것 같소."

죄수들이 걱정스러운 얼굴로 그렇게 말했지만 무송은 조금도 겁내지 않았다.

"저것들이 어떻게 나를 죽인단 말이오?"

"방법이야 여러 가지지. 밤중에 당신을 불러내 쌀밥을 배불리 먹이고 땅속 감방으로 끌고 간단 말이오. 거기서 당신을 꽁꽁 묶은 뒤 가마니에 말고 눈 코 입 귀를 막아 벽에 거꾸로 매다는 거요. 그러면 당신은 반 시진도 안 돼 황천길로 가는데 그걸 보통 '분조(盆弔)'라 부르지."

"또 다른 방법도 있소?"

"다른 수도 있지. 당신을 꽁꽁 묶어 놓고 그 위에 흙 담은 부대를 얹는 거요. 오래 두면 결국은 죽게 되는데 그걸 '토포대(土布袋)'라 한다오."

"그 외에 나를 해칠 수 있는 것은?"

"그 두 가지 방법이 우리가 모두 무서워하는 거요. 다른 것은 그리 대단할 거 없소."

무송과 죄수들이 그렇게 주고받고 있을 때 군졸 한 사람이 반합 하나를 받쳐 들고 감옥 안으로 들어왔다. 그 군졸이 여럿에게 물었다.

"누가 새로 온 무 도두요?"

"나요. 무슨 할 말이라도 있소?"

무송이 스스로 나서서 그렇게 되물었다. 군졸이 부드럽게 받았다.

"관영께서 점심을 가져다주라시기에 여기 가져왔소."

무송이 그 반합을 받아 열어 보니 술 한 사발에 고기 한 쟁반, 국수 한 그릇이 있고 다시 큰 그릇으로 국물 한 사발이 더 있었다. 음식의 양도 양이려니와 만든 정성도 마구잡이는 아닌 것 같았다.

'이놈들이 내게 이렇게 훌륭한 점심을 갖다 줘? 에이, 모르겠다. 어쨌든 먹고 보자. 생각은 그다음에 해 봐야지.'

무송은 그런 마음으로 가져온 음식 그릇을 술, 밥 가리지 않고 깨끗이 비웠다. 군졸이 딴소리 없이 빈 그릇을 거두어 돌아갔다.

군졸이 돌아간 뒤 홀로 생각에 잠겨 있던 무송은 차게 웃으며 중얼거렸다.

'좋아, 그것들이 나를 어쩌는가 보자.'

그러는 사이 날이 점점 저물어 왔다. 저녁때가 되자 낮에 왔던 군졸이 다시 반합을 들고 나타났다.

"무슨 일로 또 왔소?"

무송이 묻자 그 군졸이 대답했다.

"저녁을 갖다 드리라기에 왔습니다."

그리고 반합을 펼쳐 놓았다. 술과 전을 부친 육류와 생선 요리, 밥 등이 푸짐하게 차려진 반합이었다. 무송이 그걸 보다 속으로 생각했다.

'옳지, 이렇게 잘 먹이는 걸 보니 틀림없이 나를 죽일 작정이구

나. 까짓것 먹고 보자. 먹고 죽은 귀신은 혈색이라도 좋다더라. 뒷일은 먹은 뒤에 생각해 보자.'

무송은 점심때처럼 배짱 좋게 음식을 먹기 시작했다. 무송이 다 먹기를 기다려 그 군졸은 다시 빈 그릇을 챙겼다.

그가 나가고 오래잖아 또 두 사람이 들어왔다. 하나는 큰 목욕통을 들고 하나는 데운 물을 한 통 들고 있었다.

"도두님, 목욕을 하시지요."

두 사람이 그렇게 권하는 말을 듣고 무송은 또 속으로 중얼거렸다.

'나를 깨끗이 씻긴 뒤에 죽일 작정인 게로구나. 겁날 거 없지. 우선 몸이나 시원하게 씻고 보자!'

그러고는 두 사람이 마련해 둔 목간통에 들어가 몸을 씻었다.

무송이 몸을 다 씻고 나오자 한 사람이 깨끗한 수건을 받쳐 들고 있다가 내밀었다. 무송은 그 수건으로 몸을 닦고 옷을 입었다.

두 사람은 목욕통에 남은 물을 쏟아 버린 뒤 빈 통을 들고 나갔다. 다시 한 사람이 홑이불과 등나무 돗자리 하나를 가져와 감방 안에 펴고 시원한 목침 하나를 갖다 놓으며 눕기를 권했다. 무송이 거기 벌렁 누우며 생각했다.

'이것들이 무슨 꿍꿍이수작이야? 하려면 빨리 해치우라구. 이거 언제까지 기다려야 하나?'

그러다가 자신도 모르게 잠에 떨어졌지만 그날 밤은 별일 없이 지나갔다.

날이 밝자 간밤에 본 사람 중에 하나가 다시 문을 열고 들어와 세숫물을 떠다 바쳤다. 무송은 이번에도 사양 않고 그걸 받아 얼굴을 씻었다. 그 사람이 다시 양칫물을 내오고 빗을 가져다 머리까지 말끔하게 빗겨 주었다.

무송이 머릿수건까지 단정히 맸을 무렵 또 한 사람이 아침상을 차려 왔다. 고깃국에 밥과 채소가 푸짐한 상이었다.

'네놈들이 무슨 속셈으로 이러는지 모르겠다만 나는 우선 먹고 봐야겠다.'

무송은 속으로 그렇게 빈정대며 수저를 들었다.

무송이 밥을 다 먹자 차까지 나왔다. 감옥살이가 아니라 대접이라도 받으러 온 기분이었다. 무송이 차까지 다 마시자 아까 밥을 가져온 사람이 와서 공손하게 권했다.

"이곳이 쉬기에 마땅치 않으시면 저쪽 벽 뒤의 방으로 옮기시지요. 그곳이라면 식사 시중 차 시중이 한결 편할 것 같습니다만……."

"또 왔소? 그러지. 거기서 어떻게 되나 보기로 하자구."

무송이 퉁명스레 대꾸하고 일어났다. 그러자 한 사람은 무송의 보따리와 이부자리를 걷어 들고 또 한 사람은 무송을 단신방 뒤의 한 거처로 안내했다. 문을 열고 들어가 보니 방 안에는 깨끗한 침상이 놓여 있고 새로 마련한 듯한 탁자와 의자까지 있었다.

아직도 죄수들이 해 준 말만 굳게 믿고 있는 무송은 더욱 어리둥절했다. 아무리 죽일 사람을 마지막으로 대접하는 것이라 해도 지나치다는 느낌이었다.

'나는 토굴 속의 감방에라도 처넣을 줄 알았는데 이거 영 이상

하군. 단신방보다 훨씬 넓고 깨끗한 곳이잖아?'

무송은 그렇게 중얼거리며 방 안으로 들어갔다.

그럭저럭 점심때가 되자 다시 상이 들어왔다. 단신방에서보다 훨씬 잘 차려진 상이었다. 술도 주전자에 담겨 있고 삶은 닭에 갖춰진 과일하며 여러 가지 부침개가 어디 내놔도 모자람이 없는 접대 상이었다.

상을 들여온 사람이 닭을 찢고 술을 잔에 부어 무송에게 권했다. 무송은 잔을 받으면서도 영 갈피를 잡을 수가 없었다.

'이거 결국 어쩌려구 이러지……'

하지만 저녁때도 마찬가지였다. 그야말로 진수성찬으로 저녁 대접을 한 뒤 목욕을 시키고 쉬게 했다. 무송은 홀로 생각해 보았다.

'죄수들은 모두 저것들이 나를 죽일 거라 했지만 내가 보니 영 아닌걸. 어쩔 셈으로 내게 이러는 건지 원……'

극진한 대접은 셋째 날도 마찬가지였다. 그날도 아침 일찍 푸짐한 상을 받은 무송은 아침밥을 먹은 뒤 방을 나가 보았다. 방문도 걸려 있지 않고 지키는 사람도 없이 어슬렁어슬렁 걷던 무송은 절로 노영 넓은 마당으로 나가게 되었다.

노영 마당에서는 다른 죄수들이 물을 나른다, 장작을 쪼갠다, 여러 잡일로 한창 바빴다. 때는 유월 한여름이라 내리쬐는 햇볕이 여간 뜨겁지 않았다. 무송이 팔짱을 낀 채 그중의 한 죄수에게 물었다.

"당신들은 무엇 때문에 이 뜨거운 햇볕 아래서 일을 하고 있소?"

그러자 일하던 죄수들이 모두 몸을 일으키며 무송을 비웃었다.

"호걸 양반, 모르시는구면. 우리는 여기서 지내는 동안에 이렇게 나와 일할 때가 가장 좋은 때라오. 어떻게 감히 햇볕 뜨거운 걸 탓하며 그늘에 앉을 엄두라도 내겠소. 이것도 놈들이 인정을 써서고, 그렇잖으면 정말 못 견딜 거요. 찜통 같은 감옥 속에 쇠사슬로 몸을 감은 채 들어앉아 죽지도 살지도 못하고 신음만 내질러야 할 판이란 말이오."

그 말에 머쓱해진 무송은 천왕당(天王堂) 쪽으로 가 보았다. 천왕당을 한 바퀴 돌고 나올 무렵 지전 사르는 화로 곁의 바윗덩이 하나가 눈에 들어왔다. 구멍이 뚫린 것으로 보아 깃대를 꽂은 바위인 듯했는데 크기가 엄청났다. 무송은 그 바위에 한참을 걸터앉았다가 자기 방으로 돌아갔다. 돌아가니 사흘 전부터 수발을 들어 오던 사람이 다시 음식이며 세숫물 따위 수발을 들어 주었다.

무송이 새 방으로 옮긴 지 며칠이 지난 뒤였다. 매일 좋은 술과 밥을 넣어 주면서도 그걸 넣어 준 사람은 영 모습을 드러내지 않았다. 그때쯤은 그 사람이 자신을 죽이기 위해서가 아니라 돌봐 주려고 그런다는 걸 짐작하게 된 무송은 날이 지날수록 마음이 편찮아졌다.

어느 날 점심나절이 되어 또 밥상을 차려 오는 사내를 보고 무송이 참지 못해 물었다.

"자넨 어떤 사람 밑에서 일하는가? 무슨 까닭으로 이렇게 나를 잘 대접하나?"

"제가 전에 말씀드리지 않았습니까? 저는 관영 나리 댁에서 일 보는 사람입니다."

사내가 공손하게 대답했다. 무송은 아무래도 관영의 속셈이 짐작 가지 않아 다시 물었다.

"그럼 매일 술과 밥을 보내 주는 사람은 누구인가? 나를 잘 먹여 어쩔 셈이라던가?"

"도두께서 드신 것은 관영 나리의 아드님이 보내신 겁니다."

"나는 한낱 죄수로서 사람을 죽이고 벌을 받는 중이다. 또 전에 한 번도 관영 나리 댁을 가 본 적이 없는데 그 사람들이 왜 내게 이런 음식과 물건들을 보내 준다던가?"

"그건 저도 알지 못합니다. 그저 관영 나리의 자제분께서 몇 달이고 이렇게 해 드리라고 시켜서 하고 있을 뿐입지요."

들을수록 아리송해지는 말이었다. 무송이 답답하다는 듯 말했다.

"거참 이상한 일이다. 나를 통통하게 살찌운 뒤에 잡아먹기라도 하겠다는 것이냐? 도대체 영문을 알 수 없으니 술을 마신들 술맛이 나고 밥을 먹은들 밥맛이 있겠는가. 자네, 내게 관영의 아들이란 사람이 어떤 사람인지나 말해 주지 않겠나? 어디서 나와 알게 되었는지라도 알려 주게. 그래야만 그 사람이 보낸 술과 밥을 먹을 수가 있겠네."

그러자 사내가 마지못한 듯 슬그머니 일러 주었다.

"전날 도두께서 처음 오시던 날 살위봉을 맞기 위해 끌려 나온 적이 있지요? 그날 대청 위에 흰 머릿수건을 하고 서 있던 분이 바로 관영 나리의 자제분이십니다."

"청사 겉옷을 입고 관영 곁에 서 있던 사람 말이냐?"

"그렇습니다."

"내가 살위봉을 맞게 되었을 때 그가 말해서 구해 준 것 아니냐?"

"그것도 맞습니다."

그제야 무송도 관영의 아들이 누구인지 알 듯했다. 그러나 자기를 그렇듯 극진히 돌봐 주는 까닭을 알 수 없기는 마찬가지였다.

"정말 모를 일이로군. 나는 청하현 사람이고 그는 맹주 사람인데다, 일찍이 서로 만난 적도 없는 사인데 어떻게 해서 이렇게 보살펴 주는 건지…… 틀림없이 까닭이 있을 게다. 우선 하나 물어보자. 그 사람의 이름은 뭔가?"

"성은 시(施)요, 이름은 은(恩)이라 합니다. 주먹질과 막대 쓰기를 잘해 사람들은 모두 그분을 눈 노란 표범[金眼彪] 시은(施恩)이라 부르지요."

"그렇다면 틀림없이 대단한 호걸이겠군. 자네 가거든 그분께 한번 뵙자고 일러 주게. 그래야 이 술과 밥을 먹을 수 있겠네. 만약 자네가 그분과 나를 만나게 해 주지 않는다면 나는 지금부터 술 한 잔 밥 한 숟가락 안 먹겠네!"

무송이 그렇게 나오자 그 사내는 난감한 표정을 지었다.

"나리께서 말하시기를 결코 도두께 자세한 내막을 일러 주지 말라 하셨습니다. 몇 달은 이대로 지내다가 그때 가서야 모든 걸 말씀드리고 서로 보게 하라고 시키셨는데……."

그렇게 꽁무니를 뺐다. 무송이 그를 을러댔다.

"쓸데없는 소리 말고 어서 소(小)관영께 아뢰어 뵙자고 일러라. 그러잖으면 모든 걸 때려 엎고 말겠다!"

무송이 짐짓 험악한 표정을 지으며 그렇게 말하자 겁을 먹은 사내가 할 수 없다는 듯 방을 나갔다.

한참 있으려니 며칠 전에 이미 본 적이 있는 시은이 들어왔다. 시은이 무송에게 절을 올리자 무송은 황망히 답례를 했다.

"저는 관영 나리의 다스림 아래 있는 한낱 죄수로서 전에 뵈온 적도 없는데 이렇듯 은혜를 베푸시니 무어라 감사를 드려야 할지 모르겠습니다. 며칠 전에는 몽둥이 아래서 구해 주시더니, 그 뒤로는 매일 좋은 술과 음식을 내려 주셔서 영문 모르는 저는 그저 답답할 따름입니다. 이야말로 공 없이 녹만 받는 꼴인데 어찌 마음이 불안하지 않겠습니까?"

무송이 그렇게 정중히 말하자 시은이 공손하게 대답했다.

"아우는 오래전부터 형의 우레 같은 이름을 들어 왔으나, 한스럽게도 서로 사는 곳이 떨어져 있어 만나 뵙지를 못했습니다. 또 형께서 이곳에 이르신 뒤에는 진작 절하며 뵙고 싶으면서도 아무것도 해 드린 게 없어 감히 나타나지 못하고 있었습니다. 그런데 이렇게 부름을 받게 되니 그저 송구스러울 뿐입니다."

"이 사람의 말을 들으니 몇 달이 지날 때까지는 제게 아무 말도 하지 말라 하셨다는데, 그게 무슨 뜻인지요? 소관영께서 제게 하고 싶은 이야기가 뭔지 실로 궁금합니다."

무송은 대뜸 궁금한 것부터 물어 갔다. 그러자 시은이 좀 당황한 기색을 내비치며 얼버무렸다.

"되잖은 하인 놈이 형께 함부로 주둥아릴 놀린 모양입니다. 하지만 그 이야기를 어찌 벌써 할 수 있겠습니까?"

당장에 밝힐 수는 없어도 뭔가 무송에게 할 말이 있기는 있는 듯했다. 활달한 무송이 기다리지 못하고 그 자리에서 바로 물었다.

"그 무슨 수재(秀才) 같은 말씀이시오? 가슴속에 있는 말이 있으면 탁 털어놓으시오. 그래 내게 하고 싶은 말이 무엇이오?"

그러나 시은은 얼른 그걸 밝히려 들지 않았다.

"이미 저것이 말을 낸 뒤라 어쩔 수 없이 이것만은 말씀드려야겠습니다. 형께서 대장부요, 호기 있는 남아라 상의드릴 게 있기는 했습니다만 이제 먼 길을 오신 터라 그 상의를 몇 달 뒤로 미룬 것입니다. 기력을 되찾으신 뒤에 자세한 말씀 올리고 힘을 좀 빌리려구요……."

"소관영께서는 들어 주시오. 나는 석 달 동안이나 학질을 앓고도 경양강 고개에서 더구나 술에 취한 채 호랑이를 때려잡은 사람이오. 그것도 단 세 주먹에 말이오. 그런데 까짓 길 좀 걸었다고 기력이 떨어져 할 일을 못하겠소?"

무송이 그렇게 말하며 껄껄 웃었다. 그래도 시은은 자꾸 미루려 들었다.

"아무래도 아직은 그 이야기를 할 때가 아닌 듯합니다. 형께서 기력을 온전히 회복하시기를 기다려 그때 모두 말씀드리겠습니다."

"자꾸 기력, 기력 하시는데 내가 왜 기력이 없단 말씀이오? 자꾸 그러시니 보여 드릴 게 있소. 내 어제 천왕당 앞에서 구멍 뚫린 바윗덩이 하나를 본 적이 있는데 그 무게가 얼마나 되겠소?"

"한 사오백 근이 되지 않겠습니까?"

무송의 갑작스러운 물음에 시은이 영문도 모르고 짐작대로 답했다. 그러자 무송이 몸을 일으키며 말했다.

"그럼 나하고 같이 가 봅시다. 내가 그 바윗덩이를 들 수 있는지 한번 봐 주시오."

무송이 힘자랑을 해 보겠다는 뜻임을 그제야 알아차린 시은이 권했다.

"가시더라도 술이나 들고 가시지요."

"술이야 갔다 와서 마셔도 늦지 않소."

무송이 그러면서 시은을 데리고 천왕당 앞으로 갔다. 부근에서 일하던 죄수들이 무송과 시은에게 머리를 숙여 알은체를 했다. 무송이 그 바윗덩어리를 이리저리 흔들어 본 뒤에 껄껄 웃으며 말했다.

"내가 약하고 게을러져 이걸 들 수 있을지 모르겠는걸."

"사오백 근이나 되는 바윗덩어리를 가볍게 볼 수야 있겠습니까?"

무송이 자신 없어 그러는 줄 안 시은은 그렇게 받았다. 무송이 빙긋 웃었다.

"소관영께선 정말로 내가 이걸 못 들 것 같소? 여러분, 잠깐 비켜서시오. 이 무송이 한번 해 보겠소."

그러면서 윗옷을 홀렁홀렁 벗어부친 무송은 그대로 바윗덩이를 두 손으로 싸안았다. 무송이 한번 용을 쓰자 바윗덩이는 가볍게 머리 위로 들어 올려졌다. 무송은 지푸라기 공이라도 내던지듯 그 바윗덩이를 내던졌다. 쿵, 하는 소리와 함께 바윗덩이는 한 자 깊이로 땅에 박혔다. 구경하던 죄수들은 무송의 그처럼 엄청난 힘에 놀라 마지않았다.

무송의 힘은 그걸로 그치지 않았다. 이번에는 오른손 하나만으로 그 바윗덩이를 들더니 공중으로 던져 올렸다. 바윗덩이는 한 길이나 공중으로 치솟았다. 무송은 그걸 두 손으로 받더니 원래 있던 자리에 슬며시 갖다 놓았다. 다시 돌아서는 무송을 보니 얼굴에 붉은 기운 한 가닥 내비치지 않고 거친 숨소리 한번 들리지 않았다.

시은이 그런 무송 앞에 엎드려 절하며 감탄의 소리를 냈다.

"형님은 실로 평범한 사람이 아닙니다. 바로 신인(神人)입니다!"

"그렇습니다. 정말로 신인이십니다!"

다른 죄수들도 일제히 엎드려 절하며 시은의 말을 되뇌었다.

시은은 그길로 무송을 자기 집으로 데려가 높은 자리에 앉기를 권했다. 무송이 그런 시은에게 다시 재촉했다.

"자, 이제는 말해 주시오. 이번에 소관영께서는 무슨 일로 저를 쓰시려고 그리 하셨소?"

"우선 앉기나 하십시오. 이제 아버님께서 나오실 텐데, 그때는 모든 걸 알게 되실 겁니다."

시은이 그러면서 답을 미루었다. 답답해진 무송이 조금 목소리를 높였다.

"사람에게 일을 시키려 하시면서 무슨 어린아이 같은 말씀이오? 내가 일을 시킬 만한 사람이 못 되는 게 아니라면 한칼로 베어 버리듯 말씀해 주시오. 그러면 당장 달려가 해치워 드리겠소. 치켜세우는 말 같은 건 바라지 않으니 할 일이나 들려주시오."

그러자 시은도 더는 미루지 못했다.

"어쨌든 앉기나 하십시오. 그럼 이 아우가 직접 모든 걸 자세히 말씀드리겠습니다."

관영을 불러내는 걸 단념했는지 그렇게 바로 털어놓기 시작했다. 무송이 그런 시은을 미리 다그쳤다.

"소관영께서는 말을 길게 꾸며 하실 것 없소. 필요한 것만 간단히 말해 주시오."

이에 드디어 시은이 털어놓기 시작했다.

"아우는 어렸을 적부터 여러 곳에서 스승을 모셔 와 창봉(鎗棒)을 익혔습니다. 그래서 맹주 바닥에서는 제법 솜씨가 알려져 금안표(金眼彪)란 별명까지 얻었지요. 그런데 이번에 쾌활림(快活林)에서 적잖은 낭패를 당하게 되었습니다."

"쾌활림?"

"이곳 동문 밖에 있는 저잣거리 이름이지요. 산동과 하북의 장사치들이 모여들어 아주 번창한 곳입니다. 주막만 해도 백여 개가 되고, 전당포와 노름방도 스무 군데가 넘습니다. 저는 그곳에다 술집 하나를 열었는데, 첫째는 그곳에서 만나는 호걸들을 통해 무예를 익히기 위함이었고, 둘째로는 이 노영에서 달아난 수십 명의 죄수들을 잡기 위해서였습니다. 그러자 그곳의 주막들과 노름방, 전당포가 모두 제 세력 밑에 들어오게 되어 심지어는 그곳을 찾아오는 광대나 기생들까지도 먼저 저를 찾아본 뒤에 판을 벌일 정도였지요. 절로 굴러 들어오는 눈먼 돈도 많아 한 달에 은자 이삼백 냥은 어렵잖게 들어왔습니다. 그런데 근래에 장(張)씨 성을 쓰는 단련(團練, 지방의 군 지휘관. 훈련소장 격임)이 동로주(東潞州)에서 새로이 부임해 오면서 일이 생겼습니다. 장 단련은 장문신(蔣門神)이란 자를 데려왔는데, 그자는 몸이 굵고 키가 클 뿐만 아니라 무예까지도 뛰어난 자였습니다. 창봉에다 주먹 쓰기, 발길질에 능하고, 특히 씨름을 잘해 스스로 큰소리치기를, '나는 삼 년이나 태악(泰嶽)의 씨름터에서 겨뤄 보았지만 맞수를 만나 보지 못했다. 세상에서 나를 당할 놈은 없다!'라고 했습니다. 장문신은 이곳에 오자마자 쾌활림에 뛰어들어 그때까지 제가 거머쥐고 있던 모든 이권을 빼앗으려 들었지요. 저도 그냥 뺏길 수는 없어 결국은 둘 사이에 싸움이 벌어지게 되었습니다. 하지만 불행히도 저는 놈의 적수가 못 돼 한판 드잡이질로 두 달이나 병상에 누워 지내는 신세가 되고, 모든 건 그놈에게 넘어가고 말았습니다. 형이 오시던 날만 해도 저는 머리를 싸매고 있었습니다. 팔도 다쳐 아직 낫지 않은 채입니다. 하기야 제 밑에도 사람이 없는 건 아닙니다. 그들을 시켜 머릿수로 밀고 들 생각도 있었지만 놈의 뒤에 있는 장 단련에게도 군사들이 있지 않습니까? 그들이 나서면 우리 노영의 힘으로는 감당할 수 없습니다. 그래서 원수 갚을 길이 없어진 저는 그저 이만 갈고 있는데 형께서 오신 겁니다. 만약 형께서 저와 함께 가서 저의 이 뼈에 사무친

한을 풀어 주신다면 죽더라도 눈을 감을 수 있을 것 같았습니다. 하지만 형께서는 먼 길을 어렵게 오신 분이라 당장은 기력이 모자랄까 걱정이었습니다. 제가 몇 달을 기다리려 한 것은 형께서 기력을 온전히 되찾으신 뒤에 이 일을 의논드리기 위함이었습니다. 그런데 그만 그 하인 놈이 말을 낸 바람에 이렇게 앞당겨 말씀드리게 된 겁니다."

첫날 무송이 시은을 볼 때 흰 머릿수건으로 생각한 것은 기실 터진 머리를 싸맨 붕대였던 셈이다. 이야기를 다 듣고 난 무송이 껄껄 웃으며 물었다.

"그 장문신이란 놈, 머리가 몇 개고 팔은 몇 개였소?"

"그야 머리 하나에 팔은 둘이었지요. 그게 더 있을 수야 있겠습니까?"

시은이 어리둥절해 그렇게 받았다. 무송이 여전히 웃음을 거두지 않고 말했다.

"나는 그놈이 머리 셋에 팔다리가 여섯은 되는 줄 알았소. 그게 아니라면 나타(哪吒, 불법을 보호하는 신 이름) 같은 무예라도 지녔든지. 그런데 머리 하나에 두 팔뿐이고 나타 같은 무예도 없다면 겁날 게 뭐요?"

"그러나 제 무예가 얕고 힘이 보잘것없으니 어쩝니까? 저로서는 그를 당해 낼 길이 없습니다."

시은이 좀 무안한 표정으로 대답했다. 무송은 금세라도 떨치고 일어날 듯 서둘렀다.

"내가 큰소리치는 게 아니라, 실은 내가 평생 해 온 일이 그런 못된 놈들을 때려눕히는 것이오. 이왕 말씀하셨으니 당장 그리로 가 봅시다. 술이 있으면 가는 길에 몇 잔 걸치는 것도 좋지. 가서 그놈을 호랑이 때려잡듯 잡아 놓겠소! 만약 내 주먹에 그놈이 죽는다면 까짓거 나도 이 목숨 내놓으면 될 거 아니오!"

그런 무송을 시은이 붙들었다.

"형은 잠시만 앉아 계십시오. 아버님께서 곧 나오실 것이니 가시더라도 아버님을 한번 뵙고 가시는 게 좋을 것입니다. 또 그놈을 찾아가는 것도 무턱대고 불쑥 가서는 안 되지요. 먼저 사람을 보내 그놈이 집에 있나 없나를 알아본 뒤, 집에 있다면 적당히 날을 잡아 찾아가고 없다면 다시 의논해 보는 게 옳습니다. 공연히 섣불리 건드렸다간 그야말로 풀숲을 때려 뱀을 놀라게 하는 격이 될 겁니다. 그래서 놈에게 달리 손쓸 기회를 주게 되면 좋을 게 없지요."

그러자 무송은 짜증까지 냈다.

"이보시오, 소관영. 도대체 당신은 그놈을 잡겠다는 거요, 아니 잡겠다는 거요? 사내답지 못하게 그게 뭐요? 가려면 당장 갈 일이지 오늘 내일 따져 뭐하겠소? 어서 갑시다. 우리가 머뭇거리는 사이에 오히려 그놈이 대비를 할까 걱정이오!"

그러면서 엉덩이를 들썩이고 있을 때였다. 병풍 뒤에서 관영이 나오며 그런 무송에게 말을 건넸다.

"의사(義士)! 늙은이가 오래전부터 의사의 소문을 들었더니 오늘 다행히 뵙게 되었구려. 어리석은 자식놈은 이제 구름 걷힌 하늘의 밝은 해를 보게 된 듯하오. 뒤채로 가서 조용히 말씀이나 나눕시다."

관영이라면 무송 같은 죄수에게는 하늘 같은 벼슬아치다. 무송도 그의 말을 거역하지 못해 뒤채로 따라 들어갔다. 방에 들어간 관영이 말했다.

"여기 잠시 앉으시지요."

"저는 한낱 죄수로서 어찌 상공과 나란히 앉을 수 있겠습니까?"

무송이 그렇게 사양하자 관영이 더욱 간곡하게 권했다.

"그런 말씀 마시오. 내 아들놈은 의사를 만난 게 어둠 속에서 등불을 만난 듯할 거요. 겸양할 것 없소."

이에 무송도 더 사양하지 않고 자리에 앉았다. 그러나 시은은 자리에 앉지 않고 그들 옆에 서 있었다. 무송이 그런 시은에게 말했다.

"소관영께서는 어찌하여 서 계시오?"

"아버님이 계신데 어찌 마주 앉을 수 있겠습니까? 형께서는 개의치 마시고 편히 몸을 두십시오."

"그렇다면 나도 앉아 있을 수가 없구려."

무송이 그러면서 일어나려 하자 관영이 시은에게 일렀다.

"얘야, 너도 앉아라. 의사의 말씀도 그러하거니와 보는 사람도 없지 않느냐."

이에 시은도 무송 곁에 앉았다. 그사이 하인들이 들락거리며 술과 안주를 푸짐히 차려 냈다. 관영이 손수 잔을 따라 무송에게 권하며 말했다.

"의사께서 이렇게 호걸스러우니 누군들 흠모하지 않겠소? 내

아들이 쾌활림에서 장사를 한 것은 사사로운 잇속을 차리기 위해서가 아니라 크게는 이 맹주 고을을 위하고, 작게는 호걸의 기상을 기르기 위해서였소. 그런데 이제 갑자기 장문신이란 자가 나타나 드러내 놓고 그 근거를 뺏아가 버렸구려. 의사 같은 호걸이 아니면 아무도 그 원한을 씻어 주지 못할 거요. 부디 어리석은 내 아들놈을 버리지 마시고 도와주시오. 이 술 한 잔을 마시고, 저놈의 절 네 번을 받아 저놈의 의형(義兄)이 되어 주시면 더 바랄 게 없겠소."

"제가 무슨 재주가 있다고 소관영의 절을 받겠습니까? 분에 넘치는 대접을 받으면 오히려 운수를 감한다는 말이 있습니다."

무송이 그렇게 겸양을 떨었으나, 시은은 무송이 잔을 비우기 바쁘게 네 번 절을 했다. 무송도 하는 수 없이 황망히 답례했다.

그러자 그 술자리는 그대로 무송과 시은의 결의형제를 위한 잔치로 변했다. 그날 무송은 관영 부자가 주는 술을 쉬지 않고 받아 마셔 몹시 취했다. 하인들이 부축해 그를 자리에 누일 정도였다.

다음 날이 되었다. 시은 부자가 머리를 맞대고 의논했다.

"도두가 어젯밤 몹시 취했으니 아직도 깨어나지 않았을 것이다. 그래 가지고서야 오늘 어떻게 장문신을 잡으러 갈 수 있겠느냐? 사람을 보내 보니 그놈이 집에 없더라구 해서 가는 걸 하루 미루도록 하자."

관영의 그 같은 말을 시은도 옳게 여겼다. 거기 따르기로 하고 무송을 찾아가 말했다.

"아무래도 오늘은 안 되겠습니다. 사람을 보내 알아보았더니 그놈이 제집에 없다는군요. 내일 함께 가 보도록 하시지요."

"내일 가는 거야 별것 아니지만 오늘 하루 기다릴 일이 꿈같소."

무송이 간밤에 술에 절었던 사람 같지 않게 멀쩡한 얼굴로 대답했다.

시은은 그런 무송과 함께 아침밥을 먹고 차를 마셨다. 영내를 한바퀴 돌고 방 안으로 돌아온 두 사람은 곧 무술 이야기로 열을 올렸다. 창 쓰는 법이 어떻고 봉 쓰는 법이 어떠니, 주먹은 어떻게 내질러야 힘 있고 발길질은 어떤 게 가장 무섭느니 신을 내는 사이에 반나절이 가고 점심때가 되었다.

시은은 무송을 집으로 데려가 점심을 대접했다. 차려져 나온 음식은 푸짐하기 이를 데 없었으나 술은 몇 잔 안 되었다. 무송은 속으로 술을 마시고 싶었지만 상대가 권하지 않으니 어쩌는 수 없었다. 밥과 반찬만 배불리 먹고 제 방으로 돌아왔다.

무송이 돌아와 보니 시중들던 두 사람이 다시 목욕 준비를 해놓고 기다리고 있었다. 무송이 그들에게 물었다.

"오늘은 소관영이 어째서 고기와 밥만 잔뜩 내놓고 술은 주지 않는가? 아무래도 무슨 뜻이 있는 것 같던데?"

"숨김없이 말씀드리자면 관영 부자분께서 의논하신 끝에 정한 일입지요. 원래 도두께서는 오늘 쾌활림으로 가게 되어 있었으나 간밤에 술을 많이 하셨기에 내일로 미뤄졌습니다. 그런데 오늘 또 술에 취하시면 일이 어찌 되겠습니까? 그 바람에 술을 적게 내셨을 겝니다. 내일 일이 제대로 되려면 그 수밖에 없다 생각하신 거지요.”

시은의 하인이 숨김없이 그렇게 털어놓았다. 무송이 어이없어하며 다시 물었다.

“그렇다면, 내가 술에 취하면 일을 그르친다는 것이냐?”

“아마 그렇게들 생각하신 게지요.”

하인의 그 같은 말을 들은 무송은 그날 밤을 가까스로 참고 보냈다.

다음 날 아침 일찍 일어나 세수를 한 무송은 머리에 만자건(卍字巾)을 매고 한 벌 흙색 옷에 붉은 끈을 동였다. 발에는 날렵한 삼신을 꿴 뒤 얼굴의 먹자를 가릴 고약 한 장을 붙이고 시은이 찾아오기만을 기다렸다.

오래잖아 시은이 아침 식사를 위해 무송을 부르러 왔다. 식사를 들기 전 차를 내놓은 시은이 무송에게 말했다.

“뒤뜰에 오늘 타고 가실 말 한 필을 매 놨습니다. 한번 가 보시지요.”

무송은 몸을 일으키지도 않고 그 말에 대꾸했다.

“내 다리는 든든한데 말이 무슨 필요가 있겠나? 다만 한 가지 부탁이 있네.”

“무엇이든 망설이지 말고 들려 주십시오. 아우가 어찌 형님의 말씀을 듣지 않을 수 있겠습니까?”

시은이 얼른 그렇게 받았다. 무송이 천연스레 말했다.

“자네와 내가 성을 나선 뒤에는 ‘무삼불과망(無三不過望, 셋 또는 석 잔 없이는 지나지 않는다.)’ 해야 되네.”

"셋 없이는 지나지 못한다니 그게 무슨 뜻입니까?"

시은이 어리둥절해 물었다. 무송이 껄껄 웃으며 그 뜻을 일러 주었다.

"우리가 장문신을 잡으러 가려면 성을 나서야 하지 않는가? 가는 도중에 주막이 있을 텐데 주막마다 술 세 사발씩 마시게 해 달라는 걸세. 세 사발 술이 없으면 주막을 지날 수 없다는 게 바로 무삼불과망일세."

그 말을 들은 시은은 속으로 가만히 생각해 보았다.

'성 동문에서 쾌활림까지는 십사오 리나 되고 그 사이에 있는 주막만도 여남은 개나 되지 않는가. 만약 한 주막에서 세 사발씩 마신다면 합쳐 서른대여섯 잔을 마셔야 그곳에 이를 것이다. 그 사이 형님이 먼저 취할 것인데, 이 일을 어쩐다?'

시은이 걱정스러운 얼굴로 생각에 잠긴 걸 보고 무송이 다시 껄껄거리며 물었다.

"자네 내가 술에 취해 일을 그르칠까 그러나? 나는 술에 취했다고 힘을 못 쓰는 사람이 아닐세. 오히려 술 한 잔을 더 마시면 힘이 한 푼 더 솟고 다섯 잔을 더 마시면 다섯 푼 더 솟는 사람일세. 만약 실컷 마시게 해 준다면 못할 일이 없을 거네. 뿐인가, 술에 취하면 간도 커지지. 경양강에서 호랑이를 때려잡은 것도 다 술 덕분이란 걸 알아야 하네!"

되찾은 쾌활림

　시은은 그런 무송을 믿어 보기로 했다.

　"형님이 그러신 줄은 몰랐습니다. 저희 집에 좋은 술이 있기는
하나 형님께서 취해 좋은 솜씨가 무디어질까 봐 간밤에는 술을
많이 대접해 드리지 못했습니다. 그런데 오히려 술에 취할수록
힘이 솟고 솜씨가 빛난다니 아예 집안의 하인 둘을 시켜 좋은 술
과 안주를 메고 먼저 가서 기다리게 하지요. 형님은 가시면서 천
천히 마시도록 하십시오."

　그렇게 무송의 청을 들어주었다. 무송이 흐뭇해하며 큰소리를
쳤다.

　"내 마음을 알아주니 고맙네. 가서 장문신인가 뭔가 하는 놈을
때려눕히려면 먼저 간부터 커야 하는데 술이 없으면 어떻게 손

이 나가겠나? 오늘은 그놈을 때려잡아 뭇사람들에게 웃음거리가 되도록 해 주겠네!"

이에 시은은 하인 두 사람을 불러 술독을 지게 하고 돈을 지닌 채 무송보다 앞서 떠나게 했다. 관영은 또 관영대로 힘�깨나 쓰는 장정 여남은 명을 골라 몰래 무송을 뒤따르며 필요할 때 돕게 했다.

안평채(安平寨)를 떠난 무송과 시은은 맹주 동문을 나가 쾌활림(快活林)으로 향했다. 한 사오백 걸음 걷기도 전에 관도(官道)가에 벌써 주막 한 채가 눈에 들어왔다. 그 주막 처마에는 술이 있음을 알리는 깃발이 걸렸는데 그 아래 미리 간 시은의 하인 둘이 기다리고 있었다.

시은이 무송을 데리고 안으로 들어가 앉자 하인 둘이 안주를 차리고 술을 따랐다. 무송이 그들에게 말했다.

"작은 잔으로 번거롭게 따르고 자시고 할 것 없다. 큰 사발을 가져오너라. 석 잔만 마시고 가겠다."

하인들이 그 말대로 큰 사발을 내와 술을 따랐다. 무송은 사양하는 법도 없이 세 사발을 거푸 비우고 일어났다. 하인들이 얼른 술잔과 그릇들을 거둬 무송보다 앞질러 달려 나갔다. 다음 술집에 가서 다시 차려 놓고 기다리기 위함이었다.

무송은 술이 들어가니 기분이 좋아진 듯 허허거렸다.

"이제 뱃속이 확 펴지는 것 같군. 자, 어서 가 보세."

그리고 시은과 함께 주막을 나섰다. 때는 칠월이라 더위가 아직 다하지 않았지만 가끔씩 산들바람이 일었다. 두 사람은 앞섶을 시원스레 풀어헤치고 천천히 걸었다.

한 마장쯤 가니 마을도 아니고 성곽도 없는데 다시 저만치 숲속에 술집 깃발 하나가 보였다. 가까이 가서 보니 수풀 사이에 탁배기를 파는 작은 술집 하나가 있었다.

"이곳은 촌사람들에게 탁배기 잔이나 내어 파는 곳인데, 여기도 술집으로 치시렵니까?"

시은이 그냥 지나갔으면 하는 눈치로 물었다. 무송이 모르는 척 대답했다.

"그래도 술집은 술집이니 석 잔을 마시지 않고는 지나가지 못하겠네."

그러고는 안으로 들어갔다. 무송과 시은이 자리 잡기 바쁘게 먼저 와 있던 하인 둘이 다시 술과 안주를 차려 내왔다. 무송은 거기서도 세 사발만 마시고 일어났다. 하인들이 전처럼 급히 술과 안주그릇을 챙겨 먼저 떠나고 무송과 시은은 천천히 일어나 그 술집을 나섰다.

두 사람이 길을 나선 지 두어 마장 되어 다시 술집이 하나 나왔다. 무송은 이번에도 어김없이 들어가 세 사발을 들이켜고 다시 걷기 시작했다. 그렇게 여남은 군데 술집을 한 곳도 빼지 않고 세 사발씩 비웠으나 시은이 보기에도 무송은 그리 취한 것 같지가 않았다. 실로 대단한 술이었다.

"아직도 쾌활림은 멀었나?"

열몇 번째인가의 술집을 나오면서 무송이 물었다. 시은이 얼른 대답했다.

"이제 멀지 않습니다. 저 앞 숲이 바로 그놈이 있는 곳이지요."

아마도 장문신에게 가까워지니 긴장이 되는 모양이었다. 무송이 그런 시은에게 멀쩡한 얼굴로 말했다.

"이미 다 왔다면 자네는 다른 곳에서 나를 기다리게. 나 혼자 한번 찾아가 보겠네."

"옳은 말씀입니다. 아우는 다른 곳에서 기다리도록 하지요. 그렇지만 형님, 결코 놈을 가볍게 보아서는 아니 되십니다."

시은이 한 번 더 무송을 깨우쳐 주었다.

"그건 걱정 말고 내가 부르거든 하인이나 보내 주게. 앞에 술집이 있으면 또 마실 테니까."

무송이 태연스레 그렇게 대꾸했다. 시은은 그대로 해 주고 자신은 무송과 헤어져 모습을 감췄다.

무송은 남은 길 서너 마장을 걸으며 생각날 때마다 시은의 하인을 불러 술을 마셨다. 거기서 다시 열 사발이 넘는 술이 무송의 뱃속에 부어졌다.

때는 한낮이라 해는 한창 뜨겁게 달아올라 있었다. 무송은 옷깃을 풀어헤치고 아직 별로 취하지 않았으면서도 곤드레가 된 사람처럼 비틀비틀 걸었다. 적을 안심하게 만들려는 꾀였다.

시은이 말한 숲 앞에 이르자 따르던 하인이 한 곳을 손가락질하며 일러 주었다.

"이 앞 세 갈래 진 길에 장문신의 술집이 있습니다."

무송은 그 말에 따라 그 숲 쪽으로 갔다. 숲을 막 지나니 한 힘꼴깨나 써 보이는 몸집 큰 사내가 파리채를 들고 의자에 앉아 있는 게 보였다. 느티나무 아래 의자를 내놓고 더위를 피하는 중인 듯했다.

무송은 일부러 취한 척 비틀거리면서 슬쩍슬쩍 그 사내를 곁눈질해 보았다.

'저 허우대 큰 놈이 장문신인 모양이로구나. 어디 두고 보자.'

무송은 그러면서 그 사내 앞을 지나 술집을 찾았다. 몇십 발짝 걷기도 전에 세 갈래 길이 나오고 큰 술집 하나가 보였다. 처마 아래 큰 깃발이 걸렸는데 거기에는 '하양풍월(河陽風月)' 넉 자가 크게 쓰여 있었다. 시골 구석에 걸린 주기(酒旗)치고는 제법 풍취가 있어 보였다.

그 술집의 풍취는 그걸로 그치지 않았다. 문 앞에 초록 칠을 한 난간이 있고 그 양쪽에는 다시 금빛 글씨로 쓴 깃발 둘이 걸려 있는데, 거기 쓰인 다섯 글자가 또한 그럴듯했다.

'취리건곤대(醉裏乾坤大)', '호중일월장(壺中日月長)' 아마도 시은이 그 술집의 주인이던 시절에 내다 건 것인 듯했다.

그 앞으로는 고기 써는 큰 도마가 있고, 도마 위에는 여러 개의 칼이 늘어져 있었다. 또 만두를 찌는 큰 가마솥도 걸려 있고 마당에는 술독이 셋이나 묻혀 있는데 그 모두가 그 술집의 크기를 잘 일러 주고 있었다.

그런 것들 가운데 있는 계산대에 한 젊은 계집이 앉았다가 무송을 보고 되바라진 눈길을 보냈다. 장문신이 맹주에 와서 새로 얻은 계집으로 원래는 서쪽 유곽에서 노래를 팔던 기생이었다.

무송이 취한 눈을 찡긋하자 계집은 얼른 일어나 술집 안으로 들어가 버렸다. 아무리 막 굴리던 몸이라도 이제는 한 사내의 계집이 되었으니 함부로 외간 남자의 수작을 받기 싫다는 뜻 같았다.

계집을 따라 안으로 들어간 무송은 자리를 찾아 앉기 바쁘게 탁자를 두드리며 소리쳤다.

"술 파는 사람은 어딜 갔나?"

그러자 심부름꾼인 듯한 사내가 무송에게 다가와 물었다.

"손님, 술을 하시겠습니까?"

"우선 술 두 각만 내오너라. 맛 좀 보고 이야기하자."

무송이 그렇게 대꾸하자 사내는 아까 들어간 계집에게 술 두 각을 따라 오라 소리쳤다. 계집이 술을 따라 주자 사내가 한 잔을 따라 무송에게 내밀었다.

"손님, 맛 좀 보십시오."

무송은 그 술을 냄새만 쿵쿵 맡고는 고개를 내저었다.

"시원찮아, 바꿔 오라구!"

무송이 그렇게 취한 소리를 내지르자 사내놈은 못마땅한 듯 무송을 보다가 다시 계산대로 가서 계집에게 말했다.

"아씨, 술을 다른 걸로 바꿔 주셔야겠는데요."

계집이 아무 소리 않고 다른 술독을 기울여 보다 질이 좋은 술을 다시 따라 주었다. 사내가 그 술을 받아 무송의 잔에 따랐다. 무송은 이번에도 입술만 술잔에 갖다 댄 뒤 소리쳤다.

"이것도 시원찮아. 어서 더 나은 걸루 바꿔 오란 말이야!"

사내놈이 성난 속을 억누르며 술을 거두어 계산대 쪽으로 갔다.

"아씨, 귀찮으시겠지만 더 좋은 놈으로 바꿔 주셔야겠습니다요. 여느 손님 대하듯 해서는 안 될 것 같습니다. 술에 잔뜩 취해 시빗거리라도 찾는 눈치니 가장 좋은 술을 내주십시오."

사내가 그렇게 말하자 계집은 이번에도 아무 소리 않고 그 집에서 가장 좋은 술을 꺼내 따라 주었다. 사내가 그 술을 가져와 무송에게 내놓았다. 맛을 본 무송이 그제야 고개를 끄덕였다.

"흠, 이건 마음에 드는군."

그러고는 불쑥 사내에게 물었다.

"이봐, 자네 주인 이름이 뭔가?"

"장(蔣)씨 성을 쓰는 분이신데요."

심부름꾼 사내가 별생각 없이 그렇게 일러 주었다. 무송이 그 말을 삐딱하게 받았다.

"왜 이(李)가가 아니고 장간가?"

그러자 계집이 뾰족한 소리를 했다.

"저 양반이 어디서 취해 가지구 와선…… 무얼 잘못 먹었나?"

"보아하니 어디 촌구석에서 온 놈 같은데 제정신이 아니군요. 못 들은 척하십쇼."

심부름꾼 사내도 더는 못 참겠다는 듯 그렇게 계집에게 맞장구를 쳤다. 무송이 눈을 딱 부릅뜨며 그 사내에게 물었다.

"너 방금 뭐라고 했느냐?"

"우리끼리 한 이야기요. 손님, 상관 마시고 술이나 드슈."

사내가 그렇게 능청을 떨었다. 무송이 넘어가 주는 척하며 엉뚱한 요구를 했다.

"알았어. 이봐, 그럼 저기 계산대에 있는 저 여자더러 여기 와서 술 한잔 치라고 해."

그러자 사내가 소리를 높였다.

"이게 정말 취했나? 어따 대고 헛소리야? 저 아씨는 주인댁 마님이라구."

"주인댁 마님이면 어때? 나하고 술 한잔 못할 것도 없지 않나?"

무송이 그렇게 사람의 부아를 질렀다. 그러잖아도 제가 기생질하다가 마님이 되어 걸리는 게 많던 계집은 그 소리에 성이 발칵났다. 믿는 것도 있고 해서 대뜸 욕설을 퍼부었다.

"저 죽일 놈이! 죽고 싶어 환장을 했나? 어디 한번 견뎌 봐라."

그러고는 계산대 뒤로 사라지려 했다. 웃통을 벗어부치듯 하고 있던 무송이 훌쩍 몸을 날려 그런 계집을 붙잡았다. 호랑이를 때려잡은 그 힘으로 붙드니 힘없는 계집은 꼼짝없이 무송의 손아귀에 들어왔다.

무송은 한 손으로 계집의 허리께를 잡고 한 손으로 머리채를 잡아 번쩍 들고는 계산대를 나왔다. 그리고 몇 발 걷다가 바닥에 있는 큰 술독에다 계집을 내던졌다. 불쌍한 계집은 비명 한번 제대로 못 지르고 술독에 처박혀 물에 빠진 생쥐 꼴이 되었다.

그걸 본 술집의 심부름꾼 네댓이 한꺼번에 무송에게 덤벼들었다. 하지만 그야말로 계란으로 바위 치기였다. 무송의 손길이 슬쩍 미치자 한 녀석이 공중에 가볍게 떠서 술독에 처박혔다. 이어 또 다른 녀석도 그 꼴이 나고, 다른 두 녀석은 각기 무송의 한주먹 한 발길질에 나동그라져 다시는 일어나지 못했다.

두 녀석이 술독에 처박히고 두 녀석이 꼼짝없이 뻗어 버리자 하나 남은 녀석은 무송 근처에도 가 보지 못하고 얼이 빠졌다. 바짓가랑이가 오줌에 젖은 줄도 모르고 정신없이 달아났다.

무송이 녀석을 보고 이죽거렸다.

"네놈이 장문신에게 알리러 가는 모양이지만 그럴 것 없다. 내가 가서 직접 잡지. 큰길로 끌어내 때려잡아 여럿에게 웃음거리가 되도록 해 주마."

그러고는 성큼성큼 걸어 달아나는 녀석을 뒤따랐다.

아니나 다를까, 숨이 턱에 차도록 달려간 녀석은 장문신을 잡고 술집에서 있은 일을 모조리 일러바쳤다. 깜짝 놀란 장문신은 의자에서 벌떡 일어났다. 들고 있던 파리채를 내던지고 술집 쪽으로 달려갔다.

무송이 그런 장문신과 마주친 것은 속으로 노린 대로 사람의 눈이 많은 큰길가에서였다. 장문신은 겉보기에는 여전히 키가 크고 몸집이 우람했지만, 그 무렵에는 술과 계집에 곯아 힘을 제대로 쓰지 못했다. 심부름꾼 녀석이 전하는 말에 놀라 달려오기는 해도 걸음조차 그리 힘차지 못했다.

장문신은 무송과 맞닥뜨리자 속으로 가만히 가늠해 보았다. 무송이 힘꼴깨나 써 보이기는 해도 대단한 몸집은 아닌 데다 몹시 취해 있는 것 같아 조금 마음이 놓였다. 하지만 그게 그의 낭패를 더욱 크게 했다.

무송은 장문신을 보자 짐짓 취한 척 비틀거려 그를 마음 놓게 해놓고, 가까이 다가서기 바쁘게 두 주먹을 날렸다. 그러나 정말로 때리는 것이 아니라 볼 근처를 때리는 시늉이었다.

이어 무송은 마치 자기 주먹이 맞아 주지 않아 겁먹은 것처럼 몸을 돌려 얼른 달아났다. 맞지는 않아도 자칫하면 선수에 걸려들 뻔했던 장문신은 화가 꼭뒤까지 올랐다. 앞뒤 살필 것 없이 주먹을 휘두르며 무송을 뒤쫓았다. 그때 달아나던 무송이 갑자기 한 발길을 날렸다. 발길이 장문신의 아랫배에 꽂히자 장문신이 두 손으로 그 발을 잡으려 했다. 무송이 날쌔게 몸을 빼더니 다시 오른발을 매섭게 차올렸다. 그 발길은 그대로 장문신의 얼굴을 맞히고 못 견딘 장문신은 나무토막 쓰러지듯 뒤로 벌렁 나자빠졌다.

무송은 그런 장문신의 가슴을 밟고 떡메 같은 주먹질을 퍼부었다.

원래 장문신은 씨름꾼이었다. 무송은 그에게 잡히지 않기 위해 먼저 헛주먹질로 그의 눈을 속인 뒤, 왼발길질로 그를 주춤하게 만들고 다시 오른발길질로 차넘긴 것이었다. 바로 '옥환보(玉環步) 원앙각(鴛鴦脚)'이라는 싸움 기술의 하나로, 무송이 평생 익힌 재주 중에서도 가장 뛰어난 것 중의 하나였다.

거기 걸린 장문신이 무슨 재주로 배겨 내겠는가. 무송에게 깔린 채 떡메 같은 주먹질을 당하다가 죽는 소리로 용서를 빌었다.

"살려 줍쇼. 부디 목숨만 살려 줍쇼."

무송이 주먹질을 거두고 그런 장문신을 을러댔다.

"네놈이 정히 살고 싶다면 세 가지 조건을 들어줘야겠다. 들어주겠느냐?"

"살려만 주신다면 세 가지가 아니라 삼백 가지라도 들어드리겠습니다. 분부만 내리십시오!"

장문신이 생각할 겨를도 없이 그렇게 대꾸했다. 무송이 엄한 목소리로 세 가지 조건을 일러 주었다.

"첫째, 너는 당장 이 쾌활림을 떠나야 한다. 물론 이 집에 있는 가재도구와 모든 재물은 원주인인 금안표 시은에게 돌려줘야 하고. 도대체 어떤 놈이 네게 그에게서 이 술집을 뺏으라고 시켰는지 모르지만 이젠 모두 단념해라."

"알겠습니다. 꼭 그대로 따르겠습니다."

"둘째, 이제 너를 놓아줄 터이니, 너는 모든 쾌활림 패거리의 우두머리들을 모아 시은에게로 가서 잘못을 빌어라."

"그것도 그리하겠습니다."

"셋째, 너는 오늘 밤으로 쾌활림을 떠나 고향으로 돌아가되 다시는 이 맹주 근처에는 얼씬 마라. 만약 네가 돌아가지 않았다가 내 눈에 띄게 되면 그때마다 얻어터질 줄 알아라. 가벼우면 반죽음일 것이고, 무거우면 이 주먹 아래 영영 목숨을 잃을 것이다."

"그렇게 하구말구요! 반드시 그대로 따르겠습니다."

장문신은 어떻게든 한목숨 건질 욕심으로 무송의 말이 떨어지기 바쁘게 머리를 조아렸다. 그게 다만 급해서 하는 소리는 아닌 것 같아 무송은 그쯤에서 주먹을 거두었다.

무송이 장문신을 일으켜 세워 놓고 보니 그 꼴이 참으로 말이 아니었다. 두 볼이 퉁퉁 부어 제 얼굴이 아니었고, 코는 반이나 돌아갔으며, 이마빼기에서는 붉은 피가 줄줄 흘러내리고 있었다.

"이놈아, 넌 내가 누군 줄 아느냐? 경양강 고갯길에서 큰 호랑이를 맨주먹으로 때려죽인 게 바로 이 어르신네다. 그따위 솜씨 가지고 나에게 다시 대들 생각은 꿈에도 하지 마라. 그랬다가는 그날이 바로 네놈의 제삿날인 줄 알아라."

무송은 한 번 더 그렇게 엄포를 놓았다. 그제야 무송이 누군지 안 장문신은 더욱 간이 오그라 붙었다. 그저 죽어 가는 소리로 머리만 조아릴 뿐이었다.

그때 시은이 데려간 장정 둘과 함께 달려왔다.

시은은 무송이 장문신을 때려 엎은 걸 보고 기쁨을 이기지 못했다. 와락 무송을 껴안으며 감격의 소리를 내질렀다. 무송이 장문신을 손가락질하며 엄하게 말했다.

"원래의 주인이 여기 와 있는데 너는 무엇하느냐? 어서 가서 사람들을 데려와 사죄를 드려라."

"알겠습니다. 나리, 우선 안으로 들어가 앉아 계십시오."

장문신이 그렇게 대답하고 무송을 술집 안으로 모셔 들였다.

무송이 술집 안으로 들어가 보니 말 그대로 엉망진창이었다. 바닥에는 쏟아진 술과 음식이 흥건한데, 두 녀석은 아직도 술독에 처박힌 채였고 계집만 겨우 기어 나온 판이었다. 그나마 머리와 옷에서는 술이 줄줄 흐르고 있는 게 물에 빠진 생쥐란 말이 바로 그녀를 형용하기 위해 있는 것 같았다. 바닥에 뻗어 있던 두 녀석은 어디로 내뺐는지 그림자도 비치지 않았다.

"모두 어서 일어나라!"

무송은 그렇게 고함을 질러 술집 일꾼들을 모은 뒤 먼저 수레

한 대를 마련하게 해 계집부터 태워 보냈다. 그리고 다치지 않은 심부름꾼 녀석을 하나 찾아내 근처 건달패의 우두머리를 모두 불러 모으게 했다.

무송은 성한 술독을 헐어 탁자 위에 차려 놓게 하고 모여든 사람들을 앉혔다. 시은을 장문신의 윗자리에 앉게 한 무송은 모두에게 큰 잔으로 술을 돌리게 했다.

술이 몇 잔 돈 뒤 무송이 여럿을 보고 말했다.

"여러 이웃분들은 들으시오. 나 무송은 양곡현에서 사람을 죽여 이곳으로 유배 오게 되었소. 그런데 여기 와서 들으니 쾌활림의 술집은 소관영 시은의 것인데 장문신이란 자가 대낮에 공공연히 빼앗고 들어앉았다 하지 않겠소? 여러분은 혹시 내가 장문신을 때려잡게 된 게 옛주인이 시켜서가 아닌가 생각하시겠지만 그건 잘못이오. 나는 결코 그와는 상관없소. 나는 다만 그런 천하에 고약한 놈을 보아 넘길 수가 없어 주먹을 쓴 것뿐이오! 길 가다가 이런 일을 보았더라도 나는 칼을 뽑아 억울한 자를 도왔을 것이오. 그런 일 때문이라면 죽게 되더라도 나는 두렵지 않소. 오늘도 내 성미대로 했다면 저 장가 놈은 이 주먹 아래 살아남을 수가 없었을 것이오. 그러나 여러 이웃분의 낯을 보아 목숨은 붙여 두었소. 대신 나는 오늘 밤 안으로 저자를 딴 곳으로 가라 하였소. 만약 오늘 밤이 지난 뒤 다시 내 눈에 띄면 저자는 저 경양강 고갯길의 호랑이 꼴이 나고 말 거외다!"

사람들은 그가 다름 아닌 무송임을 알아보고, 장문신을 대신해 사죄했다.

"호걸께서는 부디 노여움을 거두십시오. 우리가 이 사람을 여기서 내보내고 모든 것을 원래의 주인에게 돌려드리겠습니다."

그때껏 제 뜻대로 부려 오던 그들까지 그렇게 나오자 장문신은 더욱 기댈 곳이 없어졌다. 끽소리 못하고 무송 눈치만 살필 뿐이었다.

시은은 가재도구가 다 그대로인가를 살펴본 뒤 창고까지 모두 열어 보았다. 장문신은 부끄러움 가득한 얼굴로 사람들에게 작별을 한 뒤 수레 한 대를 구해 제가 원래 가져온 보따리만 싣고 쾌활림을 떠났다.

모든 게 예전처럼 되돌아가자 무송은 모인 사람들과 함께 밤 늦도록 술을 마셨다. 사람들이 돌아간 뒤 곯아떨어져 이튿날 한낮이 되어서야 겨우 깨어났다.

노관영은 아들 시은이 쾌활림의 술집을 되찾았다는 말을 듣자 몸소 말을 타고 달려왔다. 모든 게 무송의 덕분인 만큼 감사가 클 것은 당연했다. 그날부터 연일 술자리를 벌여 무송을 융숭히 대접했다.

그 일로 해서 무송이 쾌활림에 온 것이 널리 알려지자 근처에 사는 사람치고 찾아와 보지 않는 이가 없었다. 그렇게 되자 시은의 술집은 전보다 훨씬 더 흥청거렸다. 노관영은 그걸 보고 흐뭇하기 그지없는 기분으로 안평채로 돌아가 제 할 일에 전념했다.

무송, 함정에 빠지다

시은은 사람을 시켜 장문신의 거처를 알아보고, 그가 가솔들과 함께 어디론가 떠나 버렸다는 말을 듣자, 다시 자신이 술집을 맡아 장사를 시작했다. 그러나 영 마음을 놓지는 못해 무송을 자신의 술집에 머무르게 한 채였다.

그 뒤 시은은 술장사로서도 전보다 남는 게 많은 데다, 여러 노름방이며 전당포 색시집 따위에 흘러들어 오는 뒷돈도 훨씬 늘었다. 그 모든 게 무송의 덕분임을 잊지 않는 시은은 무송을 마치 부모님 모시듯 하니 무송에게도 오랜만에 편안하고 넉넉한 나날이 계속되었다.

그럭저럭 세월이 흘러 한 달쯤 지난 뒤의 일이었다. 햇볕이 점점 엷어지더니 이슬이 서늘함을 불러오고 소슬바람이 더위를 몰아가 어느덧 가을이 되었다. 어느 날 무송이 한가롭게 앉아 창봉이며 주먹질, 발길질 이야기를 하고 있는데 문 앞에 군졸 세 사람이 말 한 필을 끌고 나타났다.

"어떤 분이 호랑이를 때려잡은 무 도두님이십니까?"

술집 안으로 들어온 그들 중의 하나가 시은에게 물었다. 시은은 그들이 맹주를 지키는 병마도감(兵馬都監) 장몽방(張蒙方) 아래 있는 군졸임을 알아보았다. 그들이 무송을 찾는 게 이상해 대답 대신 되물었다.

"당신들, 무 도두는 무엇 때문에 찾소?"

"병마도감 나리의 분부를 받고 왔습니다. 나리께서는 무 도두님이 호걸이란 말을 들으시고 특히 저희들을 보내 모셔 오라며 말까지 보내셨습니다. 여기 그 뜻이 적힌 글이 있습니다."

군졸들 가운데 하나가 그런 대답과 함께 편지 한 통을 내밀었다. 그걸 읽은 시은은 속으로 생각했다.

'병마도감이라면 아버님의 윗분이 되고 아버님은 그분의 명에 따라야 한다. 지금 무송도 유배 온 죄수니 또한 그 아래 있는 셈이다. 아니 보낼 수 없구나.'

그리고 무송에게 물었다.

"형님, 저 사람들은 장 도감이 특히 형님을 데리러 보낸 사람들입니다. 말까지 끌고 왔는데 어찌시겠습니까?"

"그가 이왕 나를 부르러 사람을 보냈다면 가 봐야 하지 않겠나? 무슨 소리를 하려는지 한번 들어 보기로 하지."

무송이 아무런 의심 없이 그렇게 대꾸했다. 그리고 옷을 갈아

입고 머리를 만진 뒤 말에 올라 데리러 온 군사들과 함께 맹주성으로 들어갔다.

장 도감의 집에 이른 무송은 말에서 내려 안으로 들어갔다. 먼저 들어간 군졸들이 장 도감에게 무송이 온 것을 알리자 장 도감은 대청 앞으로 불러들이게 했다.

무송이 대청 앞에 이르자 그 위에 높이 앉아 있던 장 도감이 몹시 반기며 말했다.

"어서 앞으로 다가오라. 얼굴을 한번 보고 싶다."

무송은 그런 장 도감 앞으로 나가 말없이 절을 올리고 한편으로 물러났다. 장 도감이 다시 무송을 보고 말했다.

"나는 자네가 대장부임을 들어 알고 있네. 사내답고 천하에 맞수가 없는 호걸이라지. 내가 부리는 이들 중에는 자네만 한 이가 없어 그러는데 어떤가? 내 곁에서 도와줄 생각은 없나?"

무송으로는 전혀 뜻밖의 말이었다. 무송이 얼른 무릎을 꿇으며 고마움을 나타냈다.

"저는 한낱 노성의 죄수에 지나지 않으나 상공께서 써 주신다면 비록 말채찍을 잡고 등자를 받쳐 주는 일이라도 마다 않겠습니다."

그러자 장 도감은 몹시 기뻐하며 그 자리에서 사람을 불러 술과 안주를 내오게 한 뒤 손수 술을 따라 주었다.

죄수 신세에서 벗어날 희망이 생긴 무송은 그 기쁨에 주는 대로 넙죽넙죽 받아 마셨다. 장 도감은 무송에게 취하도록 술을 권한 뒤 자기 집 안에 방 한 칸을 치워 그곳에 쉬게 했다.

다음 날이 되자 장 도감은 사람을 시은에게 보내 무송의 짐 보따리를 아예 제집으로 옮기게 했다. 그뿐만이 아니었다. 그날부터 그는 무송을 가까이 두고 술과 밥을 주며 마치 한 식구 대하듯 했다. 새로이 가을 옷을 지어 입히고 신발이며 두건까지 훌륭한 것으로 갈아 주니 사람이 달라 보일 지경이었다.

무송은 그 같은 뜻밖의 후대에 기쁘면서도 한편으로는 걱정했다.

'이 장 도감이란 분이 이처럼 나를 써 주는 까닭을 도무지 알 수 없구나. 거기다가 이곳에 온 뒤로는 한 발짝도 바깥을 나가 보지 못하게 하니 쾌활림으로 가 시은과 이야기할 틈도 없구나. 비록 그가 여러 번 사람을 보내 나를 만나려 했다 쳐도 집 안으로 들어올 수 없었을 테고……'

하지만 어쩔 수 없는 일이었다. 그날부터 무송은 장 도감 밑에서 일을 보게 되었다.

일을 보는 데 있어서도 장 도감은 무송의 말이라면 무엇이든 들어주었다. 그러자 그 눈치를 안 사람들이 무송에게 비단이며 금은을 갖다 바치기 시작했다. 장 도감에게 청을 넣을 일이 있으면, 무송을 통하려 함이었다.

말할 것도 없이 무송에게 그런 재물이 달가울 리 없었다. 박절하게 물리치지 못해 받아 두기는 해도 버드나무 상자를 하나 구해 그것들을 차곡차곡 넣어 둘 뿐이었다.

세월은 다시 흘러 어느덧 팔월 한가위가 되었다. 장 도감은 뒤뜰 깊은 곳에 있는 원앙루(鴛鴦樓) 아래 잔칫상을 마련하고 무송을 불렀다. 불려 온 무송은 그 자리에 장 도감의 부인이며 가족들이 모두 모여 있는 걸 보고, 술 한 잔을 얻어 마신 뒤 자리에서 일어났다.

"어딜 가려는가?"

장 도감이 그런 무송에게 물었다. 무송이 조심스레 대답했다.

"상공께서 마님과 가족들을 거느리시고 즐기는 자리라 저는 이만 물러가려 합니다."

그러자 장 도감이 너털웃음을 치며 무송을 잡았다.

"그건 틀렸네. 나는 자네를 의기로운 남아로 보고 특히 불러 술 한잔을 하려는 것일세. 모두 한 식구와 같은데 피할 게 뭐 있나? 앉게."

"저는 한낱 죄수에 지나지 않는데 어찌 감히 상공과 마주 앉겠습니까?"

무송이 한 번 더 그렇게 사양했다. 그래도 장 도감은 기어이 무송을 붙들었다.

"이보게, 자넨 보기와 다르군. 여기 누가 있다고 그러나. 이러지 말고 여기 앉게. 아무 상관 없네."

무송이 서너 차례 더 사양해도 막무가내였다. 이에 무송은 하는 수 없이 술상 한구석에 끼어 앉았다. 혹시라도 실례를 할까 봐 멀찌감치 쭈그리고 앉은 불편한 자리였다.

장 도감은 그런 무송에게 술 몇 잔을 권했다. 무송이 대여섯 잔을 마시는 걸 보고 과일이며 음식까지 내려 주더니 이어 잡담 끝에 창 쓰는 법을 꺼냈다. 무송이 가장 좋아하는 얘깃거리였다.

무송이 그의 말을 받아 창 쓰는 법을 열 올려 이야기하자 한참 듣고 있던 장 도감이 문득 호기롭게 말했다.

"대장부가 마시는데 이까짓 작은 잔으로 되겠나!"

그러더니 일하는 사람들을 불러 시켰다.

"가서 커다란 은잔을 내오너라. 이 사람과 한번 제대로 마셔 봐야겠다."

그 말에 하인들이 한 되는 됨 직한 큰 잔을 가져오자 장 도감은 그걸로 몇 잔이나 무송에게 술을 퍼먹였다.

그사이 달이 떠 달빛이 동쪽 창문 가득해졌다. 그럭저럭 술이 얼큰해진 무송은 그때까지의 조심성을 모두 잃고 함부로 마셔 대기 시작했다. 그걸 살피던 장 도감이 이번에는 아끼는 수양딸을 불러냈다. 옥란이라는 아가씨로 원래는 노래를 부르던 여자였다.

"여기 다른 사람은 없고 내가 믿는 무 도두뿐이다. 한가위 달을 보고 들을 만한 노래나 한 곡 들려 다오."

장 도감이 그렇게 말하자 옥란은 상아로 만든 박자판을 들고 노래를 부르기 시작했다. 소동파의 「중추수조가(中秋水調歌)」였다.

밝은 달 떠오르기 몇 번이던가
잔 잡고 푸른 하늘 우러러 묻노라……

그렇게 시작한 노래가 끝나자 옥란은 다시 상아 박자판을 내려놓고 자리에 있는 모든 사람에게 절하며 복을 빌었다.

옥란이 한켠으로 물러서려는 걸 보고 장 도감이 다시 말했다.

"얘야, 네가 모두에게 술 한 잔씩 쳐라."

그러자 옥란은 술병을 들어 먼저 장 도감에게 따르고 이어 그 부인에게도 따른 뒤 무송에게로 다가갔다.

장 도감은 옥란에게 잔을 가득 채우라고 소리쳤다. 그에 따라 찰찰 넘치게 따라진 잔을 무송은 감히 고개도 제대로 들지 못하고 마셨다. 무송이 술잔을 내리는 걸 보고 장 도감이 옥란을 가리키며 말했다.

"이 아이가 총명할 뿐 아니라 음률도 좀 알고 바느질 솜씨는 뛰어나다네. 자네가 싫지 않다면 며칠 안에 좋은 날을 골라 자네에게 시집을 보냈으면 하네."

정말 뜻밖의 소리였다. 무송이 일어나 두 번 절하며 사양의 말을 하였다.

"저를 어떻게 보아주셨는지 모르나 제가 어찌 감히 상공의 가족을 아내로 삼을 수 있겠습니까? 너무 분에 넘치는 일입니다."

장 도감이 사람 좋은 양 껄껄 웃으며 다짐했다.

"내가 이미 내뱉은 말이니 반드시 자네에게 시집보내겠네. 자네야말로 이 약속을 잊지 말게."

무송으로서는 술맛이 아니 나려야 아니 날 수 없는 소리였다. 죄수의 몸으로 유배 온 노총각에게 아리땁고 총명한 아가씨를 안겨 주겠다니 그게 어찌 그냥 들어 넘길 소린가.

이에 흥이 오른 무송은 그날 밤 다시 큰 잔으로만도 잇따라 열댓 잔을 더 받아 마셨다.

아무리 무송이라 해도 그쯤 되니 술이 아니 오를 수 없었다.

너무 취해 실수라도 할까 봐 상공 내외에게 절하고 그 술자리에서 빠져나왔다.

주방에 이르러 무송은 다시 술과 밥을 더 먹고 제 방으로 돌아갔지만 영 잠이 오지 않았다. 옷을 벗고 머릿수건도 푼 채 뜰에 나와 달빛 아래서 봉 쓰기를 단련했다. 대여섯 차례 봉을 휘둘러 솜씨가 아직 무디어지지 않았음을 확인한 뒤 하늘을 쳐다보니 밤은 어느새 삼경이었다.

무송은 다시 제 방으로 들어가 벗은 몸으로 누웠다. 무송이 막 잠이 들려는데 문득 뒤뜰에서 한마디 찢어지는 듯한 외침이 들렸다.

"도둑이야!"

그 소리를 들은 무송은 벌떡 몸을 일으켰다.

'도감 어른께서 나를 이토록 아껴 주시는데 그 뒤뜰에 도둑이 들었다는 소리를 듣고 어찌 가서 잡지 않을 수 있겠는가.'

그런 생각으로 몽둥이 하나를 찾아 들고 얼른 뒤뜰로 뛰어들어갔다.

비명을 지른 것은 아까 술자리에서 노래하던 그 옥란이었다. 그녀는 무송을 보자 다급한 목소리로 한쪽을 손가락질하며 말했다.

"도둑이 뒤뜰 꽃밭 쪽으로 갔어요!"

그 소리를 들은 무송은 나는 듯 뒤뜰 꽃밭 있는 데로 달려갔다. 그러나 꽃밭을 한 바퀴 다 돌아도 사람의 그림자는 보이지 않았다.

216

무송은 다시 도둑을 찾아 다른 곳을 더듬어 보기로 했다. 그래서 무송이 막 몸을 돌리려는데 어둠 속에서 누가 의자로 무송을 후려쳤다. 술만 그렇게 취해 있지 않아도 허술히 당하지는 않았을 무송이었지만 그 판에서는 피하지 못하고 그대로 벌렁 자빠졌다.

그때 일고여덟 명의 군졸들이 우르르 달려들더니 쓰러져 있는 무송을 덮쳐 동아줄로 꽁꽁 묶으며 외쳤다.

"나야, 나라구."

무송이 급해서 연신 그렇게 소리쳤으나 그 군졸들은 들은 척도 않고 무송을 끌고 갔다.

무송이 그새 촛불이 훤히 밝혀진 대청 앞으로 끌려가자 장 도감이 대청 높이 앉았다가 엄하게 물었다.

"도둑을 잡아 왔느냐?"

"예."

군졸들이 그런 대답과 함께 아무 설명 없이 무송을 장 도감 앞에 들이대었다. 무송이 억울해 소리쳤다.

"저는 도둑이 아닙니다. 무송입니다."

그때까지도 장 도감을 하늘 같은 은인으로만 믿고 있던 무송이었다. 한마디로 당장 자신을 풀어 줄 줄 알았으나 아니었다. 장도감은 오히려 무송인 걸 보고 더욱 성이 나 얼굴까지 붉히며 꾸짖었다.

"네놈이 죄수로 유배를 온 것은 원래가 도둑놈의 심보와 행실이 있어서였구나. 나는 그래도 네놈을 사람답게 만들려고 죄수

중에서 뽑아 내 곁에서 일하게 했다……."

그리고 제 김에 가빠진 숨을 추스르더니 다시 소리 높여 이었다.

"내 아직 너에게 한 점 섭섭하게 한 적도 없을 뿐만 아니라, 한자리에 앉게 하고 술까지 내렸다. 또 앞으로는 너에게 작으나마 벼슬까지 주려 했는데, 네놈이 어찌 내 집에서 이럴 수 있느냐?"

무송이 너무 기가 막혀 버럭 소리를 질렀다.

"상공 어른, 저는 도둑이 아닙니다. 도둑을 잡으러 달려 나온 사람을 어찌 거꾸로 도둑으로 모십니까? 이 무송은 하늘 아래 떳떳한 장부로서 도둑질 같은 짓은 않습니다!"

하지만 장 도감은 들은 척도 않았다.

"이제 네놈의 말은 믿을 수가 없다. 여봐라, 저놈을 끌고 저놈의 거처로 가서 도둑질한 물건이 없는가를 살펴보아라."

그렇게 엄한 명을 내릴 뿐이었다.

군사들은 무송을 끌고 그의 방으로 가서 그가 장만한 버드나무 고리짝을 열어 보았다. 위에는 옷가지가 덮여 있고, 아래에는 은으로 만든 술잔과 그릇들이 숨겨져 있었다. 은으로 쳐서 백이십 냥은 넘는 무게였다.

그걸 본 무송은 하도 어이가 없어 말문이 막힐 뿐 아니라 눈까지 아뜩했다. 비로소 자신이 함정에 빠져도 모진 함정에 빠진 걸 짐작했으나, 이미 모든 게 늦어 버린 뒤였다. 꼼짝없이 묶인 몸으로 그 장물들과 함께 대청으로 끌려갔다. 장 도감이 그 장물을 보고 한층 소리 높여 꾸짖었다.

"이 흉측한 도둑놈아, 네놈이 어찌 감히 이럴 수가 있단 말이냐? 이제 장물이 너의 상자에서 나왔는데도 여전히 발뺌을 할 작정이냐? 옛말에 이르기를 짐승은 기르기 쉬워도 사람은 기르기 어렵다더니, 네놈이 바로 그렇구나. 겉은 멀쩡한 놈이 속은 짐승 같다니! 이미 장물이 나왔으니 잔소리 마라."

그런 다음 장물은 따로 봉해 두게 하고 무송은 기밀방에 가두게 했다.

"이놈, 날이 밝은 뒤에도 그런 어거지를 쓰는가 보자."

그렇게 벼르는 장 도감에게서 얼마 전에 제 살이라도 베어 줄 듯하던 인정은 찾아볼 길이 없었다. 무송은 큰 소리로 자신의 억울함을 나타냈지만, 그는 들은 척도 않았다.

하지만 무송이 알면 더욱 분통 터질 일은 그날 밤 장 도감이 주의 지부(知府)와 압사(押司) 공목(孔目)에게 한 일이었다.

장 도감은 사람을 보내 그 모두에게 무송이 한 짓을 알린 뒤 아래위 골고루 돈을 뿌려 무송을 꼼짝없이 도둑으로 몰게 하였다.

다음 날 날이 밝자 무송은 맹주부(孟州府)로 끌려갔다. 지부가 부청(府廳)에 높이 앉아 있는 아래 즙포관찰(緝捕觀察)이 무송과 장물을 끌어다 놓았다. 장 도감의 집에서도 무송의 도둑질을 고소하는 문서와 함께 증인 설 사람들이 여럿 나왔다.

지부는 형리 옥리를 불러 무송을 문초할 기구를 차리게 했다. 무송이 입을 열어 자신의 억울함을 밝히려 했으나 지부는 호령부터 먼저 했다.

"원래 죄짓고 유배 온 놈이 도둑이 아니면 누가 도둑이겠느냐,

재물을 보자 엉큼한 마음이 일시에 인 거겠지. 이미 장물까지 나왔는데 무슨 헛소리냐? 여봐라, 저놈을 엄히 다루어 모든 걸 제 입으로 털어놓게 하라!"

그러자 형리들의 대나무 매가 비 오듯 무송의 몸에 떨어졌다. 매 아래 장사 없다고, 한나절 매타작을 당하고 나자 무송도 더 배겨낼 재간이 없었다. 별수 없이 지부가 바라는 대로 죄를 뒤집어쓸 수밖에 없었다.

"이달 보름, 장 도감 댁에 은으로 된 그릇들이 많음을 보고, 일시에 훔칠 마음이 생겨 밤중에 들어가 훔쳤습니다."

대강 그런 조서를 무송의 입에서 받아 내자 지부는 그럴 줄 알았다는 듯 다시 영을 내렸다.

"저놈에게 칼을 씌워 감옥에 가두어라."

이에 옥리들이 달려들어 무송에게 큰칼을 씌우고, 죽을죄를 지은 죄수들이 있는 감옥으로 끌고 갔다.

무송은 감옥으로 끌려가면서 비로소 모든 걸 짐작했다.

'장 도감 그놈이 나를 함정에 빠뜨렸구나. 만약 내가 이곳을 벗어나게만 된다면 어디 두고 보자!'

무송의 고초는 중한 감옥에 떨어진 데 그치지 않았다. 옥졸들은 무송의 두 다리에 무거운 족쇄를 채우고 두 팔도 사슬로 얽어 움직이기조차 어렵게 만들었다. 한편 무송이 그 꼴이 났다는 소식은 시은의 귀에도 들어갔다. 시은은 그 소식을 듣자마자 아버지를 찾아가 의논했다. 관영이 한숨과 함께 아들을 보고 말했다.

"보아하니 장 단련이 장문신의 앙갚음을 장 도감에게 대신 말긴 것 같구나. 그 모든 일은 장 도감이 무송을 함정에 빠뜨리기 위해 한 짓이고, 틀림없이 주부의 위아래 벼슬아치들에게는 적잖은 뇌물을 뿌렸을 게야. 그의 돈을 먹었으니 하나같이 장 도감의 말만 믿으려 들 테고……. 하지만 큰일은 그들이 무송을 죽이려 드는 것이다. 아무리 생각해도 그의 죄는 죽을죄까지는 안 되지만, 옥리들을 구워삶아 두는 게 좋겠다. 그래야 그를 살릴 수 있다. 다른 일은 다시 또 의논하자.”

시은이 문득 한 가닥 밝은 기색을 보이며 그런 관영의 말을 받았다.

“마침 무송을 맡은 절급이 강(康)씨 성을 쓰는 사람으로 저와 아주 친합니다. 그에게 부탁해 보는 게 어떨는지요?”

“무송은 우리 때문에 잡혀 들어간 것이나 다름없다. 그런 길이 있다면 지금 가서 그를 구해 주지 않고 다시 어느 때를 기다리겠느냐?”

관영이 그렇게 아들의 뜻에 찬동했다. 시은은 은자 이백 냥을 마련해 곧장 강 절급을 찾아갔다. 그러나 강 절급은 아직도 관청에서 돌아와 있지 않았다. 시은은 그 가족에게 시켜 감옥에서 일하고 있는 강 절급에게 자신이 급히 찾는다는 말을 전하게 했다.

오래잖아 소식을 들은 강 절급이 집으로 돌아왔다. 시은은 그에게 무송의 일을 낱낱이 말하고 방도를 물었다. 듣고 난 강 절급은 시은이 모르는 일까지 일러 주었다.

“바른대로 일러 주면 이렇소. 이번 일은 모두 장 도감과 장 단련이 형제를 맺은 사이인 데서 꾸며진 거요. 지금 장문신은 장 단련 집에 와 있으면서, 장 단련을 시켜 장 도감에게 무송을 처치해 달라고 부탁하게 한 거요. 아마도 이 계책 또한 그가 말해 준 것일 게요. 그리고 관부는 아래위 할 것 없이 모두 장문신의 뇌물을 먹었고 나도 얼마 만큼은 받았소. 그 바람에 지부 이하 모두가 무송을 죽이려 하고 있으나 한 사람 섭(葉) 공목이 말을 듣지 않아 그가 아직 살아 있는 거요. 섭 공목은 사람이 충직한 데다 의를 무겁게 여겨 죽을죄가 아닌 무송을 죽일 수 없다며 버티고 있소. 그런데 이제 시 형의 말을 듣고 나니 그냥 있을 수가 없구려. 나는 지금 돌아가서 그가 감옥에 있을 동안은 조금도 괴롭히지 않도록 해 보겠소. 형은 얼른 섭 공목을 찾아가 되도록 빨리 판결을 내려 그를 이곳에서 내보내도록 하시오. 그러면 그는 살 수 있소."

시은은 그런 강 절급이 고마워 가져간 은자 중에서 일백 냥을 내놓았다. 강 절급은 아니 받으려 하다가 시은이 세 번 네 번 억지로 맡기자 겨우 은자를 거둬들였다.

강 절급의 집을 나온 시은은 곧 노영으로 돌아가 섭 공목을 아는 사람을 찾았다. 그리고 그를 통해 섭 공목에게 은자 일백 냥을 보내며 하루빨리 무송의 사안을 처결해 달라 당부했다.

섭 공목은 그렇지 않아도 무송이 의기로운 호걸임을 알고 그를 구해 주려 애썼다. 그러나 섭 공목이 아무리 문서를 무송에게 유리하게 꾸며도 지부가 장 도감의 뇌물을 먹은 터라 뜻대로 되지가 않았다. 오히려 지부는 무송의 죄가 도둑질뿐으로 법으로는 죽일 수 없자 처결에 질질 날짜를 끌면서 감옥 안에서 어떻게 그의 목숨을 빼앗을 궁리나 했다.

이에 섭 공목이 내심 안타깝게 여기고 있는데 다시 시은이 보낸 은자 일백 냥과 함께 무송이 모함에 빠진 사실을 알게 되었다. 더욱 무송을 동정하게 된 섭 공목은 무송의 문서를 서둘러 꾸미고 날만 차면 판결을 내릴 채비를 했다.

다음 날이었다. 시은은 술과 안주를 푸짐히 장만한 뒤 강 절급을 앞세우고 무송을 찾아갔다. 그때 이미 무송은 강 절급이 돌봐주어 손발에 채워졌던 족쇄는 풀려 있었다. 시은은 또 은자 삼십 냥을 풀어 감옥 안의 높고 낮은 형리들에게 풀어 먹인 뒤 무송에게 술과 밥을 내놓았다.

"이번 일은 장 도감이 장문신을 대신해 앙갚음하려고 형님을 함정에 빠뜨린 것입니다. 너무 걱정하지 마시고 조금만 기다려 주십시오. 저는 이미 사람을 놓아 섭 공목과 통해 놓았고 그 사람도 형님을 좋게 보아 잘해 주려고 애쓰고 있습니다. 기한이 차는 대로 제깍 판결을 내릴 것이니 그때 다시 의논하도록 하지요."

시은이 무송의 귀에 대고 그렇게 말했다. 그때 이미 무송은 억울한 나머지 옥을 깨고 달아날 마음을 굳히고 있었으나, 그 말을 듣자 그런 마음을 버렸다. 시은은 여러 가지로 무송을 위로하고 제집으로 돌아갔다.

이틀 뒤 시은은 다시 밥과 술에 은자까지 듬뿍 지니고 감옥으로 찾아갔다. 강 절급을 앞세워 무송에게 술과 밥을 대접하고, 옥리들에게 부스러기 은을 뿌리니 무송의 옥중 생활은 한층 편해졌다.

며칠 후 시은은 또 한 번 무송을 찾았다. 이번에는 술과 밥에 새옷까지 마련한 면회였다. 강 절급을 내세워 옥 안으로 들어간 시은이 뭇 옥리들에게 인심 좋게 한턱을 쓰자, 술 밥뿐만 아니라 새 옷까지 그대로 무송에게 전해졌다.

그렇게 하여 감옥을 드나들기 쉬워지자 시은은 하루에도 몇 번씩 무송을 찾아갔다. 그러다 보니 장 단련의 사람들 눈에 아니 뜰 수 없어 그 일은 곧 장 단련의 귀에 들어갔다. 장 단련은 얼른 장 도감에게 달려가 그 일을 일렀다. 장 단련은 다시 지부에게 비단과 금을 보내고 그 일을 막아 달라 당부했다. 지부는 썩어 빠진 벼슬아치라 뇌물을 받자 장 도감이 바라는 대로 해 주었다. 사람을 감옥에 보내 일없는 사람이 드나드는 걸 잡아들이게 했다.

그걸 안 시은은 두 번 다시 감옥으로 무송을 찾아갈 수 없었다. 그러나 강 절급과 다른 옥리들이 잘해 주어 무송이 견디기에는 어려움이 없었다. 시은은 그 강 절급을 통해 무송의 소식을 알 수 있을 뿐이었다.

그럭저럭 두 달이 흘러갔다. 섭 공목이 한껏 자초지종을 설명해 대니 지부도 장 도감이 장 단련을 통해 장문신의 뇌물을 먹고 무송을 모함했다는 걸 알게 되었다.

'으흠, 네놈이 뇌물을 먹고 나로 하여금 너를 위해 사람을 해치게 만들려고 해?'

그런 생각으로 그 뒤부터는 무송의 일에 별로 관여를 하지 않았다. 그러는 사이 미결 죄수를 가두어 둘 수 있는 기한인 육십 일이 차니 무송은 거기 따라 처결을 받게 되었다. 감옥에서 끌려

나간 무송은 목에 쓴 칼을 벗고 섭 공목이 읽어 주는 판결을 들었다. 도둑의 죄명은 그대로 인정되었으나 처벌은 척장(脊杖) 스무 대에 은주(恩州) 노성 유배로 비교적 가벼웠다. 물론 훔친 물건들은 모두 원래의 주인에게 돌려주라는 명과 함께였다. 형리들은 무송의 등허리에 매 스무 대를 때린 뒤 얼굴에 금인(金印)을 뜨고 목에 일곱 근 반짜리 쇠테 두른 칼을 씌웠다.

이어 무송은 두 사람의 공인과 함께 정한 날까지 은주에 이르라는 명을 받고 맹주성을 떠났다. 등허리에 맞은 스무 대의 매가 결코 가벼운 것은 아니었으나 무송은 별로 다친 데 없이 떠날 수 있었다. 시은이 여러 길로 돈을 뿌린 데다 섭 공목이 따로 보아 주고 지부도 구태여 무송을 해치려 들지 않아 매질에 흉내만 낸 까닭이었다. 그래도 죄 없이 벌을 받게 된 무송은 화가 목구멍까지 치밀어 올랐으나 꾹 참고 매를 맞았다. 그리고 턱없이 큰칼을 목에 쓴 채 맹주성을 나섰다.

무송이 두 공인과 함께 한 마장이나 걸었을까, 길가의 한 술집에서 미리 기다리고 있던 시은이 나왔다.

"아우가 여기서 형님을 기다린 지 오랩니다."

시은이 눈물 글썽이는 눈으로 말했다. 무송이 보니 어디를 어떻게 다쳤는지 시은은 머릴 허옇게 싸매고 있었다.

"이 며칠 안 보이더니 어쩌다 그런 꼴이 났는가?"

무송이 시은의 손을 잡으며 물었다.

"형님에게 무엇을 속이겠습니까? 제가 형님을 더 찾아뵙지 못한 것은 제가 드나드는 걸 지부가 알고 사람을 보내 감옥 안을 감시하게 한 데다, 또 장 도감이 사람을 풀어 감옥 바깥을 지킨 까닭이었습니다. 저는 다만 강 절급을 통해 형님의 소식을 들을 수 있을 뿐이었지요. 그런데 보름 전의 일이었습니다. 아우가 쾌활림의 주점에 앉아 있는데 장문신이 군졸 한 패거리를 데리고 나타나 덤비지 않겠습니까? 아우는 힘을 다해 맞섰지만 또다시 놈에게 당해 이 꼴이 나고 말았습니다. 술집이 송두리째 놈에게 넘어간 건 말할 것두 없고……. 그래서 다친 몸으로 집에 누워 있는데 형님께서 은주로 귀양 가신다는 소리를 들었습니다. 여기 새 옷 한 벌과 잘 구운 오리 두 마리가 있으니 가지고 가십시오."

처량한 목소리로 그렇게 대답한 시은은 무송과 두 공인을 술집 안으로 끌어들였다. 그러나 두 공인은 달리 먹은 게 있는지 술집으로 따라 들어가기는커녕 소리부터 질렀다.

"무송 저놈은 도적놈이란 말이야. 우리들에게 네놈의 술을 얻어먹으라구? 나중에 윗나리들한테 무슨 소리를 듣게 하려구 이런 수작이야? 얻어맞기 싫거든 없어져!"

시은은 말로 해선 안 될 것 같아 품 안에서 은자를 꺼내 두 공인에게 열 냥씩 나눠 주었다. 공인 놈들도 그 은자까지는 마다하지 않았으나, 뻣뻣하기는 마찬가지였다. 사정은 조금도 봐주지 않고 어서 떠나기만을 재촉할 뿐이었다.

시은이 하는 수 없이 술 두 사발을 얻어 와 무송에게 선 채로 마시게 했다. 그리고 옷 보따리는 허리에 묶어 주고 구운 오리는 목에 쓴 칼에 걸어 주며 귀엣말로 일러 주었다.

"옷 보따리 속에는 은 부스러기가 한 뭉치 들어 있습니다. 노자로 쓰십시오. 또 삼베 신도 두 켤레 들어 있으니 걷다가 필요할 때 쓰십시오. 하지만 아무래도 조심하실 것은 저 두 공인 놈 같습니다. 결코 좋은 뜻을 품은 놈들 같지는 않으니 부디 세밀히 살펴 낭패가 없도록 하십시오."

"자네 말이 아니라도 내 이미 알고 있네. 이까짓 두 놈쯤은 겁날 게 없으니 아우는 돌아가 몸조리나 잘하게. 내 다 알아서 할 테니 부디 마음 놓고 가게."

무송이 고개를 끄덕이며 그렇게 시은을 안심시켰다. 시은은 그런 무송에게 절을 올린 뒤 울며 돌아갔다. 무송은 그사이도 못참아 눈을 부라리며 재촉하는 두 공인 놈과 함께 다시 걷기 시작했다. 몇 리 가기도 전에 두 공인 놈이 머리를 기웃거리며 수군거렸다.

"어째 그 두 사람이 보이지 않지?"

보아하니 누구를 기다리는 눈치였다. 무송은 그 소리를 듣고 속으로 코웃음을 쳤다.

'잘들 놀아 봐라. 어느 놈이 오는지는 모르지만 나를 어쩌는지 두고 보자!'

그리고 목에 쓴 칼에 함께 묶여 있는 오른손 대신 풀려 있는 왼손으로 구운 오리를 꺼내 먹기 시작했다. 두 공인 놈 따위는 안중에도 없다는 태도였다.

다시 한 네댓 마장 가는 사이에 오리 한 마리를 다 먹어 치운 무송은 오른쪽 안에 있던 나머지 한 마리마저 왼손으로 끌러 내렸다. 그것마저 오래잖아 먹어치우니 무송은 결국 오 리도 가기 전에 구운 오리 두 마리를 다 먹어 치운 셈이었다.

그럭저럭 성을 떠난 지 십 리가 다 되어 갈 무렵이었다. 문득 앞쪽에서 박도를 찬 사내들이 기다리고 있는 게 보였다. 그들은 무송이 두 공인에게 끌려오는 걸 기다려 살핀 뒤 걸음을 빨리해 앞질러 갔다. 그러나 무송은 그들이 두 공인과 무언가 뜻있는 눈길을 주고받는 걸 놓치지 않았다. 그걸 알아본 무송은 그놈들의 속셈이 짐작되면서 벌써 화가 가슴께까지 차올랐다. 그러나 억지로 화를 누르고 아무것도 모르는 양 태연히 걷기만 했다. 다시 한 몇 리를 가니 눈앞에 넓은 강나루가 나타났다. 사방에 눈에 띄는 게 별로 없는 나루와 넓은 강이었다. 다섯 사람은 그 나루 곁 널판다리를 지나게 되었는데, 그 다리에는 '비운포(飛雲浦)'라는 팻말이 붙어 있었다.

"저 이름은 어느 곳을 가리키는 거요?"

무송이 짐짓 아무것도 모르는 척 두 공인에게 물었다. 두 공인 놈이 공연히 목청을 돋우워 쏘아붙였다.

"너는 눈깔도 없어? 저기 다리 곁에 비운포란 팻말이 붙은 것도 안 뵈느냐?"

그러나 무송은 별로 성내는 기색도 없이 또 엉뚱한 수작을 부렸다.

"나 여기서 오줌 좀 누었으면 좋겠소."

그러고는 대답을 기다릴 것도 없이 성큼성큼 다리 쪽으로 다가갔다. 그 행동이 너무 느닷없어 공인들이 멀거니 보고 있는 사이에 무송은 어느새 칼 든 사내들 곁으로 다가가 있었다.

"떨어져라!"

무송이 갑자기 그렇게 소리치며 칼을 든 두 사내 중 하나의 가슴팍을 걸어차 다리 아래 물속으로 떨어뜨렸다. 나머지 하나가 놀라 몸을 돌렸으나 그도 먼젓번 사내와 크게 다르지 못했다. 다시 무송의 한 발길질을 받고 다리 아래로 떨어졌다. 그제야 두 공인 놈은 몹시 놀랐다. 무송의 무서운 발길질에 대항할 엄두도 못 내보고 달아나기에 바빴다.

"어딜 가느냐?"

무송이 그렇게 소리치며 목에 쓴 칼을 양손으로 잡고 한번 용을 썼다. 우지끈, 하는 소리와 함께 일곱 근 반짜리 큰칼이 부서져 두 쪽이 났다. 무송은 그걸 강물에 내던지고 달아나는 두 공인을 쫓았다.

무송이 지푸라기 걷어 내듯 목에 쓴 칼을 뜯어내는 걸 달아나다 본 두 공인 놈은 놀라 나자빠질 지경이었다. 오금이 저려 제대로 닫지도 못하는데 어느새 따라온 무송의 주먹이 한 놈의 등짝을 으스러뜨려 놓았다. 다른 한 놈도 성하지 못했다. 무송이 물가에 떨어진 칼을 주워 몇 번 휘두르자 그도 이미 산목숨이 아니었다.

그사이 무송의 발길질로 물에 떨어졌던 두 놈이 허푸거리며 물 밖으로 기어 나왔다. 무송은 그중의 한 놈을 베어 넘긴 뒤 달아나는 다른 한 놈을 뒤쫓아가 멱살을 잡았다.

"이놈, 바른대로 말해라, 그러면 목숨만은 살려 주마."

무송이 그렇게 소리치자 그놈은 더 자세한 걸 물을 필요도 없이 술술 불어 댔다.

"저희들은 장문신의 제자들입니다. 스승님이 장 단련과 짜고 이번에 저희들을 보낸 것입니다. 두 공인과 함께 알맞은 곳을 골라 당신을 죽이라고요."

"너희 스승 장문신은 지금 어디 있느냐?"

무송은 아무런 감정을 내비치지 않고 다시 그렇게 물었다. 살아날 가망이 있다 싶었던지 이번에도 놈은 아무런 숨김없이 털어놓았다.

"제가 떠날 무렵에는 장 단련과 함께 장 도감 댁 뒤뜰 원앙루에서 술을 마시고 있었습니다. 아마도 저희들이 소식을 알려 오기를 기다리고 있을 겁니다."

그러자 무송이 갑자기 차갑게 내뱉었다.

"으음, 그랬었구나. 하지만 너를 살려 둘 수는 없다!"

이어 칼 빛이 번쩍하더니 나머지 한 놈마저 놀란 넋이 되고 말았다. 무송은 그마저 죽인 뒤 그의 허리에 차여 있던 칼을 끌러 자신의 허리에 찼다. 그리고 네 놈 중에 아직 덜 죽은 것 같은 두 놈에게 칼질을 해 숨통을 완전히 끊어 놓은 뒤, 홀로 생각했다.

'비록 이 네 놈을 죽이기는 했지만 이걸로는 안 되겠다. 장 도감, 장 단련, 장문신 이 세 놈을 죽이지 않고 어찌 이 분이 풀리겠느냐!'

그러면서 한참을 생각에 잠겼다가 칼을 들고 일어났다. 형을 위해 복수의 악귀가 되었던 무송은 이번에는 자신을 위해 복수의 악귀가 된 셈이었다. 무송은 그길로 마치 무엇에 홀린 사람처럼 맹주성을 향해 달렸다. 장 단련의 제자가 일러 준 대로라면 그가 죽이고자 하는 세 사람은 마침 한곳에 몰려 있을 것이었다. 이미 네 사람씩이나 죽여 이제 다시는 저잣거리의 양민으로는 돌아갈 수 없게 된 그로서는 당연한 선택인지도 몰랐다.

복수는 했으나

무송이 성안으로 들어섰을 때는 날이 어둑해질 무렵이었다. 장
도감의 집으로 달려간 무송은 뒤뜰 꽃밭의 담 밖에 있는 마구간
곁에 몸을 숨겼다. 무송이 가만히 귀를 기울이며 동정을 엿보니,
마구간지기들은 모두 집 안에 처박혔는지 아무도 나와 보는 놈
이 없었다.

그러다가 한참 뒤에야 마부 하나가 등을 들고 나와 마구간 안
으로 들어가더니 문을 닫아걸었다. 무송은 어둠 속에 몸을 숨긴
채 밤이 깊기만을 기다렸다. 이윽고 시각을 알리는 북소리가 일
경 넉점을 쳤다. 그러자 그 마부는 말먹이 풀 쪽을 한번 살펴본
뒤 등을 한곳에 걸고 잠자리를 폈다.

그가 침상에 이불을 편 뒤 옷을 벗고 눕는 걸 보고 무송은 살그머니 움직이기 시작했다. 그러나 문을 열려다 잘못해 삐걱 소리를 내고 말았다.

"이 어르신네가 이제 막 잠들려는 참인데 어떤 놈이냐? 내 옷을 훔쳐 가기에는 아직 너무 이른 걸 몰라?"

마부는 좀도둑이라도 든 줄 알고 그렇게 소리쳤다. 들킨 걸 안 무송은 그를 섣불리 해치우려다 놈이 악이라도 써서 다른 사람들을 불러들일까 두려웠다. 그를 가까이 끌어들인 뒤 끽소리 낼 틈을 주지 않고 해치우려고 꾀를 썼다.

박도를 문가에 세워 둔 무송은 허리에 찼던 짧은 칼을 손에 든 채 좀 더 소리나게 문을 흔들었다. 마부는 그 완연한 사람의 기척에 더 누워 있지 못했다. 옷도 제대로 안 걸친 벌거숭이로 침상에서 일어나더니 몽둥이 하나를 찾아 들고 달려 나왔다.

마부가 문을 열기를 기다려 무송이 갑자기 들이닥치며 그의 멱살을 잡았다. 놀라 고함을 지르려던 그가 등불에 번쩍이는 무송의 칼을 보고 놀라 기어드는 소리로 빌었다.

"목숨만 살려 주십쇼!"

"내가 누군 줄 알겠느냐?"

무송이 그렇게 나직이 묻자 마부는 비로소 무송을 알아보았다.

"아이구 형님, 제게 이러지 마십시오. 그저 한목숨 살려만 주신다면 무엇이든 시키는 대로 하겠습니다."

"그럼 바른대로 말해라. 장 도감은 지금 어디 있느냐?"

무송이 여전히 목소리를 낮춰 묻자 마부가 벌벌 떨며 말했다.

"장 단련 장문신과 셋이서 오늘 하루 종일 술을 마셨습니다.

지금도 원앙루에서 퍼마시고 있을 겁니다."

"그게 정말이냐?"

"제가 거짓말을 한다면 이 자리에서 벼락을 맞아도 싸지요!"

손까지 홰홰 내젓는 것으로 보아 거짓말은 아닌 듯했다. 그러나 어쨌든 무송은 그를 살려 둘 처지가 못 되었다. 묶어 두고 간다 해도 만에 하나 그가 풀고 나오는 날이면 복수는커녕 무송 자신의 목숨마저 위태로워질 판이었다. 거기다가 무송은 이미 네사람이나 죽이고 온 뒤였다. 살기가 발동해 걷잡을 수가 없었다.

"하지만 어쩔 수 없구나. 너를 살려 둘 수는 없다."

무송은 그 한마디와 함께 칼을 들어 가엾은 마부를 찔러 죽였다. 마부의 시체를 으슥한 곳으로 차던진 무송은 칼을 칼집에 꽂은 뒤 시은에게서 받은 옷 보따리를 풀었다. 그 안에서 비단으로 지은 옷 한 벌과 삼베 짚신이 나왔다. 무송은 헌 옷을 벗어 던지고 새 옷으로 갈아입었다. 띠를 단단히 맨 뒤 칼은 허리에 차고 은덩이는 전대에 넣었다.

마구간을 나서던 무송은 문득 등불을 끄고 오지 않았음을 떠올렸다. 가만히 돌아가 등불을 불어 끄고 박도를 잡은 채 문을 나와 담벼락 쪽으로 붙었다.

마침 그날 밤은 달이 아주 밝았다. 무송은 훌쩍 몸을 날려 담을 넘고 뒤뜰로 들어갔다. 쪽문 하나를 지난 무송은 다시 중문을 열고 집 안쪽으로 살금살금 다가갔다. 한 군데 불빛이 환한 곳이 있어 무송은 그리로 가 보았다. 그곳은 부엌이었다. 머리를 쪽 찐 계집종 둘이 주전자에 무얼 끓이면서 푸념을 했다.

"하루 종일 퍼마셔 놓고 잘 생각도 않는군. 이제 또 차를 끓여 내라니! 손님인지 뭔지 그 두 사람 모두 염치도 좋지. 그만큼 취했으면 내려와 잘 만도 한데 무슨 이야기들을 하겠다고……."

그렇게 주거니 받거니 한동안 불평을 쏟아 냈다.

거듭 사람을 죽여 이미 눈이 뒤집힌 무송에게는 그 계집종들도 모두 못된 장 도감과 한패로만 보였다. 허리에서 피 묻은 칼을 꺼내 들기 바쁘게 부엌문을 열고 뛰어들어가 한 계집종의 머리끄덩이를 잡고 단칼에 찔러 죽였다.

다른 한 계집종은 그 끔찍한 꼴을 보고 달아나려 했으나 발등에 못이라도 박혔는지 걸음이 떼어지지 않았다. 소리를 지르려해도 입이 열리지 않아 그저 넋을 놓고 보고만 있는데 다시 무송이 달려와 한칼에 죽여 버렸다.

무송은 두 계집종의 시체를 부뚜막 쪽으로 끌어 놓고 부엌간의 등불도 꺼 버렸다. 밖은 여전히 달빛이 환해 걷기에는 아무 어려움이 없었다. 무송은 그 달빛에 의지해 한 발 한 발 안으로 들어갔다.

장 도감의 집에서 거처한 적이 있는 무송이라 집 안의 지리에는 훤했다. 남의 눈에 안 뜨이는 샛길로 해서 곧 원앙루 층계 아래에 이를 수 있었다. 무송은 손발을 조용히 움직여 누각 위로 올라갔다. 워낙 하루 종일 계속된 술자리라 그런지 시중들던 하인들도 어디론가 가 버려 무송은 아무에게도 들키지 않고 누각에 오를 수가 있었다.

무송이 층계 곁에 숨어 가만히 귀를 기울여 보니 누각 위에서 장 단련과 장문신이 입에 침이 마르도록 장 도감에게 칭송을 보낸 뒤 아첨 섞어 말했다.

"상공 덕분에 제 원수를 갚게 되었으니 반드시 그 은혜에 보답하겠습니다."

"형제 같은 장 단련의 낯을 보지 않았다면 어찌 그런 일을 할 수 있었겠나. 자네 재물이 좀 축나기는 했겠지만 일은 아주 잘된 셈이지. 보낸 아이들이 오래잖아 손을 쓸 것이니 무송 제 놈이 무슨 수로 살아나겠는가. 비운포에서 그놈을 죽이라 시켜 둔 만큼 내일 아침에는 좋은 소식이 올 걸세."

장 도감이 거드름 섞어 그렇게 말을 받았다. 장 단련도 한몫 거들었다.

"그 네 명이서 그놈 하나야 어찌 못하겠습니까? 무송의 목숨이 몇 개라도 살기는 어려울 겝니다."

"제가 제자들을 보내면서 놈을 죽이는 대로 돌아와 알리라고 일러두었습지요."

장문신이 신이 나 그렇게 맞장구를 쳤다.

그들의 수작을 듣자 무송의 가슴속에서는 무명업화(無明業火)가 삼천 길이나 치솟았다. 무송은 더 참지 못하고 칼을 빼 들며 안으로 뛰어들었다. 촛대 서넛이 켜진 데다 한 줄기 달빛까지 스며들어 누각 안은 대낮같이 밝았다. 술잔이며 안주 접시가 즐비한 탁자를 앞에 놓고 의자에 앉았던 장문신이 먼저 무송을 보고 깜짝 놀랐다. 허파나 염통뿐만 아니라 오장육부가 모두 허공에 뜬 듯 아뜩해하다가 막 몸을 일으키려는데 벌써 무송의 칼이 날

아들었다.

한에 찬 무송의 칼은 장문신을 베고도 힘이 남아 의자까지 쪼개놓았다. 무송은 다시 몸을 돌려 장 도감을 향했다. 막 걸음을 떼어 달아나려던 장 도감도 무송의 한칼을 맞고 누각 마룻바닥에 쓰러졌다.

두 사람 모두 비명조차 제대로 못 질러 보고 쓰러졌으나 장 단련은 달랐다. 원래가 무관 출신인 그는 비록 술에 취했어도 기운이 남아 있었다. 두 사람이 눈앞에서 죽고, 그 자신도 달리 달아날 길이 없다 싶자 막판에 몰린 쥐가 고양이에게 덤비듯 의자를 들고 무송에게 맞서려 했다.

무송은 의자를 휘두르며 덤비는 장 단련을 피하지 않고 그대로 밀고 들며 한칼을 내질렀다. 장 단련이 설령 술에 취하지 않았다 한들 무송의 칼 솜씨를 어떻게 당해 낼 수 있겠는가. 무송의 칼에 찔려 뒤로 벌렁 자빠졌다. 무송은 그런 장 단련을 덮쳐 한칼로 그 목을 베어 버렸다.

그때 아직 숨이 붙어 있던 장문신이 몸을 일으켰다. 무송은 그런 장문신을 한 발길로 차 넘기고 목을 썩둑 잘라 버렸다. 그리고 다시 몸을 돌려 장 도감의 목도 베어 버린 뒤 방 안을 둘러보았다.

탁자 위에는 그들이 먹다 남은 술과 고기가 즐비했다. 무송은 큰 잔에 따라져 있는 술을 단숨에 비운 뒤 잇따라 서너 잔을 더 퍼마셨다. 그러고 나니 정신이 좀 가라앉는 듯했다. 무송은 시체의 옷을 한 조각 베어 내어 피에 적신 뒤 흰 회벽 위에다 크게 썼다.

'살인자 타호무송야(殺人者打虎武松也, 이 사람들을 죽인 사람은 호랑이를 때려잡은 무송이다!)'

그리고 탁자 위의 그릇 중에서 금은으로 된 것만 몇 개를 챙긴 뒤, 누각을 내려가려 했다. 그때 누각 아래서 어떤 여자가 큰 소리로 누구에겐가 시켰다.

"누각 위의 나리들이 몹시 취하신 모양이다. 가서 두 분을 부축해 드려라."

무송이 그들 셋을 죽이는 동안의 시끄러운 소리를 그들 셋이 취해서 뒤엉킨 것쯤으로 여긴 듯했다. 그 말에 이어 곧 두 사람이 누각 계단을 올라왔다. 무송이 계단 뒤에서 살펴보니 누각으로 들어오는 두 놈이 다 알 만한 놈들이었다. 전에 무송이 억울한 누명을 쓸 때 무송을 잡아 묶은 게 바로 놈들이었기 때문이다.

무송은 어두운 곳에 몸을 숨기고 두 놈이 지나가게 버려 두었다. 누각 안으로 들어간 두 놈은 세 사람이 피투성이로 죽어 나자빠진 걸 보자 놀란 나머지 소리조차 제대로 내지 못하고 서로 뻔히 쳐다보기만 했다. 쪼개진 머리통에 얼음물을 뒤집어쓴 듯한 꼴이었다.

그러다가 겨우 정신을 차려 막 달아나려는데 등 뒤에서 무송이 나타나 한 놈을 찔러 죽였다. 살아남은 한 놈은 맞설 엄두도 내지 못하고 그대로 무릎을 꿇으며 살려 주기만을 빌었다.

"네놈도 살려 둘 수 없다!"

무송은 한마디와 함께 그놈마저 끌어다 죽여 버렸다. 그 두 놈이 쏟는 피가 보태지자 누각 안은 그대로 피바다였다. 무송이 즐비하게 나자빠진 시체들을 보며 피 맛을 본 악귀처럼 중얼거렸다.

"하나나 둘이나 마찬가지. 백 놈을 죽인다 해도 내 한목숨 내놓으면 그만 아니냐!"

그리고 칼을 든 채 누각을 내려갔다.

"누각 위에 무슨 놀라운 일이 있더냐? 왜 그리 시끄러웠지?"

장 도감의 아낙이 무송을 알아보지 못하고 물었다. 그러다가 전에 못 본 몸집 큰 사내가 다가오는 걸 보고 조금 의심되는 눈길로 소리쳤다.

"너는 누구냐?"

하지만 무송은 대답 대신 칼을 내질렀다. 여자가 외마디 소리와 함께 쓰러지자 무송은 다시 칼을 들어 그 목을 내리쳤다. 그러나 어찌 된 셈인지 목이 잘리지 않았다. 이상해진 무송은 칼을 들어 달빛 아래 살펴보았다. 사람을 많이 죽여 칼날이 형편없이 문드러져 있었다.

"이걸로는 목을 자를 수가 없겠구나."

무송은 그렇게 중얼거리며 칼을 내던지고 부엌으로 들어가 아까 거기 세워 두었던 박도를 가지고 왔다. 무송이 다시 누각으로 돌아왔을 때였다. 이번에는 창기 옥란이가 두 계집종을 데리고 등불을 밝혀 든 채 그리로 왔다가 마님이 피투성이로 죽어 나자빠진 걸 보고 찢어지는 듯한 비명 소리를 냈다.

"에그머니! 이게 뭐야?"

그녀 또한 장 도감이 무송에게 올가미를 씌울 때 도구로 쓰인 터라 무송은 용서할 수 없었다. 한칼로 가슴을 찔러 죽이고 따라오던 두 계집종마저 죽여 버렸다. 피비린내에 머리가 돈 무송은 다시 앞문을 열고 집 안으로 들어갔다. 집 안에 있던 여자 셋이 무송의 칼에 모두 놀란 넋이 되고 말았다.

"이제 좀 속이 풀리는구나. 그만하고 달아나야겠다!"

집 안까지 피로 휩쓴 뒤에야 제정신을 되찾은 무송은 칼을 칼집에 꽂고 마구간으로 돌아갔다. 그리고 거기 풀어 놓았던 전대를 챙긴 뒤 원앙루에서 가져온 은그릇들을 보따리에 쌌다. 장 도감의 집을 나온 무송은 성문께로 나갔다. 밤이라 성문은 굳게 잠겨 있었다.

"성문이 열리기를 기다리다간 그전에 붙들리고 말 것이다. 밤 안에 성벽을 넘는 게 낫겠다."

그렇게 생각한 무송은 성을 따라 천천히 걷기 시작했다.

맹주성은 그리 큰 성이 아니라 성벽이 별로 높지 않았다. 무송은 그런 성벽 중에서도 특히 낮은 곳을 골라 힘들이지 않고 넘었다. 성을 넘고 나니 이번에는 성을 두른 물길[垓字]이 가로막았다. 그러나 달빛 아래 자세히 살펴보니 물 깊이는 한두 자밖에 안 되는 듯했다. 때는 시월이라 가문 계절이어서 물이 말라 버린 듯했다.

무송은 신을 벗고 옷을 걷은 뒤, 물을 건너기 시작했다. 이번에도 큰 어려움 없이 맞은편 언덕에 이를 수 있었다. 무송은 시은이 준 보따리에 삼으로 삼은 짚신이 있음을 떠올리고 그걸 꺼내 발에 꿰었다. 그때 성안에서 사경 석점을 알리는 북소리가 들려왔다.

'분을 풀고 나니 속 한번 시원하군. 하지만 아무리 좋은 곳이라도 너무 오래 머물러서는 안 되지. 어서 멀리 달아나야겠다⋯⋯.'

무송은 그렇게 중얼거리며 동쪽 샛길로 달리기 시작했다. 한참을 달리다 보니 날이 희끄무레 밝아 왔다. 하룻밤 내내 용을 쓰며 보낸 탓인지 무송은 몹시 고단했다. 거기다가 등허리에 몽둥이를 맞은 데가 또 덧나 무송을 괴롭혔다. 형리들이 가볍게 친다고 쳤지만 스무 대나 맞은 터라 상처가 아니 날 수 없었던 것이다. 이에 더 걸을 수 없게 된 무송은 어떤 숲속의 낡은 사당을 보고 그 안으로 들어갔다. 칼을 벽에 기대 놓고 보통이를 베개 삼아 눕자 금세 잠이 쏟아졌다.

하지만 오래는 못 갈 잠이었다. 무송이 눈을 붙인 지 얼마 안 되어 갑자기 밖에서 두 줄기 줄 달린 갈고리가 날아들더니 누워 있는 무송을 얽었다. 이어 두 사람이 뛰어들어 아직도 잠에 취해 있는 무송을 동아줄로 꽁꽁 묶어 버렸다. 알고 보니 처음에 갈고리를 던진 것들까지 합쳐 남녀 넷이 무송을 덮친 것이었다.

"이놈이 살깨나 쪘군. 형님한테 보내는 게 좋겠어."

얼결에 묶인 무송을 두고 그들 중의 하나가 그렇게 말했다. 그제야 겨우 정신이 든 무송은 힘을 다해 묶인 걸 벗어나려 했지만 뜻 같지가 못했다. 그들 넷은 무송의 박도와 보따리를 챙기더니 양새끼 끌고 가듯 무송을 끌고 갔다. 무송은 두 발이 제대로 땅을 딛지도 못한 채 질질 끌려 어떤 마을로 갔다.

"이놈 좀 보게, 온몸에 피를 뒤집어썼군. 도대체 어디서 온 놈일까? 보기에는 산도적놈 같은데⋯⋯."

무송을 끌고 가는 남녀가 저희끼리 그렇게 주고받았으나 무송은 대꾸할 겨를조차 없었다. 한 오 리쯤이나 갔을까, 길가에 한 초가집이 나타나자 그들 네 남녀는 무송을 그 안으로 끌고 들어갔다. 오두막 한 곁의 작은 문가에는 등불이 하나 걸려 있었다. 네 남녀는 무송의 옷을 벗기고 기둥에 단단히 묶었다. 무송이 보니 부엌 서까래에는 사람의 다리 둘이 걸려 있었다. 사람을 소돼지 잡듯 해 그 고기를 팔아먹는 패거리들임에 틀림없었다.

'귀신에게 걸려들어도 더럽게 걸려들었구나. 하필이면 사람 백정한테 잡혀 죽게 되다니……. 이럴 줄 알았으면 차라리 맹주성에서 자수나 할 걸 그랬다. 아무리 모진 형벌을 받아 죽게 되더라도 깨끗한 이름 하나는 세상에 남길 수 있지 않았겠는가.'

무송은 속으로 그렇게 한탄하며 죽을 때만을 기다리고 있었다. 그때 무송을 끌고 온 남녀는 한창 무송의 보따리를 끌러 보고 있었다. 그 안에서 시은이 준 적잖은 은자에 무송이 원앙루에서 가져온 은그릇 술잔 따위가 나오자 한 놈이 신이 나 소리쳤다.

"형님, 형수님, 어서 나와 보십쇼! 우리가 오늘 아주 두둑한 놈을 잡은 것 같습니다."

"알았다, 곧 나갈 테니 너희들은 손을 대지 마라. 그놈 껍질은 내가 벗겨야겠다."

누가 집 안에서 그렇게 대꾸를 보냈다. 그리고 차 한 잔 마실 시간이 채 안 되어 집 뒤쪽에서 두 사람이 나왔다.

무송이 보니 앞선 것은 어떤 아낙네고 뒤따르는 것은 몸집 큰 사내였다. 그런데 곧 기적 같은 일이 벌어졌다. 앞서 오던 아낙이 무송을 보다가 갑자기 소리쳤다.

"이게 누구야? 도련님 아니세요?"

"정말로 아우로군."

뒤따라오던 사내도 그렇게 반가운 소리를 내질렀다. 무송이 보니 그들은 다름 아닌 채원자(菜園子) 장청(張靑)과 모야차(母夜叉) 손이랑(孫二娘) 내외였다. 그들이 그렇게 나오자 무송을 잡아끌고 온 남녀 네 사람은 몹시 놀랐다. 얼른 무송을 얽은 밧줄을 푼다, 벗긴 옷을 입힌다, 법석을 떨었다. 머리띠가 풀어진 머리에 전립을 씌우니 무송의 꼴이 말이 아니었다. 원래 장청은 십자파의 주막 외에 몇 군데 더 나그네를 터는 오두막을 가지고 있었다. 그러나 그걸 알지 못한 무송은 너무 뜻밖이라 그를 얼른 알아보지 못한 것이었다. 겨우 몰골을 갖춘 무송과 예를 나눈 장청이 놀란 얼굴로 물었다.

"아니, 이보게 무송, 자네가 어쩌다 이 꼴이 되었나?"

그 물음에 무송은 만단 사설로 그간에 있었던 일을 늘어놓았다. 맹주에 이르러 시은을 만난 때부터 전날 저녁의 피비린내 나는 복수에 이르기까지 다 이야기를 하자 날이 환히 밝았다. 무송이 이야기를 끝내자 먼저 얼이 빠진 것은 무송을 묶어 온 네 남녀였다. 그토록 무서운 사내를 겁도 없이 덮쳐 거기까지 끌고 왔으니 다시 생각해도 오싹한 모양이었다.

"저희 네 사람은 여기 이 장청 형님의 일꾼들입니다. 요즈음 연일 노름판에서 돈을 잃어 궁하던 차에 숲으로 들어가 길 가는 사람이나 털려다가 형님을 만나게 된 거지요. 온몸에 피 칠갑을 하고 누워 계시기에 누군 줄 몰라보고 큰 죄를 지었습니다. 그래도 장청 형님께서 사람을 꼭 산 채로 잡아 오라 하셨기에 갈고리를 던져 묶은 게 여간 다행이 아닙니다. 그러지 않았으면 먼저 형님의 목숨부터 빼앗고 말았을 테니까요. 정말로 두 눈 뻔히 뜨고도 태산을 알아보지 못할 뻔했습니다. 한때의 잘못으로 이리되었으니 형님, 부디 저희들을 너그럽게 보아주십시오."

그러면서 손이 발이 되도록 빌었다. 듣고 있던 장청 부부가 빙긋 웃으며 말했다.

"우리도 마음에 걸리는 게 있어 함부로 사람을 죽이지 말고 산 채로 끌고 오라 했다네. 그건 그렇고, 만약 아우가 고단하고 지쳐 있지 않았더라면 너희 넷이 아니라 마흔 명이 덤볐대도 어림없었을 것이다."

그 말에 네 사람은 더욱 어쩔 줄 몰라 하며 무송에게 머리를 조아렸다. 무송은 그들을 일어나게 한 뒤, 호탕하게 말했다.

"자네들이 노름에서 돈을 잃었다니 거 안됐군. 내 몇 푼씩 나눠 주지."

그리고 보따리에서 은자 열 냥을 꺼내 그 네 사람에게 나눠 주었다. 네 사람이 감격해서 돈을 받는 걸 보고 장청이 다시 몇 냥씩 더 얹어 주며 그들을 돌려보냈다.

"아우가 어찌 내 마음을 알겠느냐만, 나는 자네가 갈 때부터 짐작 가는 게 있었다네. 자네 스스로 원해서건 남에게 몰려서건 반드시 일을 내고 내게로 돌아올 것 같았단 말이네. 그래서 저것들에게 나그네를 털더라도 사람은 반드시 살려서 데려오라고 시킨 것일세. 하지만 저것들이 워낙 거칠어 힘으로 하다 안 되면 죽이려 들 것이라 다시 칼을 지니지 말고 밧줄 달린 갈고리만 쓰게 했지. 방금도 저것들이 떠드는 소리를 듣자 혹 아우가 아닌가 하는 생각이 들었다네. 그래서 내가 나가 볼 때까지 기다리라 했는데, 정말로 아우일 줄이야 누가 알았겠나!"

"도련님이 장문신을 때려눕혔다는 소리에, 그것도 술에 취한 채 해치웠다는 소리에 놀라지 않은 사람이 누가 있었겠어요? 여기도 쾌활림을 드나드는 장사치들이 오가며 그 이야기를 하곤 했지만, 그 뒤 도련님의 소식은 알지 못했어요. 어쨌든 고단하실 테니 우선은 방에 들어가 좀 쉬세요."

손이랑이 곁에서 그렇게 권했다. 장청도 그 말을 듣고는 곧 무송을 조용한 방으로 데려가 눈을 붙이게 했다.

무송이 잠든 사이 장청 내외는 부엌으로 내려가 맛난 안주를 장만하고 좋은 술을 걸렀다. 모든 게 갖춰졌을 무렵 하여 무송도 마침 잠을 깼다. 이에 그들 내외와 무송은 그날 밤늦도록 술을 마시며 다시 만나게 된 것을 즐거워했다.

한편 그날 해가 뜨기 바쁘게 맹주성 안은 발칵 뒤집혔다. 장도감 집에서 가까스로 무송의 칼을 피한 사람이 몇 있어 날이 새기 바쁘게 고함으로 사람들을 불러 모으고 피바다가 난 집 안을 보여 준 것이었다.

곧 당직 관원과 군졸들이 달려오고, 날이 밝자 맹주부에도 그 일이 알려졌다. 그 소식에 깜짝 놀란 지부는 급히 사람을 장 도감 집에 보내 죽은 사람의 수와 살인을 저지른 자의 행방을 알아보게 했다. 오래잖아 조사를 나갔던 관원이 돌아와 알렸다.

"살인자는 먼저 마구간으로 들어가 말을 돌보는 일꾼 한 사람을 죽이고 헌 옷 두 벌을 벗어 두었습니다. 다시 부엌으로 들어간 살인자는 거기서 계집종 둘을 죽이고 부엌에 이 빠진 칼을 버렸습니다. 이어 누각으로 올라간 살인자는 거기서 장 도감과 그 손님 둘을 죽였습니다. 손님은 장 단련과 장문신입니다. 벽에는 옷에 피로 쓴 큰 글자 여덟이 있는데, 거기에는 '살인자는 타호무송이다.'라고 되어 있었습니다. 이어 그자는 누각 아래서 한 부인네와 옥란이란 창기와 계집종 둘을 죽였고, 또 달리 계집종 셋을 더 죽여…… 죽인 사람은 남녀 합쳐 열다섯이나 됩니다. 뿐만 아니라 금은으로 된 그릇 여섯 벌을 훔쳐 간 게 따로 드러났습니다."

맹주같이 크지 않은 고을에서는 드물게 큰 사건이었다. 지부는 그 자리에서 영을 내려 동서남북 네 성문을 닫아걸게 하고 군사와 즙포인(緝捕人)을 풀었다. 성안뿐만 아니라 부중의 모든 고을을 이 잡듯 뒤져 살인자 무송을 잡아 올리게 한 것이었다.

다음 날이 되었다.

잡으려는 무송은 자취도 못 찾은 가운데 비운포에서 다시 놀라운 보고가 들어왔다.

"나룻가에 죽은 사람의 시체 네 구가 떠올랐습니다. 비운포 다리에 핏자국이 있으나 시체는 모두 물속에 있었습니다."

그 소리를 들은 지부는 현위(縣尉) 하나를 비운포로 보내 그 네 구의 시체를 건져 내고 살펴보게 했다. 두 구의 시체는 맹주의 공인들이었고, 다른 두 구는 일반 양민의 것이었다. 지부는 관

246

을 구해 그 네 구의 시체를 담게 하는 한편 또한 그 범인을 빨리 잡으라고 엄명을 내렸다. 성문이 닫아걸린 지 사흘, 마을마다 집집마다 빠짐없이 뒤지고, 다섯 집 열 집씩 묶어 서로 살펴보게 했으나 역시 범인의 그림자도 찾을 수가 없었다.

지부는 다시 문서를 보내 자신이 다스리는 향(鄕)·보(保)·도(道)·촌(村) 모두에 힘써 범인을 잡아들이라는 명을 내렸다. 그리고 그 두 곳 모두의 범인으로 지목되는 무송의 고향과 얼굴 생김, 체격 따위를 그림과 함께 적어 곳곳에 붙이고 삼천 관의 상금까지 걸었다. 무송이 어디 숨어 있는가만 일러 주어도 상금을 준다는 후한 조건이었다. 무송을 잡는 사람에게 상이 큰 만큼 무송을 도와주는 사람에게는 벌도 컸다. 직접으로 무송을 도와준 사람은 말할 것도 없고 무송을 재우거나 먹인 자도 관청에 알려지기만 하면 무송과 같은 죄로 벌주리란 것이었다.

그 바람에 맹주는 고을 전체가 벌집을 쑤셔 놓은 듯 소란스러웠다. 연일 군졸들이며 즙포인이 이 집 저 집을 뒤지고 다녔고 사람들은 자기 마을에 낯선 사람만 들어와도 수상쩍은 눈으로 살펴보았다. 그러나 어찌 된 셈인지 찾고 있는 무송은 여전히 그림자도 잡을 길이 없었다.

지부는 애가 탔다. 그렇도록 크고 끔찍한 살인 사건이 나고 범인은 제 이름까지 버젓이 밝혔는데도 잡아들이지 못하니 조정의 문책이 걱정 안 될 수가 없었다. 그 바람에 죽어나는 것은 애꿎은 군졸들과 즙포인들뿐이었다. 아침저녁 지부에게 들볶이다 보니 배고파 먹는 밥도 모래를 씹는 맛이었다.

송강과 다시 만난 무송

그 같은 맹주성의 회오리는 오래잖아 무송에게도 불어닥쳤다. 무송이 장청의 집에 네댓새 편히 쉬고 있을 때였다. 공인들이 성을 나와 시골 마을까지 뒤지고 다닌다는 소리를 들은 장청은 무송을 불러 조용히 말했다.

"이보게, 아우, 내가 자네를 오래 붙잡아 두기 싫어 하는 소리라 여기지 말고 들어주게. 지금 관청에서는 사람을 풀어 성안이고 시골이고 가릴 것 없이 집집마다 뒤지고 다닌다고 하네. 내일이라도 그들이 이곳으로 들이닥치면 자네는 애매한 우리 내외를 원망하지 않겠나? 그래서 자네가 편히 숨어 지낼 만한 곳을 생각해 보았는데 자네 생각은 어떤가. 전에도 한번 자네에게 말한 적이 있는 곳이네만……."

"나도 요 며칠 생각해 보니 그런 일이 있을 것 같았습니다. 나 같은 놈이 어디 간들 편히 쉴 곳이 있겠습니까? 다행히 형님이 거둬 주시고 형수께서도 잘 보살펴 주셔서 이렇게 지내고는 있습니다만 정말 막막합니다. 저는 모함을 받아 쫓기는 몸이고 피붙이라고는 모두 죽고 없으니 형님이 일러 주시는 곳을 어찌 마다할 수 있겠습니까? 그곳이 어딘지 일러 주십시오."

무송이 그렇게 선뜻 응낙하고 나섰다. 장청이 머뭇거리며 일러 주었다.

"그곳은 청주에 있는 이룡산 보주사란 곳이네. 우리 형님 노지심이 청면수 양지와 함께 도둑 떼를 거느리고 계시는데 청주의 관군도 함부로 덤비지 못한다더군. 그리로 가 보게. 다른 곳으로 갔다가는 끝내 관가에 잡히고 말 것이네. 그분들은 늘상 소식을 보내 나도 함께 지내자고 하지만, 나는 살던 땅을 떠나기 싫어 아직 가지 못했지. 내 글 한 통을 써 줄 테니 한번 가 보도록 하게. 아우의 무예를 세세히 일러 주고 부탁을 하면 내 얼굴을 보아서도 마다하지는 못할 거네."

"옳은 말씀입니다. 나도 전에 그분들에게 마음이 끌렸으나 아직 때가 이르지 않았다 싶어 가지 못했습니다. 이제 사람을 죽이고 일은 들통 나 쫓기는 몸이 되었으니 그보다 더 좋은 곳이 어디 있겠습니까? 형님, 어서 글 한 통 써 주십시오. 오늘 당장 떠나겠습니다."

무송이 그렇게 서두르고 나섰다. 장청은 종이와 붓을 가져와 글 한 통을 썼다. 노지심에게 무송의 무예와 처지를 자세히 알리고 함께 데리고 있어 달라는 당부를 곁들인 글이었다.

장청은 편지를 무송에게 주고 술 한 상을 가득히 차려 내 길 떠나는 무송을 위로했다. 모야차 손이랑이 못내 걱정스러운 듯 장청을 보고 말했다.

"당신 왜 그리 급하게 도련님을 보내시려는 거예요? 그러다가 반드시 붙들리고 말 거예요."

"형수님, 제가 어디로 가는지 아시면서 그 무슨 말씀입니까? 어째서 제가 붙들린다는 겁니까?"

무송이 장청을 대신해 받았다. 손이랑이 무송을 보고 혀를 찼다.

"도련님, 지금 관가에서는 각처에 문서를 돌려 수천 관의 상금과 함께 도련님의 얼굴을 그려 붙여 놓게 했지요. 거기다가 도련님의 얼굴에는 두 줄 금인이 날 잡아가슈, 하듯 새겨져 있는데 무슨 수로 빠져나간단 말이에요?"

"그거야 뺨에 고약을 붙여 가리면 되지 않나?"

장청이 그렇게 아내의 말을 받았다. 손이랑이 가볍게 웃으며 말했다.

"세상 사람들이 어디 모두 당신처럼 어리숙한지 아세요? 말도 안 되는 소리 마세요. 더구나 그걸로 공인들까지 속일 수 있겠어요? 그러지 말고 내 말을 들어요. 내게 좋은 꾀가 있다구요. 하기야 도련님이 그걸 따라 줄지 안 따라 줄지는 모르지만."

"나는 지금 급하게 쫓기는 사람입니다. 안 붙들릴 수만 있다면 왜 그걸 따르지 않겠습니까?"

이번에는 다급해진 무송이 그렇게 손이랑의 말을 받았다. 손이랑이 다시 한번 깔깔거리고 나서 말했다.

"그럼 말하겠어요. 도련님, 정말로 조금도 괴이쩍게 여기시면 안 돼요."

"무어든 형수님이 시키는 대로 하겠습니다."

"이 년 전에 이곳을 지나가는 중 하나를 잡아 며칠 만두소로 잘 쓴 적이 있지요. 그때 그가 남긴 쇠 머리띠 한 개와 검은 승복 한 벌, 감색 허리끈, 도첩(度牒), 사람 머리뼈로 깎은 염주, 좋은 쇠로 뽑은 계도(戒刀)가 있어요. 특히 그 계도는 얼마나 사람을 죽였는지 한밤중이면 홀로 울음소리를 내는 건데, 거 왜 전번에 도련님도 보셨잖아요? 이제 떠나시려면 머리를 깎고 떠돌이 중 노릇을 하는 게 좋을 거예요. 금인을 고약으로 가린 뒤 그 중의 옷을 입고 그 도첩을 가지고 떠나면 누가 알겠어요? 혹 누가 길을 막고 물어도 그 도첩에 적힌 이름을 대면 그대로 넘어갈 거라구요. 어때요, 좋지 않아요?"

손이랑이 그렇게 말하자 장청이 손뼉을 치며 아내를 치켜세웠다.

"저 사람 말이 옳아! 내가 그걸 깜빡했구먼. 이보게 아우, 그게 좋은 수야. 그대로 해 보는 게 어떻겠나?"

하지만 무송은 아무래도 좀 떨떠름한 표정이었다.

"그거 좋기야 하겠지만, 글쎄요…… 워낙 생겨 먹기를 출가인(出家人)하고는 거리가 멀어서……."

그렇게 우물거렸다. 장청이 그런 무송에게 말했다.

"걱정 말게. 내가 꼭 같게 꾸며 볼 테니."

그리고 손이랑을 시켜 중이 남긴 보따리를 가져오게 했다.

가져온 보따리를 풀어 헤치니 손이랑이 말한 옷가지와 물건들이 나왔다. 무송은 먼저 그 옷가지를 걸쳐 보았다.

"허헛, 꼭 내 옷처럼 맞는군."

옷을 입고 그렇게 중얼거리는 무송에게 장청과 손이랑이 허리띠를 묶어 준다, 전립을 씌운다, 법석을 떨었다.

무송이 모든 차림을 갖추자 장청과 손이랑이 감탄 섞어 말했다.

"이건 뭐 전생부터 인연이 있어 된 스님 같군. 영락없는 중이야!"

무송도 자신을 거울에 비추어 보니 별로 어색한 구석이 없었다. 비로소 떨떠름한 기색을 털고 껄껄 웃으며 일어났다. 장청이 물었다.

"아우, 왜 웃나?"

"내 모습을 보니 절로 웃음이 나는군요. 세상에 머리 기른 중이 어디 있답니까? 형님, 칼이나 가져다 머리칼이나 밀어 주시구려."

그 말에 장청은 안으로 들어가 머리 미는 칼을 가져왔다. 앞뒤 머리칼을 모조리 밀어 버리자 무송은 한층 중 같아졌다.

무송이 떠날 무렵 해서 장청이 다시 말했다.

"여보게 아우, 자네가 장 도감 집에서 가져온 금은 그릇은 여기 남겨 두고 가게. 대신 내가 은자를 좀 줄 테니 여비로 쓰게. 그래야 만에 하나라도 일을 그르치는 법이 없을 거네."

"그것도 그렇군요. 잘 보셨습니다."

무송이 그러면서 보따리에서 금은 그릇을 꺼내 모두 장청에게 주었다. 장청이 한 주머니 은덩이를 내주며 무송의 허리춤에 묶게 했다.

무송은 다시 술 한 대접을 떠 마신 뒤 행장을 꾸려 장청 부부와 작별했다. 손이랑은 도첩과 함께 무송이 길을 가면서 먹을 고기와 떡이 든 자루 하나를 내주었다.

장청이 막 떠나려는 무송에게 다시 한번 당부했다.

"아우, 가는 도중에는 아무쪼록 조심하게. 모든 일은 작은 데서부터 시작된다네. 술은 되도록 적게 마시고, 남하고 싸우지 않도록 하게. 그야말로 출가한 스님답게 처신해야 하네. 무어든 성급하게 나서지 말고 상대를 잘 살핀 뒤에 행동해야 되네. 이룡산에 이르거든 내가 준 편지를 내보이고, 우리 부부도 오래는 여기 머물지 않으리라고 전해 주게. 집안일이 수습되는 대로 산으로 들어가 함께 지낼 작정이더라고 말이네. 그러면 아우, 부디 몸조심하게. 그리고 노지심과 양지 두 두령에게도 인사 전해 주게."

마디마디 정이 스민 당부라 무송은 그리 따르리라 다짐하고 문을 나섰다.

무송이 두 소매에 손을 집어넣고 의젓이 걷는 걸 보고 장청 부부가 등 뒤에서 감탄의 소리를 보냈다.

"정말로 훌륭한 스님 같구나!"

팔자에도 없는 중이 되어 십자파를 떠난 무송은 이룡산을 향해 부지런히 걸었다. 그러나 때는 시월이라 해가 몹시 짧아 무송이 오십 리도 걷기 전에 벌써 날이 저물어 왔다.

마침 높은 재 아래 이르렀던 무송은 달이 밝은 걸 보고 내처 걸었다. 재 위에 오르니 어느새 밤이 되어 초경이었다.

무송은 재 위에 서서 사방을 둘러보았다. 달빛에 비친 풀과 나무가 알아볼 만했다. 무송은 동쪽부터 천천히 훑으며 어디 사람 사는 집이라도 없나 찾아보았다. 그런 무송의 귀에 한쪽 숲속에서 사람의 웃는 소리가 들려왔다.

'거참, 괴상한 일이로군. 이처럼 높은 재 위에서 사람 웃는 소리가 들리다니……'

무송은 그렇게 중얼거리며 소리가 나는 숲속으로 다가가 살펴보았다.

소나무 숲속 한구석에 뜻밖에도 여남은 칸 초가가 있는데, 열려 있는 사립문으로 보니 한 도사 차림의 사내가 젊은 부인과 함께 달을 쳐다보며 시시덕거리고 있었다. 그들 뒤로 걸려 있는 편액에 그럴듯한 글귀들이 적힌 걸로 보아 도관(道觀)인 듯했다.

하지만 도관이 여자를 끌어들여 시시덕거리는 꼴로 보아 도사도 도관도 제대로 되어먹은 것이 아님이 분명했다. 무송은 싸움이 벌어질지도 모른다는 생각이 들어 차고 있던 계도를 뽑아 보았다. 장청이 말한 대로 예사 칼이 아니었다.

'참으로 좋은 칼이다. 내 손에 들어온 뒤로 아직 써먹어 보지 못했는데, 잘됐다, 저 못된 놈에게 이 칼을 한번 시험해 봐야겠다.'

무송은 그렇게 중얼거리며 그 칼을 한번 휘둘러 본 뒤 빼기 쉽게 다시 칼집에 꽂아 두었다.

싸울 채비를 끝낸 무송은 다시 점잖게 팔짱을 끼고 그 암자 앞으로 다가가 문을 두드렸다. 그러나 도사는 문 두드리는 소리를 듣자 얼른 암자 뒤로 숨은 뒤 문을 열어 주지 않았다.

무송은 곁에 있는 큼직한 돌 한 덩이를 들어 문을 들부수기 시작했다. 그러자 한쪽 곁문이 열리면서 도동(徒童) 하나가 달려 나와 소리쳤다.

"당신 누구요? 누군데 이 깊은 밤중에 문을 두드리고 암자를 부수는 거요?"

무송이 성난 눈을 부릅뜨며 큰 소리로 받았다.

"우선 네놈에게 이 칼이 어떤지 알아봐야겠다!"

말뿐만이 아니었다. 미처 그 말이 끝나기도 전에 무송의 칼이 번뜩하자 애꿎은 도동의 목은 벌써 그 어깨 위에 있지 않았다. 도동의 목이 땅에 떨어지는 걸 보자 숨어 있던 도사가 뛰쳐나왔다.

"어느 놈이 감히 내 제자를 죽이느냐?"

그렇게 소리치는 도사의 두 손에는 보검이 한 자루씩 쥐어져 있었다. 무송이 그를 보고 껄껄 웃으며 말했다.

"내 원래 상자 안에 든 걸 꺼내 가기를 좋아하지 않는다만, 오늘은 잘됐다. 네놈이 마침 내 근지러운 데를 긁어 주러 나왔구나."

그리고 다시 계도 하나를 더 뽑았다. 도사가 쌍검을 쓰는 걸 보고 무송도 쌍검을 쓰기로 한 것이었다.

뒤이어 무송과 도사 간에 한바탕 칼부림이 벌어졌다. 도사의 칼솜씨도 상당해서 열 합이 넘도록 승부가 가려지지 않았다. 무송은 공연히 싸움을 길게 끌 까닭이 없다 여겨 머리를 쓰기로 했다. 짐짓 솜씨가 서툰 척 빈틈을 보인 것이었다. 무송이 빈틈을 보이자 도사는 좋아라 그것을 노려 베고 들었다. 하지만 그게 바로 무송이 기다린 바였다. 무송이 슬쩍 몸을 돌려 피하면서 무서운 일격을 후렸다. 피하지 못한 도사가 그 한칼에 목을 잃고 거꾸러졌다. 도사를 죽인 무송은 암자 안을 향해 큰 소리로 외쳤다.

"집 안에 있는 부인네는 나오시오. 결코 죽이지는 않겠소. 그저 몇 마디 묻고 싶은 게 있어 그러니 걱정 말고 나와 대답이나 해 주시오."

그러자 암자 안에서 한 계집이 나와 무송 앞에 머리를 조아렸다.

"내게 절할 것까지는 없소. 다만 당신은 어디 사는 누구며 저 도사 차림의 사내와는 어떻게 되는지나 일러 주시오."

무송이 무뚝뚝한 목소리로 그렇게 물었다. 여자가 울며 대답했다.

"저는 재 아래 장 태공(太公)이란 이의 딸이고 이 암자는 저희 집 조상들의 묘를 돌보아 온 암자입니다. 그러나 저 도사는 어떤 사람인지 알지 못합니다. 어느 날 저희 집에 하룻밤을 묵게 되었는데, 말을 잘하고 음양에 밝으며 풍수(風水)에 대해 잘 알아 아버님이 그대로 제 집에 잡아 두고 그에게 여기 이 도관을 돌보게 했지요. 그런데 그때 무슨 말로 아버님을 꾀었던지 아버님은 그 뒤로도 그를 보내지 않고 며칠 더 집에 머물게 했습니다. 하지만 누가 알았겠습니까? 어느 날 저를 본 그는 가래도 가지 않고 두서너 달이나 뻗대다가 끝내는 제 아버님과 가족들을 모조리 죽여 버리고 저를 억지로 이곳에 끌고 와 데리고 살았습니다. 죽은 도동은 또 다른 데서 끌고 왔구요. 이 재는 오공령(蜈蚣嶺, 지네재)이라 불리는데 그는 이곳 풍수가 좋다 하여 스스로 비천오공(飛天蜈蚣, 하늘을 나는 지네) 왕 도인(道人)이라 했습니다."

"그럼 당신네에겐 가까운 친척도 없었소?"

무송이 너무 어이없어 그렇게 물어보았다. 여자가 여전히 울먹이며 대답했다.

"친척이야 몇 집 있지만 하나같이 힘없는 무식한 농사꾼들뿐입니다. 누가 감히 저 사람과 싸우려 들겠습니까?"

"여기 재물은 좀 있소?"

"죽은 저 사람이 모아 둔 금은이 한 이백 냥 있습니다."

"그렇다면 어서 안으로 들어가 그 금은을 꾸리시오. 나는 곧 놈의 암자를 태워 버릴 거요!"

무송이 그렇게 말하자 여자는 이제 죽음을 면했다 싶었던지 조금 교태를 섞어 물었다.

"스님, 술과 고기가 있는데…… 좀 드시겠습니까?"

술과 고기라면 마다할 무송이 아니었다.

"있다면 좀 주시오."

"안으로 들어 거기서 잡수시지요."

여자가 그러면서 앞장을 섰다. 뒤따르려던 무송이 갑작스러운 의심으로 물었다.

"혹시 안에 딴 사람이 있어 숨어서 나를 치려는 건 아니오?"

"제가 머리가 몇 개라고 감히 스님을 속이려 들겠습니까? 걱정 말고 따라오세요."

그러는 여자의 표정에는 조금도 수상쩍은 기색이 없었다. 이에 무송도 더는 여자를 의심 않고 따라 들어갔다. 집 안에는 탁자 가득 술과 고기가 차려져 있었다. 무송은 큰 사발로 술 한 잔을 마시고 고기 한 토막을 씹었다. 그사이 여자가 안에서 금은을 챙겨 나왔다. 여자가 나오는 걸 보고 무송은 암자에 불을 질렀다. 여자는 따로이 금은 보따리 하나를 만들어 무송에게 주려 했다. 무송이 엄한 목소리로 여자에게 말했다.

"그런 건 필요 없소. 그것으로 당신 몸이나 잘 보살피시오. 그리고 살고 싶거든 어서 이곳에서 달아나시오. 내 마음이 변하기 전에 어서!"

그러자 여자는 무송에게 몇 번이고 절한 뒤, 재 아래로 내려갔다.

무송은 두 구의 시체를 불 속에 던져 태워 버린 뒤 밤길을 걸어 그 재를 넘었다. 그 뒤 한 열흘, 무송은 청주로 가는 길을 부지런히 걸었다. 과연 이르는 마을, 지나가는 저잣거리마다 무송을 잡으라는 방문이 붙어 있었다. 그러나 무송의 차림이 워낙 중 같아 아무도 그를 의심하는 사람은 없었다.

그럭저럭 동짓달이 되어 날은 갈수록 차가워졌다. 어느 날 무송은 술 힘으로라도 추위를 이겨 보려고 술과 고기를 사 먹으며 걸었다. 그러다가 어떤 흙 언덕에 오르게 되었는데 거기서 보니 높은 산 하나가 앞길에 놓여 있었다. 몹시 험해 보이는 산이었다.

그 산을 넘으려면 여간 힘이 들 것 같지 않자 무송은 다시 술 힘을 빌릴 생각이 들었다. 언덕을 내려오면서부터 주막을 찾기 시작해 마침내 주막 하나를 찾아냈다. 바위산 기슭에 맑은 개울 하나를 끼고 있는 주막이었다.

무송은 걸음을 멈추고 잠시 그 주막을 살펴보았다. 시골 마을의 작은 주막일 뿐 이상한 곳은 없어 보였다. 이에 무송은 성큼성큼 안으로 들어가 자리를 잡고 앉았다.

"이보슈, 주인장, 여기 우선 술부터 두어 사발 내오슈. 고기도 좀 썰어 오고."

무송이 그렇게 소리치자 술집 주인이 나와 굽신거리며 말했다.

"스님, 숨김없이 말씀드리자면 이곳은 촌구석이라 술은 싸구려밖에 없습니다. 거기다 고기는 죄다 팔려 이젠 내올 게 없구요."

"그럼, 데울 것 없이 술이라도 내오슈."

무송이 그렇게 대꾸하자 주인은 말없이 들어가 술 두 사발을 내왔다. 주인이 큰 사발로 따라 주는 술을 나물 안주로 거푸 들이켜니 이내 두 각의 술이 다 떨어졌다. 무송은 다시 주인에게 술 두 각을 더 내오게 했다. 주인이 이번에도 군소리 없이 술을 내오자 무송은 안주도 없는 술을 전처럼 큰 사발로 벌컥벌컥 들이켰다. 언덕을 넘을 때 이미 약간 얼큰해 있었던 무송이라 술 네 각을 들이붓듯 마시자 갑자기 취기가 돌았다. 그 바람에 간이 커진 무송이 술집 주인을 큰 소리 작은 소리로 을러대기 시작했다.

"이봐, 영감, 정말로 팔 고기가 없어? 영감 집 식구들이 먹으려고 떼놓은 거라도 내오란 말이야. 내 값은 후하게 은자로 쳐준다고 하지 않아!"

"술 마시고 고기 찾는 스님은 또 처음 보겠네. 없는 고기를 어디서 가져온단 말이오? 스님, 그러지 마시고 그만 드십시오. 아무래도 그게 좋을 듯합니다."

술집 주인이 어이없다는 듯 웃으며 무송을 달랬다. 그래도 무송은 삐딱하게만 나갔다.

"영감을 잡아먹겠다는 것도 아니잖소! 왜 내게는 팔 수 없다는 거요?"

"허엇, 그참, 내 진작 말하지 않았소? 이 집에는 싸구려 독주밖에 없다구. 그런데 왜 딴 걸 내놓으라구 시비요?"

주인이 그렇게 받자 두 사람 사이에는 은근한 시비가 벌어졌다. 주거니 받거니 점점 말이 거칠어지고 있는데 갑자기 주막 밖에서 한 몸집 큰 사내가 서너 명의 장정을 데리고 안으로 들어왔다. 주인이 웃는 얼굴로 그 사내에게 달려가 허리를 굽히며 맞아 들였다.

"둘째 도련님, 어서 자리에 앉으십시오."

사내가 거만하게 몸을 젖힌 채 그런 술집 주인에게 말했다.

"내가 하라는 대로 차려 두었소?"

"닭과 쇠고기, 돼지고기는 모두 지지고 볶아 두었습니다. 둘째 도련님이 오시기만을 기다리고 있었습지요."

주인이 연신 허리를 굽신대며 그렇게 받았다. 사내가 다시 술까지 확인했다.

"내가 말한 청화옹주(靑花甕酒)도 구해 두었소?"

"그러믄요. 저기 갖다 놓았습니다."

그걸로 보아 싸구려 술밖에 없다던 주인의 말도 거짓인 듯했다. 모든 게 시킨 대로 마련되어 있음을 확인한 사내는 무송의 맞은편 자리로 가 앉았다. 따라온 장정 서넛도 그런 사내의 아랫자리로 몰려가 앉았다. 그사이 안으로 들어간 술집 주인은 한 동이 청화옹주를 가져와 흙으로 된 봉을 뜯고 큰 쟁반에 받쳐 올렸다.

무송이 곁눈질로 훔쳐보니 한눈에 썩 좋은 술임을 알 수 있었다. 벌써 술 향내가 은은히 비치는데 그 한 가닥만 맡고도 그 자리에 앉아 배기기가 힘들 지경이었다. 그저 그들의 자리에 끼어들어 퍼마시지 못하는 게 한스러울 뿐이었다. 술집 주인은 다시 안으로 들어가 이번에는 삶은 닭과 썬 고기를 큰 쟁반으로 그득그득 담아 내왔다. 이어 채소와 과일을 차려 내오고 다시 주전자를 가져와 술을 데우는데 모든 게 하나같이 먹음직스러웠다. 나물 한 접시만 덩그렇게 놓고 싸구려 술을 퍼마시던 무송은 그 꼴을 보자 속이 뒤틀리지 않을 수 없었다. 그야말로 '눈앞에는 밥인데 뱃속은 꼬르륵'이었다. 거기다가 이미 오른 술기운이 있으니 어찌 더 참아 낼 수 있겠는가.

"이봐, 주인, 이리 좀 와 봐. 네놈이 어째서 이렇게 손님을 속일 수 있어!"

참지 못한 무송이 한주먹으로 자기 탁자를 때려 부수고 꽥 소리를 질렀다.

"스님, 화내지 마시고 술이 필요하면 말만 하십시오."

무송이 화난 걸 보고 놀란 술집 주인이 얼른 무송에게 달려와 말했다. 그러나 한번 꼭지가 돈 무송에게는 그 말이 들리지 않았다. 두 눈을 부릅뜨고 주인을 노려보며 소리쳤다.

"네놈은 정말로 도리를 모르는 놈이로구나. 저 청화옹주와 삶은 닭을 왜 내게는 팔지 않느냐? 나도 값을 물겠다 했는데. 왜 내 은자에는 더러운 것이라도 묻었단 말이냐?"

"청화옹주와 닭이며 고기는 모두 저기 둘째 도련님 댁에서 가져온 겁니다. 저는 다만 술 마실 자리를 빌려 드린 것뿐입지요."

주인이 얼른 그렇게 밝혔다. 하지만 무송의 귀에 그 말이 들어올 리 없었다.

"개방귀 같은 소리 하지 마라! 돼먹잖은 놈 같으니!"

무송이 거듭 소리를 높여 욕설을 퍼붓자 술집 주인도 발끈했다.

"아니 그게 무슨 말씀이오? 세상에 이렇게 막돼먹은 출가인은 처음 보겠네."

"이 어르신네보고 돼먹잖았다구? 너 정말 맛 좀 볼래?"

무송이 더욱 험한 얼굴로 으르렁거렸다. 무얼 믿고 그러는지 주인이 다시 말대꾸를 했다.

"어르신네라구? 나는 또 출가한 사람이 자기를 어르신네라구 하는 소리 처음 듣겠네."

그러자 무송은 아무 소리 않고 일어나더니 손바닥을 펴 술집 주인의 뺨을 후렸다. 그리 힘들인 것 같지도 않은데 뺨을 맞은 술집 주인은 비틀거리며 술집 한구석에 처박혀 쓰러졌다. 그 소동을 보고 있던 몸집 큰 사내가 드디어 참지 못하고 성난 얼굴을 했다. 쓰러진 술집 주인은 뺨이 퉁퉁 부어오른 채 정신을 잃고 있었다.

"이 중놈이 가만히 보자 하니 정말로 땡땡이 중놈이로구나. 머리 깎은 놈이 어따 대고 함부로 주먹질이야? 출가인은 함부로 성을 내서는 안 된단 소리도 듣지 못했나?"

"내가 때린 건 술집 주인 놈인데 네놈이 웬 간섭이냐?"

무송이 기다렸다는 듯 그렇게 시비조로 받았다. 몸집 큰 사내가 더욱 성이 나 목소리를 높였다.

"나는 좋은 말로 저를 말렸는데 저 중놈 수작 봐라. 네놈이 감히 내 부아를 건드려?"

울고 싶은 놈 뺨 때려 준 격이었다. 그 말을 들은 무송이 부서진 탁자를 밀어젖히고 나서며 두 눈을 부릅떴다.

"너 방금 누구보고 한 소리냐?"

"이 중놈이 나하고 드잡이질이라도 하겠단 말이냐? 정말로 자는 범에 코침을 놓아도 유분수지."

몸집 큰 사내가 어이없는 웃음을 날리며 그렇게 받았다. 그러더니 이내 무서운 눈길로 무송을 손가락질하며 소리쳤다.

"이 돼먹잖은 땡땡이 중놈아! 이리 나오너라. 이야기 좀 하자."

"그러면 겁낼 줄 알고? 내가 네놈을 못 두들길 줄 아느냐?"

무송도 지지 않고 그렇게 맞서며 사내를 따라 문께로 갔다. 먼저 집 밖으로 나간 사내는 무송의 덩치가 큰 걸 보고 가볍게 맞서서는 안 되겠다 싶은 듯했다. 마당으로 내려서는 대신 문가에 붙어서서 무송을 기다렸다. 그곳에서 선수로 무송의 기를 꺾은 뒤에 어찌해 볼 작정이었다. 하지만 그걸 알 리 없는 무송은 그 사내를 붙들려고 앞뒤 없이 달려 나갔다. 문 곁에서 기다리던 사내가 이때다 싶어 그대로 한 발길질을 무송에게 날렸다. 수천 근

힘이 실린 발길질이었지만 싸움으로 단련된 무송에게는 어림없었다. 무송이 재빨리 손을 들어 그 사내의 발을 잡는가 싶더니, 이어 어린아이 내던지듯 그 사내를 마당에 패대기쳤다.

서너 명 뒤따라 나오던 장정들은 무송의 그 무서운 힘에 얼이 빠졌다. 저희 상전이 낭패를 당해 마당에 널브러졌는데도 손발이 굳어 감히 무송에게 덤비지 못했다.

무송은 그 장정들을 무시한 채 마당으로 달려가 쓰러진 사내의 몸을 밟고 주먹을 퍼부었다. 호랑이도 때려잡은 무서운 주먹을 여남은 번이나 맞자 사내는 이내 쭉 뻗어 버렸다. 무송은 축 늘어진 사내를 질질 끌고 술집 앞 개울가로 가더니 무슨 쓰레기 버리듯 개울 속에 처넣어 버렸다.

그제야 구경하던 장정들이 비명인지 신음인지 모를 소리들을 내지르며 개울로 뛰어들어 정신 잃고 물에 처박힌 사내를 구해 냈다. 무송이 그것까지 막을 마음은 없어 가만히 내버려 두자, 그들은 사내를 업고 메고 하며 남쪽으로 사라졌다.

그때쯤 쓰러져 있던 술집 주인도 정신을 차렸다. 아직 손발이 제대로 말을 듣지 않았으나 다시 무송의 눈에 띄었다가는 목숨이 남아날 것 같지 않아 엉금엉금 기어 달아났다. 무송이 술집 안으로 되돌아왔을 때는 풍성하게 차려진 술상만이 덩그렇게 놓여 있었다.

"잘됐다, 놈들이 모두 꺼져 버렸으니 어르신네께서 슬슬 마셔 볼까?"

무송은 그렇게 중얼거리면서 먼저 흰 쟁반에 얹힌 술 항아리부터 기울였다. 속이 어지간히 풀리게 퍼마시고 나니 다시 눈앞에 차려진 삶은 닭과 썬 고기가 수북이 담긴 쟁반이 들어왔다. 모두 젓가락도 대지 않은 것들이었다. 무송은 젓가락을 쓸 것도 없이 두 손으로 닭을 찢고 고기를 집어 삼켜 대기 시작했다.

얼마 안 되어 상 위에 그득했던 고기는 거의가 무송의 뱃속으로 들어갔다. 몹시 취한 데다 배까지 부르자 몸이 더워 왔다. 무송은 승복을 벗어 허리 뒤로 묶은 뒤 어슬렁어슬렁 술집을 빠져나왔다. 길을 찾을 것도 없이 개울을 따라 방향 없이 걸었다. 한참을 걷다 보니 찬바람이 일었다. 아무래도 철이 겨울이라 술만으로는 추위를 이길 수 없어 무송은 걸음을 빨리했다.

그렇게 걷기를 한 오 리나 했을까, 갑자기 길가 흙담 뒤에서 누런 개 한 마리가 뛰쳐나와 무송을 보고 짖기 시작했다. 술에 몹시 취해 그러잖아도 그냥 걷기가 심심하던 무송이었다. 그런데 어디서 큰 개 한 마리가 나와 따라오며 짖어 대니 그냥 둘 수 없었다. 무송은 왼손으로 가만히 계도 한 자루를 빼 든 뒤 그 개를 뒤쫓기 시작했다. 개는 개울을 따라 달아나며 계속 짖어 댔다. 어느 정도 따라잡았다 싶은 무송은 한칼에 그 개를 베어 버릴 셈으로 후려쳤다.

하지만 칼은 허공을 베고 오히려 지나치게 힘을 넣은 바람에 윗몸이 무거워진 무송은 그대로 개울가 비탈에서 넘어지고 말았다. 취한 몸으로 비틀거리다 비탈에 쓰러졌으니 그대로 굴러 내릴 것은 정한 이치였다. 몇 바퀴 구른 무송은 그대로 개울 바닥에 처박히고 개만 비탈 위에 서서 더 사납게 짖어 댔다. 때는 겨

울이라 비록 한두 자 깊이의 개울 바닥에 쓰러졌지만 너무 차가
워 견딜 수 없었다.

정신이 번쩍 든 무송은 얼른 몸을 일으켜 개울에서 기어 나왔
으나 온몸에서는 물이 줄줄 흘렀다. 하지만 일은 거기서 끝나지
않았다. 손에 들고 있던 계도가 물 한가운데 떨어져 반짝이고 있
어 무송은 그대로 떠날 수가 없었다. 무송은 다시 물로 걸어 들
어가 계도를 막 건져 내려는 순간 발을 헛디뎌 다시 물속에 처박
혔다.

술에 벌겋게 취해 있다가 갑자기 얼음장처럼 차가운 물에 두
번씩이나 처박히게 되자 천하의 무송도 성하지 못했다. 온몸이 일
시에 굳는 듯하며 다시 일으킬 수 없어 그대로 물에 잠겨 있었다.

그때 개울가의 한 담장 뒤에서 한 떼의 사람들이 나타났다. 앞
선 사내는 전립에 누런 옷을 걸쳤는데 손에는 쓰기 좋게 다듬은
몽둥이가 들려 있었다. 그 뒤를 따르는 여남은 명도 하나같이 손
에 몽둥이나 창을 들고 있었다.

"저 개울 속에 우리 도련님을 두들겨 팬 놈이 빠져 있다! 큰도
련님이 사람들을 데리고 그 주막을 덮쳤으나 없더니 이리로 내
빼 왔구나!"

사람들은 개가 짖는 쪽을 보다가 무송을 찾아내고 그렇게 소
리쳤다.

그때 다시 멀리서 한 떼의 사람들이 달려왔다. 무송에게 얻어
맞은 사내가 그새 옷을 갈아입고 박도를 든 채 앞장을 섰는데 그
뒤를 따르는 스무남은 명도 모두 창과 몽둥이를 들고 있었다. 무

송을 본 그 사내가 먼저 와 있던 누런 옷의 사내에게 달려가 무송을 가리키며 일러바쳤다.

"저 중놈이 바로 저를 친 놈입니다, 형님."

"그럼 저놈을 장원으로 끌고 가서 어떤 놈인지 알아보자."

누런 옷의 사내가 그렇게 대꾸하고는 이어 데리고 온 장정들을 돌아보며 소리쳤다.

"뭘 하느냐? 저놈을 잡아라!"

그러자 서른 명이 넘는 장정들이 한꺼번에 무송을 덮쳤다. 무송은 술에 몹시 취한 데다 갑자기 한기까지 들어 몸이 제대로 움직여지지 않았다. 겨우 힘을 모아 엉금엉금 물가로 기어 나오다가 장정들의 몽둥이질 아래 꽁꽁 묶이고 말았다.

무송이 끌려간 곳은 거기서 멀지 않은 어떤 큰 장원이었다. 장원 담을 따라 버드나무와 쭉쭉 뻗은 소나무가 둘러서 있는 게 부근에서는 행세깨나 하는 집인 것 같았다. 사람들은 무송을 그 장원 안으로 끌고 가더니 거기서 옷을 벗기고 계도와 보따리를 빼앗았다. 그리고 무송을 알몸으로 큰 버드나무에 높이 매달며 을러댔다.

"이놈, 우선 등나무 채찍 맛부터 좀 보고 바른대로 불어라!"

이어 사정없는 매질이 시작되었다. 아마 처음 무송에게 넙치가 되도록 얻어맞은 게 그 집 둘째 아들이었던지 매질은 삼백 대가 넘고 사백 대가 가까웠을 무렵이었다. 장원 안에서 어떤 사람이 나와 매질을 하고 있는 형제에게 물었다.

"두 분 형제께서는 누구를 매질하고 계시오?"

그러자 그 두 사내가 공손하게 손을 모으며 대답했다.

"오늘 제 아우가 이웃의 아는 사람 서넛과 저 아래 길가 주막에서 술 한잔하려고 내려간 모양입니다. 그런데 저 못된 놈이 시비를 걸고 아우를 두들겨 팼지 뭡니까? 그것도 흠씬 두들긴 뒤에 개울에 내던졌으니, 머리 터지고 뺨 부은 것은 또 그렇다 쳐도 자칫하면 얼어죽을 뻔했지요. 다행히 함께 있던 이웃 사람들이 구해 집으로 돌아오기는 했어도 이게 어디 그냥 넘길 일입니까? 그래서 곧 옷을 갈아입고 사람들을 모아 저놈을 찾아 나섰습니다. 저놈은 아우가 마시려고 둔 술을 모두 처마시고 엉망으로 취해 그 주막에서 멀지 않은 개울에 처박혀 있더군요. 그래서 저놈을 잡아 묶어 와 모든 걸 알아보려는 참입니다. 가만히 살펴보니 저놈은 차림과 달리 결코 출가한 중 같지가 않습니다. 얼굴에는 두 줄 금인이 새겨져 있는데 그걸 감추고 있는 게 틀림없이 큰 죄를 짓고 숨어 다니는 놈 같군요. 이제 매질로 저놈의 죄가 무엇인지 알아내 관청에 넘길 작정입니다."

누런 옷의 사내가 그렇게 말한 데 이어 무송에게 얻어맞은 사내가 이를 갈아붙이며 말했다.

"물어서 뭐합니까? 저 머리칼 없는 도둑놈은 나를 두들겨 한 달은 누워 있게 만들었는데…… 그냥 이대로 때려죽여 버립시다. 죽으면 까짓거 태워 버리면 되지. 그래야 내 이 속이 풀리겠소!"

그러고는 다시 채찍을 들어 무송을 후려치기 시작했다. 집 안에서 나온 사내가 그를 말렸다.

"이 사람, 이제 그만 때리게. 내가 한번 봐야겠네. 저 사람의 생김이 아무래도 여느 사람 같지 않아. 틀림없이 이름 있는 호걸 같은데."

그때 무송은 어느 정도 정신이 돌아와 있었다. 그러나 눈을 떴다가는 공연히 귀찮은 물음에 시달릴 것 같아 그냥 눈을 감은 채 매질에 말없이 몸을 내맡기고 있는 중이었다. 매질을 말린 사람은 먼저 무송의 등 뒤로 가서 살펴본 뒤 말했다.

"거참 이상하군. 저 상처는 반드시 오래되지 않은 것 같은데……."

아마도 무송이 맹주에서 맞은 등허리를 본 것 같았다. 이어 그 사람은 무송의 앞으로 와 축 늘어진 얼굴을 젖히고 보더니 갑자기 놀란 소리를 냈다.

"아니, 이거 무이랑 아닌가?"

그제야 무송도 눈을 뜨고 상대를 쳐다보았다.

"이거, 형님 아니오?"

이내 상대를 알아본 무송이 그렇게 반가워하는 소리를 냈다. 그러자 그 사람이 매질하던 형제를 보고 급하게 말했다.

"어서 이 사람을 풀어 내리시오. 이 사람은 바로 내 아우요!"

그 말에 누런 옷을 입은 사내는 말할 것도 없고 무송에게 흠씬 얻어맞은 사내까지도 놀란 표정이었다. 곧이 듣기지 않는지 얼른 그에게 물었다.

"저 사람이 어찌해 선생님의 아우가 됩니까?"

"그가 바로 내가 전에 늘상 두 분에게 말하던 그 무송이오. 경양강 고개에서 호랑이를 맨손으로 때려잡았다는. 그 뒤 어찌 되었는지 몰랐는데 이제 보니 중노릇을 하고 있었구려."

집 안에서 나온 사람이 그렇게 일러 주자 그들 두 형제는 더욱
놀랐다. 얼른 무송을 끌어내리고 마른 옷을 입힌 뒤 집 안으로
들였다. 무송이 아직 술이 덜 깬 대로 사람들에게 절을 하려 했
다. 그러나 그는 무송을 말리며 부드러운 소리로 권했다.

"아우는 아직 술이 덜 깼으니 우선 어디 좀 앉게. 이야기는 천
천히 하세."

무송은 다시 그를 보고 그제야 그가 누군지를 뚜렷하게 알아
보았다. 그를 다시 만나게 된 기쁨에 술이 반나마 깨었다. 거기다
가 세수를 하고 술 깨는 음식을 먹으니 차츰 제정신이 돌아왔다.

무송은 온전히 정신이 돌아온 뒤에야 자신을 구해 준 사람에
게 절을 올렸다. 그 사람도 무송을 다시 만난 걸 기뻐해 마지않
으며 절을 받았다. 그는 다름 아닌 운성현의 송강이었다.

"저는 형님이 시 대관인 장원에 계신 줄 알았는데 어떻게 하여
이곳에 오시게 되었습니까? 저는 꼭 형님을 꿈속에서 만나 뵙는
듯합니다."

무송이 송강을 보고 그렇게 묻자 송강이 담담히 웃으며 대답
했다.

"아우와 시 대관인의 장원에서 헤어진 뒤 이리로 옮겨 와 벌써
반년이나 되었다네. 집안이 어찌 되었으며 아버님께서 걱정이 너
무 심하지나 않은지 궁금해서 아우 송청은 먼저 집으로 돌려보
냈지. 나중에 아우가 보낸 소식을 보니 주동과 뇌횡 두 도두가
관청 안에서 힘을 써 집안에는 별일이 없고, 오직 나만은 아직도

잡으려 하고 있다네. 그래서 겨우 마음을 놓고 있는데 여기 공 태공(太公)께서 나를 부른 걸세. 여러 차례 시 대관인께 글을 보내 나를 청하다가 사람까지 보내니 어찌 아니 올 수 있겠는가? 이곳은 바로 백호산(白虎山)이고 이 장원은 공 태공의 장원이네. 아우가 때려 준 사람은 바로 공 태공의 작은아드님으로 성질이 급해 남하고 싸움을 자주 해서 독화성(獨火星, 불같은 외톨이)이라 불리는 공량(孔亮)일세. 저기 누런 옷을 입은 분은 공 태공의 큰 아드님이시지. 사람들이 모두성(毛頭星, 털보)이라 부르는 공명(孔明)이 바로 저 사람일세. 두 형제 모두 창봉 배우기를 좋아해 내가 보잘것없는 몇 수를 가르친 걸로 나를 스승이라 부른다네. 이제는 여기서도 한 반년 신세를 진 터라 청풍채(淸風寨)로나 가 볼까 하고 있는 참이네. 자네 소식은 시 대관인 장원에서 들었지. 하루는 사람이 와서 전하기를 자네가 경양강에서 호랑이를 주먹으로 때려잡았다 하더니 뒤이어 자네가 양곡현 도두로 갔다는 소문이 들리고, 또 서문경이를 죽였다는 소식이 오더군. 그리고 그 뒤로는 자네가 어디로 유배를 떠났는지조차 듣지 못했네. 그래 아우는 어찌해 스님 차림을 하게 됐나?"

무송이 자신의 기구한 자취를 털어놓았다. 먼저 시 대관인의 장원을 떠난 때부터 서문경을 죽일 때까지 송강이 아는 부분을 간략히 이야기한 뒤 다시 그 뒤를 이었다.

"제가 비록 서문경과 형수를 죽였으나 제 발로 관가에 자수한 데다 또 진(陳) 부윤이 힘껏 도와 맹주로 유배를 가게 되었지요. 가는 도중에 장청과 손이랑을 만나고, 가서도 시은을 만나 한동안은 좋았습니다. 하지만 장문신을 때려 준 일 때문에 결국은 장도감의 가솔 열다섯을 죽이고 다시 장청의 집으로 달아나는 꼴이 되고 말았습니다. 거기서 모야차 손이랑이 꾀를 낸 게 중 행세를 하게 된 까닭이지요. 그리하여 오공령을 넘다가 왕 도인을 죽이고 주막에 들어 취한 나머지 공 형을 때리게 된 것입니다……."

무송의 이야기는 간추려도 한 시간을 끌었다.

다 듣고 난 공명과 공량은 깜짝 놀랐다. 그런 사람을 몰라보고 매질을 했다는 게 두렵고도 부끄러워 절하며 사죄했다. 무송이 황망히 답례를 하며 말했다.

"내가 주먹질을 먼저 했으니 부디 언짢게 생각지 마시오."

공명과 공량은 그래도 사죄를 그만두지 않았다.

"저희 형제가 눈을 뜨고도 태산을 몰라봤으니 무어라 빌어야 할지 모르겠습니다. 바라건대 부디 너그럽게 보아주십시오."

"그거야 괜찮소만 내 보따리는 돌려주시오. 거기 있는 도첩도 소중하고 두 자루 계도도 잃어서는 안 될 것들이오."

"그건 걱정하지 마십시오. 저희들이 잘 간수해 두게 했습니다. 하나도 빠진 것 없이 돌려드리도록 하겠습니다."

그러자 무송은 오히려 두 형제에게 감사하며 어색한 분위기를 풀었다. 송강은 공 태공을 불러내 무송을 보게 했다. 공 태공도 뜻밖의 손님이 온 것을 반가워하며 술자리를 열어 대접했다. 그날 밤 무송과 송강은 한 침상에서 자며 밤늦도록 이야기를 나눴다.

다음 날 무송은 아침 일찍 일어나 세수를 하고 안채로 들어가 그곳 사람들과 함께 밥을 먹었다. 공명은 윗자리를 내주고 공량은 다친 곳이 아픈데도 억지로 참고 나와 무송을 대접했다.

공 태공은 머슴들에게 양과 돼지를 잡게 해 다시 잔치를 벌였다. 그날 공 태공의 이웃은 말할 것도 없고 평소 그 집을 드나드는 모든 사람들이 와서 무송을 만나 보고 함께 즐겼다.

공 태공이 무송을 그같이 잘 대접하자 송강은 속으로 몹시 기뻤다. 하지만 무송도 자신도 죄를 짓고 쫓기는 사람들, 앞날이 걱정되지 않을 수 없었다. 그날 밤늦게 술자리가 끝난 뒤 송강이 무송을 잡고 걱정스레 물었다.

"그래, 아우는 이제 어디로 가서 몸을 숨길 작정인가?"

"어젯밤 이미 형님께 말씀드린 대로 채원자 장청의 말을 따르렵니다. 그가 써 준 글을 가지고 이룡산 보주사로 가서 화화상 노지심과 청면수 양지의 패거리에 드는 거지요. 채원자 그분도 나중에 그리로 오기로 되어 있습니다."

무송이 별로 걱정하는 빛 없이 그렇게 대답했다. 그러자 송강이 다른 곳을 은근히 권했다.

"그것도 좋겠지. 하지만 내 이야기도 들어 보게. 아우에게 숨김없이 말하자면 근래 집에서 편지가 왔는데 청풍채의 소이광(小李廣) 화영(花榮)이 몇 번이나 전갈을 보내왔다는 걸세. 내가 염파석을 죽이고 쫓긴다는 말을 듣고 그리로 와서 지내라는 내용이야. 여기서 청풍채가 멀지 않아, 오늘내일 하고 마음은 먹어도 날씨가 고르지 않아 떠나지 못하고 있었다네. 하지만 곧 그리로 가볼 작정인데 어떤가, 자네도 나와 같이 가 보지 않겠나?"

"형님께서는 이 무송과의 정분만 생각하고 같이 가자 하시지만 될 일이 아닙니다. 저는 이미 지은 죄가 너무 무거워 나라의 사면이 있어도 밝은 세상을 보기는 틀린 놈입니다. 그래서 이룡산 보주사를 찾아가 산도적 떼에나 섞이려고 하는 것 아닙니까? 거기다가 또 저는 중 행세를 하고 있어 형님과 함께 가기가 어렵지요. 가는 길에 사람들에게 의심을 사면 형님만 골탕을 먹게 됩니다. 형님과 저는 함께 살고 함께 죽는다 쳐도 화가 화영에게까지 미치게 되면 그건 더 큰일이구요. 저는 아무래도 이룡산 보주사로 가는 게 옳은 일 같습니다. 하늘이 저를 가엾게 여겨 제가 죽지 않는다면 뒷날 나라의 용서가 있을 때 형님을 찾아뵈어도 늦지 않을 것입니다.”

무송이 그렇게 사양했다. 송강도 억지로는 권하지 않았다.

“아우가 그래도 나라가 불러만 주면 돌아갈 마음을 먹고 있으니 반드시 하늘의 도움이 있을 것이네. 하지만 이번에 헤어지면 언제 다시 만나게 될지 모르니 우리 각기 떠나기 전에 며칠이라도 함께 지내도록 하세.”

그러면서 제 말을 거두었다.

청풍채로 가는 길

그 뒤 두 사람은 공 태공의 장원에서 한 열흘을 보낸 뒤에야 각기 길 떠날 채비를 했다. 하지만 이번에는 공 태공이 붙들어 다시 네댓새를 더 있게 되었다. 그러다가 송강이 기어이 떠나려 하자 공 태공은 특별히 크게 잔치를 열어 두 사람을 하루 종일 대접한 뒤에야 놓아주었다.

공 태공은 무송에게 새로운 승복 한 벌과 검은 누비옷을 지어 주고, 전에 맡아 두었던 계도며 염주, 도첩 따위가 든 보따리를 돌려주었다. 그리고 따로이 은자를 내어 송강과 무송에게 각기 오십 냥씩 여비로 나눠 주었다.

송강은 그 은자를 받지 않으려 했지만 공 태공 부자는 억지로 보따리에 쑤셔 넣었다. 송강도 그런 그들 부자의 정을 끝내 뿌리칠 수는 없어 그대로 길 떠날 채비를 했다. 무송은 행자(行者)의 복색에 쇠 머리띠를 두르고 사람 뼈로 만든 염주를 목에 걸었다. 거기다 허리에는 계도를 차고 보따리를 메니 어김없이 떠돌이 중이었다. 송강도 박도를 차고 머리에 전립을 덮어 얼굴을 가렸다.

송강과 무송이 공 태공에게 작별을 고하자 공량 공명 형제는 두 사람의 보따리를 지고 이십 리나 따라 나와 배웅했다. 헤어질 무렵 해 보따리를 받아 진 송강이 말했다.

"더 멀리 따라 나오실 건 없소. 나는 무송 아우와 함께 가니 여기서 이만 돌아들 가시오."

그러자 공량과 공명도 아쉬운 작별을 하고 장원으로 돌아갔다.

그날 무송과 송강은 이런저런 이야기로 길 걷는 수고로움을 달래며 저물 때까지 걸었다. 하룻밤을 쉬고 다시 걷기 시작한 두 사람은 다음 날 한 저잣거리에 들게 되었다. 서룡진(瑞龍鎭)이라는 거리였다. 길이 거기서 세 갈래로 갈라져 송강이 지나가는 사람을 잡고 물었다.

"우리 두 사람은 각기 이룡산과 청풍진으로 가는 길입니다. 어느 길로 가야 거기에 이르겠습니까?"

"그 두 곳은 같은 길로는 갈 수가 없소. 이룡산으로 가려면 저쪽 서쪽으로 난 길을 잡아야 되고, 청풍진으로 가려면 반드시 이쪽 동쪽으로 난 길로 가야 되오."

지나가던 사람이 그렇게 길을 일러 주었다. 그 말을 들은 송강이 문득 무송을 돌아보며 말했다.

"이제 아우와 나는 헤어져야 할 것 같네. 우리 어디 가서 술이

나 한잔 나누고 헤어지세."

"제가 형님을 한 마장쯤 바래다 드리고 가지요."

술 한잔으로 헤어지기가 섭섭한지 무송이 그렇게 받았다. 송강이 그런 무송을 부드럽게 달랬다.

"그럴 거 없네. 천 리를 바래다준다 해도 마침내는 헤어져야 할 길 아닌가. 아우도 갈 길이 머니 어서 가 보도록 해야지. 그리고 비록 그리로 가서 그들 무리에 들더라도 술을 조심하게. 기다리다 보면 때가 올 것이네. 조정이 자네의 죄를 용서하고 부르면 노지심과 함께 달려가 충성을 다하도록 하게. 무예로 공을 세우고 벼슬을 얻으면 처자도 생기겠지. 그리고 오랜 뒤 청사(靑史)에 한 줄 아름다운 이름이라도 얹게 된다면 사람의 한평생으로 그리 나쁘지도 않을 거네. 나야 비록 충성하고자 하는 마음이 있어도 재주가 없어 어찌하지 못하나 아우는 그만한 솜씨가 있으니 마음만 먹으면 큰일을 해낼 걸세. 어리석은 형의 말이지만 부디 새겨듣고 뒷날 잘돼서 다시 보세."

무송도 그 말을 알아듣고 더 떼를 쓰지 않았다.

가까운 술집으로 들어간 두 사람은 다가온 이별을 앞두고 서운한 마음을 몇 잔 술로 달랬다. 술값을 치르고 술집을 나와 걷다 보니 어느새 갈림길이 되었다.

무송이 송강을 향해 네 번 절하며 작별을 고했다. 송강은 흐르는 눈물을 주체하지 못하며 다시 간곡히 일렀다.

"아우, 부디 내 말을 잊지 말게. 술을 조심하고 스스로를 소중히 여기게."

피를 나눈 형제보다 더한 정이 밴 목소리였다.

무송은 떨어지지 않는 발길로 그런 송강과 헤어진 뒤 서쪽 길로 접어들었다. 그리고 며칠 뒤 이룡산에 이르러 노지심과 양지를 만나 한패가 되었다.

한편 무송과 헤어진 송강은 동쪽 길로 접어들어 청풍산을 향했다. 가는 도중 내내 무송을 생각하며 걷기를 사나흘 했을 때였다. 문득 길 앞에 높은 산 하나가 나타났다.

송강이 멀리서 살펴보니 산의 생김이 예사롭지 않은 데다 숲이 빽빽한 게 무슨 이름 있는 산 같았다. 혹시 청풍산일지 모른다는 생각으로 걸음을 빨리했다.

하지만 지레짐작으로 잠잘 곳도 살펴보지 않고 마구잡이로 달린 게 탈이었다.

몇 마장 걷기도 전에 날이 저물어 오는데, 사방 어디를 둘러봐도 몸 누일 만한 곳은 눈에 띄지 않았다. 당황한 송강은 속으로 중얼거렸다.

'만약 지금이 여름이라면 까짓거 하룻밤 정도 숲속에서 잔다고 해서 어려울 게 뭐가 있나. 그러나 지금은 겨울이라 바람이 세고 서리가 차 한밤중은 여간 춥지 않을 것이다. 거기다가 숲속에서 호랑이라도 나온다면 내가 무슨 수로 당하나? 까딱하면 목숨까지 잃고 말겠는걸……'

그러고는 허둥대며 동쪽으로 난 좁은 길로 접어들었다.

어두운 산중이라 어디가 어딘지 모를 길을 한참이나 헤맸을 때였다. 마음이 어지러운 탓에 주위도 살펴보지 않고 함부로 걷던 송강은 무슨 올가미 같은 것에 두 다리가 걸리고 말았다. 그러자 갑자기 징 소리가 나며 여남은 명의 산도둑 떼가 함성과 함께 송강을 덮쳤다.

송강은 저항조차 변변하게 해 보지 못하고 그들에게 꽁꽁 묶인 신세가 되고 말았다. 그들은 송강을 묶은 뒤 칼과 보따리를 뺏고, 산 위로 끌고 올라갔다. 송강은 괴롭게 신음하며 그들에게 끌려가 산채 마당에 내던져졌다.

송강이 갑자기 밝혀진 여러 개의 횃불 아래 살펴보니 사방에 통나무 울타리가 쳐져 있는 가운데 한 채 초가가 있고, 초가 마루에는 호랑이 가죽으로 덮인 의자 셋이 놓여 있었다. 아마도 도둑 떼의 우두머리들이 앉는 자리 같았다. 그리고 그 초가 뒤로 백여 칸의 초가가 잇대어 있는 게 제법 세력 있는 산도둑 떼인 듯했다.

송강을 마당에 세운 굵은 기둥에 묶는 졸개들을 보고 초가 마루에 서 있던 졸개 하나가 말했다.

"대왕께서 방금 잠이 드셨으니 굳이 깨워 가며 알릴 건 없네. 대왕께서 깨어나시기를 기다려 저 소새끼 같은 놈을 잡도록 하세. 저놈의 염통과 간은 해장국으로 끓여 올리고, 싱싱한 고기는 우리가 삶아 먹으면 좋겠네."

듣기만 해도 끔찍한 소리였다. 기둥에 묶여 있던 송강은 저도 모르게 몸서리치며 속으로 탄식했다.

'나는 어찌 이렇게도 불운하게 만들어진 놈일까. 하찮은 계집 하나 죽인 죄로 그 고생을 했는데 또 이 지경이 되다니! 내 살과

뼈가 토막토막져 남의 뱃속으로 들어갈 줄이야 누가 생각이나 했겠는가…….'

그때 졸개 하나가 기둥 주위에 등불을 내다 걸었다. 그러나 이미 몸이 얼어 들어가고 있는 송강은 두 눈만 둥그렇게 뜬 채 사방을 돌아보며 탄식을 거듭할 뿐이었다.

그럭저럭 이삼경이 지나고 날이 희부옇게 밝아 왔다. 문득 초가 마룻장 위에 졸개 서넛이 나오더니 여럿을 보고 소리쳤다.

"대왕께서 일어나셨다!"

그 말에 이어 등불이 여기저기 환하게 걸렸다.

송강은 잘 모여지지 않는 눈길을 들어 대왕이라 불리는 그들의 우두머리를 살펴보았다. 머리는 주먹만 한 상투를 틀어 붉은 비단으로 싸맸고 몸에는 대춧빛 옷을 걸친 사내가 걸어 나와 호랑이 가죽 덮인 의자 중 가운데 것에 앉았다.

그는 동래주(東萊州) 사람으로 이름은 연순(燕順), 별명은 금모호(金毛虎)라는 호걸이었다. 원래는 소와 양을 사고파는 장사치였는데, 어떤 일로 밑천을 까먹고는 숲속에 들어 산도둑이 된 지여러 해였다.

연순은 호랑이 가죽 덮인 의자에 앉기 바쁘게 물었다.

"너희들 저 소새끼 같은 놈은 어디서 잡아 왔느냐?"

아직도 술기운이 남아 있는 목소리였다. 졸개들이 자랑스레 대답했다.

"저희들이 산 뒤 샛길에 숨어 있는데 저놈이 올가미에 걸려 방울 소리가 나게 했습죠. 그래서 덮쳐 묶은 뒤 보따리는 뺏고, 저놈의 고기로는 대왕께 해장국이라도 끓여 올리려고 잡았습니다."

그러자 연순은 잘했다는 듯 고개를 끄덕이며 말했다.

"좋지, 어서 가서 두 분 대왕을 모셔 오너라. 함께 저놈을 먹어야겠다."

그 말에 달려간 졸개들이 오래잖아 두 사람을 더 데리고 나왔다.

연순의 왼쪽에 앉은 사내는 다섯 자밖에 안 되는 키에 한 쌍 번쩍이는 눈을 가진 왕영(王英)이란 자였다. 양회(兩淮) 사람으로 키가 작아 왜각호(矮脚虎)란 별명으로 불렸는데 원래는 마부였다. 남의 물건을 실어 주다가 욕심이 나 도중에 패거리와 함께 털어먹은 게 관가에 알려지자 청풍산으로 숨어들어 연순과 함께 도적질을 하고 있었다.

연순의 오른편에 앉은 사내는 희고 깨끗한 얼굴에 세 갈래 수염을 드리웠는데 머리에 붉은 두건까지 없은 게 자못 단정한 용모였다. 소주 사람으로 이름은 정천수(鄭天壽).

생기기를 희고 깨끗하게 생겨 백면낭군(白面郎君)이라 불리지만 원래는 은붙이를 주무르며 살던 자였다. 어렸을 적부터 창봉을 좋아하다 끝내는 강호를 떠도는 신세가 되었는데 어느 날 우연히 청풍산으로 왔다가 왕영과 한바탕 붙게 되었다. 그러나 오륙십 합이 넘어도 승부가 나지 않자 그 솜씨를 높이 산 연순이 산채에 붙들어 앉혀 세 두령 중에 하나가 된 사람이다.

세 사람이 자리를 잡고 앉기 바쁘게 왕왜호가 졸개들에게 소리쳤다.

"얘들아, 저 소새끼 같은 놈의 염통과 간을 어서 꺼내 세 사람이 먹을 해장국을 끓여 오너라."

그러자 졸개 중의 하나가 큰 놋대야에 물을 담아 와 송강 앞에 놓고 또 한 졸개가 소매에서 한 자루 잘 들어 보이는 칼을 꺼내 손에 잡았다. 이어 물을 날라 온 사내가 손으로 물을 움켜 송강의 가슴께에 뿌렸다. 사람의 피가 더울 때 염통과 간을 꺼내면 맛이 없다 하여 찬물로 가슴의 피를 식히는 것이었다. 다른 졸개들은 송강의 얼굴에도 찬물을 끼얹었었다.

일이 그 지경이 되자 송강도 살기를 단념하지 않을 수 없었다. 절로 탄식이 입가로 흘러나왔다.

"애석하구나, 송강이 이런 데서 죽다니!"

그때였다. 연순이 '송강' 두 자를 알아듣고는 급히 졸개들에게 소리쳤다.

"잠깐, 물을 끼얹지 마라!"

그리고 다시 졸개들에게 물었다.

"저놈이 방금 송강이라고 했느냐?"

"네, 송강이 이런 데서 죽어 애석하다고 씨부렁댔습니다."

졸개들이 입을 모아 그렇게 대답했다. 그러자 연순이 의자에서 벌떡 몸을 일으키며 물었다.

"뭐라고? 아니, 이봐, 너 송강이란 사람을 알아?"

"내가 바로 송강이오."

송강이 영문을 몰라 하면서도 그렇게 밝혔다. 연순이 우르르 송강 앞으로 달려와 다시 물었다.

"당신이 송강이라고?"

"그렇소. 내가 제주군 운성현의 압사 송강이오."

"그럼 당신이 산동의 급시우 송공명이란 말이오? 염파석을 죽이고 도망쳐 강호를 떠돌아다닌다는 그 송강……."

거기까지 듣자 송강도 연순이 나쁜 뜻으로 묻는 것 같지는 않다는 느낌이 들었다. 한 가닥 기대를 걸고 또렷이 대답했다.

"어떻게 그걸 아시오? 내가 바로 흑삼랑 송강이오."

그러자 연순이 깜짝 놀라며 곁에 있는 졸개에게서 칼을 빼앗아 송강을 묶은 밧줄을 끊었다. 그리고 자신이 입고 있던 대춧빛 겉옷을 벗어 송강을 감싸더니 가운데 의자 있는 데로 모셔 갔다.

송강을 가운데 교의에 앉힌 연순은 어리둥절해 있는 왕왜호와 정천수를 불러 머리를 조아렸다. 송강이 놀라 어찌할 줄 모르며 답례를 한 뒤 물었다.

"세 분 호걸께서는 어찌하여 저를 죽이지 않고 오히려 이같이 절을 하시는 거요? 이게 무슨 뜻인지 도무지 알 수 없구려."

그리고 거꾸로 절을 올리자 세 사람이 한꺼번에 무릎을 꿇은 가운데 연순이 말했다.

"제가 자칫하면 제 칼로 제 눈깔을 팔 뻔했습니다. 호걸을 몰라보고 이 같은 무례를 범했으니……. 잠시만 먼눈을 팔았어도 의사를 죽이고 말았을 겁니다. 다행히 형께서 크신 이름을 밝히셔서 그렇지, 아니면 어떻게 알아볼 수 있었겠습니까?"

"호걸은 어떻게 나를 아시오?"

송강은 내심 반가우면서도 연순의 그 같은 공대가 무엇 때문인지 여전히 궁금해 물었다.

"제가 비록 수풀 속에 몸을 담은 도둑으로 여러 해 지냈으나 형님의 크신 이름만은 익히 들어 왔습니다. 형님은 의로운 일을 보면 재물을 아끼지 않으시고, 약하고 어려운 이를 보면 그냥 지나치지 못하시는 분 아니십니까? 한스럽게도 인연이 닿지 않아 진작에 찾아뵙고 절을 올리지는 못했지만 이제라도 이렇게 뵙게 되니 모든 게 하늘의 뜻인가 싶습니다. 정말 이 기쁨을 무어라 표현해야 할지……."

연순은 그렇게 말끝조차 제대로 맺지 못했다. 송강도 감동한 나머지 자신도 모르게 떨리는 목소리로 받았다.

"이 송강에게 무슨 재주가 있다고 이처럼 과분하게 대하십니까? 듣고 보니 오히려 부끄러울 뿐입니다."

"형님께서는 어진 이를 받들고 의사를 아끼시며 널리 호걸들과 사귀어 그 이름이 세상에 가득 알려져 있는데 누군들 흠모하지 않을 수 있겠습니까? 근래에 양산박이 그토록 기세 좋게 이는 것도 모두가 형님 덕분이란 걸 세상은 다 알고 있습니다. 그런데 이게 도대체 어떻게 된 겁니까? 형님 혼자 어디로 가시는 길이며, 여기는 또 어떻게 오시게 되었습니까?"

연순의 그 같은 물음에 송강은 그간에 있었던 일을 자세히 일러주었다. 조개네 패거리를 놓아 보낸 데서부터 이제 소이광 화영이 있는 청풍채로 가는 길이라는 것까지.

송강의 이야기가 끝나자 세 두령은 송강을 만나게 된 걸 기꺼워해 마지않았다. 새 옷을 가져다 송강에게 입히는 한편 양과 소를 잡아 크게 잔치를 벌였다. 송강은 그날 세 두령과 새벽까지 마시다가 잠자리에 들었다.

다음 날이었다. 느지막이 일어나 아침밥을 든 송강은 세 두령들과 이야기 끝에 무송 이야기를 하게 되었다. 무송의 힘과 무예에 대해 듣고 난 세 두령은 한결같이 아쉽게 여겼다.

"우리에게 인연이 없으니 별수 없지만 정말로 아깝습니다. 그 사람이 이리로 왔으면 정말 좋았을 텐데! 딴 곳으로 갔다니 한스럽군요."

그 뒤 송강은 그들 세 두령에게 붙들려 며칠 더 청풍산의 산채에 머물게 되었다. 한 대엿새 좋은 술과 맛난 안주에 취해 지내는 사이 동짓달이 가고 섣달이 왔다.

산동 사람들은 해마다 섣달이 되면 조상들의 산소를 찾아보는 관습이 있었다. 어느 날 산 아래로 내려가 망을 보던 졸개 하나가 산 위에 올라와 알렸다.

"큰길에 가마 한 채가 오고 있습니다. 일고여덟 명쯤 따르는데 함 두 개가 곁들여진 게 행세깨나 하는 것들의 성묘 행차 같습니다."

그 말을 듣자 왕왜호가 누구보다 먼저 자리를 떨치고 일어났다. 원래 계집을 밝히는 그는 가마가 있다는 말을 듣자 그 안에 반드시 여자가 있을 거란 짐작에 팔을 걷고 나선 것이었다.

왕왜호가 졸개 사오십 명을 데리고 산을 내려간 뒤에도 송강은 연순, 정천수와 함께 그대로 술자리에 앉아 있었다. 한참이 지나자 왕왜호가 데려갔던 졸개 중의 하나가 달려와 알렸다.

"왕 두령께서 길 위를 덮치자 가마를 따르던 군졸들은 모조리 달아나 버렸습니다. 가마 안에는 한 아낙네와 향을 담은 상자 하나뿐 별다른 재물도 없었습니다."

"그 아낙은 어디 있느냐?"

연순이 궁금한 듯 물었다. 졸개가 멋쩍은 얼굴로 대답했다.

"벌써 왕 두령께서 산채 뒷방으로 끌고 가셨습니다."

그러자 연순은 껄껄 웃고 더 관여치 않았다.

송강이 별로 탐탁잖은 표정으로 중얼거렸다.

"왕영 형제가 계집을 너무 밝히는 듯하구려. 호걸다운 짓이 못 되는데……."

"그 사람 다른 건 흠이 없는데 오직 그게 하나 탈입니다."

연순이 대수롭지 않다는 듯 그렇게 대꾸했다. 그러나 송강은 빤히 알면서도 왕영의 그 같은 짓거리를 보아 넘길 수가 없었다. 정색을 하고 두 사람에게 말했다.

"그러지 말고, 두 분 저와 함께 가서 좀 말려 보십시다."

송강이 그렇게 나서자 연순과 정천수도 마다 않고 따라나섰다.

세 사람은 산채 뒤에 있는 왕왜호의 방으로 찾아가 방문을 두드렸다. 그때 왕왜호는 한참 그 아낙을 끌어안고 재미를 보려 하는 중이었다. 세 사람이 갑자기 들이닥치자 얼른 아낙을 밀치고 멋쩍은 얼굴로 그들을 맞아들였다.

송강은 그런 왕왜호를 제쳐 두고 아낙네에게 물었다.

"부인은 어느 댁 사람이오? 이런 시절에 무슨 일로 이렇게 바깥 나들이를 하시었소?"

그러자 아낙네는 부끄러운 얼굴로 세 사람을 올려다보며 한 차례 고마움을 표시한 뒤 대답했다.

"저는 청풍채 지채(知寨)의 아내가 됩니다. 어머니가 세상을 버리신 지 한 돌이 되어 산소에 향이라도 사르려고 나왔습니다. 대왕님, 부디 이 불쌍한 년의 목숨을 구해 주십시오."

아마도 송강까지 왕왜호와 한 패거리로 보고 비는 것 같았다. 그 말을 들은 송강은 깜짝 놀랐다.

'나는 청풍채의 화 지채를 찾아가는 길이다. 그런데 이 부인네가 지채의 아내라면 바로 화영의 부인이니 어찌 구해 주지 않을 수 있겠는가.'

그렇게 속으로 생각하며 다시 물었다.

"그렇다면 남편 되시는 화 지채는 어찌하여 함께 산소에 오지 않으셨소?"

"저는 화 지채의 아내가 아닙니다."

아낙네가 생각 밖의 대답을 했다. 송강이 알 수 없어 얼른 물었다.

"부인은 방금 스스로를 청풍채 지채의 아내라 하지 않았소?"

"대왕께서 모르시는 것 같아 아룁니다만, 청풍채에는 지채가 둘 있습니다. 문관과 무관으로 각기 한 사람씩 있는데 무관 지채는 화영이고 문관 지채는 저의 남편인 유고(劉高)지요."

그제야 내막을 알게 된 송강은 다시 속으로 헤아려 보았다.

'어쨌든 저 아낙의 남편이 화영과 함께 일하는 지채라면 구해 주지 않을 수 없구나. 만약 구해 주지 않는다면 내일 청풍채로

간다 해도 좋은 일은 없을 것이다.'

이윽고 그렇게 마음을 정한 송강은 그제야 왕왜호를 향했다.

"제가 한마디 드릴 말씀이 있는데 들어주시겠습니까?"

왕영은 막 재미를 보려는 차에 송강이 들이닥친 게 떨떠름했지만 첫째 두령인 연순이 워낙 송강을 우러르는지라 감히 싫은 내색을 못했다.

"형님께서 하실 말씀이 있으시다면 거리낌 없이 해 주십시오."

마지못해 그렇게 대꾸했다. 송강이 조심스레 입을 뗐다.

"호걸이 너무 여자를 밝히면 세상 사람들의 비웃음을 사게 됩니다. 내가 저 부인네의 이야기를 들으니 조정의 명을 받고 내려온 벼슬아치의 아내인 듯싶은데, 어떻소? 내 낯을 보아주고 또 대의 두 자를 짚어서라도 저분을 놓아 보내 주시는 게……."

"저도 형님께 드릴 말씀이 있습니다. 이 왕영이 산채에 아내를 두고 있지 못한 건 사실이나 계집에 걸신이 들려 이러는 건 아닙니다. 세상이 지금 이 지경이 된 것은 바로 높은 관 쓴 벼슬아치들의 분탕질 때문인데, 그 벼슬아치의 계집이라고 잘 보아줄 게 무엇 있습니까? 형님께서는 이 일에 너무 관여하지 마시고 아우가 하는 대로 버려 두셨으면 합니다만……."

왕영이 아무래도 입에 들어온 떡을 뱉을 수는 없다는 듯 그렇게 맞서 왔다. 송강이 그런 왕영에게 무릎까지 꿇으며 한층 간곡하게 말했다.

"아우님께 부인이 필요하다면 이 송강이 어떻게 알아보겠소. 알맞은 규수를 골라 혼수까지 갖춰 아우님께 바쳐 올릴 테니 저 부인을 보내 주시오. 저분은 내 친구와 함께 일하는 관원의 정실(正室)이라 특히 드리는 당부요."

그러자 왕영이 무어라고 대꾸하기 전에 연순과 정천수가 먼저 나섰다. 꿇어앉은 송강을 부축해 일으키며 왕영의 말은 들어 보지도 않고 말했다.

"형님, 일어나십시오. 그 일이라면 어려울 것도 없습니다."

송강도 어쨌든 그 아낙네를 구해 주고 볼 양으로 그 두 사람에게 당부하듯 감사부터 했다.

"그렇다면 오죽이나 고맙겠습니까."

연순은 송강이 몹시 그 아낙네를 구해 주고 싶어함을 알아차리고 그대로 있을 수는 없었다. 왕영이 싫다 하든 말든 돌아보지 않고 가마꾼들을 불러 그 아낙을 태우고 떠나라 소리쳤다. 아낙네는 연순의 그 같은 말을 듣자 송강을 보고 몇 번이고 머리를 조아리며 울먹였다.

"감사합니다, 대왕님. 정말로 감사합니다."

"부인, 저에게 감사할 건 아무것도 없습니다. 나는 이 산채의 대왕이 아니라 다만 운성현에서 흘러든 나그네일 뿐입니다."

송강이 그렇게 겸사 겸 자신을 밝혔다. 그래도 그 아낙네는 몇 번이고 거듭 머리를 조아리며 송강에게 고마움을 나타낸 뒤에야 산을 내려갔다.

두 가마꾼은 잃을 줄 알았던 목숨을 건지게 되자 앞뒤를 돌아볼 겨를이 없었다. 아낙네가 가마에 오르기 바쁘게 나는 듯 달렸다. 다리가 둘밖에 없는 게 한스러울 지경이었다.

그동안 왜각호 왕영은 한편으로는 부끄럽고 한편으로는 속이 상해 아무 소리 없이 연순과 송강이 하는 일을 지켜보고만 있었다. 송강은 그런 왕영을 마루 저쪽으로 끌고 가 좋은 말로 달랬다.

"이보시오, 아우님. 너무 성내지 마시오. 뒷날 이 송강이 아우님이 마음에 들어할 색시감을 구해 드리겠소. 반드시 아우님을 기쁘게 해 줄 테니 내 말을 믿어 주시오."

연순과 정천수도 그들을 뒤따라오며 그만 일로 틀어진 왕영이 우습다는 듯 껄껄거렸다. 왕영은 송강이 예를 갖추어 그렇게 간곡히 말하자 비록 속으로는 불만이 있어도 겉으로 드러내 놓고 성내거나 불평하지는 못했다. 마지못해 빙긋 웃고는 술자리로 돌아가 다시 함께 술잔을 기울이기 시작했다.

한편 지채의 부인을 산도둑 떼에게 빼앗긴 군졸들은 청풍채로 돌아가기 바쁘게 그 일을 지채에게 고해 올렸다.

"마님을 청풍산의 도둑들이 잡아갔습니다."

지채 유고는 그 말을 듣자 펄펄 뛰며 그 군졸들을 꾸짖었다.

"이 죽일 놈들, 네놈들은 어떻게 왔느냐!"

그러고는 다짜고짜 그들에게 몽둥이찜질부터 했다. 군졸들이 죽는 소리를 내며 사정을 털어놓았다.

"우리들은 대여섯뿐이고, 산적들은 마흔 명 가까이 됐습니다. 저희가 무슨 수로 당해 내겠습니까?"

"돼먹잖은 소리 하지 말고 어서 되돌아가 집사람을 찾아오너라. 만약 그러지 못하면 네놈들을 모조리 감옥에 처넣을 테다!"

유고는 성난 소리로 그들을 을러댄 뒤 풀어 주었다. 군졸들은 영 자신이 없었으나 당장 급한 것은 감옥살이를 면하는 일이었다. 채(寨) 안으로 들어가 동료들에게 사정해 칠팔십 명을 끌어모았다.

그래도 청풍산을 들이쳐 지채 부인을 찾겠답시고 달려가던 군졸들은 가는 도중에 뜻밖에도 나는 듯 달려오는 가마를 만났다. 반갑고도 궁금한 군졸들이 부인을 찾아보고 물었다.

"어떻게 이리 산을 내려오실 수 있었습니까?"

"그것들이 멋모르고 나를 산채로 끌어갔지만 내가 유 지채의 부인이라니까 겁을 먹고 벌벌 떨었네. 그리고 가마꾼들을 불러 얼른 산 아래로 모셔 가라지 않겠나."

아낙네가 송강에게 구해 주기를 빌 때와는 딴판으로 그렇게 대답했다. 군졸들은 아무도 본 사람이 없으니 그 같은 아낙의 말을 믿을 수밖에 없었다. 거기다가 당장 급한 게 저희 발등에 떨어진 불이라 아낙을 잡고 간곡히 빌었다.

"마님, 저희들을 가엾게 보시어 돌아가시거든 지채 어른께 부디 잘 말씀드려 주십시오. 저희들이 싸워서 마님을 산적들에게서 되찾은 것이라고 해 주신다면 저희들은 그럭저럭 몽둥이찜질은 면할 것입니다."

"알겠네. 알아서 잘 말씀드려 주지."

시치미는 떼어도 저 역시 켕기는 게 있는지라 아낙이 그렇게 선선히 응낙했다. 이에 군졸들은 벌 떼처럼 가마를 에워싸고 청풍채로 돌아가기 시작했다. 그런데 알 수 없는 것은 가마꾼들이었다. 전과 달리 그 닫는 게 여간 빠르지 않았다. 군졸들이 희한

하다는 듯 가마꾼들에게 물었다.

"자네들 두 사람 어찌 된 건가? 전에 진(鎭) 안에서 가마를 멜 때는 느릿느릿 오리걸음이더니 오늘은 어찌 이리 빠른가?"

그 물음에 두 가마꾼이 아직도 정신이 제대로 돌아오지 않은 눈길로 말했다.

"평소에는 달리려 해도 잘 되지 않았지만 오늘은 할 수 없습니다요. 뭔가 굵은 밤알 같은 게 연신 뒤통수를 쳐 대니 아니 뛸 수가 있어야지요."

"자네들 귀신이라도 본 거 아닌가? 자네들 등 뒤에 뭐가 있다고 그러나?"

군졸들이 웃으며 그렇게 물었다. 그제야 뒤를 돌아본 두 가마꾼이 한참을 어리둥절해하다가 이윽고 까닭을 알았다는 듯 중얼거렸다.

"아이쿠, 이제 보니 우리 발꿈치 아닌가? 하두 다급하게 달리다 보니 우리 발꿈치가 뒤통수까지 올라 붙어 계속 뒤통수를 두드려댔네그랴!"

그 말에 군졸들은 한바탕 배꼽을 잡고 웃었다.

군졸들이 가마를 에워싸고 청풍채로 돌아가자 유 지채는 몹시 반가워했다. 언제 성을 내고 군졸들에게 몽둥이찜질을 했더냐는 얼굴로 아낙을 잡고 물었다.

"누가 당신을 구해 주었소?"

"그 못된 것들이 나를 잡아가더니 처음에는 죽이려 들었습니다. 그러나 내가 지채의 부인이라는 걸 알리자 감히 손을 대지 못하더군요. 오히려 엎드려 절까지 하면서 쩔쩔매고들 있는데 저 사람들이 들이닥쳐 나를 빼내 왔습니다.”

아낙이 그렇게 제 체면과 군졸들의 체면을 아울러 세우는 대답을 했다. 아무것도 모르는 유고는 그 말만 믿고 술 몇 독에 돼지까지 한 마리 잡아 군졸들에게 상으로 내렸다.

한편 송강은 그 아낙네를 구해 준 뒤에도 대엿새를 더 연순의 산채에 머물다가 드디어 화영을 찾아볼 양으로 산을 내려왔다. 연순을 비롯한 세 두령은 더 붙들어도 송강이 머물러 줄 것 같지 않자, 크게 잔치를 열어 송강을 대접하고 성의껏 금은을 내다 송강의 보따리에 넣어 주었다.

송강은 아침 일찍 일어나 세수를 하고 조반을 먹기 바쁘게 보따리를 메었다. 세 두령은 산 아래까지 따라 내려와 삼십여 리나 전송한 뒤 거기서 다시 미리 준비해 온 술과 안주로 작별을 했다.

“형님께서 청풍채에 갔다가 오시는 길에는 반드시 이곳을 들러 주십시오.”

세 사람은 못내 아쉬운 듯 그런 당부를 끝으로 돌아섰다.

“다시 만나세.”

송강도 그렇게 다짐하고 보따리를 울러멘 뒤 길을 떠났다.

청풍산은 청풍채에서 멀지 않아 채 백 리 길이 안 되었다. 청주에서 세 갈래 난 곳에 있는 진이 청풍채로, 원래의 땅 이름은 청풍진이었다. 그러나 삼면에 험한 산이 있어 특별히 세운 게 청풍채인데, 채 안에는 삼사천의 인가가 몰려 살았다.

그날 세 두령과 작별하고 청풍진에 이른 송강은 채 안으로 들기 바쁘게 화 지채가 사는 곳을 물었다.

"청풍채의 관아는 성 가운데 있는데 남쪽으로 있는 작은 채는 문관인 유 지채의 집이고, 북쪽에 있는 작은 채는 무관인 화 지채의 집이오."

길 가던 사람이 아는 대로 그리 일러 주었다.

송강은 길을 알려 준 사람에게 감사하고 북쪽에 있는 채로 갔다. 문 앞에 이르니 군졸 몇이 지키고 있다가 이름을 물은 뒤 안에 기별을 놓아 주었다.

얼마 안 있어 젊은 군관 하나가 달려 나와 송강을 맞았다. 그는 군졸들을 시켜 송강의 보따리와 박도를 받게 한 뒤 송강을 이끌어 대청 위 윗자리에 앉히고 네 번이나 절을 했다.

"제가 형님과 이별한 뒤의 날을 손꼽아 보니 벌써 대여섯 해가 되는군요. 하지만 마음속으로는 늘 형님을 그리고 있었습니다. 형님이 못된 계집을 죽이고 쫓긴다는 소문을 듣자 아우는 언제나 가시방석에 앉은 듯했습니다. 잇따라 여남은 통이나 형님 댁에 글을 보내 소식을 물었는데 받으셨는지 모르겠습니다. 오늘 다행히 하늘이 보살피시어 형님이 이곳에 이르셨으니 이는 실로 평생에 잊지 못할 감격이올시다."

그 젊은 군관이 바로 송강이 찾는 지채 화영이었다. 송강은 이야기를 마치고 다시 절을 하는 화영을 일으켜 세우며 말했다.

"아우님, 예는 그쯤 하시고 내 이야기나 들어 주게."

은혜를 원수로 갚는 계집

이어 화영과 함께 자리를 잡고 앉은 송강은 그간의 일을 털어놓았다. 염파석을 죽인 날부터 청풍산에서 연순을 만난 것까지 다 이야기하자 듣고 난 화영이 말했다.

"형님, 참으로 어려움이 많으셨군요. 그런데도 오늘 이렇게 탈 없이 여기에 이르셨으니 이만저만 다행이 아닙니다. 이 몇 년 정말로 뵙고 싶었습니다."

"만약 아우 청이가 공 태공의 장원으로 자네의 편지를 보내 주지 않았더라면 이렇게 아우님을 만나러 오지도 못했을 것이네."

송강이 그렇게 대꾸했다.

화영은 곧 송강을 뒤채로 모신 뒤에 아내 최씨를 불러 시아주버님을 보는 예로 절하게 했다. 또 누이를 불러 큰오빠 보듯 절하게 하니 송강은 마치 제집이라도 온 듯한 느낌이었다.

이어 화영은 송강에게 새 옷과 신발을 내놓고 향수 뿌린 물에 몸을 씻게 했다. 송강은 오랜 떠돌이 생활에서 덮어쓴 먼지를 씻고, 새 옷, 새 신발로 갈아 신었다. 화영은 그런 송강을 다시 뒤채 아늑한 방에 앉힌 뒤 정성을 다한 술상으로 대접했다.

그날 술자리에서 송강은 비로소 유 지채의 부인을 산채에서 구해 준 이야기를 했다. 첫날 만날 때 빼놓은 것인데 이야기를 듣고 난 화영이 문득 두 눈썹을 찌푸리며 말했다.

"형님, 그런 여자를 뭣 때문에 구해 주셨습니까? 차라리 버려 둬 입을 막는 게 좋았을 텐데……."

"거참 알 수 없군. 들으니 청풍채 지채의 부인이라기에 자네의 동료 낯을 보아 구해 낸 건데. 왕왜호가 싫어하는 것도 모르는 척 힘을 다해 일없이 산을 내려가게 해 주었건만 자네 그게 무슨 소린가?"

송강이 이상하게 여기며 그렇게 물었다. 화영이 여전히 찌푸린 이마를 펴지 않으며 일러 주었다.

"형님이 모르셔서 하시는 말씀입니다. 이 청풍채는 청주로선 긴요한 땅입니다. 만약 제가 여기서 지키고 있지 않았다면 청주성은 벌써 멀고 가까운 곳의 도둑 떼에게 박살이 났을 것입니다. 그런데 얼마 전 어디서 빌어먹다 온지도 모르는 풋내기가 정(正) 지채로 내려왔습니다. 문관이라면서 글도 시원찮은 데다 부임한 뒤로 한 짓이란 게 고작 힘없는 백성들을 속이고 털어먹는 일이었습니다. 도대체가 조정의 법도치고 어기지 않는 게 없을 정도

지요. 아우는 무관이라 부(副)지채일 뿐이니, 그때마다 속을 끓이면서도 그 더러운 짐승을 죽일 수 없는 게 한스럽습니다. 그런데 그놈의 계집을 형님이 구해 주시다니요! 그 계집은 제 남편이 하는 못된 짓을 말리기는커녕 오히려 충동질하고 있습니다. 죄 없는 백성들을 해치고 그 재물을 빼앗는 데 앞장을 서는 계집이지요. 그런 계집은 산도둑 떼에게 욕이나 보고 천하게 살도록 내버려 두는 게 옳았는데 형님이 모르고 구해 주신 겁니다."

송강이 그런 화영을 달랬다.

"아닐세, 그건 아우가 틀렸네. 옛말에 이르기를 원한은 풀지언정 맺지는 말라지 않던가. 그 사람은 자네의 동료이니 비록 약간의 잘못이 있더라도 자네가 감싸 줘야 하네. 나쁜 것은 되도록 묻어 주고 좋은 일만 드러내 치켜세우는 걸세. 지금 같은 눈으로 그 사람을 봐서는 아니 되네."

화영도 그만한 소리를 못 받아들일 졸장부는 아니었다. 가만히 송강의 말에 귀 기울이다가 이맛살을 펴고 빙긋 웃으며 송강을 안심시켰다.

"형님 말씀이 아주 옳습니다. 내일 관아에서 유 지채를 만나더라도 형님께서 그 부인을 구해 준 이야기는 않겠습니다. 그것도 그에게는 부끄러운 일이 될 테니까요."

"아우가 그런다면 그건 바로 아우의 훌륭한 점을 드러내는 일이지."

송강도 적이 마음이 놓이는 표정이었다.

화영 내외는 송강에게 아예 사람 몇 명을 딸려 아침저녁으로 불편 없이 모시게 했다. 술과 밥을 올리고 잠자리를 보살피는 게 송강을 큰 상전 모시듯 하는 것이었다. 밤이 되자 화영은 또 따로 술상을 차려 송강을 대접하고, 늦게서야 자리로 모셔 가게 했다.

그럭저럭 송강이 화영의 집에 머문 지 네댓새가 지나갔다. 화영은 다시 부리는 사람들을 하루씩 번갈아 송강에게 붙여 그를 데리고 청풍진 안팎을 구경시켜 주게 했다.

덕분에 송강은 청풍진의 저잣거리뿐만 아니라 인근 마을이며 궁궐, 도관(道觀), 사찰에 이르기까지 모두 구경할 수 있었다.

그러던 어느 날이었다. 하루는 이곳저곳을 한가롭게 구경한 끝에 청풍진 안에 있는 술집에서 술을 마시게 되었다. 술을 마시고 술집을 나설 때쯤 되자 송강을 모시고 있던 화영의 하인이 은자를 내어 술값을 치르려 했다. 그럴 때 쓰라고 화영에게서 미리 받은 은자였다. 그러나 송강은 굳이 제 돈을 내어 술값을 치르고 화영에게는 그 일을 말하지 않았다. 화영의 하인으로서는 그만한 공돈이 생긴 셈이니 기뻐하지 않을 리 없었다.

송강은 그렇게 한가롭게 거리 구경이나 하며 지내기를 며칠 했다. 그의 몸가짐이 겸손하고 씀씀이가 후하니 화영의 집안사람 치고 송강을 좋아하지 않는 사람은 하나도 없었다. 그러는 사이 한 달이 지나 어느덧 정월도 지나고 원소절(元宵節)이 가까워 왔다. 원소절은 정월 대보름의 다른 이름으로 봄도 이제 멀지 않은 셈이었다.

원소절이 가깝자 청풍진 사람들은 집집마다 등을 마련하고 잔치를 차리는 한편 토지대왕(土地大王) 묘에도 정성을 바쳤다. 먼저 묘당 밖에 큰 등을 매달고 그 윗부분을 꽃으로 꾸민 뒤 이어 오륙백 개의 작은 등을 내달아 산 모양으로 만들었다. 이른바 소오산(小鰲山)인데, 그래 놓고 묘 안에서는 여러 가지 놀이판을 벌였다. 거리는 거리대로 집집마다 등을 내걸고 여기저기서 재주껏 놀이판이 벌어지니 비록 경사(京師)가 아니어도 그날만은 성안이 번화롭기 그지없었다.

그날 송강도 화영과 술잔이나 나누며 원소절을 보내기로 되어 있었다. 아침 일찍 관아로 나간 화영은 수백 군사들을 점고하여 명절을 보내는 데 빈틈이 없게 하였다. 곧 일부는 거리를 돌며 밤중까지 방비를 굳게 하고 일부는 진채와 목책에 내보내 만일에 대비케 한 것이었다.

화영이 모든 조처를 끝내고 집으로 돌아온 것은 미시(未時) 무렵이었다. 점심을 먹자고 청한 화영을 보고 송강이 말했다.

"오늘 밤 거리에 꽃등을 단다 하니 나가서 구경 좀 해야겠네."

"아우가 형님을 모시고 함께 가야 합니다만 워낙 일에 매인 몸이라 그렇게 하지 못하는군요. 형님만 집안 아이들 몇 데리고 나가 보십시오. 하지만 일찍 돌아오셔야 합니다. 저는 집에서 술상을 차려 놓고 형님을 기다리지요. 술이나 한잔하면서 원소절을 보내십시다."

화영이 그렇게 대꾸했다. 술이라면 그리 싫다 하지 않는 송강인지라 흔연히 고개를 끄덕였다.

"거 좋지. 그렇게 함세."

그럭저럭 해가 지고 날이 저물어 왔다. 동쪽 하늘에서 정월 대보름 달이 훤히 떠오르는 걸 보고 송강은 집을 나섰다. 화영의 하인 몇이 그런 송강을 뒤따랐다.

송강은 청풍진 거리를 천천히 걸으며 집집마다 장대를 세우고 내단 꽃등을 구경했다. 이런저런 글귀가 쓰이고 모란이며 부용꽃 모양을 그린 갖가지 등이 서로 아름다움을 다투고 있었다.

거리를 지난 송강은 이어 토지대왕의 묘로 갔다. 소오산이란 등불 장식이 아주 볼만했다. 송강은 다시 그곳을 떠나 남쪽으로 가 보았다.

송강이 한 오륙백 걸음이나 걸었을까, 한 군데 불빛이 환한 곳이 보였다. 어떤 큰 장원 앞에 여러 개의 등불이 걸리고 한 떼의 사람들이 몰려 있는데, 징 소리 꽹과리 소리에 사람들의 떠들썩한 갈채가 어울려 꽤나 소란스러웠다.

송강이 무슨 일인가 싶어 가 보니 광대 한패가 포로(鮑老)라는 익살스러운 탈춤판을 벌이고 있었다. 그러나 송강은 키가 작아 그 놀이판을 둘러싼 사람들 뒤에서는 구경을 제대로 할 수가 없었다. 송강을 따르던 화영의 하인들이 사람들을 헤치고 송강을 앞자리로 모셔 갔다. 광대패들이 크게 밝혀 둔 횃불 근처에 이르러서야 송강은 비로소 제대로 놀이판을 볼 수 있었다.

송강은 광대들의 익살을 보며 자신도 모르게 큰 소리로 웃었다. 그런데 그때였다. 송강은 자세히 보지 못했지만 장원 안쪽에는 따로이 자리가 마련되고 거기에는 유 지채 내외가 기생들이며 고을의 유지들과 함께 앉아 있었다. 유 지채의 아낙이 큰 웃음소리 때문에 송강 쪽으로 눈길을 돌렸다가 불빛에 그 얼굴을 알아보았다.

아낙은 얼른 남편 유 지채의 허리를 찌르며 송강 쪽을 가리켰다.

"어머나, 저기 바로 그놈이 있어요. 저쪽 얼굴이 검고 작달만한 놈이 전에 나를 잡아간 청풍산 도적 떼의 우두머리라구요."

그 말을 듣고 놀란 유 지채는 얼른 주위에 있던 군졸 예닐곱 명을 불러들였다.

"저기 웃고 있는 저 검고 작달막한 놈을 잡아라!"

송강도 유 지채의 그런 고함 소리를 들었다. 무엇이 잘못돼도 단단히 잘못됐음을 알고 급히 몸을 돌려 달아났다.

하지만 워낙 가까운 거리에서 마음먹고 뒤쫓아오는 군졸들이라 끝내 떨쳐 버릴 수는 없었다. 채 여남은 집 앞도 못 지나 송강은 그들의 억센 손에 덜미를 잡히고 말았다.

군졸들은 송강을 끌고 장원 안으로 들어갔다. 바로 그 장원이 문관 유 지채의 집이었던 것이다.

이윽고 송강은 네 가닥의 참바에 온몸이 꽁꽁 묶인 채 유 지채의 대청 앞으로 끌려 나갔다. 송강을 따르던 화영의 하인들이나마 제대로 몸을 빼내 화영의 집으로 돌아갈 수 있었던 것만도 다행이라 할 수 있었다.

유 지채가 대청 높이 앉아 송강을 가까이 끌어오라 하자, 군졸들은 송강을 유 지채 앞으로 데려가 무릎을 꿇렸다.

"네놈은 청풍산의 도적 떼 우두머리로서 어찌 감히 저잣거리로 들어와 등불놀이를 구경할 수 있단 말이냐? 이제 꼼짝없이 붙들렸으니 어디 할 말이 있으면 해 봐라."

유 지채가 송강을 보고 자못 위엄 있게 다그쳤다. 송강은 다급한 중에도 시치미부터 뗐다.

"저는 운성현에서 흘러들어 온 장삼(張三)이란 나그네로서 화지채와는 친구가 됩니다. 이곳에 온 지는 여러 날 되었지만 청풍산에서 도적질을 한 적은 전혀 없습니다."

그러자 유 지채의 아낙이 병풍 뒤에서 나오더니 송강을 손가락질하며 소리를 높였다.

"되잖은 소리 마라. 네놈은 내게 너를 대왕님이라고 부르도록 시킨 것도 잊었느냐?"

"마님, 그런 말씀 마십쇼. 저는 그때 마님께 말씀 올리지 않았습니까? 저 역시 운성현에서 흘러든 나그네로 그곳에 붙들려 있는 중이라 마님을 쉽게 산 아래로 내려보내 드릴 수 없었다구요."

송강이 하도 기가 막혀 시치미 떼던 것도 잊고 그렇게 대꾸했다. 세상에 은혜를 원수로 갚는 악물(惡物)이 있다더니 그 계집이 바로 그랬다. 그때 영문을 잘 모르는 유 지채가 제 계집의 편만 들며 끼어들었다.

"네놈이 정말 한 나그네로 도적 떼에게 사로잡혀 있었다면 지금 어떻게 이리 저잣거리로 내려와 한가로이 등불 구경을 하게 됐느냐?"

하지만 못된 계집은 남편이 이치로 따져 묻는 것조차 두고 보지 못했다. 얼토당토않은 말로 뒤집어씌우듯 말했다.

"네놈은 산 위에 있을 때 가운데 교의에 뻐기고 앉아 있지 않았느냐? 게다가 나에게 스스로를 대왕님이라고 부르도록 해 놓고 이제 와서 딴소리냐? 감히 누구를 속이려고."

"마님, 제가 힘을 다해 구해 드린 건 어찌하여 잊으시고 억지로 저를 도적으로만 보십니까?"

송강이 참다못해 그렇게 원망 섞인 소리를 했다. 그러자 계집은 까닭 없이 표독을 부리며 송강을 손가락질했다.

"저 되잖은 것이 무슨 헛소리야? 정말 맞아 봐야 바른대로 대겠느냐?"

말뿐만이 아니었다. 계집은 남편을 제쳐 놓고 군졸들을 꾸짖어 송강을 매질하게 했다.

군졸들의 사정없는 매질이 시작되었다. 오래잖아 송강은 살갗이 터지고 살이 찢어져 온몸이 피투성이로 변했다. 유 지채는 그런 송강을 쇠사슬로 묶게 하고 고방에 가두게 했다. 다음 날 수레에 실어 청주로 보낼 작정이었다. 송강이 밝힌 고향과 이름을 적당히 얽어 '운성현 장삼호(張三虎)'란 산도적을 만든 것이었다.

한편 송강을 뒤따르다 뜻밖의 일을 당하고 황망히 돌아간 화영의 하인들은 그 일을 얼른 화영에게 일러바쳤다. 그 말을 들은 화영은 깜짝 놀랐다. 얼른 글 한 통을 쓴 뒤 믿을 만한 하인을 시켜 유 지채에게 보냈다.

화영의 심부름꾼이 유 지채의 집에 이르자 문을 지키던 군졸이 안에 들어가 알렸다.

"화 지채가 사람을 시켜 글을 보내왔습니다."

유고가 안으로 들이라 하자 화영의 심부름꾼이 들어와 글을 바쳤다. 거기에는 이렇게 쓰여 있었다.

화영이 엎드려 한 말씀 올립니다. 근래 저의 먼 친척 유장(劉 丈)이란 이가 제주에서 왔사온대, 간밤 등불놀이를 구경하다가 상공의 위엄을 거스른 듯합니다. 바라건대 그를 용서하여 놓아 주신다면 그보다 더 고마울 데가 없겠습니다. 직접 찾아가 아 뢰지 못하고 어지러운 글로 대신함을 너그럽게 보아주십시오.

그걸 읽은 유고는 벌컥 성부터 냈다. 편지를 갈가리 찢어 흩으 며 욕설부터 내뱉었다.

"화영 이놈이 어찌 이리 뻔뻔스러울 수 있단 말이냐! 제 놈이 조정의 명을 받고 온 벼슬아치로서 도적과 짜고 나를 속이려 들 어? 그 도적놈은 이미 자신을 운성현 장삼이라 밝혔는데 뭐, 제 주부의 유장이라구? 나를 놀리려는 게 아니라면 성을 팔아 덕을 보려는 수작이겠지. 내 성이 유가니까 그놈도 유가로 하면 내가 잘 보아줄까 싶어? 하지만 어림없다!"

그리고 군졸들을 시켜 화영의 심부름꾼을 내쫓게 했다.

쫓겨난 심부름꾼은 급히 화영에게 돌아가 그 일을 알렸다.

"형님이 고생하시겠구나. 안 되겠다. 어서 말을 끌어내어라!"

화영이 그 말을 듣기 바쁘게 몸을 떨치며 일어났다. 그리고 몸 에 갑주를 걸치더니 활과 화살까지 갖춘 뒤 말에 뛰어올랐다.

화영이 창과 몽둥이를 든 군졸 사오십 명을 딸린 채 유고의 집으로 달려가자 문을 지키던 유고의 졸개들은 겁부터 먼저 났다. 노기등등한 화영에게 감히 맞설 엄두를 못 내고 사방으로 흩어져 달아났다.

화영은 대청 앞에 이르러 말에서 내렸다. 위엄 있게 창을 꼬나잡은 그 뒤로 역시 창과 몽둥이를 든 군졸 수십 명이 늘어섰다.

"유 지채는 나오시오. 나와 이야기 좀 합시다."

화영이 집 안에다 대고 그렇게 소리쳤다. 그 소리를 들은 유고는 놀라 얼이 빠졌다. 무관인 화영과 맞서 싸울 생각이 날 리 없어 그대로 자라목을 하고 숨어 있었다.

화영은 몇 번이고 불러도 유고가 나오지 않자 군졸들을 시켜 집 안을 뒤지게 했다. 수십 명의 군졸이 흩어져 집 안을 뒤진 끝에 마침내 어느 구석진 골방에서 송강을 찾아냈다. 참바로 대들보에 매달아 놓고도 다시 쇠사슬로 얽었는데, 두 다리는 맞아 살이 헤져 있었다.

군졸들이 송강을 끌어내려 밧줄을 끊고 쇠사슬을 풀었다.

화영은 그런 송강을 먼저 집으로 모셔 가게 했다. 그런 다음 천천히 말에 오른 화영은 위엄 있게 창을 비껴들며 어디 숨어 있는지 모를 유고를 향해 꾸짖었다.

"유 지채는 들으시오. 당신이 비록 정지채라고는 하나 화영을 이리 막볼 수 있소? 누구에게나 친척은 있거늘, 당신은 어찌 내게 형뻘 되는 분을 잡아다가 어거지로 도적을 만들려는 거요? 사람을 업신여겨도 이건 너무하지 않소? 오늘은 이만 물러갈 테니 할 말이 있으면 내일 다시 만나 이야기합시다."

그러고는 집으로 돌아갔다.

유고는 화영이 돌아간 뒤에야 겨우 제정신을 차렸다. 얼른 자기 군사 백여 명을 모아 화영의 집으로 보냈다. 송강을 되빼앗아 오라는 엄명과 함께였다.

그 군사들 중에는 새로 뽑힌 교두 둘이 있었다. 창칼을 조금 다룰 줄 알아 교두가 되기는 했으나 아직 화영의 무예를 본 적이 없는 그들이라 유고가 시키는 대로 따랐다.

그들이 화영의 집 근처에 이르자 문을 지키던 화영의 군졸들이 얼른 그 일을 화영에게 알렸다.

때는 아직 날이 밝기 전이었다. 유고의 군졸들은 화영의 집까지 오기는 했지만 들은 소문은 있어 함부로 뛰어들지 못했다. 그저 와글거리며 문 앞에 모여 서 있는 사이에 날이 훤하게 밝아 왔다.

갑자기 화영의 집 대문이 열리더니 집 안이 환히 드러났다. 유고의 군졸들이 힐끔힐끔 들여다보니 화영이 대청 한가운데 앉아 있는데 왼손에는 활을 들고 오른손으로는 화살 먹인 시위를 감아쥐고 있었다.

"너희들은 들어라. 원한에는 그 상대가 있고, 빌린 것에는 임자가 있는 법이다. 유고가 너희들을 보내서 왔겠지만 쓸데없이 남을 대신해 나설 건 없다. 특히 너희 둘 새로 온 교두는 이 화영의 무예를 본 적이 없으니 오늘 온 김에 내 활 솜씨나 보아 두어라. 그런 뒤에도 유고를 대신해 나서고 싶거든 밀고 들어와도 좋다. 자 그럼 이제 한 대를 쏘겠다. 먼저 대문 왼쪽에 선 문신(門神)의 머리 꼭대기를 맞힐 테니 잘 보아라!"

화영이 그렇게 외치고는 힘껏 시위를 당겼다 놓았다. 화살은 어김없이 화영이 말한 곳에 가 꽂혔다. 백여 명의 군졸은 화영의 귀신같은 활 솜씨에 놀라 입이 딱 벌어졌다. 그때 화영이 다시 두 번째 화살을 뽑아 들며 소리쳤다.

"자, 한 번 더 내 활 솜씨를 보아라. 이번에는 오른쪽 문신의 투구에 있는 붉은 끈을 맞히겠다!"

그리고 시위를 힘껏 당기더니 두 번째 화살을 날려 보냈다. 그 화살도 어김없이 화영이 말한 곳에 가서 꽂혔다.

화영은 숨결 한번 고르는 법 없이 세 번째 화살을 꺼내 시위를 먹였다.

"이제 내 세 번째 화살이 어디를 맞히는지 보아라. 이번에는 흰옷 입은 교두의 염통을 맞힐 것이다!"

화영이 그러면서 활을 들어 겨누자 이미 반나마 얼이 빠진 유고의 군졸들은 깜짝 놀랐다. 행여라도 그 화살이 자신에게 날아올까 겁이나 모조리 뒤돌아서서 뛰기 바빴다.

유고의 군사들이 모두 달아나자 화영은 다시 문을 닫아걸고 뒤채에 누워 있는 송강을 찾아갔다.

"제가 잘못해 형님을 고생시켰습니다. 죄송스럽습니다."

"나야 괜찮지만 유고가 걱정일세. 아우를 그냥 둘 것 같지 않으니 미리 대책을 세워야 할 거네."

송강이 그렇게 제 몸보다 화영의 걱정을 앞세웠다. 화영이 대수롭지 않다는 듯 대꾸했다.

"이까짓 벼슬 떼어 내던지면 그만 아니겠습니까? 그건 걱정 마십시오."

그러자 비로소 송강의 얼굴에도 노여운 기색이 나타났다.

"정말 그 계집이 은혜를 원수로 갚을 줄은 꿈에도 몰랐네. 서방놈을 시켜 나를 이 지경이 되도록 매질할 줄이야……. 나는 원래 진짜 이름을 대려다가 혹시 염파석 죽인 일이 드러날까 봐 운성현의 나그네 장삼이라고 거짓말을 했지. 그런데 유고란 놈은 그 이름을 거창하게 장삼호로 바꾸고, 나를 꼼짝없이 산적패의 우두머리로 바꾸어 청주로 묶어 보내려 하지 않겠나. 그대로 죄수 신는 수레에 실려 갔으면 청풍산 도둑 떼의 우두머리로 칼 아래 죽고 말았을 거네. 아우가 와서 구해 주었기에 망정이지, 설령 입술이 구리로 만들어졌고 혓바닥이 쇠로 되었다 한들 무슨 수로 나를 발명할 수 있었겠나!"

"저는 유고가 책을 읽은 사람이라 동성(同姓)을 생각하는 마음이 있을 줄 알고 형님의 이름을 유장이라 둘러댔지요. 정말로 그놈이 그렇게 매정할 줄 몰랐습니다. 어쨌든 이제 이렇게 형님을 모셔 왔으니 그 일은 나중에 따져 보도록 하지요."

화영이 그렇게 송강의 마음을 누그러뜨려 주었다. 송강이 잠시 말이 없다가 천천히 입을 열었다.

"아닐세. 아우가 비록 힘으로 나를 구해 냈지만 이런 때일수록 깊이 생각해서 움직여야 될 것 같네. '밥을 먹을 때는 목이 메지 않게, 길 걸을 때는 헛디디지 않게.'란 말이 있지 않은가. 생각해 보니 유고 그놈이 아무래도 그냥 있지는 않을 듯싶네. 눈 뻔히 뜨고 자신이 잡아 둔 사람을 뺏겼겠다, 되찾아 오라고 보낸 군졸들마저 겁을 먹고 쫓겨 갔겠다……. 그리되고 나면 놈은 반드시 위의 관청에 글을 올려 고발할 걸세. 이대로는 안 되겠네. 오늘 밤으로 나는 청풍산으로 달아나야겠어. 자네는 내일 그놈과 어찌 좋도록 해 보게. 만약 내가 여기 있다가 다시 그놈 손에라도 떨어지게 되는 날이면 자네는 꼼짝없이 당하고 말 거네."

"아우는 사내다움만 믿는 한낱 무부(武夫)라 형님같이 깊은 생각은 못합니다. 하지만 그렇게 심하게 다친 몸으로 어떻게 움직일 수 있습니까?"

화영이 걱정스러운 얼굴로 송강에게 물었다. 송강이 빙긋 웃으며 안심시켰다.

"그건 괜찮네. 어찌 됐건 산 아래만 이르면 될 테니 한번 가 보지. 일이 급한데 드러누워 당하기만을 기다릴 순 없지 않나?"

그러고는 상처에 고약을 붙이더니 곧장 몸을 일으켜 떠날 채비를 했다. 보따리는 모두 화영의 집에 맡겨 두고 몸만 떠나는데, 두 군졸이 채를 나설 때까지 부축해 주었다. 날이 제법 어둑해질 무렵이었다.

한편 화영의 집에서 쫓겨난 군졸들은 숨이 턱에 차게 유고에게 돌아가 말했다.

"화 지채가 너무 용맹스러워 어찌해 볼 수가 없었습니다. 그의 활 솜씨를 보고도 누가 감히 덤벼들 수 있겠습니까?"

두 교두도 거들었다.

"그의 활 솜씨가 너무도 귀신같아 도무지 다가가 볼 수조차 없었습니다."

유고는 어디까지나 문관이었다. 힘으로 화영을 당해 낼 수 없다 싶자 곧 머리를 쓰기 시작했다.

'화영이 그 도적놈을 뺏어 갔으니 반드시 밤 안으로 그놈을 놓아 보낼 것이다. 청풍산으로 돌려보내겠지. 그리고 내일 나를 찾아와 따지다가 안 되면 함께 윗사람에게 가서 시비를 가리려 들 것이다. 문관이 무관과 힘으로 치고받을 수 없고⋯⋯ 어쩐다? 어떻게 화영을 잡나? 옳지 됐다. 오늘 밤 군사 수십 명을 풀어 청풍산으로 돌아가는 길목을 지키게 해 보자. 거기서 기다리다가 그 도적놈을 다시 붙든다면 내 집에 가둬 놓고 그길로 주부에 이 일을 알려야지. 그러면 군관이 내려와 화영을 잡아갈 테고, 그걸로 그놈도 끝장이다. 앞으로는 나 혼자 이 청풍진을 다스리게 될 테니 어느 놈이 감히 나와 맞서려 하겠는가.'

이리저리 머리를 굴린 끝에 계책을 정한 유고는 곧 군졸 스무남은 명을 불러 영을 내렸다.

"너희들은 창과 몽둥이를 들고 청풍산으로 가는 길목을 지키다가 장삼이란 도적놈이 지나가거든 붙들어 오너라."

이에 채를 떠난 군졸들은 그날 밤 이경이 되기도 전에 정말로 송강을 묶어 왔다. 실은 그게 제 목숨을 재촉하게 되는 줄도 모르고 유고는 기뻐해 마지않았다.

"과연 내 헤아림에서 벗어나지 못하는구나. 다른 죄수들과 함께 뒤채 깊숙이 가둬 놓고 아무에게도 이 일을 말하지 말라."

그렇게 이른 다음 곧 글 한 통을 써서 그 밤으로 청주부에 모든 걸 일러바쳤다.

다음 날이 되자 화영은 송강이 무사히 청풍산으로 돌아간 줄로만 알았다. 집에 가만히 버티고 앉아 유고가 어떻게 나오는지 지켜보기로 했다. 그러나 어찌 된 셈인지 유고는 아무런 움직임이 없었다.

그때 청주의 지부는 성이 모용(慕容)이요 이름은 언달(彦達), 현 황제인 휘종의 귀비(貴妃) 모용씨의 오라비였다. 누이 덕분에 지부 벼슬을 얻은 셈인데, 백성을 쥐어짜고 주의 관리들을 들볶기로 이름난 사람이었다. 그날 아침 관아에서 아침상을 받고 있자니 좌우의 공인들이 유고의 고발장을 바쳐 올렸다. 사방에서 날뛰는 도적떼에 대한 급한 보고라 했다.

모용 지부는 얼른 그 글을 열어 보았다. 유고가 한껏 부풀려 놓은 것이라 읽고 놀라지 않을 수가 없었다.

'화영은 공신(功臣)의 후손으로 어찌 청풍산의 도적 떼와 내통할 수 있는가. 그 죄가 적지 않다. 하지만 아직은 참말인지 아닌지 모르니 그것부터 알아봐야겠구나.'

그런 생각으로 주의 병마도감을 불러오게 했다.

이때 청주의 병마도감은 황신(黃信)이란 사람으로 무예가 뛰어나 진삼산(鎭三山)이라 불렸다. 청주에는 청풍산, 이룡산(二龍山), 도화산(桃花山)이 있어 산세가 거칠고 도적 떼가 들끓었는데 황신이 그 세 산의 도적 떼를 모조리 잡아 없애겠다고 큰소리치는 바람에 진삼산이란 별명을 얻게 된 것이었다.

모용 지부로부터 청풍채로 가서 진상을 알아보라고 명을 받은 황신은 꾸물거림 없이 곧 청주로 떠났다. 상문검(喪門劍)을 매단 말에 갑옷을 걸치고 오른 데다 쉰 명의 씩씩한 군사까지 딸리니 자못 위엄 있는 행차였다.

나는 듯 말을 달려 청풍진에 이른 황신은 곧바로 유고의 채를 찾았다. 유고가 반색을 하며 황신을 맞아들인 뒤 뒤채로 모셔 들였다. 유고는 처음 보는 예를 마치기 바쁘게 술상을 차려 황신을 대접하고 그를 따라온 군사들도 배불리 먹였다.

어느 정도 황신의 호감을 샀다 싶자 유고는 송강을 끌어내게 했다. 그사이 유고의 말만 믿게 된 황신이 송강을 한번 훑어보고는 귀찮은 듯 말했다.

"더 물어볼 것도 없다. 저놈을 수레에 실어라!"

이에 송강은 머리에 붉은 보자기를 쓴 위에 '청풍산 도적 떼의 우두머리 운성호(鄆城虎) 장삼(張三)'이라고 쓰인 종이 깃발까지 꽂은 채 수레에 실렸다.

원래 송강은 위의 관청에서 사람이 내려오면 다시 어떻게 말을 꾸며대 보려 했다. 그러나 황신이 워낙 말 붙일 틈조차 주지 않으니 하는 수가 없었다. 저희들 하는 대로 몸을 내맡기고 기다릴 뿐이었다.

송강의 일을 간단히 처결한 황신이 다시 유고를 보고 물었다.

"저놈이 붙들린 걸 화영이 아오, 모르오?"

"제가 장삼을 붙든 것은 밤도 이경이 지나서였고, 또 아무에게도 말하지 못하게 하고 집 안 깊숙이 가둬 놨습니다. 따라서 화영은 전혀 모를 겁니다. 저놈이 일없이 청풍산으로 돌아갔겠거니

하고 제집에 처박혀 있겠지요."

"그렇다면 일이 쉽게 되었군. 유 지채는 내일 아침 일찍 대채(大寨) 뜰에 크게 술상을 차리고 사방에 힘깨나 쓰는 군졸을 쉰명쯤 숨겨 두시오. 그러면 나는 화영의 집으로 가 그놈을 불러오겠소. 지부께서 당신들 문무(文武) 두 지채가 싸웠단 말을 듣고 화해시키려 나를 보냈다면 놈도 아니 오고는 못 배길 거요. 그래서 놈이 그 술자리에 나오면 내가 술잔을 던지는 걸 신호로 숨겨 놓았던 군졸을 풀어 놈을 잡도록 하시오. 그다음에 놈과 장삼을 함께 끌고 주부로 가는 거요. 내 계책이 어떻소?"

"참으로 놀라운 계책입니다. 그야말로 독에 든 자라를 건지는 격 아니겠습니까!"

유고가 아첨 섞어 황신을 치켜세웠다.

다음 날이 되었다. 유고는 대채 뜰에다 장막을 치고 여기저기 군졸들을 숨겨 놓은 뒤 겉보기만 그럴듯한 술자리를 마련했다. 대강 채비가 된 걸 보고 황신도 제 할 일을 시작했다. 군사 서넛만 데리고 말에 올라 화영의 집으로 달렸다.

"무엇 때문에 왔다더냐?"

문 지키는 군사로부터 주의 병마도감이 왔다는 말을 듣고 화영이 물었다. 그 군사가 고개를 갸웃거리며 대답했다.

"그저 황 도감(都監)이 특히 찾아뵈오러 왔다고만 전해 달라던 뎁쇼."

이에 화영은 떨떠름한 대로 나가 황신을 맞아들이지 않을 수 없었다. 화영은 말에서 내린 황신을 대청으로 모셔 들인 뒤 물었다.

"도감 어른, 무슨 일로 이 누추한 곳까지 찾아오셨는지요."

"지부 나리의 부르심을 받고 갔더니 이 청풍채의 문무 두 분 지채가 서로 사이가 좋지 않다는 말씀이 계십니다. 연유야 어찌 됐건 두 분의 사사로운 감정이 공사를 그르칠까 지부 나리의 걱정이 크시었소. 이에 내게 좋은 술을 내리시며 가서 두 분을 화해시키고 오라 하셨소이다. 대채 뜰에 이미 술자리가 마련됐으니 지채도 얼른 말에 오르시오. 나와 함께 갑시다."

황신이 시치미를 뚝 떼고 그렇게 대답했다. 있을 법도 한 일이었다. 그 말에 마음이 풀어진 화영이 웃으며 가벼운 사죄를 했다.

"제가 어찌 감히 유 지채를 거스르겠습니까? 더구나 그분은 정지채이신데……. 만약 그분의 기분을 상하게 했다면 모두가 이 화영의 잘못이지요. 그런데 뜻밖으로 지부 나리를 놀라시게 하고 도감 어른을 이 궁벽한 청풍채까지 오시게 만들었으니 정말 무어라 드릴 말씀이 없습니다."

능구렁이 같은 황신이 한 수를 더 얹었다. 다정한 척 화영의 귀에 대고 소리 죽여 덧붙이는 것이었다.

"실은 지부께서 자네를 위해 이러셨다네. 만약 군사를 움직일 일이 생기면, 말이야 바른말이지, 문관이 무슨 소용인가. 그런데 유 지채는 바로 문관 아닌가? 알았으면 어서 가세."

그렇게 되니 화영은 깜박 넘어가지 않을 수가 없었다.

"고맙습니다. 도감께서 보잘것없는 저를 보살펴 주시니 어떻게 보답드려야 할지……."

그런 감사까지 하며 황신의 말을 따랐다. 황신은 온 김에 한잔

하고 떠나자는 화영의 간곡한 청도 뿌리치고 길만 재촉했다.

"거기도 술상이 차려져 있으니, 그리 가서 마시며 이야기합시다."

이에 화영은 그길로 말에 올라 황신을 따라나섰다.

두 사람은 곧 술자리가 펼쳐진 대채 뜰에 이르렀다. 유고는 벌써 와서 자리를 잡고 있었다.

"술을 가져오너라!"

유고와 화영이 어색하게 마주 앉는 걸 본 황신이 호탕하게 소리쳤다. 누가 봐도 흥겨운 화해의 술자리가 될 것만 같았다. 그 바람에 화영을 따라온 하인도 아무 생각 없이 말을 끌고 뜰에서 나가 버렸다.

대채의 문이 걸어 닫긴 뒤에도 화영은 별다른 의심이 없었다. 황신이 무장이라 그 같은 잔꾀를 쓰리라고는 짐작도 못한 것이었다.

술이 오자 황신이 한 잔을 따라 먼저 유고에게 권하며 말했다.

"지부께서는 두 분 문무의 지채께서 사이가 좋지 않단 말을 들으시고 걱정이 많소이다. 특히 나를 보내어 두 분을 화해시키라 하셨으니, 두 분은 조정의 은혜가 무거움을 생각해서라도 이쯤에서 감정을 푸시오. 무슨 일이 생기면 서로 상의하고 힘을 합쳐 나라에 보답해야 하지 않겠소?"

"유고가 비록 재주 없으나 이치는 조금 압니다. 지부 나리께서 그처럼 저희를 위해 마음 써 주시는데, 저희 두 사람이 다툴 일이 무에 있겠습니까? 아무것도 모르는 사람들이 함부로 말을 퍼뜨린 듯합니다."

유고가 그렇게 능청을 떨었다. 황신이 그럼 안심이란 듯 유고와 함께 술 한 잔을 들이켜고 두 번째 잔을 화영에게 내밀었다.

"유 지채가 말하는 걸 보니 아무래도 할 일 없는 사람들이 헛소문을 퍼뜨린 모양이오. 그렇다면 술이나 듭시다."

화영도 다행히 일이 잘 풀렸다 싶어 고마운 마음으로 술잔을 받았다. 유고가 빈 잔을 채워 황신에게 올리며 다시 능청을 떨었다.

"도감 어른께서 이 누추한 곳까지 오시느라 고생이 많으셨겠습니다. 한 잔 드십시오."

그런데 그 잔을 받은 황신이 이상했다. 갑자기 날카로운 눈초리가 되어 사방을 살피더니 유고의 군졸들이 있을 곳에 있는 걸 확인하고 술잔을 땅바닥에 내던졌다.

갑자기 장막 뒤에서 함성이 일며 수십 명의 군사들이 쏟아져나와 화영을 덮쳤다. 화영은 하도 뜻밖이라 제대로 버텨 보지도 못하고 그들에게 잡혀 대청 앞으로 끌려 나갔다.

"저놈을 묶어라!"

황신이 높직이 앉아 소리쳤다. 그제야 일이 심상찮다고 느낀 화영이 목소리를 높여 물었다.

"도감 어른, 제가 무슨 죄가 있다고 이러십니까?"

황신이 껄껄거리다가 문득 엄한 목소리로 꾸짖었다.

"네놈이 그래도 할 말이 있느냐? 청풍산의 도적 떼와 내통하여 조정의 은혜를 저버려 놓고 무슨 죄를 지었느냐고 묻다니. 그나마 네놈의 낯을 봐주어 너희 집안사람들을 놀라게 하지 않고 너를 잡아온 것만도 크게 인심 쓴 줄 알아라."

"내가 그런 죄를 지었다는 증거를 보여 주시오."

아직도 송강이 되붙들려 온 걸 모르는 화영이 그렇게 맞섰다. 황신이 이죽거렸다.

"보여 주지, 이게 진짜가 아니라면 네놈의 말을 믿어 주겠다."

그리고 좌우를 돌아보며 소리쳤다.

"여봐라, 그놈을 끌어내 오너라!"

그러자 한 사람이 붉은 보자기를 쓰고 종이 깃발을 등에 꽂은 채 끌려왔다. 화영이 보니 놀랍게도 송강이었다. 놀라기는 송강도 마찬가지였다. 둘 다 눈만 크게 뜬 채 마주 보며 입이 굳어 말조차 제대로 하지 못했다.

"나는 너희 일을 모른다 치자. 하지만 여기 고소인 유고가 있다."

황신이 그런 둘을 보고 다시 이죽거렸다. 그제야 정신을 가다듬은 화영이 소리쳤다.

"아니올시다. 그렇지 않소. 저 사람은 내 친척으로 운성현 사람입니다. 당신은 억지로 도적으로 몰려 하지만 위에 가면 절로 모든 게 밝혀질 거요!"

"그 말 잘했다. 네 말대로 주부로 가 보자. 할 말이 있거든 거기서 하라."

황신이 그렇게 받고는 곧 유고를 향했다.

"유 지채는 군사 백 명을 뽑아 이 죄인들을 호송하는 걸 돕도록 하시오."

일이 그렇게 되자 화영도 황신을 상대로 더 뻗대 봤자 이로울

게 없다는 판단이 섰다. 목소리를 가다듬어 다른 청을 했다.

"도감께서 나를 잡아가시지만 조정에 가면 절로 모든 게 밝혀질 거요. 다만 한 가지 바라는 것은 내 옷을 벗기지 말고 수레에 앉아 가게 해 주시오. 나와 한가지로 무관이시니 무관의 낯을 보아서라도 들어주시기 바라오."

황신도 그것까지는 마다하지 않았다.

"그야 어렵잖지. 바라는 대로 해 줄 테니 유 지채와 함께 주에 가서 먼저 희고 검은 것을 가려보도록 하라. 다만 거짓으로 사람을 해쳐서는 아니 된다."

그러고는 곧 떠날 채비에 들어갔다.

이윽고 대강 채비가 갖춰지자 황신은 유고와 함께 청주로 떠났다. 송강과 화영을 실은 수레는 황신이 데려온 군사들이 에워싸고 그 뒤는 유고가 뽑은 청풍채의 군사 일백이 따랐다.

상문검을 뽑아 들고 말에 오른 황신 곁에 역시 갑옷 입고 말 탄 유고가 붙어 섰는데 손에는 제법 갈래 진 창까지 들었다. 그 뒤를 다시 창칼을 갖춘 군졸 백수십 명이 북소리, 징 소리를 내며 따르니 자못 위세 있는 행군이었다.

그런데 행렬이 청풍진에서 채 사십 리도 못 갔을 때였다. 길 앞에 큰 숲이 하나 나타났다. 사방에 도적이 들끓는 때라 길 가는 데 나타나는 숲이 반가울 리 없었으나 황신과 유고는 태연한 척 군사들을 몰아 나아갔다. 그때 앞서가던 군졸 하나가 숲 쪽을 가리키며 말했다.

"숲속에서 우리를 살피는 놈들이 있는 것 같은데……."

그러자 공연히 떨떠름하던 군사들이 모두 제자리에 멈춰 섰다. 황신이 그걸 보고 말 위에서 물었다.

"왜 나아가지 않느냐?"

"숲속에서 우리를 엿보는 것들이 있는 것 같습니다."

황신은 뱃심 있는 무장이었다. 기가 죽기는커녕 되레 목소리를 높였다.

"알은척할 것 없다. 어서 가자!"

그렇게 군사들을 내몰았다. 군사들도 하는 수 없이 머뭇머뭇 앞으로 나아갔다.

그럭저럭 숲이 가까워졌다. 서로 얼굴을 알아볼 만큼 되었을 무렵, 갑자기 여기저기서 징 소리가 요란하게 울리며 함성이 들렸다. 군사들은 겁을 집어먹고 달아날 생각부터 했다. 황신이 그런 군사들을 몰아쳤다.

"서라! 모두 나와 함께 밀고 나아가자."

그러고는 유고를 돌아보며 송강과 화영이 갇힌 수레를 당부했다.

하지만 유고는 이미 그때부터 제정신이 아니었다. 황신의 말에는 대꾸도 않고 혼자 중얼거리고만 있었다.

"하느님, 부처님, 저를 구해 주십시오. 어이쿠, 저를 구해 주시면 십만 권의 경서를 읽고 서른 번의 초제(醮祭, 도가의 제사)를 올리겠습니다. 부디 살려만 주십시오……."

그런 그의 낯은 놀란 나머지 희었다 푸르렀다 붉었다 제 빛깔로 있지를 못했다.

그런 유고에 비해 황신은 그래도 무관다웠다. 조금도 겁내는 기색 없이 말을 박차고 내닫는데 숲속 여기저기서 산도둑 떼가 벌 떼처럼 일어났다. 줄잡아 삼사백은 되어 보였다.

도적들은 하나같이 크고 힘세 보이는 데다 얼굴이 험하고 눈빛이 흉했다. 모두가 허리에는 칼을 차고 손에는 창을 들었는데 머리의 붉은 두건까지 한결같았다. 무서운 기세로 뛰쳐나와 황신과 그 군사들을 에워쌌다.

그 도적 떼 가운데서 특히 돋보이는 사내 셋이 앞으로 걸어 나왔다. 하나는 푸른 옷을, 다른 하나는 녹색 옷을, 나머지는 붉은 옷을 걸쳤는데, 머리에는 모두 만자건을 얹고 있었다. 허리에 찬 칼 말고도 저마다 박도를 손에 쥔 게 또한 같았다. 가운데가 금모호 연순이요, 앞쪽이 왜각호 왕영, 뒤쪽이 백면낭군 정천수였다.

"멈추어라! 이곳을 지나가려면 황금 삼천 냥을 내놓고 길을 사야 한다."

그들 세 호걸이 앞길을 막으며 그렇게 소리쳤다. 황신이 지지 않고 꾸짖었다.

"이놈들, 겁 없이 함부로 날뛰지 말라. 여기 진삼산이 계시다!"

하지만 길을 막은 세 호걸은 조금도 움츠러드는 기색이 아니었다. 오히려 더 크게 눈을 부릅뜨며 받아쳤다.

"네놈이 진삼산이 아니라 진천산이래두 소용없다. 길 지나는 값 삼천 냥을 내지 않으면 그냥 보내 주지 않겠다!"

"나는 윗분으로부터 나랏일을 보라고 내려보내진 도감이다. 어이 네놈들에게 길을 사고 지나가겠느냐?"

황신이 이번에는 벼슬까지 내세워 보았지만 소용없기는 마찬가지였다. 세 호걸이 껄껄 웃으며 빈정댔다.

"도감이 아니라 바로 임금님 행차라도 길값은 물어야 하느니라. 만약 황금 삼천 냥이 없다면 너희들이 데려가는 저 죄수들을 잡혀 두고 가거라. 길값을 가지고 오면 그때 돌려주겠다."

그제야 황신은 그들이 길을 막은 뜻이 딴 데 있음을 알았다. 곧 송강과 화영을 구해 내려는 수작임이 분명했다. 황신이 화를 이기지 못해 큰 소리로 꾸짖었다.

"이 흉악한 도적놈들, 무슨 수작이냐? 어서 길을 비키지 못할까!"

그러고는 좌우의 군사들을 몰아 싸움 채비에 들어갔다.

북소리, 징 소리가 크게 울리는 가운데 황신이 앞서 말을 박차고 달려 나갔다. 황신은 똑바로 연순을 향해 칼을 휘두르며 덮쳐 갔다. 그러자 세 호걸이 한꺼번에 칼을 빼들고 황신에게 맞섰다.

황신은 그래도 겁먹지 않고 셋과 맞섰다. 힘을 다하여 싸우니 열 합 정도는 버틸 수 있었다. 하지만 혼자서 셋을 당하기는 역시 무리였다.

거기다가 황신을 더욱 맥 빠지게 한 것은 유고였다. 처음부터 겁에 질려 있던 유고는 앞으로 나가기는커녕 내빼기에 바빴다. 그리고 두 대장 중에 하나가 내빼자 군졸들도 벌써 우왕좌왕이었다.

싸우면서 곁눈질로 그 같은 형편을 본 황신은 그러잖아도 힘에 부치는 싸움을 계속할 마음이 싹 가셨다. 자칫하다간 셋에게 사로잡혀 제 이름에 먹칠하게 되지나 않을까 겁이 났다. 염치고 체면이고 가릴 것 없이 그대로 말 머리를 돌려 달아나기 시작했다.

황신이 달아나는 걸 보고 기세가 오른 세 호걸이 말 배를 차며 뒤쫓았다. 더욱 급해진 황신은 제 졸개들을 돌볼 틈조차 없어 혼자만 청풍진으로 내빼고 말았다.

황신과 유고를 따르던 군사들도 그 나물에 그 밥이었다. 황신이 말 머리를 돌려 달아날 때 이미 제자리를 지키고 있는 군사는 하나도 없었다. 죄수고 수레고 모두 팽개치고 저마다 살기만을 찾아 뿔뿔이 흩어져 버렸다.

가엾게 된 것은 유고였다. 그 또한 일찌감치 달아나려 했으나 그게 뜻 같지가 못했다. 그의 말 앞을 막은 산적 졸개들이 갈고리며 밧줄을 던져 말을 쓰러뜨리자 유고는 꼼짝없이 사로잡히고 말았다.

연순의 졸개들이 다시 죄수 실은 수레로 몰려갔을 때 화영은 이미 스스로 수레를 부수고 나와 몸을 얽은 밧줄을 끊고 있었다. 졸개들이 달려들어 송강마저 구해 냈다.

졸개들은 유고의 옷을 벗겨 송강에게 입힌 뒤 먼저 산채로 올려 보냈다. 그리고 발가벗긴 유고도 단단히 얽어 산채로 끌고 갔다. 이렇다 할 까닭도 없이 은혜를 원수로 갚으려던 계집 때문에 서방놈이 먼저 요절나게 된 셈이었다.

커지는 싸움

그들 세 호걸이 때맞춰 송강과 화영을 구하러 나오게 된 경위는 이러했다. 송강이 청풍산을 내려간 뒤 그들 세 두령은 그 뒤 소식이 궁금한 나머지 졸개 하나를 청풍진으로 보내 알아보게 했다. 그런데 청풍진으로 내려간 졸개는 놀라운 소식을 알려 왔다.

"도감 황신이 잔을 내던지는 것을 신호로 화 지채를 사로잡고 미리 잡혀 있던 송강과 함께 수레에 실어 청주로 끌고 가려 하고 있소."

길 가던 사람에게 알아본 결과 송강이 사로잡히게 된 경위와 함께 그리 일러 주더란 것이었다.

이에 놀란 세 두령은 산채의 졸개들을 함빡 끌고 내려와 청주로 가는 큰 길 작은 길을 모두 막고 황신을 기다렸다. 그리고 기다린 보람이 있어 송강과 화영을 구해 냈을 뿐만 아니라, 유고까지 사로잡게 된 것이었다.

세 두령과 송강, 화영이 유고를 끌고 산채로 돌아왔을 때는 벌써 밤도 이경이 되어 있었다. 세 두령은 취의청(聚義廳)에 송강과 화영을 모셔 앉히고 술자리를 벌였다.

"자, 모든 걸 잊고 술이나 드십시다."

연순이 술잔을 권하며 그렇게 말하자 화영이 먼저 그들 세 두령에게 감사와 더불어 말했다.

"이 화영과 송강 형님은 세 분 호걸 덕분에 목숨을 건졌습니다. 이제 원수까지 갚을 수 있다면 그보다 더 고마운 일이 없겠습니다. 다만 걱정은 제 아내와 자식들이 아직도 청풍채 안에 있다는 것입니다. 반드시 황신이 그들을 잡아 두고 있을 터인즉 어떻게 해야 구해 낼 수 있을지 모르겠습니다."

"지채께선 너무 걱정하지 마십시오. 제 생각에 황신은 함부로 부인이나 자제분을 잡아들이지 못할 것입니다. 또 잡아들인다 해도 청주로 가자면 이 길밖에 없으니 도중에 구할 수 있습니다. 부인과 자제분들뿐만 아니라 매씨(妹氏)까지도 일없을 테니 마음 놓으십시오."

연순이 그렇게 화영을 안심시켰다. 그리고 그 자리에서 눈치 빠른 졸개 하나를 내려보내 청풍진의 사정을 알아보게 했다. 화영이 그런 연순에게 거푸 감사를 드렸다.

"정말 고맙습니다. 어떻게 이 빚을 갚아야 할지……."

그때 송강이 문득 딴 이야기를 꺼냈다.

"이제 유고란 놈을 끌어내 따져 봐야겠소!"

너그러운 송강이지만 유고와 그 계집이 한 짓은 아무래도 용서할 수가 없었던 모양이었다. 연순이 그런 송강의 기분을 알아차리고 맞장구를 쳤다.

"맞습니다. 그놈을 끌어다 기둥에 달아매고 염통을 도려내 형님의 노여움을 푸시도록 하지요."

"그놈은 내가 베어 버리겠소."

유고에게 당하기가 송강 못잖은 화영이 그러고 나섰다.

이윽고 유고가 끌려 나오자 송강이 매섭게 꾸짖었다.

"유고는 들어라. 너와 나는 옛적에도 원수진 일이 없고 근간에도 원한 산 일이 없는데 너는 어찌하여 못된 계집의 말만 듣고 나를 해치려 하였느냐? 어디 이 지경이 되고도 할 말이 있거든 해 보아라."

하지만 유고에게는 애걸조차 변변히 해 볼 틈이 없었다.

"이런 놈의 말을 들어 무엇하시렵니까?"

화영이 그 한마디와 함께 달려가 한칼로 유고의 가슴을 갈랐다. 손으로 염통을 끄집어 내 송강에게 바치는 게 여간 분하지 않았던 모양이었다. 송강도 그 정도로는 속이 풀리지 않는지 유고의 시체를 끌어내는 졸개들을 보며 혼잣말처럼 중얼거렸다.

"이 더러운 놈은 죽었지만 아직 그 못된 계집이 살아 있으니 분이 다 풀리지 않는군……."

그러자 왕왜호가 냉큼 그 말을 받았다.

"형님, 그건 걱정하지 마십시오. 제가 내일 산을 내려가 그년을

붙들어 오겠습니다. 하지만 이번에는 그년을 제게 맡기셔야 합
니다!"

그 말에 모두들 크게 한바탕 웃고 술자리로 돌아갔다. 그날 밤
그들 다섯은 늦도록 술을 마시며 즐긴 뒤에 각기 잠자리에 들었다.

다음 날이 되었다. 송강, 화영과 그들 세 두령은 아침부터 머리
를 맞대고 청풍진을 칠 일을 의논했다. 연순은 송강과 화영이 너
무 서둔다 생각했던지 좋은 말로 미루기를 권했다.

"어제 우리 아이들이 형님들을 구하느라 몹시 고단했을 것입
니다. 오늘 하루 더 쉬게 한 뒤에 산을 내려가지요. 그래도 늦지
는 않을 겁니다."

송강도 그 말을 들으니 옳게 여겨졌다.

"하긴 그렇군. 사람과 말이 모두 기운을 되찾아야 제대로 싸울
수가 있지 너무 서두를 것 없네. 그리하세."

그러고는 선선히 하루를 미뤘다.

한편 말 한 필에 의지해 혼자 청풍진으로 돌아간 황신은 그 나
름대로 대비를 세우느라 한창이었다. 대채(大寨) 안에 남은 군사
들을 있는 대로 긁어모아 네 문을 지키게 하는 한편, 청주에 글
을 띄워 모용 지부에게 도움을 청했다.

황신에게서 급한 전갈이 왔다는 말을 들은 모용 지부는 놀라
관아로 달려갔다. 황신의 글을 펴 보니 거기에는 대강 이런 글이
적혀 있었다.

화영이 조정을 저버리고 청풍산의 도적 떼와 한패가 돼 버렸

습니다. 때를 늦추면 이 청풍진도 지키지 못할 것 같사오니, 어서 좋은 장수와 날랜 군사를 보내시어 이 고을을 구해 주십시오.

그걸 읽은 지부는 더욱 놀랐다. 얼른 사람을 보내 청주의 모든 병마를 지휘하는 진(秦) 통제를 부르게 했다. 그와 함께 군사를 보내는 일을 의논하려 함이었다.

진 통제는 개주 사람으로 성은 진(秦)씨요 이름은 명(明)인데, 성질이 급하고 목소리가 천둥소리 같아 사람들은 모두 그를 벽력화(霹靂火) 진명이라 불렀다. 윗대부터 군관을 지낸 집안에서 났고, 한 개 가시 방망이를 잘 써서 당해 낼 사람이 없을 정도였다.

진명은 모용 지부의 부름을 받자 한달음에 청주부로 달려갔다. 예를 끝내기 바쁘게 지부가 황신의 글을 진명에게 내주었다.

"진 통제, 먼저 이것부터 한번 읽어 주시오."

진명은 그 글을 읽자 성부터 먼저 내며 소리쳤다.

"이 도적놈들이 어찌 감히 이럴 수 있느냐! 상공께서는 조금도 걱정 마십시오. 제가 비록 재주 없으나 당장 군사를 이끌고 가서 그것들을 모조리 쓸어버리겠습니다. 그러하지 못한다면 두 번 다시 상공을 뵈러 오지 않겠습니다!"

별명 그대로 천둥 같고 번갯불 같은 사람이었다. 지부가 그런 진명을 은근히 재촉했다.

"하지만 장군께서 지체하다간 그 전에 청풍채가 쓸려 버릴 것이오."

"이런 일에 어찌 늑장을 부릴 수 있겠습니까? 오늘 밤 안으로 인마를 점고해 내일 아침 일찍 떠나도록 하겠습니다."

진명이 그렇게 자신 있게 나오자 지부는 비로소 마음이 좀 놓였다. 술과 고기를 내어 진명을 대접하고, 성 밖 군사들에게도 따로이 수레를 보내 상을 내리겠다며 기세를 돋워 주었다.

진명은 딴 사람도 아닌 화영이 조정을 등졌다는 말에 화가 나서 참을 수가 없었다. 그길로 말에 올라 지휘사(指揮司)로 달려간 뒤 마군 일백과 보졸 사백을 골라 성 밖에 모았다. 거기서 하룻밤 준비를 한 뒤 다음 날 떠날 작정이었다.

모용 지부도 진명에게 말한 대로 지켰다. 성 밖 절에 시켜 큰 솥으로 만두를 찌게 하고, 좋은 술을 독째 데운 뒤 군사 하나 앞에 술 세 사발과 만두 두 개, 삶은 고기 한 근씩을 돌렸다. 배불리 먹고 잘 싸워 달라는 당부에 다름 아니었다.

모든 채비가 갖춰지자 진명은 다음 날 일찍 군사를 몰아 떠났다. 행렬 앞에는 한 자락 붉은 깃발을 앞세웠는데 거기에는 '병마 총관 진 통제' 일곱 자가 크게 쓰여 있었다.

모용 지부가 성 위에서 보니 투구에 갑옷 걸치고 말에 오른 진명이 여간 늠름해 보이지 않았다. 진명은 지부가 성 위까지 나와 선 걸 보자 얼른 깃발을 숙이게 하고 말에서 내려 군례를 올렸다. 지부도 군례를 받고, 술 한 잔을 내리며 한 번 더 당부했다.

"부디 잘 싸워 이기고 돌아오시오."

그리고 군사들에게도 상을 듬뿍 나눠 주었다.

진명은 지부와 작별하기 바쁘게 군사를 몰아 청풍진으로 달려갔다. 원래 청풍진은 청주성의 동남쪽에 있었으나, 남쪽 길을 택

한 것은 산 북쪽 샛길로 보다 빨리 청풍산에 이르기 위함이었다.

진명이 군사를 몰고 달려온다는 소식은 곧 청풍산의 졸개들 귀에도 들어갔다. 졸개들은 숨이 턱에 차게 산채로 올라가 그 일을 알렸다.

"진명이 병마를 몰아오고 있습니다."

청풍진을 치러 나서려고 하다 그 소리를 들은 산채의 호걸들은 놀랐다. 관군이 뜻밖으로 빨리 덮쳐 온 탓이었다. 화영이 그런 호걸들을 진정시켰다.

"여러분, 놀라실 건 조금도 없소. 옛말에 이르기를 '군사가 급하게 밀려들면 오직 죽기로 싸울 뿐'이라 하지 않았소? 산채 사람들에게 술과 밥을 배불리 먹이고 먼저 힘을 다해 적을 막게 합시다. 그다음에 꾀를 쓰면 못 이길 것도 없을 거요."

그리고 다시 자신이 머릿속에서 그려 둔 계책을 여러 두령들에게 자세히 일러 주었다. 듣고 난 송강이 환한 얼굴로 주먹을 부르쥐었다.

"좋소. 그대로 한번 해 봅시다!"

이에 청풍산 산채는 곧 화영과 송강이 머리를 합쳐 짜낸 계책대로 싸울 채비에 들어갔다. 화영은 특히 좋은 말 한 필을 고른 뒤 갑옷을 걸치고 활을 멘 채 관군이 몰려들기만을 기다렸다.

그사이 청풍산 아래 이른 진명은 산에서 십 리쯤 되는 곳에 진채를 내렸다.

싸움은 이튿날 아침부터 시작되었다. 그날 진명은 군사들에게 새벽밥을 지어 먹이고 곧바로 청풍산을 향해 몰아갔다. 한 군데

널찍한 공터에 싸움을 위한 대형을 지은 관군이 북을 치며 싸움을 걸자 산 위에서도 이내 응답이 왔다. 요란한 징 소리와 함께 한 떼의 인마가 기세 좋게 쏟아져 내려오는 것이었다.

진명은 가시 방망이를 든 채 말 위에 높이 앉아 쏟아져 내려오는 산적들을 바라보았다. 그의 부릅뜬 눈에 소이광 화영이 졸개들에게 에워싸여 산을 내려오는 모습이 들어왔다.

산을 내려온 화영은 들판에 이르기 바쁘게 진세를 벌였다. 졸개들이 제법 싸움을 맞을 채비가 된 걸 본 화영이 말 위에서 철창을 비껴 든 채 진명에게 알은체를 했다. 진명이 화부터 내며 버럭 소리를 질렀다.

"화영아, 너는 조상 때부터 장수를 낸 집안의 자손이요, 조정의 명을 받고 내려온 관원이 아니냐? 너를 지채로 삼아 한 고을을 지키게 하였는데, 너는 나라의 녹을 받아먹은 자로서 어찌 이럴 수 있느냐? 도적과 손을 잡고 조정을 배신했으니 내 특히 너를 잡으러 왔다. 순순히 말에서 결박을 받는다면 볼썽사나운 꼴은 면하게 해주마!"

화영이 빙긋이 웃으며 그 말을 받았다.

"이 화영이 어찌 조정을 배반할 리 있겠습니까? 실은 유고가 사사로운 감정으로 저를 모함해 이 지경이 된 것입니다. 집이 있어도 돌아갈 수 없고, 나라가 있어도 의지하지 못하게 되었으니 잠시 이곳에 갈 곳 없는 몸을 숨기고 있을 뿐입니다. 총관께서는 부디 이 화영의 형편을 헤아리시고 너그럽게 보아주십시오."

"이놈, 어서 말에서 내려 결박을 받지 않고 어느 때를 기다린

단 말이냐? 그런 번드르르하고 간사한 말로 어찌 나를 속이려 드느냐?"

진명은 화영의 말을 들은 척 만 척 그렇게 호령하고 군사들에게 싸움 북을 울리게 했다. 그리고 그 북소리에 맞춰 앞장서 말을 박차고 화영을 덮쳤다.

화영이 갑자기 말투를 바꾸어 진명의 부아를 돋우었다.

"진명, 너는 정말로 돌대가리로구나. 남이 좋게 하는 말을 어찌 그리도 못 알아듣느냐? 내가 말투를 공손히 한 것은 네가 지난날 나의 윗자리에 있었던 까닭이지, 네가 겁나서가 아니다."

그러고는 창을 휘두르며 말을 몰아 진명의 가시 방망이와 맞섰다.

한동안 눈부신 싸움이 벌어졌다. 화영의 창과 진명의 가시 방망이가 치고받기를 오십여 합, 좀체 승부는 가려지지 않았다.

하지만 화영은 처음부터 끝장을 보려고 싸움을 시작한 게 아니었다. 다른 꿍꿍이속이 있는 만큼, 오십 합을 넘기면서 차츰 그걸 드러냈다. 짐짓 힘에 부치는 듯 빈틈을 보이다가 갑자기 말머리를 돌려 산 아래 샛길로 달아나기 시작했다. 진명은 그게 속임수인 줄도 모르고 화영을 놓칠까 봐 정신없이 말을 몰아 뒤쫓았다.

달아나던 화영이 갑자기 말을 세우는가 싶더니 어느새 활을 들어 화살 한 대를 날렸다. 화살은 똑바로 진명의 투구를 맞히고 거기 묶여 있던 붉은 끈을 끊어 놓았다.

정신없이 뒤쫓기만 하다 그 꼴을 당한 진명은 깜짝 놀랐다. 화영의 귀신같은 활 솜씨가 두려워 더는 쫓지를 못했다.

화영을 쫓기를 그만둔 진명은 군사들에게 돌아오기 바쁘게 그들을 싸움으로 내몰았다. 관군이 함성과 함께 그때껏 맞서 있던 청풍산의 졸개들을 치고 들었다. 그러나 어찌 된 셈인지 졸개들마저 싸우기는커녕 그대로 돌아서 산꼭대기로 내빼는 것이었다. 화영도 그런 졸개들을 뒤쫓듯이 산채로 올라가 버렸다.

진명은 그리되자 화가 더 났다.

"이 하찮은 산도적놈들이 어찌 이럴 수 있느냐?"

그렇게 고래고래 소리치며 군사를 산 위로 내몰았다.

북소리, 징 소리가 하늘과 땅을 흔드는 가운데 군사들은 함성을 지르며 산 위로 기어올랐다. 그러나 봉우리 셋을 오르기도 전에 통나무며 돌덩어리, 녹인 쇳물 따위가 험한 산비탈을 타고 내려 더 오를 수가 없었다.

하지만 일껏 오른 산이라 물러나기인들 쉽겠는가. 굴러 내리는 통나무와 돌이 더 빨라 앞장섰던 사오십 명은 그 자리에서 요절이 나고, 나머지만 허둥지둥 벌판으로 쫓겨 내려갔다.

그걸 본 진명은 화가 머리 꼭대기까지 치솟았다. 스스로 마군까지 이끌고 길을 찾아 산 위로 쳐 올라갔다.

그럭저럭 한낮이 되어 있었다. 산을 오르던 진명은 갑자기 들려오는 징 소리에 산 서편 비탈을 보았다.

숲속에서 펄럭 하고 붉은 깃발 하나가 솟는가 싶더니 한 떼의 도적들이 보였다. 진명은 얼른 그곳을 덮치려고 군사를 돌렸다. 하지만 가서 보니 어느새 징 소리도 안 들리고 붉은 기도 안 보였다.

진명은 닭 쫓던 개 지붕 쳐다보는 꼴이 되어 한참을 섰다가 길을 찾아 원래 있던 곳으로 되돌아가려 했다. 그런데 어찌 된 셈인지 길이란 게 모조리 말이 지나갈 수 없는 토끼 길이거나 나무가 촘촘히 나서 앞이 막힌 것뿐이었다. 올라갈 수도 없고 내려갈 수도 없게 된 진명은 군사들을 시켜 길을 열도록 했다. 그때 군사들이 알려 왔다.

"동쪽 비탈에 붉은 깃발 하나와 도적 떼가 나타났습니다."

그 소리를 들은 진명은 더 따져 볼 것도 없이 동쪽 비탈 쪽으로 군사를 몰았다. 그러나 겨우 거기에 이르러 보니 이번에도 붉은 깃발과 인마는 모두 자취를 감춘 뒤였다.

다시 길 찾는 일이 급해진 진명은 군사를 사방에 풀어 길을 찾게 했다. 빽빽한 수풀 사이를 헤매던 군사들이 또 달려와 알렸다.

"서쪽 비탈에서 다시 징 소리와 함께 붉은 깃발이 보입니다."

진명은 조금 이상한 기분이 들었으나 그냥 있을 수 없었다. 말 배를 박차고 달려 서편 비탈로 되돌아갔다. 역시 헛수고였다. 깃발도 사람도 흔적조차 없었다.

진명은 제 김에 성이 나서 어쩔 줄을 몰랐다. 상대도 없는 가시 방망이를 마구 휘두르며 이를 북북 갈았다. 그러나 그런 일은 그 뒤로도 몇 번이나 되풀이되었다. 서쪽 비탈에 적이 있는 듯해 달려가 보면 거기는 아무도 없고 다시 동쪽 비탈에서 깃발과 사람이 보였으며, 그래서 동쪽으로 달려가면 이번에는 서쪽이 술렁대는 것이었다.

몇 번이나 얻는 것 없이 동서를 오락가락하자 성미 급한 진명은 화가 나서 가슴이 터질 것 같았다. 그런데 다시 서쪽 비탈에서 도둑떼의 함성이 들려오지 않는가. 진명은 아무래도 참을 수가 없어 다시 한번 서쪽으로 가 보았다. 그러나 산 위에도 산 아래도 사람의 그림자는 보이지 않았다.

"할 수 없다. 우선 길을 찾아 내려가자."

마침내 지친 진명이 군사들에게 그런 명을 내렸다. 군사들 가운데 하나가 나서 겁먹은 얼굴로 말했다.

"도무지 제대로 된 길은 하나도 없고 오직 동남쪽으로만 넓은 길이 터져 있습니다. 그리로 가면 산 위로 올라갈 수는 있겠지만, 놈들의 수작에 걸려들까 걱정입니다."

"길이 있다면 가는 거지 무슨 소리냐? 밤중이라도 지나가고 보자!"

진명이 그 한마디로 군사들을 동남쪽으로 몰았다.

그사이 날이 저물어 왔다. 결국 진명과 그 군사들은 하루 종일 험한 산비탈을 오르락내리락하며 헛된 힘만 쏟은 셈이었다. 그 바람에 파김치가 된 인마를 이끌고 진명은 간신히 산을 내려가 진채를 얽을 수 있었다.

그런데 진명과 군사들이 그동안 주린 속이나 채우려고 밥을 지으려 할 때였다. 갑자기 산 위에서 불길이 일며 징 소리와 사람의 함성이 요란하게 들렸다.

성미 급한 진명은 화가 나서 참을 수가 없었다. 곧 사오십 명 마군을 이끌고 산 위로 치달았다. 그러자 수풀 속에서 기다리고 있었다는 듯이 화살이 어지러이 쏟아졌다. 거기서 다시 적지 않은 군사가 상했다.

진명은 속이 뒤집히는 듯했으나 어찌해 볼 도리가 없었다. 군사를 산 아래로 물리고, 조금 전에 못다 지은 밥이나 짓게 했다.

하지만 산 위의 도적 떼는 그걸로 그치지 않았다. 진명의 군사들이 쌀을 씻는다, 불을 지핀다 서둘고 있는데 다시 횃불 팔구십 개가 산 위를 밝히며 함성과 함께 산 아래로 쏟아져 내려왔다.

진명은 이번에도 그냥 있지 못했다. 녹초가 된 군사들을 휘몰아 산 위로 마주쳐 나갔다. 그러나 막상 횃불이 있는 곳에 이르니 어느새 횃불은 모조리 꺼져 버리고 없었다.

그날 밤은 원래 달이 밝은 날이었으나 구름이 짙게 덮여 어둡기가 달 없는 밤이나 마찬가지였다. 그렇다면 곱게 물러나는 게 옳은데도 성이 날 대로 난 진명은 그러지 못했다. 군사들을 꾸짖어 횃불을 밝히게 하고 숲에는 불을 지르게 했다.

그때 갑자기 산꼭대기에서 북소리, 피리 소리가 들렸다. 또 무슨 일인가 싶어 진명은 말 위에서 소리 나는 쪽을 살펴보았다. 산꼭대기에서 횃불 여남은 개가 밝혀지는가 싶더니 그 가운데 마주 앉아 술을 마시는 두 사람이 보였다. 송강과 화영이었다.

그 꼴을 보자 진명은 분통이 터져 그냥 있을 수가 없었다. 말 고삐를 잡은 채 산 위를 향해 소리소리 꾸짖었다. 화영이 껄껄 웃으며 진명의 말을 받았다.

"진 통제, 너무 화내실 것 없소. 어서 내려가 쉬기나 하시오. 나는 내일쯤 당신하고 싸우기로 했소. 당신은 죽고 나는 살게 될 싸움인데 그리 서둘 건 뭐 있소?"

일부러 진명의 약을 올리려는 수작이건만 진명은 잘도 말려들었다. 벼락같은 소리로 화영을 꾸짖었다.

"이 역적 놈아, 어서 내려오너라. 먼저 나와 삼백 합을 싸워 보자. 헛수작은 그다음에나 해라!"

"허엇 그참, 서둘지 말라니까 그러네. 진 총관, 오늘 당신은 몹시 지쳐 있을 거요. 그런 당신을 때려눕히는 일은 식은 죽 먹기보다 쉽다는 걸 아시오. 그러니 오늘은 이만 돌아가 쉬고 내일 다시 오시오."

화영이 그렇게 진명의 부아를 돋우었다.

진명은 화가 나 눈이 뒤집혔다. 산 아래에서 욕질하는 것만으로는 아무래도 속이 안 차 다시 산 위로 올라가려 했다. 그러나 화영의 귀신같은 활 솜씨를 아는 터라 그것마저 뜻대로는 안 되었다. 그냥 내처 고래고래 욕설만 퍼붓고 서 있었다.

진명이 화영을 향해 할 소리 못할 소리로 온갖 욕을 퍼붓고 있을 때였다. 문득 산 아래 진채 쪽에서 함성이 들려왔다. 진명은 거기 남겨 놓고 온 군사들이 걱정되어 그냥 있을 수가 없었다. 데려온 군사들과 함께 얼른 진채 쪽으로 달려 내려갔다.

진채에 가서 보니 남아 있던 군사들은 짐작대로 도둑 떼의 공격을 받고 있었다. 진채 옆 산비탈에서는 화포와 불화살이 쏟아져 내려오고 뒤편에서는 수십 명의 산적들이 어둠 속에 몸을 숨긴 채 활과 쇠뇌를 쏘아 대고 있었다.

그대로 벌판에서 화살 비를 맞고 있을 수는 없는 진명의 군사들은 한쪽 산비탈 계곡 쪽으로 몸을 숨겼다. 때는 이미 밤도 깊어 삼경 무렵이었다. 그러나 그 피신도 결과로 보아서는 그리 잘한 짓이 못 되었다.

진명의 군사들이 화살 비를 피하느라 괴로운 비명을 지르며 계곡의 구덩이에 몸을 숨기고 있는데 또 다른 변괴가 일어났다. 말라 있던 계곡 바닥으로 갑자기 물이 쏟아져 내려왔다.

갑자기 거센 물살에 휩쓸린 사람과 말은 그대로 쓸려 떠내려 갔다. 운 좋게 언덕으로 기어오른 군사들도 있었지만 그들도 좋은 꼴은 못 보았다. 어느새 그곳까지 내려와 있던 산적 졸개들에게 모조리 사로잡혀 산 위로 끌려 올라갔다. 그리고 물에서 헤어나오지 못한 군사들은 그대로 모두 물귀신이 되어 버렸다.

그 일을 당한 진명은 너무도 성난 나머지 머리가 터질 것 같았다. 너 죽고 나 죽자는 심경으로 말을 채찍질해 산 위로 치달았다. 하지만 그마저도 뜻대로는 안 되었다. 미처 쉰 걸음도 옮겨 놓기 전에 갑자기 몸이 허공에 뜬 기분이더니 진명은 곧 말과 함께 커다란 구덩이 속으로 떨어졌다.

그러자 갑자기 어둠 속에서 수십 명의 산적들이 나타나더니 갈고리 달린 밧줄을 던져 진명을 꼼짝없이 얽어 놓았다. 이어 졸개들은 진명의 갑옷과 투구를 벗기고 무기를 뺏은 뒤 꽁꽁 묶어 산 위로 끌고 올라갔다. 군사는 다 잃고, 진명 자신마저 욕스럽게 사로잡힌 것이었다.

진명이 그런 지경에 빠진 것은 모두가 화영의 계책 때문이었다. 화영은 먼저 졸개들을 이쪽저쪽에 풀어 함성으로 진명을 유인하게 함으로써 진명과 그의 인마를 지치게 했을 뿐만 아니라

차분히 계책을 짜낼 겨를을 주지 않았다. 그리고 한편으로는 골짜기의 물을 흙 담은 자루로 막아 물이 없는 골짜기로 보이게 해놓고, 진명의 군사들을 그리로 내몬 뒤 한꺼번에 둑을 터뜨려 물로 쓸어버린 것이었다. 그때 진명의 군사는 태반이 물에 빠져 죽고, 사로잡힌 군사는 이백이 안 되었다. 산채에서 거둬들인 좋은 말이 칠팔십 필, 살려 돌려보낸 군사는 하나도 없었다.

진명을 끌고 산 위로 올라간 졸개들은 날이 밝을 무렵 해 산채에 이르렀다. 취의청에는 송강과 화영을 비롯한 다섯 호걸이 벌써 자리를 잡고 있었다. 졸개들은 진명을 그 취의청 아래로 끌고 갔다.

교의에 앉아 있던 화영은 진명이 끌려 들어오는 걸 보자 황망히 일어났다. 그리고 진명에게 달려가 손수 밧줄을 풀어 준 뒤 마루 위로 모셔 올리고 그 앞에 엎드려 절을 올렸다. 진명은 얼결에 답례를 하면서도 정말로 알 수 없다는 듯 물었다.

"나는 이미 사로잡힌 몸이니 갈가리 찢어 죽인다 한들 할 말이 없소. 그런데 어째서 오히려 내게 절을 하는 거요?"

화영이 여전히 무릎을 꿇은 채 싸움터에서와는 딴판으로 공손하게 말했다.

"졸개들이 아래위도 못 알아보고 욕을 보인 듯합니다. 부디 너그럽게 보아주십시오."

그러고는 비단으로 지은 옷을 가져오게 해 속옷 바람인 진명에게 입혔다. 그런 화영의 호의에 조금 누그러진 진명이 송강을 비롯한 나머지 네 호걸을 가리키며 물었다.

"저분들, 두령인 듯한 이들은 어떤 사람들이오?"

"저분은 이 화영이 형님으로 모시는 운성현의 압사 송강이란 분이고, 다른 세 분은 이 산채의 주인으로 연순, 왕영, 정천수란 분들입니다."

"그 세 분의 이름은 오래전부터 듣고 있었소. 그런데 송 압사라는 분, 혹시 저분이 바로 산동의 급시우(及時雨)라는 송공명(宋公明) 아니오?"

송강이 그 물음을 받아 얼른 대답했다.

"제가 바로 그 사람입니다."

그러자 진명이 놀라 그 앞에 엎드리며 말했다.

"오래전부터 우레 같은 이름을 들어 왔습니다. 오늘 뜻밖에도 의사(義士)를 뵙게 되니 이 기쁨 무어라 해야 할지 모르겠습니다!"

송강도 황망히 그런 진명에게 맞절을 했다. 그러나 다친 몸 때문에 움직임이 많이 거북했다. 송강이 다리를 저는 걸 본 진명이 물었다.

"다리는 어쩌다가 다치셨습니까?"

이에 송강은 운성현을 떠날 때부터 유고에게 잡혀 매를 맞은 경위까지 자세히 들려주었다. 그 바람에 모든 내막을 알게 된 진명이 머리를 긁적이며 말했다.

"한쪽의 말만 들었다가는 크게 잘못될 뻔했습니다. 나를 청주로 돌아가게 해 주신다면 모용 지부에게 이 사실을 다 말씀드리지요."

그때 연순이 나서서 진명을 산채의 손님으로 맞아들이고 얼마간 머물기를 청하는 한편 졸개들을 시켜 잔치를 차리게 했다.

졸개들은 양과 말을 잡아 크게 상을 차리고 산 위로 붙잡혀 온 진명의 군사들에게도 술과 밥을 주었다. 진명은 말없이 그들이 하는 양을 보고 있다가 상이 차려지자 몇 잔 받아 마시고는 몸을 일으켰다.

"여러 호걸들이 이미 좋은 뜻으로 이 진명을 죽이지 않은 것 같으니 한 가지 더 청하겠소. 내 갑옷과 투구, 병기를 되돌려주고 나를 청주로 돌아가게 해 주시오."

그 역시 붙잡혀 온 몸이라 술잔을 받고는 있어도 영 마음이 편치 않은 듯했다. 연순이 그때껏 감추고 있던 속셈을 드러냈다.

"총관께서는 무얼 잘못 생각하시고 계신 듯합니다. 이끌고 오신 오백의 청주 군사를 모조리 잃으셨는데 어떻게 돌아가신단 말씀입니까? 모용 지부가 총관의 죄를 묻지 않으리라고 어찌 믿습니까? 그러지 마시고 비록 이 산채가 거친 곳이기는 하지만 여기 함께 머무십시다. 억지로 말고삐를 붙드는 것 같습니다만 잠시 숲속에 숨어 지내는 것도 나쁘지는 않을 겝니다. 금은을 저울로 달아 나누고 좋은 옷에 맛난 음식으로 지내다 보면 시원찮은 벼슬자리에 얽매여 속 끓이고 사는 것보다 나을 수도 있지요."

그 뜻밖의 소리에 진명이 놀라 몸을 일으켰다. 그리고 술자리를 떠나 사로잡힌 장수의 자세로 돌아가며 결연히 말했다.

"이 진명은 살아서도 대송(大宋)의 백성이요, 죽어서도 대송의 귀신이 될 것이오! 조정은 나를 병마총관으로 삼았고 또 통제사의 일을 맡겼소. 거기다가 지금껏 한 번도 나를 박대하지 않았는데 내가 어찌 도적 떼에 들어 조정을 등질 수 있단 말이오? 그런 생각으로 나를 살려 주었다면 이 진명을 잘못 본 거요. 차라리

나를 얼른 죽여 주시오!"

화영이 얼른 일어나 그런 진명을 달랬다.

"형님, 너무 화내지 마시고 이 아우의 말을 들어 주십시오. 저역시 조정에서 보낸 벼슬아치였습니다만 몰리다 보니 어쩔 수 없이 이렇게 되고 말았습니다. 하지만 형님께서 우리와 함께 숲속에서 지내는 게 싫으시다면 억지로 붙들 수야 있겠습니까? 그일은 잠시 미루시고 나누던 술이나 마저 드시지요. 술자리가 끝나면 제가 갑옷과 투구, 병기, 말을 형님께 돌려드리겠습니다."

화영이 그렇게 나오는 데야 진명도 제 고집만 피울 수 없었다. 그러나 바로 술자리에 되돌아가기도 뭣해 굳은 듯 서 있었다. 화영이 그런 진명에게 한마디 더 했다.

"총관께서는 하룻밤 하루낮을 애쓰신 탓에 몸과 마음이 아울러 지쳐 있을 것입니다. 총관을 태우고 뛴 말은 오죽하겠습니까? 말도 무얼 좀 먹고 쉬어야 움직일 수 있을 겝니다."

진명이 듣기에도 옳은 말 같았다. 할 수 없이 마루 위로 다시 올라가 술자리에 되앉았다.

진명이 술자리로 돌아오자 다섯 호걸은 기다렸다는 듯 번갈아 술잔을 내밀었다. 그러잖아도 잔뜩 지쳐 있던 진명은 마지못해 그들의 잔을 다 받아 마시자 곧장 취해 버렸다. 몇 마디 이야기도 나누지 못하고 그대로 곯아떨어졌다.

다섯 호걸들은 졸개들을 시켜 길게 누운 진명을 다른 방으로 옮기고 편히 쉬게 했다. 그리고 자기들끼리 두런두런 의논을 맞추더니 진작부터 꾸며 놓고 있는 듯한 일을 조용히 진행시켰다.

진명이 눈을 뜬 것은 다음 날 아침이었다. 자신이 산채에서 밤을 지낸 걸 안 진명이 놀라 일어나 세수를 하고 산을 내려갈 채비를 했다.

"총관님, 아침이나 드시고 가시지요. 저희들이 산 아래까지 배웅하겠습니다."

다섯 호걸이 서두르는 진명을 간밤보다 한층 공손하게 잡았다. 하지만 진명은 성미가 급한 사람이라 어서 내려가기만을 고집했다. 이에 다섯 호걸은 바쁘게 술과 밥을 내어 진명을 대접한 뒤 말이며 갑옷, 투구와 가시 방망이를 내어 놓았다.

송강을 비롯한 다섯 호걸은 청풍산 아래까지 내려가 진명을 배웅했다. 그사이 갑옷을 입고 투구를 쓴 진명은 가시 방망이를 든 채 말에 올라 호걸들과 작별했다. 그새 해는 제법 높이 솟아 있었다.

나는 듯 말을 달린 진명이 청주성 밖 십 리 어름에 이른 것은 사시 무렵이었다. 멀리 연기와 먼지가 자욱한데 사방에 사람의 자취가 끊긴 게 이상했다. 진명은 까닭 없이 불길한 마음을 누르고 말을 달려 성께로 가 보았다. 성 밖을 두르듯 몰려 있던 수백의 인가가 깡그리 불타 허허벌판이 되어 있었다. 불타 무너져 내린 기왓장이며 서까래 사이로 남녀의 시체가 보이는 게 간밤에 변고가 있어도 큰 변고가 있었던 듯했다.

놀란 진명은 얼른 말 배를 걷어차고 성문 쪽으로 다가갔다. 성문을 열라 소리치려고 올려다보니 그곳도 여느 때와는 몹시 달랐다. 적교(弔橋)는 높이 매달려 있고 성벽 위에는 군사들과 깃발이 벌려 섰는데 사이사이 통나무와 돌더미가 쌓인 게 눈앞에 큰 싸움을 두고 있는 형국이었다.

"적교를 내려라! 내가 왔다."

진명이 뛰는 가슴을 누르며 성벽 위를 향해 소리쳤다. 그 소리에 성 밖을 내려다본 군사들이 진명을 알아보았다. 그러나 적교를 내려 진명을 받아들이기는 고사하고 싸움을 알리는 북소리와 함께 알 수 없는 함성만 내지를 뿐이었다. 진명은 성벽 위에서 자신을 못 알아보는 줄 알고 다시 소리 높이 외쳤다.

"나는 진 총관이다. 어찌하여 성문을 열고 들여보내 주지 않느냐?"

그러자 성벽 위에 모용 지부가 나타나 큰 소리로 진명을 꾸짖었다.

"이 역적 놈아, 너는 어찌 부끄러움도 모르느냐? 간밤에 인마를 이끌고 몰려와 성을 들이치고도 무슨 낯으로 다시 왔느냐? 네가 죽인 그 숱한 백성과 불태운 집들이 눈에 뵈지도 않느냐? 그래 놓고도 뻔뻔스럽게 여기 와서 성문을 열라고? 조정은 아직껏 너를 저버린 적이 없는데 네 어찌 이토록 모진 일을 한단 말이냐? 내 이미 조정에 사람을 보내 모든 걸 알렸으니 머지않아 대군이 이를 것이다. 그때 너를 사로잡기만 하면 갈가리 찢어 죽일 테니 그리 알아라."

"아니, 상공 그 무슨 말씀입니까? 진명은 불행히도 이끌고 간 인마를 모두 잃고, 산적들에게 사로잡혀 산 위로 끌려갔다가 방금 빠져나왔습니다. 그런데 간밤에 어떻게 여기를 와서 그런 행패를 부릴 수 있겠습니까?"

진명이 너무 기가 막혀 그렇게 맞고함을 질렀다. 지부는 들으려고도 않고 계속 꾸짖었다.

"내가 어찌 네놈의 그 말과 투구와 가시 방망이를 못 알아보겠느냐? 성 위의 숱한 사람이 네놈이 도적 떼를 시켜 사람을 죽이고 불을 지르게 하는 걸 똑똑히 보았다. 그런데 이제 와서 딴소리를 해? 네가 정말로 싸움에 지고 도적들에게 사로잡혔다면 데려간 군사들은 또 어찌 되었느냐? 오백 명이나 갔는데 어찌해 한 사람도 빠져나오지 못했단 말이냐? 다 안다. 네놈이 지금 이렇게 돌아온 것은 성안에 있는 계집 자식을 빼내 가려는 거겠지. 하지만 늦었다. 네놈의 계집과 자식은 벌써 다 죽었다. 믿기지 않거든 네 눈깔로 똑똑히 보아라."

그러고는 군사들을 시켜 사람의 목을 몇 개 내던지게 했다. 진명이 보니 틀림없이 아내와 자식들의 머리였다. 성미가 급한 진명은 아내의 머리를 알아보자 벌써 제정신이 아니었다. 가슴 가득 화가 들어차 말도 한마디 못하고 괴로운 신음만 웅얼거렸다. 하지만 그나마도 오래 성벽 곁에 머물러 있을 수가 없었다. 성벽 위에서 화살과 쇠뇌가 비 오듯 쏟아지기 시작한 까닭이었다

진명은 하는 수 없이 말 머리를 돌려 성벽에서 물러났다. 그런 그의 눈에 아직도 꺼지지 않은 성 밖의 불길이 몇 군데 들어왔다. 누군가 와서 사람을 죽이고 불을 지른 것이 틀림없었다.

화살과 쇠뇌가 닿지 못할 곳까지 피해 간 진명은 거기서 한참이나 생각에 잠겼다. 처음에는 도대체 왜 그런 일이 벌어졌는지

짐작조차 가지 않았으나 생각을 하다 보니 어렴풋이나마 알 것도 같았다. 이에 진명은 다시 말을 채찍질해 온 길을 되짚어 갔다. 청풍산으로 가서 확실히 알아볼 참이었다.

한 오 리쯤이나 갔을까, 진명이 문득 눈을 들어 보니 맞은편 숲속에서 한 떼의 인마가 달려오고 있었다. 앞에는 다섯 마리 말이 나란히 내닫는데, 그 위에 탄 사람들은 바로 송강, 화영, 연순, 왕영, 정천수 다섯 호걸이었다. 뒤따르는 졸개는 합쳐 한 이백쯤 되어 보였다.

앞서 오던 송강이 진명 앞으로 다가와 허리를 굽히며 물었다.

"총관께서는 어찌하여 청주로 돌아가지 않으셨습니까? 지금 혼자 어디로 가시는지요."

그 천연스러운 물음에 진명은 화부터 났다. 버럭 고함을 지르듯 따지고 들었다.

"도대체 어떤 놈의 짓이냐? 어떤 놈이 나처럼 꾸미고 가서 청주성을 쳤느냐? 백성들을 함부로 죽이고 민가에 불을 질러 죄 없는 내 가족을 죽게 만들었느냐? 이제 나는 하늘로 솟으려 해도 길이 없고, 땅으로 꺼지려 해도 문이 없는 몸이 되었다. 내 그놈을 잡기만 하면 이 가시 방망이로 바숴 놓겠다!"

그러자 송강이 진지하면서도 간곡하게 말했다.

"총관께서는 잠시 화를 누르시고 저희를 따라오십시오. 꼭 드릴 말씀이 있으나 여기서는 말하기 어려우니 산채로 돌아가서 여쭙겠습니다."

진명 또한 화는 나도 달리 길이 없었다. 터지려는 속을 꾹꾹 눌러 참으며 다시 청풍산으로 갔다.

말없이 나가다 보니 어느새 청풍산 자락에 이르렀다. 일행은 산어귀에서 말을 내려 산채로 걸어 올라갔다. 그때까지도 분위기는 사뭇 험악했다.

산채에 이르니 졸개들이 취의청에 술자리를 마련해 놓고 기다리고 있었다. 다섯 호걸은 진명을 마루 위로 청해 올리고 가운데 자리에 앉게 했다.

진명이 마지못해 그 자리에 앉자 다섯 호걸은 일제히 그 앞에 무릎을 꿇었다. 진정으로 죄를 비는 태도였다. 진명도 다섯 호걸이 그렇게 나오자 성난 중에도 당황스럽지 않을 수 없었다. 얼른 자리에서 일어나 그들 앞에 마주 무릎을 꿇으며 대답했다.

송강이 그들 다섯을 대표해 입을 떼었다.

"총관께서는 너무 괴이쩍다 마시고 저희들의 이야기를 들어주십시오. 어제 저희들은 총관을 흠모하여 이곳에 머물러 주시기를 빌었지만 총관께서는 기어이 마다하셨습니다. 이에 저 송강이 낸 꾀가 바로 이번 일을 일으키게 된 것입니다. 저는 총관을 닮은 졸개 하나를 골라 총관의 투구와 갑옷을 걸치게 하고 총관께서 타고 오신 말에 태운 뒤 가시 방망이를 들려 청주성으로 보냈지요. 성 밖의 사람을 죽이고 불을 지른 건 바로 그와 그가 데려간 산채 사람들입니다. 그리고 따로이는 연순과 왕왜호로 하여금 오십여 명을 데리고 성으로 다가가 총관의 가솔들을 구해 내려 했습니다. 먼저 총관께서 돌아갈 길을 끊어 버리려 한 것이었으나 뜻밖에도 총관의 가솔들만 해치게 된 듯합니다. 모든 게 저희 죄라 특히 이렇게 엎드려 빕니다."

짐작은 해도 막상 송강의 입에서 그 말이 나오자 진명은 피가 거꾸로 치솟는 듯했다. 하지만 성난다고 해서 그걸 다 할 수 없는 게 또한 진명의 처지였다. 첫째로는 자신이 그 지경이 된 것도 하늘이 정한 운명인가 싶고, 둘째로는 그들 다섯 모두가 자신에게는 목숨을 살려 준 은인이며, 셋째는 설령 성난 대로 덤빈다 해도 이들 다섯을 이겨 낼 것 같지 않아 억지로 화를 눌렀다. 그러나 말까지 금세 고와질 수는 없었다.

"당신네 형제들이 좋은 뜻으로 나를 이곳에 붙들어 두려 했다는 걸 알겠소. 하지만 하루아침에 계집과 자식을 모두 잃게 했으니 계략치고는 너무 독하지 않으셨소?"

그렇게 뿌루퉁하게 따졌다. 송강이 조심스레 받았다.

"그 일이라면 너무 상심하지 마십시오. 여기 이 화 지채에게 마침 누이 한 분이 계시다 합니다. 어질고 총명한 데다 출가할 때가 되어 혼수까지 장만되어 있다니 그 사람을 배필로 맞으시는 게 어떻겠습니까?"

물론 그 말이 진명의 귀에 들어올 리 없었지만 적어도 그들 다섯이 진정으로 자신을 우러르고 좋아한다는 것만은 마음에 와 닿았다. 겉으로 드러내지는 않아도 속으로는 그때부터 이미 그들과 함께 지내보기로 마음을 굳혔다.

(4권에서 계속)

수호지 3

불어나는 흐름

개정 신판 1쇄 인쇄 2021년 6월 1일
개정 신판 1쇄 발행 2021년 6월 15일

지은이 이문열

발행인 양원석 **편집장** 최두은 **책임편집** 정효진
디자인 김유진, 김미선 **표지 일러스트** 김미정
영업마케팅 양정길, 강효경, 정다은

펴낸 곳 ㈜알에이치코리아
주소 서울시 금천구 가산디지털2로 53, 20층 (가산동, 한라시그마밸리)
편집문의 02-6443-8847 **도서문의** 02-6443-8800
홈페이지 http://rhk.co.kr
등록 2004년 1월 15일 제2-3726호

copyright ⓒ 이문열

ISBN 978-89-255-8853-7 (04820)
        978-89-255-8856-8 (세트)

※ 이 책은 ㈜알에이치코리아가 저작권자와의 계약에 따라 발행한 것이므로
   본사의 서면 허락 없이는 어떠한 형태나 수단으로도 이 책의 내용을 이용하지 못합니다.
※ 잘못된 책은 구입하신 서점에서 바꾸어 드립니다.
※ 책값은 뒤표지에 있습니다.